隔岸无旧情

姑苏有钟声

震荡过的内心只有承认

逃避到地心都不会入定

Rose
White Tower

有爱的青春陪伴者

你如白塔孤高，
亦如玫瑰热烈。
Rose
White tower

玫瑰的塔

明开夜合 著

四川文艺出版社

图书在版编目（CIP）数据

玫瑰白塔 / 明开夜合著 . -- 成都：四川文艺出版社，2022.7
ISBN 978-7-5411-6352-4

Ⅰ . ①玫… Ⅱ . ①明… Ⅲ . ①言情小说 – 中国 – 当代 Ⅳ . ① I247.5

中国版本图书馆 CIP 数据核字 (2022) 第 070656 号

MEIGUI BAITA

玫瑰白塔

明开夜合 著

出品人	张庆宁			
责任编辑	陈雪媛			
装帧设计	Insect cain 酱			
责任校对	段 敏			
出版发行	四川文艺出版社（成都市锦江区三色路 238 号）			
网 址	www.scwys.com			
电 话	0731-89743446（发行部） 028 – 86361781（编辑部）			
排 版	长沙大鱼文化传媒有限公司			
印 刷	长沙鸿发印务实业有限公司			
成品尺寸	145mm × 210mm	开 本	32 开	
印 张	10.5	字 数	400 千字	
版 次	2022 年 7 月第一版	印 次	2022 年 7 月第一次印刷	
书 号	ISBN 978-7-5411-6352-4			
定 价	45.80 元			

目录

CONTENTS

Rose White tower

目录

CONTENTS

Rose White tower

宁樨后来回想起，在青杏堂见到温岭远的前一天晚上，她曾经做过一个梦。

梦里有座高耸入云的白塔，在很远的地方。

她这辈子没尽力追逐过什么，除了那座塔。她跑了很久，它仿佛触手可及，可仍然遥在天边。

想起第一次见面时，宁樨对温岭远说，你的名字有种“雪拥蓝关马不前”的气质。

那时候不觉得是谶言。

——题记

第一章

霜降

Rose White tower

阿婆的脖子疼了三天，第四天歪着脑袋连行动都变得困难，这才求助宁樨。

宁樨给宁治东打电话，没人接。她在他书房的抽屉里找到一把车钥匙，开车将阿婆载去医院，排了半小时队，前面还有三个号。

阿婆说："樨樨你去学校吧，要迟到了。"

"没事，我已经请过假了。"

门口虽贴着硕大的标语"请按号入内"，却仍有人携家带口地直往里闯。宁樨气得把人一拦："叫到你的号了吗？"

不知是病人还是病人家属，把装着 CT 片子的塑料袋一扬，快要拍到宁樨脸上："医生说了，拿到片子直接进去！"

阿婆是息事宁人的性格，赶紧去拽宁樨："樨樨，没事没事，我们等等，快排到了。"阿婆一动又牵扯到筋骨，疼得"咝"了一声。

宁樨赶紧去扶阿婆，看着那人趾高气扬地走进去。

半小时后，才终于轮到阿婆。

医生在阿婆的脖子处揉一揉，捶一捶，按一按，说可能是颈椎引起的，看不出什么，要拍个核磁共振。医生敲键盘写病历，往打印出来的纸张上"唰唰"写了几行字，让宁樨去放射科预约。

"今天能拍得到片子吗？"宁樨问。

"要问放射科，估计不能。"

"可是我阿婆很疼。"

"我开点药，先用着。等核磁的结果出来，你拿过来给我看。"

"还要再挂号吗？"

"挂一个吧。"

"可是刚才就有人拿着结果直接进来了。"

医生看宁樨一眼："那你到时候直接进来，我一三五上午看诊。"

放射科说，三天后的下午来做。

宁樨交了钱，去拿药，还好现在医院的微信公众号上就可以直接缴费，能省掉再排队的时间。

医生开了止痛药，加上三贴膏药。在医院门口，宁樨拆了膏药给阿婆贴上。阿婆头发半白，发丝软软的，穿一件焦糖色的线衣，衣服上有太阳晒过的味道。

宁樨突然想要哭。

“阿婆，您觉得怎么样？”

阿婆说：“有点凉。”

“有效果吗？”

“还好，估计没那么快。”

开车回去的路上，阿婆说：“联系不上你爸？”

“嗯。”

“他可能在忙，做生意都挺忙的，樨樨你也不要怪他。”

宁樨不置可否。

车经过一个叫“青杏堂”的中医馆，宁樨把车速慢下来，犹豫片刻，靠边停车。她拿出手机，在点评类 App 上搜索出“青杏堂”，接着点开了用户点评页。

“半月板损伤，做了四次针灸，效果很明显。”

“听朋友介绍，说温老医生是圣手，专程慕名前来。我的泛发性湿疹在医院治了好久，一直反复。到温老医生这里开了三服药吃，现在状况已经好多了。”

“医馆环境清雅，医生很有耐心。”

……

宁樨又问阿婆：“阿婆，脖子感觉好点了吗？”

阿婆按着贴膏药的地方，神情有点为难，好像不知道该不该撒谎。

宁樨替阿婆拿包：“我们下去看看。”

三年前，阿婆和阿公还住在老家。阿公去世之后，阿婆搬到南城来生活，却始终不太适应。

飞驰的汽车于她仿佛钢铁猛兽，站在斑马线前，她比第一回单独去上学的小学生还要紧张。直到人行横道对面的红灯变成绿灯，宁樨才挽住了阿婆的手，说：“阿婆，走。”

阿婆放下心来跟着走。她这位孙女，长相冷冷清清的，虽看着不爱搭理人的样子，但实际上手掌热乎着呢。

青杏堂的招牌对着马路这一边，进门却要绕去后方。穿过一条两侧种着竹子的石板小巷，便看见一扇大门。门前有一个院子，种了一株不知道什么品种的开紫红色小花的树。院子里有石桌石凳，草丛的石灯笼上长满了青苔。

推开门，入眼的是宽敞的大堂，深棕色的木地板往里一直延伸到很深的地方。大堂的正前方有一面青砖墙，上面悬挂着一块黑漆牌匾，上书银钩铁画的“青杏堂”三个大字。牌匾的前方有一张木质大长桌，堂里两侧各摆放两张太师椅，供人休息。

大堂左侧的一面墙上，悬挂着医馆从医人员的照片和简单履历；右侧有一扇小门，悬着一面竹青色的布帘，后面似乎是药房。

宁樨闻到了中医馆里各种药材混在一起的独特气息——清冽之中混着苦味。

她张望许久，不知道该往哪边走，直到那布帘被掀起来，一个穿白大褂的年轻女孩走出来：“看诊的吗？”

宁樨点头。

年轻女孩将她们领到左侧走廊的第一间小室里，门口和室内之间被一块木格栅的屏风隔开了，同样是深棕色的木地板，但这间小室因临着窗户，比大堂里敞亮。

宁樨和阿婆在太师椅上坐下，等了三分钟，门口传来脚步声，屏风外人影晃动。

紧接着，一个穿白大褂的男人走了进来。他身形颀长，眉目清隽，有种冷玉沉金的气质。

宁樨望着男人眨一下眼：“我认识你，你是我爸的朋友。”

男人微怔，目光往宁樨脸上看，仿佛很疑惑。

宁樨说：“我爸是宁治东。”

“哦，宁樨。”温岭远微微笑了，“好久不见。”

不怪他不记得，他们只见过一次面，四年前，宁樨十三岁，在一个饭局上。

宁樨都忘了当时自己为什么会被带去，那个饭局沉闷、冗长又无聊。她恰好坐在温岭远旁边，他是她环视过一圈之后，发现的看起来最正常的大人。所谓的正常是指，他不像其他人酒过三巡之后丑态毕露，抻着脖子面红耳赤地划拳劝酒，称兄道弟，他始终神色平静，有些置身事外的意思。

宁樨觉得温岭远可能也无聊，不然不会在她费力地掰着从果盘里拿下的橙子时，主动与她攀谈。

他替她剥橙子，问她叫什么名字。

“宁樨，木樨的樨。”

“秋天出生的？”

宁樨惊讶了一下，因为他没有问“木樨”的“樨”是哪个“樨”，这分明是常识，但她遇到过的好多蠢笨如牛的男生却都不知道。然后在她告知“樨”字怎么写之后，那些无知的男生还会附赠一个并不好笑的笑话：考试的时候，其他同学都在写第三道题了，你还在写名字吧。

宁樨点头，问温岭远："那你叫什么？"

"温岭远，山岭的岭，遥远的远。"

宁樨说："你的名字有一种'雪拥蓝关马不前'的气质。"

也是因为宁樨这个独特的比喻，时隔四年后，温岭远才能想起来自己确实与她见过。四年时间足以让一个青春期的女孩脱胎换骨，眼前的少女亭亭玉立，依稀只剩一点十三岁的影子。

"这位是你……"

"阿婆。她脖子疼，疼了三天了。医院要拍了核磁共振才能确诊，我担心阿婆疼得受不了。"

温岭远点头："那你去隔壁房间等一等，我先给阿婆看诊。"

宁樨站起身，觉得有必要把自己的立场讲清楚："我同学都说，中医是骗人的。"

温岭远神色未变，看着她："你选择过来看一看，就说明你还是愿意相信一次的。"

宁樨起身站在他面前时，才意识到他有多高。宁樨一米六七，却还是要使劲地仰头去看他。

"那我能相信你？"

"如果没有把握，我不会拿似是而非的话搪塞你，也不会要你付任何诊金。"

宁樨满意这个回答，心里松快了一点。

隔壁房间是茶室，木椅上摆放着杏仁色的抱枕，沿墙壁放置了一个低矮的书架。原本以为放着与中医相关的书籍，扫了一圈才发现都是纯文艺作品。

宁樨抽出一本白先勇的散文集，在靠近窗户的椅子上坐下。没多久，之前那个年轻的女孩端来了饼干和茶水。

饼干装在藤编的小篮里，垫着雪白的、带花边的滤纸。黑色粗陶的茶壶茶杯，茶汤清澈，尝一口觉得苦，但配合曲奇饼干倒是刚好。

宁樨并不是耐得下性子看书的人，散文集只看了两页就被她放回书架，随后她掏出手机来玩。

微信上有苏雨浓发来的未读消息："樨樨，你翘课了？"

宁樨："带我阿婆去看病了。"

明明是上课时间，苏雨浓却很快地回复了她："怎么是你去，你爸呢？"

宁樨："不知道。"

苏雨浓："你下午来上课吗？方诚轩刚刚来找过你，说你电话和微信都拉黑他了，问我你去哪里了。”

宁樨：“你跟他说就当我已经死了。”

苏雨浓：“不要这样，他也蛮可怜的。”

苏雨浓把方诚轩和她聊天的截图发了过来，方诚轩连发了一排哭脸表情。

宁樨想起自己还没跟苏雨浓说过周末发生的事。

宁樨：“详情我下午来上课时再跟你说。”

退出聊天界面，宁樨又打开微博，最后玩得索然无味，丢下手机发起呆来。

所幸没过多久，温岭远就过来喊她，商量治疗方案。

“脊柱神经受压迫，”温岭远指着放在一旁的骨架模型给宁樨看，“所以伴有持续性的疼痛，后续可能会引发头疼、耳鸣、胸闷等其他症状。”

他看宁樨在发呆，问道：“我解释得清楚吗？”

宁樨点头：“你和医院骨科的医生说得差不多。我以为你会跟我讲一堆什么气虚、血虚、脾虚的术语。”

“你说的这些术语也并不是骗人的话。”

“但是如果你和我扯这些，我可能就不会相信你了。”

温岭远笑了笑，似乎有些无奈。

“要怎么治疗？”

“针灸、艾灸，配合理疗。”他看宁樨似乎又有疑虑，便说，“可以让阿婆试一次，没有缓解的话，不收你的钱。”

“你这样开医馆，不怕亏本吗？”

“是我爷爷的医馆，亏也是亏他的。”温岭远笑着说。

针灸室里艾草的气味有些熏人，室内坐满了人，有个大爷挨窗坐着，脸上扎满了针，针上缠着线，连着一台小型的仪器，仿佛是通电的——看得宁樨面颊莫名一紧，那位大爷倒是没有一点感觉到疼痛的意思。

温岭远亲自给阿婆安排床位，靠里的一张床，护士刚刚更换过那上面的蓝色无纺布被子。

阿婆有些害怕，问温岭远：“痛不痛啊？”

“扎针的时候会有些微的胀痛。”

宁樨忙说：“可是他们说针灸完全不痛的。”

温岭远看着她：“或者，你先亲自试一试？”当他敛起笑容的时候，同样的五官，却立刻让人觉得疏离。

或许任何人被一而再再而三地质疑专业性，都不会感到高兴。

于是宁樨问了最后一句话：“你亲自下针吗？如果是别人……”她望向门口的其他医生，“我不放心。”

“不是任何人都有做针灸的资质，”温岭远看着她，目光有种让人信任的坚定，“我亲自下针。”

宁樨又被赶回了茶室，那个年轻女孩给她续了曲奇饼和茶水。

她在茶室里等得百无聊赖，这时候宁治东打来的电话，彻底将她的暴躁点燃。

宁治东：“你早上给我打电话了？”

“原来你还活着啊。”

“怎么说话的！”

宁樨吼道：“宁治东，你妈生病了，你一点都不关心，还在外面花天酒地。”

宁治东想撒气，但找不到立场，噎了半晌，才说：“你阿婆怎么了？严重不严重？”

宁樨不想说话。

“樨樨你先照顾阿婆，我后……最迟大后天就回来。我给你打点儿钱，不够尽管跟爸爸开口要。张阿姨呢？她没照顾着吗？”

宁樨把电话挂了，宁治东也没再打过来。半分钟后，她的手机收到了银行卡里入账十万块的信息。

宁樨捏着手机发了一会儿呆，觉察到门口有人，她抬头看去，是温岭远。他站在那里，不知道站了多久。

温岭远走过来，拉开椅子，在她对面坐下：“针已经扎上，同时在熏艾灸盒，大约半小时。”

宁樨木然地点头。

“你饿了吗？要不要帮你点餐？”

“不用……”

温岭远看着宁樨，目光温和：“你爸不在家？”他没有隐瞒自己听到了宁樨打电话这件事。

宁樨摇头。

“家里没有别的大人了吗？”

宁樨低着头笑：“你说是不是好奇怪，平常不需要的时候，烧饭的阿姨、开车的司机，总要来烦我，连花瓶应该放在哪里都要问我的意见，放在哪里不可以？有什么好问的。可是需要的时候，他们一个都找不到，不是请假就是有事。”

明明只是刚认识，按照她的习惯，是要把温岭远划在陌生人的范畴的。可她却选择抱怨给他听，可能他是唯一可以与之说，也会愿意听她说的大人。

他问：“饼干好吃吗？”

宁樨愣一下：“还可以。”

“还有其他零食，要不要试试？”

“我不是小孩儿，你不要用这种方法哄我。”

温岭远笑了笑，有些不置可否。他把粗陶茶壶提了过来，拿起一个干净的茶杯，给自己倒了一杯茶。

她问：“你不用去忙吗？”

“中午没有那么忙。”

“那我阿婆……”

“实习的医生看着，有事会叫我。”

宁樨端起面前的茶杯，问：“这是什么茶？”她觉得有些苦，但闻起来很香。她习惯了喝七分糖，加很多珍珠和奶盖的奶茶，有些苦的纯茶接受起来也没有什么障碍。

他说：“碧螺春，也可能是龙井，我不知道。”

宁樨投去疑惑的目光。

温岭远意会：“这是爷爷安排的，他喜欢这些传统文化。”

“你不喜欢吗？”

“我不排斥。”

“那你为什么要学中医？”

“因为我不排斥。”

……

有人来唤，温岭远站起身：“你稍坐。”

宁樨把饼干吃完，温岭远才回来。他告诉她阿婆在做理疗了，二十分钟就能结束。可能中午也不是那么“不忙”，温岭远刚想坐下又被叫走。

没多久，那个年轻女孩又来续添零食，不单单是饼干，山楂片、小麻花、花生酥，各式甜点都端了一点，在小篮子里堆成了一座小山。显然是温岭远特意叮嘱过的。

年轻女孩没忍住多看了宁樨两眼，兴许是因为医馆的零食库存第一次消耗得这么快。

宁樨问：“你叫什么名字？”她预感后面很长一段时间自己都要和对方打交道。

“池小园。”

宁樨点头。

池小园紧张地看着她，不明白她问自己名字的用意，想投诉自己吗？

然而宁樨什么也没再说，把手伸去那座“小山”，拣几片山楂片。池小园莫名其妙地走了。

山楂解腻开胃，宁樨越吃越饿，等得快没耐心时，温岭远扶着阿婆出来了。

宁樨丢下吃了一半的零食赶紧迎上去：“感觉怎么样？”

阿婆笑说：“温医生手法好，脖子好多了。”

宁樨松了一口气，不管能不能治本，阿婆能熬到做核磁共振那天就好。

“后面还要做几次？”

“四次。”

“每天都来吗？”

“最好每天都来。”温岭远身体朝外转，“走吧，我送你们到门口。”

宁樨跟在他后面，又问：“不需要喝药吗？”

“不需要。平常注意保暖，如果家里有按摩仪，日常使用有缓解作用。”

“没有。你有推荐的品牌吗？”

温岭远顿下脚步看她一眼，笑着说：“自己去做功课，不然你要说我打广告了。”

穿过竹径，回到大路旁。

温岭远说：“我帮你们打一辆车。”

“不用，我开车来的。”宁樨话音刚落就知失言，果然温岭远的目光立即落到她脸上。

他站立一瞬，却同宁樨招招手，对阿婆说：“您稍等，我跟宁樨说两句话。”

温岭远没将话说透，只说：“以后最好打车过来。”

宁樨耸耸肩。

温岭远伸出手：“车钥匙给我。”

宁樨掏衣服口袋，带出一堆零零散散的玩意儿，草莓水晶的发箍、用得快只剩下包装袋的小包手帕纸、缠作一团的耳机线……

宁樨从缠绕的耳机线里把车钥匙解救出来，递给温岭远。

温岭远打量着她，她穿一件杧果黄的宽松卫衣、偏运动款的灰色阔腿裤、帆布鞋，完全一副高中生的打扮。

宁樨一点没有被抓到无证驾驶的心虚，虽然她能领会他的好意。温岭远将她叫到一边说这件事，是不想引起阿婆的恐慌。温岭远果真是个极其温柔、周到的人。

宁樨回到阿婆身旁，将她的手一挽，笑着说：“阿婆，温医生说开车送我们回家。”

“真的吗？不耽误温医生工作？”

“他说不耽误。”

“那温医生可真是个大好人。”

温岭远问了目的地，拿手机开导航，然后将手机竖放在下方的储物格里。

宁樨陪着阿婆坐在后座，趴在座椅的缝隙间同温岭远说话：“你为什么后来没再跟我爸吃过饭？”

“我之前在崇城，今年年初才回南城。”

“在崇城做什么？”

“一家中医院工作。”

“现在回来是继承家业？”

宁樨自己都被这个说法逗笑，哪知道温岭远说：“如果是指青杏堂，那算是吧。”

“你们生意蛮好的。”宁樨笑说，“家大业大。”

这时候手机导航的声音被一条微信消息提示音打断，宁樨条件反射地看一眼，手机顶端通知栏里，一个叫钟映的人问：“在做什么？”

宁樨没有偷窥他人隐私的兴趣，身体往回挪，靠在后座椅背上，转而跟阿婆说起话来。

二十分钟后，车停在了宁樨家的车库。

温岭远将车停好，把钥匙交还给宁樨，特意小声地叮嘱她：“以后不准再开了。”

阿婆邀请他进屋去喝杯茶，温岭远笑着说：“下次再来叨扰，我得回医馆了。”

阿婆吩咐宁樨：“樨樨，那你送送温医生。”

温岭远笑着说：“不用了，你们进屋吧，阿婆您注意休息。”

宁樨家住的是别墅，外观气派，内里堂皇，只是不适合居住，尤其是老人。阿婆的卧室在二楼，但她至今住着一楼的客房。

三层的别墅，因为家里人少，就显得格外冷清。

宁樨不会做饭，也不可能让身体不舒服的阿婆做，只好点外卖。

“阿婆，我下午不去学校了吧。”吃外卖的时候，宁樨说。

“怎么能不去上学呢。”

“您一个人在家。”

“小张明天就会过来了。”

“可是您不是不喜欢张阿姨？”

“胡说，我哪有不喜欢她。”

宁樨有时候会想，为什么自己住这么好的房子，拿着用不完的零花钱，却觉得生活的每一秒都有一种无力感。

阿婆从老家搬来之后，这种感觉尤其明显。

阿婆明显不适应这种成天也找不到一个人说话的日子，电脑用不好，网络电视看不懂操作，不敢乱按。小区七弯八拐，每栋建筑都是一模一样，走出去总迷路。她已经六十六岁，谨小慎微地度过了一辈子，临到头了却要重新学习复杂的、没有章法可循的城市生活。

“那您下午要不要去公园逛一逛？河滨公园也有很多老爷爷老奶奶。”

阿婆摇头：“我找不到路回来。”

“我放学去接您。”

阿婆犹豫一下，却还是摇头：“樨樨你别管我了，你上学要紧。”

怎么能不管呢。可是，她又不知道应该怎么去管。

宁樨拿筷子拨着明显煮得过软的米饭，低着头说：“那您想回老家吗？等您脖子治好了，还是回老家生活吧？”

阿婆眼睛一亮，又暗下去：“你爸不会答应的。”

“我跟他说。”

这句话好像给了阿婆一点动力，她的胃口都跟着好了一些。

下午，宁樨去学校。

她读的这个文科普通班都是艺术生，唱歌的、跳舞的、画画的、播音主持的……一整个班仿佛 drama queen（咋呼女王）的舞台，半天不来，“八卦”就更新了一个轮次，仿佛美剧漏看一集，已经接不上前文。

下午第二节自习课，宁樨和苏雨浓没上，去学校便利店买罐装奶茶。

在靠窗的塑料桌椅上坐下，宁樨边喝奶茶，边跟苏雨浓讲周末发生的事。

宁樨目前的男朋友，大概……姑且算是方诚轩，一个长得很帅但是似乎脑子不太好用的短跑运动员。为什么答应跟他交往呢，大约是因为他表白的时候磕磕绊绊，说不下去就只好笑，露出一口整齐的大白牙，显得很真诚。

“周末我陪方诚轩去跟他的朋友吃饭，”宁樨咬着吸管，“他朋友听说我得过校园十佳歌手，让我唱一曲。饭局上，唱一曲，给几个男的。为什么？当我是卖笑的吗？我都没让他们当场给我表演一个跨栏。”

苏雨浓目瞪口呆：“那方诚轩怎么说？”

“他说，宁樨那你就唱两句吧。”

苏雨浓：“他被拉黑不冤。”

“还是你懂我。他说这都是小事，我居然不愿意给他面子。我好烦，我不想吵架，拉黑算了。”宁樨被窗外的阳光照得犯困，趴在桌子上，枕着手臂，“明明告白的时候，我说过我脾气不太好，有时很独断，他说他不在意。”

“男人都是先拐到手了再说。”

“真的没有那样的人吗？喜欢原本的我，不强迫我做不喜欢的事。”宁樨微微抬眼去看苏雨浓，眨一下眼，睫毛在眼下筛出一排阴影，白皙皮肤在秋日午后的暖色光芒里显出一种无机质感的清透，“是因为我长得还不够好看，所以等不到这样的人吗？”

苏雨浓笑说：“我要打你了。”

宁樨听见吸管里发出空响，牙齿松开吸管，又说：“我今天带我阿婆去看了中医。”

“我知道，你说过。然后呢？”

宁樨突然卡壳，好像也没什么然后了。

她把易拉罐一点一点地捏扁，突然指着窗外说：“你看，那是不是姚占云！”

苏雨浓慌乱地转过头去，林荫道上分明一个人都没有。她笑着去敲宁樨的脑袋：“你要死。”

宁樨就势完全趴下，把卫衣帽子的抽绳缠在手指上玩，人有点丧气，提不起精神：“我有点不想上学了。”

“那你想做什么？”

“不知道。抱着我爸的财产，坐吃山空吧。”

“你不如再谈一次恋爱，好歹有事做。”

“分开一点都不会觉得难过，也叫谈恋爱吗？”

“那你为什么要答应呢？”

“还能为什么，”宁樨没甚所谓地说，“她们不都说了吗，我就是无聊呗。”

“你没有。你只是没有遇上真正喜欢的人。”

宁樨枕着手臂，闻到风里有清甜的木樨花香，似乎她的生日快到了，可是好像也没什么可期待的。

感觉自己快睡过去时，手臂被苏雨浓轻轻一晃，宁樨睁开眼，看见苏雨浓朝门口努嘴。

短跑运动员方诚轩站在便利店门口，一脸委屈。宁樨感觉头大，简直要命，他怎么知道自己在这里？

苏雨浓带走了两个易拉罐，扔进门口的垃圾桶，走之前留给宁樨一个略带同情的眼神。

短跑运动员身材高大，塑料椅和桌子之间的那点距离好像根本不够他放腿。宁樨以前觉得他的这种局促显得幼稚笨拙，现在却觉得无比傻笨。

心境转变了，对一个人的前后评价也判若云泥。

知道躲不开了，赶在方诚轩开口之前，宁樨先截断他：“分手吧。”

方诚轩愣住了。他可能是想道歉，顺便再争取一点自己在这件事情上的主动立场，起码至少要让宁樨了解，饭桌上直接拂袖而去的这种行为确实是不礼貌的。

然而对方不跟他下棋，直接把棋盘摔了。

“为……为什么……”

宁樨微微歪着头，她有一头柔顺的黑色长发，衬得皮肤雪白，杏仁似的眼睛就更明亮了，显出一种无辜感，可说出的却是伤人的话：“因为我不喜欢你啊。”

“可是，你不喜欢我为什么答应我？”

“我明明记得你跟我告白时我就说过，你说没关系。”宁樨反而觉得诧异，原来苏雨浓说得对，男人都是想方设法把女生哄骗到手了再说，“怎么，必须喜欢上你是答应你的前提？那你应该提前说清楚，说清楚了我就不会答应你了。”

惊讶、困惑、恼羞成怒，一向只会傻笑的短跑运动员，脸上好像难得瞬间出现这么丰富的表情。

紧接着，他站起来，膝盖弯推动了塑料椅，在地板上划出刺耳的声响。他看着宁樨，仿佛看着露出真实面目的美杜莎：“你果然是这种人。”

短跑运动员走了，便利店里恢复安静。

宁樨双手撑住了椅子，晃着脚往外看。球场上十几人奔跑，在绿草地上追逐一个白色的球。

这种运动到底有什么乐趣呢？她体会不到。

她勾起嘴角笑了一下，恭喜自己已经收集了五句“你果然是这种人”，或者与之类似的表述。搞得她也困惑起来，既然觉得她是这种人，为什么还要追她？

早上起了雾。

宁樨拉开窗帘，望着一片白蒙蒙的天地，觉得好冷。查气温表才知道并没有降温，相反还是个大晴天。

家里的全职保姆张阿姨销假返岗了，宁樨虽然不喜欢她，觉得她只会在宁治东看得见的地方做表面功夫，但也不得不承认，她烧饭是好吃的。早上喝上一碗鸡肉粥，她对上学的抵触情绪都没有那样强烈了。

饭桌上，宁樨让张阿姨带阿婆去青杏堂做针灸。

张阿姨拿的工资很高，这种额外的任务，宁家还会另外给劳务费。

宁樨不知道给多少合适，估摸着给了两千，张阿姨喜上眉梢，拍胸脯保证能把事情办妥。

结果，晚上宁樨下了晚自习回家，阿婆把宁樨拉到自己房间，支支吾吾地问，明天的针灸，她能不能自己去做。

宁樨忙问：“张阿姨是不是哪里没办好？”

“没有，没有！”阿婆忙说，“我就是……觉得很麻烦人。”

“张阿姨拿了工资，这是她应该做的啊。阿婆，您跟我说实话，她是不是给了您什么委屈受了？”

阿婆不说话，只是低下头。

宁樨没拿到证据不好直接发作，可这个人，她准备要换掉了。一直有手脚不干净的习惯不说，反正数额不大。只是阿婆时常隐约表现出抗拒和张阿姨独处一室的情绪，她不认为阿婆是没事找事的人。

“那我明天早上送您去。”

“你要上学的。”

“送到了我就去学校。”

宁樨起很早，吃过早餐带着阿婆准备出门。

张阿姨讪笑：“小宁小姐，今天不要我送了吗？”

宁樨蹲下身给阿婆卷裤脚系鞋带，冷冷淡淡地瞥了她一眼，却没说话。

早上的青杏堂显得清静几分。

宁樨到的时候，看见竹青色布帘后面人影微微晃动，她不确定那就是温岭远，试着喊了一声。

布帘掀开来，温岭远自药房走出，他穿烟灰色的薄毛衣，颜色再深几分的长裤，戴了一副无边框的眼镜，书卷气更深。他衣袖挽起，露出手腕，手里提着一柄黄铜小秤。

“你们是不是还没上班？”

温岭远笑了笑：“我们是弹性上班时间。”

温岭远让宁樨先带着阿婆去茶室小坐。

几分钟后，温岭远换上白大褂过来，领着阿婆去针灸室。

温岭远下完针后让护士看着，走出来就看见宁樨站在走廊里，仿佛是在等他。

她今天穿一件白色卫衣，宽松的水洗蓝牛仔裤，头上随意戴着一顶棒球帽，脚上仍然是一双帆布鞋，穿得很旧了，并不是那样干净。中性的打扮，但一点不影响这个女孩子好似杂志模特的美感。

“温医生，能不能拜托你一件事？”

温岭远看着她：“你说。”

“等阿婆做完今天的治疗，能不能随便给她找一点她力所能及的事做，就说医馆人手不够，她会很愿意帮忙的。我晚上下课了就来接她。”

“我们端茶点的还缺一个人手。”他笑着说。

宁樨有点听不出来这句话是真是假，但她偏向于认为是假，因为……

“那不是池小园的工作？”

“小园一直想去针灸室观摩学习，正好让她去。”

“中饭和晚饭……”

“我来安排。”

宁樨笑起来，是那种大石落地的轻松笑容。她说：“就拜托你了。”

温岭远做人怎么可以这么熨帖，丝毫不问她家里是不是发生了什么，非得把阿婆寄放在这里不可。不过，或许熨帖是表象，冷淡才是真相？

但无论如何，宁樨很感激他，让她不必一整天担心阿婆在家里不开心，或是受到张阿姨的欺负。

临走前，宁樨又想起一件事：“你接触过比较好的家政公司吗？”

“我这边曾经接诊过一个阿姨，是做家政服务的，你需要的话，我可以给你联系方式。”

“靠谱吗？”

“如果你相信我的眼光。我认为她值得信任。”

宁樨简直惊叹，这是什么无所不能的大人，有求必应！她点头：“那我晚上过来，你把她的电话给我。”

温岭远应下，把人送到大门口，带一点调侃的意思问她：“自己开车过来的？”

“打车！”宁樨挥挥手，两步跳下台阶。

路过院子里那树紫红的小花，她想着，晚上见面时，一定要问一问那花叫什么名字。

到学校的时候苏雨浓正拿着速写本画画，宁樨轻手轻脚地凑过去看了一眼：“哦，又是姚占云。”

苏雨浓赶紧捂她的嘴。

宁樨把自己在校门口买的泡芙分给苏雨浓，她到学校的时候，已经迟到了，于是索性慢悠悠地逛了一圈，买了些零食再进教室。

老师不会管她，或者说，知道管也没用。给家长打电话，宁治东来了也只会打哈哈，说带回去管教，嘴上倒是承诺得很勤。家长都已经放弃掉的学生，又是艺术生，不必多费心思。反正，宁治东有钱，怎样都会替他唯一的女儿安排好未来出路。

“你今天很高兴？”

“我没有吧。”

“你笑得和平常不一样。”

宁樨撕下一半的泡芙送进嘴里：“我一年四季都这样笑。”

但是苏雨浓说得对，她一整天都没来由地高兴，期盼着早些下课，好早些接阿婆回家，那样就能早些拿到电话号码，早些换掉张阿姨。这件事，可太值得高兴了。

晚自习一下，整栋教学楼都沸腾了，从教室至校门口，一路上全是赶着回家的学生。

快走到校门口，宁樨与方诚轩碰上了。

几个校田径队的队员勾着他的肩膀，围着田径队的还有几个女生。不知道谁说了一句什么，快要挡住路的一排人齐齐转过头来看向宁樨，如出一辙地带着鄙夷嘲讽意味的眼神。

宁樨正跟苏雨浓说说笑笑，一点没受影响，得闲才分一个眼神给他们：“分个手也要昭告天下吗？”

“兴许除了短跑，你就是他唯一能拿得出手的谈资了。”

宁樨这种满不在乎的态度，更进一步刺激了那些人的情绪，觉得她都这样了还好意思笑。他们商量着齐齐停了下来，等宁樨从他们旁边经过时，一起发出响亮的“嘘”声。

一时引起了许多人侧目，更多人“科普”。

宁樨煞有介事，自问自答：“今天的宁樨同学更有名了吗？更有名了。”

跟苏雨浓在校门口分别，她打车到了青杏堂。

宁樨站在门口往院子看，原来那些生了青苔的石灯笼在夜里是亮起的，融融的一捧澄黄光芒。

她看了一会儿，三两步跑上台阶。

晚上十点半的医馆已经停止营业，但是大堂里依然亮着灯，大门开了半扇，好像专门在等她一样。

宁樨穿过大堂，听见茶室里传来喁喁人声。她轻手轻脚地走到门口，还未来得及开口，温岭远已经抬起头来。

阿婆跟着转过头：“樨樨，你放学了。”

温岭远、阿婆和池小园围坐一桌，桌上放着各种餐盒，似乎是一顿内容丰富的夜宵。池小园已经掰开了筷子，有点迫不及待。

她问：“你们在吃夜宵？”

池小园纠正：“不是夜宵，是晚饭。”

“这么晚？”

池小园耸耸肩：“医疗行业都这样。”

“我以为私人开的医馆应该会轻松点。”宁樨将背包放在靠近门口的一张桌子上，又慢条斯理地整理了一下落进脖子里的长发。

温岭远拖开身旁的椅子，笑着说：“快过来坐。”

“也有我的份？”

池小园说：“就等你了，不然我们早就开始吃了。”

宁樨赶紧走到温岭远身旁坐下，又去看阿婆。

温岭远仿佛知道她在想什么：“阿婆已经吃过，单独给她点的。”

宁樨有些不好意思，其实这个想法只在脑子里过了一下，没有细想，她不是那种拜托别人帮忙，还会因为别人没办周到而兴师问罪的人。

“我在学校也吃过了。”

池小园说：“那你随意，我们不管你了，我要饿死了。”说着先夹了一筷子菜，就着白米饭开始狼吞虎咽。看起来小巧斯文的一个女孩，吃东西却十分豪放。

宁樨晚上只吃了半个面包，有点被池小园感染了，于是拿起筷子，用筷尖儿挑了一点鱼肉吃，鱼肉口感鲜美，不知道用了哪些佐料，和她平常吃过的鱼有些不一样。

“味道好独特。”

池小园一口气把桌上的菜介绍了一遍：“炙甘草鲈鱼、当归牛肉、杜仲红枣枸杞松茸汤、青柠百部海螺片，这个甜点是玫瑰茄佐桃胶皂角。”

宁樨微讶：“我本来想说，你们这么晚吃晚饭，中医馆都不讲养生的吗，现在看来好像太养生了。”根本是一桌药膳。

池小园说：“是大温叔叔跟人投资的餐厅，温家算是中医世家，所以做的是食疗的概念餐厅。平常生意还蛮好，如果不是小温叔叔走后门，今天是吃不到的。”

宁樨愣一下。之前没细想过怎么别人都下班了，唯独池小园还在，原来跟温岭远是亲戚。

“大温叔叔？”

温岭远说：“我哥。”

“你还有个哥？”

温岭远笑了：“一直都有。”

宁樨拿调羹往自己碗里舀一些松茸汤，问道：“你们每回都这么晚吃饭？”

“平时没这么晚，今天格外忙一些。”温岭远将目光转向阿婆，笑说，“多亏阿婆帮忙，不然今天忙不过来。”

阿婆被夸得笑不见眼。宁樨好长时间没见她这样笑过。温热的松茸汤在食道里过一下，红枣和枸杞的甜味散开，胃也跟着暖起来。

然而，今天是解决了，往后呢？

宁樨想到这儿，捏着勺子动作一慢。她将口袋里的手机拿出来，看了一眼时间。宁治东承诺明天回来，现在还没有音信。

吃完东西，把桌上的餐盒收拾归拢，温岭远去丢垃圾，宁樨让阿婆稍坐，自已也跟上去。

月亮是淡黄色的，朦朦胧胧，宁樨想着“月晕而风，础润而雨”这句话，明天会起风吗？

“温……”她觉得“温医生”这个称呼好像十分生疏，卡了一下壳，索性直接省去，“能不能再拜托你一件事。”

温岭远的脚步慢了下来，是在等宁樨开口。

“如果让阿婆长期在你这里帮忙，可以吗？你假装雇她，工资我来给，你转交。”

温岭远低下头，目光平和地看着她：“很抱歉，我不能答应你。”

宁樨怔了一下，因为在她的预设里，温岭远一定会答应。这不是多复杂的事，甚至不要他花钱。

温岭远解释：“请你站在你父亲的立场来考虑，自己的妈妈在朋友那儿打工。以我对你父亲的了解，他的性格无法接受这样的事。”

宁樨肩膀一瞬间就塌了下去。是这个道理没错，看来温岭远很清楚宁治东是多好面子的一个人。

他脱下了白大褂，身上那件烟灰色的薄毛衣质地仿佛很轻柔，月光也照得他五官更柔和，但人反而显得有一些疏离。是他时常表露出那种温柔，让她以为他一定很好说话，看来这是一种误解。

宁樨揉了一下眼睛，不再反复恳求，她从来不会强人所难。

“那个做家政的阿姨……”

“哦。”温岭远掏出手机，“我把她的微信发给你。”

“你没有加我的微信。”

温岭远笑了笑，晃一下手里的塑料袋：“等我扔了垃圾。”

往回走时，他调出自己微信名片的二维码递过去。

宁樨用手机扫了一下，界面弹出温岭远的用户名和头像，没什么悬念的真名，微信号是 wly1224，头像是一条冲着镜头笑得灿烂的金毛。

透露出太多他的信息，宁樨不知道该从哪儿开始问：“你养狗吗？”

“以前养的，已经去世了。”

还用着它的照片做头像，他应该是长情的人。宁樨生出奇怪的念头，他大她十三岁，差不多是一条金毛犬一生那么长的时间了。

温岭远通过了验证，打字给宁樨改备注。小女孩好像都喜欢用奇奇怪怪看不懂的微信名，头像也是奇奇怪怪他不认识的动漫人物，一个金色长发，脸有些圆的男生。

宁樨看着他。

温岭远注意到她的视线，问：“怎么了？”

“你没问我头像是谁。”

温岭远笑说：“我应该问吗？”

“你现在不用问了，不然好像是我求你问一样。”

“那么，你的头像是谁？”

“不告诉你。”宁樨扬了扬眉。

温岭远笑了笑，从通信录里翻出那个做家政的阿姨的微信，给宁樨发过去：“她姓汤，你说是我介绍的。”

“谢谢。”

“不用道谢，我也没有帮到你。”他的歉意是真的，因为他清楚宁樨苦恼的问题，那并不是换个全职保姆就能解决的。

经过院子，宁樨指着那树紫红色的小花，问：“这是什么花？”

温岭远顿一下：“等我问过爷爷，我告诉你。”

宁樨笑了：“你是真的打算继承家业吗？为什么关于医馆的什么问题都不知道。”

“可能，我还没进入角色。”他似乎笑了一下，但没有笑进眼里。

回家的路上，好似越临近家就越沉默，宁樨明显感觉到阿婆的情绪渐渐低落。阿婆和她一样，不想回到那间没有人声的屋子。

宁樨悄悄摸出手机给宁治东打了一个电话，没有人接。

到家，宁樨叮嘱阿婆早些洗澡睡觉，明天去医院做核磁共振。

“我感觉这几天针灸下来好多了，这个什么核磁，是不是不用做了？”

宁樨不敢擅作主张，给温岭远发了微信咨询，他没有回复，可能已经睡了。

宁樨洗过澡，吹干头发回到卧室，看见通知栏多出一条未读消息，立马将手机解锁，看到五分钟前温岭远的回复：“我建议还是做一下。”

宁樨：“谢谢。”

微信界面顶上的“对方正在输入”闪了闪，温岭远回复：“不谢，早些睡。”

宁樨发过去一句“晚安”，他并没有再回复。

不放心让张阿姨陪同阿婆，宁樨请了假，陪着阿婆去医院做核磁共振。按照预约时间准时到的，却还是等了四十多分钟。

做核磁共振的时间也很漫长，结束后，阿婆在长椅上坐下，抚着心口，说耳鸣、胸闷，还想吐。检查结果今天也拿不到，还要等一天半，宁樨对医院的办事效率简直绝望。

她给温岭远发了条消息：“做完核磁共振，感觉恶心想吐，是正常现象吗？”

温岭远多半在忙，迟迟没回消息。

宁樨陪着阿婆坐了十来分钟，等阿婆缓了一些，才扶着她去门口打车，去青杏堂，接着做针灸。

宁樨直接去了针灸室，在门口看见温岭远正在给人下针。不知道是谁做艾灸忘了放置抽烟罩，针灸室好似烟熏火燎，气味也呛鼻。

温岭远吩咐实习医生给针接上电，裹好针袋，转身就看见了站在门口的宁樨。

他走过去，微笑着说："MRI（磁共振成像）做完了？"

这回宁樨没有回以一个同样的笑容，只是指了指茶室说："阿婆来做针灸。"

温岭远点头，跟着她往茶室走。

"温叔叔，"宁樨抬头看他，"今天再让阿婆在这里待一天吧，后面我会自己想办法。"她联系了那个姓汤的阿姨，对方说最快也要两周之后才能到岗。

宁樨叫他"叔叔"，倒让温岭远觉得猝然，这是真正有求于人的语气，她怕他不答应。温岭远一顿，看了她一眼。女孩的神情莫名地让他想到了泡在水里的饼干，虽然还勉强保持着饼干的形状，但已经塌软到一碰就散了。

拒绝的话，他就没忍心说出口。

将阿婆送到针灸室，宁樨要赶去学校，不等温岭远扎完针，说了句谢谢，便匆匆走了。

温岭远忙过一阵后，拿出手机，看到有十几条未读消息，包括宁樨的，然而已经是一个多小时之前发的了，好像已经没有了回复的必要。

宁樨在真正心情烦躁的时候，反而一点也不想跟苏雨浓倾诉。她推掉了苏雨浓一起吃午饭的邀请，说自己早饭吃得晚，还不饿。

等教室里稀稀拉拉的没剩下多少人后，宁樨才出去找东西吃。

她常在街对面的一家面馆吃面，点了一瓶豆奶，边吃边发呆。这季节，碱水凉面吃下去哽在喉间，略微发苦。她没了胃口，拿筷尖挑着碗里的花生碎。

塑料门帘被人掀开，走进来几个女生，在靠门的那张桌子旁坐下。点餐之后，几人叽叽喳喳地聊起了"八卦"。

宁樨坐在最里面那排，背对着门口，没穿校服，还戴了顶帽子，她们因此没注意到她，聊起来肆无忌惮。

女生对女生的攻讦，尤为难听。她们说的这些下作言论，宁樨并不陌生，归纳起来，无非说她不检点云云。

宁樨一边听着，一边挑完了碗里的花生碎。

凉面还剩一大碗，她丢下筷子，把碗端起来，径直走到门口。在几道惊恐的目光中，她将碗里的凉面尽数倒在了讲话最大声的那个女生头上。

宁樨自认在做这件事的时候是面无表情的，不知道怎么到了办公室，在老师面前，就被那个女生形容成了“面目狰狞”，她觉得自己不会这样不注意形象。

班主任何老师承诺会妥善解决这件事，打发了女生和她的目击证人后，开始集中火力对付宁樨，她让宁樨给宁治东打电话。

“打不通。”

“那你回家把他叫过来。”

“他不在家。”

“去哪儿了？”

“不知道，可能是死了吧。”

“宁樨，你态度端正点！”

宁樨把手机递给班主任：“不然您打给他试试，我也在找他。”

何老师抬眼注视着宁樨，仿佛把宁樨这个行为视作挑衅，其实宁樨没有。

“那好，你家长不来，你今天就在办公室待着别回去。”何老师把手头正在批改的练习册合上，往旁边一摔，“啪”的一声响。

“我还得去接我阿婆。”

“阿婆？”

“我奶奶，她生病了。”

“宁樨，说谎有什么意义，尤其还拿家人的健康来说谎。”

宁樨揉了揉额角，自嘲地笑了一下，世界什么时候变得这么荒诞了，说真话都没人信。

她放下手，直视何老师：“那我直接退学吧。”

“退学也得喊家长来签字。”何老师这回是真的动了气。

一下午，办公室里的老师来来回回，都会好奇地看一眼坐在何老师桌前的宁樨，不知道这学生怎么回事，垂着头一言不发。其实这年龄阶段的小孩儿，叛逆归叛逆，真被叫到办公室来训话，多半还是会难为情，训久了，当场哭的都有。这女生的神情倒是淡定得很。

何老师去食堂吃过晚饭回办公室，宁樨还坐在那儿。

这么听话，倒让她觉得难办，已经有些骑虎难下了。

她坐回到椅子上，拧开保温杯喝了一口水，切换为语重心长的模式：“你成绩也不算太差，又是学艺术的，再拼一把，提升个几十分，去一本学校还是有希望的，有什么必要提退学？高中文凭都拿不到，以后准备做什么？我当然知道你爸爸有钱，但是你准备一辈子依靠父母吗？”

宁樨丝毫不为所动，只问：“我可以回教室了吗？”

“你家长来了，你就可以回去。”

宁樨抬起头来看着何老师。

何老师以为她要服软，没想到她却指一指她身旁的窗户："能关上吗？坐久了，我冷。"外面不知道什么时候起风了。

僵持片刻，何老师终于确定今天可能拿宁樨没辙。宁治东给学校捐过款，校长都要给他三分薄面。

窗户关上，何老师坐回到桌前："不喊家长来也行，你写个检讨吧，总得给人一个交代。"

"没做错事也要写检讨吗？"

"这么对待同学叫没做错事？还好那面是凉的……"

"凉的我才敢泼啊，热的话我就会泼豆奶了。"

不是没教过奇葩学生，但这么奇葩的女生，何老师自认是第一回见到。

"你是觉得自己有道理？"

"胡乱造谣的人不该得到惩罚？"

"她们造你什么谣了？"

"您确定要我复述给您听？"

"你说。"

宁樨便把中午在面馆听见的话一字一句地复述出来，还没等她说完，何老师便面色尴尬地制止她："好了好了，我知道了……"

何老师发现自己纯属挖坑给自己跳，如果认同这是谣言，就没立场要求宁樨写检讨；如果认为这都是真的，带出来这样一个行为不端的学生，她还要不要在班主任的岗位上混了？

犹豫来犹豫去，她最后干脆卷上备课材料去教室里监督学生上晚自习了，走前撂下一句话："晚自习你就在办公室里把检讨写出来，写完就能回去。"

宁樨发了一晚上的呆，一个字没写。

上完晚自习回来，何老师再口头教育了几句，便让人回去了。她也是没办法，总不能真把人留在办公室不让回家。

医馆今天的晚餐没比昨天早吃多少。

收拾过桌子，池小园去扔垃圾，走到大门口，一步差点踩空："宁……宁樨？"

院子里的石桌旁坐着个人，蜷缩着身体，脑袋趴在桌上。

许是听见动静，温岭远循着声音走出来，他看了一眼，就让池小园继续去丢垃圾，自己走过去，轻轻拍一拍宁樨的肩膀："你还好吗？"

她没坐起来，只转过头去看他，面颊贴在石桌上，仿佛一点不觉得那很凉。

她声音是沙哑的，问他："有治胃痛的药吗，速效的？"

"是哪一种痛？"

"不知道……饿久了的那种痛吧。"

"你先站起来，外面冷。"

"站不起来，头晕。"

温岭远抓着宁樨的胳膊，一把将她拽起来。她脚下打个踉跄，倒没真摔倒，因为两条胳膊都让温岭远给钳住了。

"头晕？"

宁樨闭眼缓了一下，摇了摇头，挣开他的一只手，被他半搀扶着跨上台阶。

走到大厅，她说："别让我阿婆看见，她要担心。"

温岭远脚步一顿，扶着她往右拐。穿过那道竹青色布帘，便是一楼的药房。中药柜从地下一直顶到了天花板，密集而整齐的黑漆小木屉上，贴着用毛笔书写的朱红色标签。

往左手边拐个弯，木质楼梯向上延伸，通往二楼。楼梯间的白墙上挂着一幅字，狂草。宁樨眯着眼看，只看见眼前白花花的一片。

她的手打战，心跳也很快，体表冒冷汗，两段楼梯，走得很艰难。

二楼也是中式装修，但做了混搭，明显的住家风格。从玄关进去，拐角就能看见一套棕色的皮沙发，宁樨仿佛得救，蹬了鞋，走过去便往沙发上一躺。

温岭远将门虚掩，下了楼。

茶室的饮水机二十四小时有热水，温岭远正在冲葡萄糖，池小园拿着一支甜筒回来，正要对坐在前面喝茶的阿婆说："宁……"

温岭远将她拦住，使个眼色。

阿婆耳朵还很灵，问："樨樨是不是来了？"

温岭远笑着说："宁樨发微信说，要晚半个小时到，您再坐着等一会儿。"说完指示池小园陪着阿婆等。

温岭远将温热的水杯放在茶几上，伸手碰了碰宁樨的手臂："把葡萄糖喝了。"

宁樨爬起来，二话没说拿起了水杯。她拿水杯的手一直在抖，差一点让水溅出来。水的温度刚刚好，她一口气饮尽后，才觉出简直甜得发苦，喉咙里都是腻的。

趴了一会儿，心悸之感消退很多，听见厨房传来"吱吱"声，她爬起来走过去。因为赤着脚，她就没踏进厨房的瓷砖地面，只站在门外的木地板上。

温岭远正将煎好的蛋起锅，将切成薄片的番茄和从罐头里舀出来的吞拿鱼一并放在吐司上，再压上另一片吐司，拿刀切成三角形，放在白色瓷盘上端出来。

动作熟练，一气呵成。

他穿着一件灰蓝色的衬衫，衣袖挽起，手臂和手腕处的皮肤让灯光一照，显出冷玉一样的白。他肤色白，但五官轮廓深，并不显得女气，只是显得比他实际年龄要小上很多。和她第一次见他时比，他仿佛没有太大的变化。

"你会做饭？"她问。

"只会做这个。"温岭远指了指餐桌，示意她过去坐。

宁樨坐在木椅上，习惯性地晃着脚，拿上三明治，一口咬下去近半。她发丝垂下来，影响进食，于是把剩下的一半放回瓷盘，从衣服口袋里摸出发箍，扎上马尾，再继续吃。

她扎马尾的动作又快又狠，握着一把头发，每一下都扯到底，看得人莫名头皮发痛。

温岭远笑了笑："没吃晚饭？"

"中饭也不算是吃了。"

"减肥吗？你不需要。"

"我从来不减肥，"宁樨咬了一口三明治，说话含糊，"因为被老师留校了。"

温岭远看着她，仿佛是不信。

她说："我闯祸了，老师让我爸去接我。你知道的，我联系不上我爸。"她偏了一下头，看他，"温叔叔，你说，他还活着吗？"

"我可以试着帮你联系。"

两个三明治，宁樨很快就吃完了，她拍了拍肚子："随便他吧，不管他回来还是不回来，我明天都不打算去学校了。"

"为什么？"

"因为阿婆没人管啊。"宁樨耸耸肩。

温岭远微微地皱了一下眉："如果，你是不满我之前拒绝你的请求……"

"没有。"宁樨截断他，"你可能还不了解我，我从来不强人所难。"

温岭远的神情一时变得很淡。

他不确定这是不是宁樨使的一点小手段，想让他觉得愧疚，但毫无疑问，她成功了。其实了解他的人，不会对他使这种手段，因为他一贯说一不二。

可能是因为没触及原则，所以他觉得妥协一下也无妨，毕竟这是宁治东女儿的事，又是还没成年的小女孩，照顾一下是应该的。

于是温岭远说："在你爸回来之前，白天可以让阿婆待在我这儿，但是，你要去上学。"

宁樨笑了起来，灯光在她明澈的眼里闪动："成交。"

温岭远把盘子丢进水槽式的洗碗机里，从冰箱里拿出一块巧克力，撕开一半的包装纸，递给宁樨：“把巧克力吃了我们就下去。”

宁樨认为旁人擅自把她划分到叛逆少女的做法其实是一种偏见，她明明很听长辈的话。就像今天，她既没有从班主任的办公室里擅自走掉，也没有拒绝此时此刻温岭远递过来的高热量食物。

她身体斜坐，靠着椅背，一边小口咬着巧克力，一边打量二楼的这处小居室。书架上只放着寥寥几本书，置物架上放着两三只纸盒。虽然卧室门关着无从窥探，但从她所看见的过于空旷整洁，拎包就能走一样的空间来判断，这里多半只是个临时住所。

居住的地方至少需要一盆绿植，这是她的坚持。

温岭远不催她，坐在旁边椅子上耐心地等，只是觉得她吃巧克力的速度慢得离奇，于是问了一句：“你不喜欢巧克力？”

“我喜欢苦一点的。”她展开外包装看，果然是牛奶巧克力，于是笑了一下，笑声清脆，“我好奇怪，奶茶喜欢越甜越好，巧克力却喜欢越苦越好。”

“我记住了，下回不会弄错。”温岭远笑着说。

宁樨觉得自己的心脏鼓动了一下，有点分不清是因为什么，因为“下回”吗，还是因为还没完全消失的低血糖症状？

巧克力还剩一半，无论如何都吃不下了，宁樨向对方投去求救的目光。

“不想吃了就扔掉吧，我们下去。”温岭远起身，关上厨房的灯。

“好像有点浪费。”宁樨用包装纸将巧克力一裹，揣进上衣口袋里，“我饿了再吃。”

温岭远笑了笑，由她了。

宁樨跟在温岭远身后下楼，路过那幅狂草的字，停下脚步，问：“写的是什么？”

温岭远没有直接揭晓答案，指着第二个字问她：“这个字认识吗？”

“风？”

温岭远点头，又指倒数第二个字。

“长？长安。”乍一看龙飞凤舞的两行字，一个一个地拆解倒也不难认，她认出一个“秋风”，一个“长安”，惊喜地脱口而出，“秋风生渭水，落叶满长安？”

温岭远笑着点头。

“是谁写的？”

温岭远却不说。

宁樨凑近去看落款，篆体的印章实则比字好认。她惊讶：“是你写的啊？”

“写得不好，爷爷擅自装裱挂上的，也不让我摘。”

“这也叫不好吗？”宁樨想到自己狗刨一样的字，自惭形秽，“你练了多久？”

“忘了。反正挨过不少打。”

宁樨被逗笑：“我不信。”

“真的，虽然多半是替我哥顶罪。”

“你也有这么像普通人的时候。”

“我原本就是普通人。”

宁樨眨了一下眼：“你给人一种不像有七情六欲的印象。”

温岭远笑一笑，也不多辩解：“走吧。”

经过药房的时候，宁樨猜想，那些贴在抽屉外侧的标签，多半也可能是温岭远写的。

她边走边回头看，没注意温岭远已经走出去了，掀起的布帘落下，差点扫到她的脸，她下意识地“呀”了一声。

“小心。”温岭远退后一步，赶紧又将布帘掀起，“打到了？”

“没有。”宁樨一低头走了过去。

落后温岭远一步多，穿过大堂，即将走去左边走廊的时候，宁樨突发奇想地跳了一下，她跳起来，恰好与温岭远一样高。

温岭远转头的时候，她已经落地，于是略感莫名：“怎么了？”

她抿唇一笑：“没有啊。”

阿婆等了很久，问宁樨怎么今天学校放学放得这样迟。

“老师拖了一下堂。”宁樨摸摸鼻子，拿起搭在椅背上的毛线衣外套给阿婆穿上。秋天的晚上天气凉，今天又起了风，她怕阿婆受凉。

温岭远照例将两人送到路边，等她们打上车后才往回走。

宁樨同他挥手：“温叔叔，我们走了。”

温岭远一步退回路牙上，点头“嗯”了一声。

等车开出去，宁樨对阿婆说：“温叔叔希望您后面几天继续在医馆帮忙。”

阿婆很高兴，说：“帮到什么时候？只要不给小温添麻烦。”

“不添麻烦的，他说您很有耐心，又细致，比毛毛糙糙的年轻人干得更好。”宁樨避开了期限的问题没有回答，想着等宁治东回来再说吧。有一个瞬间，宁樨发现自己竟然不那么希望宁治东回来了，起码不要回来得那么快。

每当闲下来，池小园就会温习她必做的功课——泡在药房里辨识药材。抽屉的位置都有讲究，并不是胡乱排列的。

温岭远对她的要求是，不论他报出哪一味药，她都能脱口报出它的位置、入药部位、性味、归经、功效、主治、配伍和禁忌。

“细辛，横三竖六。马兜铃科，植物北细辛、汉城细辛或华细辛的干燥根和根茎；辛，温，有小毒；归心、肺、肾经；解表散寒，祛风止痛，通窍，温肺化饮……《本草经集注》有云……”

池小园正闷头低诵，听见外面有脚步声，掀布帘一看，是宁樨和她阿婆。宁樨手里提着医院影像科的资料袋，应该是拿到核磁共振的结果了。

池小园问：“还好吗？医生怎么说？”

“骨科的医生开了一个治疗方案，让我去找疼痛科的医生。”

池小园愣一下，笑了：“一般医院的疼痛科，都是……”

宁樨点点头：“嗯，针灸、拔罐、艾灸……”跟青杏堂有什么区别？

“大家有偏见，觉得中医的一切都是骗人的。”池小园耸耸肩，“但是现在NBA的球星都在用拔罐和针灸治疗伤病。”

宁樨承认自己过去也是持有偏见的一员，但是阿婆似乎很享受每天过来做针灸，说每做一次感觉脖子就轻松一分。她是实用主义者，如果阿婆觉得有效果，她没有任何意见。

池小园把自己做的巴掌大的一本厚厚的笔记本揣进白大褂的口袋里，站起身来：“温叔叔今天没有来，我让别的医生给阿婆做针灸吧。”

宁樨愣一下：“他去哪儿了？”

“去参加一个交流会，原本邀请的是温爷爷，温爷爷不愿意去。”

“我好像没见过温叔叔的爷爷。”

“他周一上午会来坐诊，你千万不要在那个时候来，排队能排到外面的大路上去。”

今天给阿婆做针灸的是另一位医生，四十来岁，宽额圆脸，笑容和蔼，是天生让人信赖的那种长相。

宁樨站在针灸室门口张望，好像阿婆没有任何不适，于是放心离开了。

走到院子里，她停下脚步往那树紫红色的小花看了一眼，怅然若失。

中医馆总是忙一阵闲一阵，池小园也跟着忙一阵闲一阵。

阿婆做完了针灸，就去茶室帮忙。她会浸湿一块软抹布，把茶室的桌子都擦一遍，再给书架上的绿萝浇水；把储物间装零食的密封箱摆整齐，清点库存；检查昨天清洗过的茶壶，不够干净就再洗一遍。

都是很简单的工作，但她做得很认真。

人其实不怕老，是怕其实还没老，却被人视作已经丧失劳动力的废人。

池小园有时候会去茶室休息，跟阿婆说说话。她很喜欢阿婆，因为阿婆会让她想到自己已经去世的外婆。

“小园啊，”阿婆擦拭绿萝的叶片，见池小园走进来，冲她招一下手，笑眯眯地说道，“阿婆有一件事想麻烦你。”

宁樨到学校的时候，班上正在上数学课。

老师对她迟到这件事仿佛已经见怪不怪，都已经高三了，想学的自然会学，不想学的按着头也没用。

宁樨刚在自己的座位上坐下没多久，坐在她后排的苏雨浓就伸出一支笔戳她的后背。

宁樨的手往后伸去，苏雨浓却低声说：“下面，下面。”

她的手臂越过椅子，伸到苏雨浓的桌子下方去，接到的是一个纸盒。

宁樨动作缓慢地收回手臂，拿进抽屉一看，标志性的浅蓝色，盒子里有张小字条。

苏雨浓从来不会好好写字，只画了两个 Q 版小人，一个长发一个中长发，小人一起举着横幅，上面写着花体的“HAPPY BIRTHDAY（生日快乐）”，旁边飘着彩带和气球。

宁樨撑着额头就笑了，原来自己今天过生日，她自己都要忘了。

苏雨浓父母是双职工，很典型的小康家庭，一次性拿出几千块买礼物这件事，对她而言，不算难，但也不算太轻易。

宁樨知道苏雨浓在微博上粉丝还挺多，会参与一些同人本的绘制，偶尔接稿画图，挣点零花钱。但毕竟是学生，时间有限。

苏雨浓对她，是舍得花钱的。

宁樨从本子上扯一张纸，给苏雨浓写小字条。其实发微信就可以，但是她忘了。古老的“通信方式”有别样的情趣。

宁樨写：“你是富婆吗，买这么贵的礼物？你送什么我都会喜欢啊。”将字条叠一叠，丢到后方。

苏雨浓给她回：“我送个屁给你，你也喜欢？”

宁樨：“还真没有人送屁给我哎，你作为第一个不好吗？我会记一辈子。”

丢字条的动作有点大，讲台上的数学老师瞪了她们一眼。宁樨立马竖起课本，身体一缩，努力减少存在感。

苏雨浓只回三个字：“好恶心。”还在旁边画个嫌弃脸的 Q 版小人。

下课，宁樨让苏雨浓给她戴项链。她偏着头，将头发顺到一边抓住，说：“今天下晚自习了，你跟我去接阿婆，我把她送回家之后，我们去吃夜宵吧。”

宁樨知道苏雨浓空有一颗叛逆的心，多数时候还是要做个乖宝宝的，所以并没有提议干脆一道翘掉晚自习。

苏雨浓第一次去青杏堂，自步入竹径之后就啧啧称赞：“环境好好。”

宁樨莫名地与有荣焉：“里面的环境更好。”

宁樨领着苏雨浓轻车熟路地经过大堂，走廊第二间是茶室，平常一直开着，此刻却关着门。

宁樨有点儿疑惑，唤了一声："阿婆？"

她旋开门把手，打开门，"嘭"的一声，她反射性地眨了一下眼，觉得被什么东西喷了一头一脸，下一秒反应过来，是花炮里的彩纸和彩带。

茶室里没有开灯，拉花炮的是池小园。温岭远手里端着蛋糕，烛火摇曳。他头顶戴着一顶三角纸帽。不知道为什么，宁樨觉得他戴上这帽子一定不是出于自愿。

唱《生日快乐歌》的时候，这样简单的几句池小园居然也能唱走调，格外突出，引得大家边唱边笑。

他们的目的达到了，宁樨明明是一个害怕惊喜，也害怕一切俗气场合的人。

宁樨抱住阿婆，闻到她身上衣服被阳光晒过的味道。

"樨樨哭了哦？"阿婆笑眯眯地拍着她的肩膀。

"我没有。"

"吹蜡烛，吹蜡烛！"池小园垂涎这个黑森林蛋糕许久，拍着手催促。

蛋糕放到桌上。宁樨被摁在凳子上坐下，和苏雨浓一起戴上了跟温岭远一样的纸帽，只是颜色不同。

"为什么你不戴？"宁樨指着池小园。

"因为蛋糕是我和阿婆去买的！"池小园义正词严。

宁樨双手合十闭上眼，其实什么愿望都没许，她不信这个，因为十二岁以后许的愿望，一次也没有实现过。

蛋糕很小，一人一小块就分完了，留不出更多的给人糟蹋。宁樨分到的那一块是带有白巧克力祝福牌的，上面拿黑巧克力酱写着：Xixi，生日快乐！

宁樨笑着说："这个蛋糕师傅也太懒了。"

池小园说："谁让你名字这么复杂，根本写不下。"

吃着蛋糕，大家奉上生日礼物。阿婆准备的是一双粉红色的兔绒手套，池小园的是一个电镀玫瑰金的兔子钥匙扣。

池小园说："白天我带阿婆去商场买的。这个钥匙扣很便宜，你别嫌弃，我工资很低的。"说着看了温岭远一眼，正大光明地跟老板抱怨待遇问题。

温岭远笑了笑。

宁樨说："不嫌弃，我正好缺一个钥匙扣。"她把装着钥匙扣的纸盒放进书包，当场戴上那双手套，举到阿婆跟前，"好看吗？"

"好看，好看。"阿婆笑得见牙不见眼。

现场唯一还没送礼物的就是温岭远了，宁樨看了他一眼，其实是以为他也准备了，并不是质疑他为什么不送。

温岭远显然误会了，笑着说："抱歉，我晚上回来后小园才告诉我今天是你的生日，没来得及给你准备礼物。你想要什么，我给你补起来。"

"那你送我一幅字。"

"换别的吧，很长时间没练习过，不好献丑。"

"我只想要这个。"

"那要拖一阵了。"

"只要你不忘记。"

池小园跟着起哄凑热闹："我也要，我也要！"

"等你过生日再说。"

"我生日八月份才过，还要等那——么——久！"

吃完蛋糕，宁樨主动收拾桌子，提上装着空蛋糕盒、纸餐盘、塑料刀叉的塑料袋去扔垃圾时，在门口院子里看见了温岭远，他正坐在石凳上打电话。

听池小园说，他今天是去参加交流会了，所以才穿得这样正式，衬衫西裤，不同于平常的白大褂或是休闲的穿搭，更显得清贵，只是……

宁樨笑了一声。

她可没有偷听别人打电话的癖好，提着袋子飞快地走了。等她回来的时候，温岭远正好打完电话站起身。

"温叔叔。"宁樨三步并作两步蹦到他面前。

温岭远等着她一起进去，她却忽然伸手往他头顶探去。蛋糕吃到一半时被电话打断，他这时候还戴着那顶幼稚的纸帽。

温岭远往她手里看一眼，笑了笑："小园一定要我戴的。"

"小园是你的亲戚吗？"

"是我妈那边一个比较远的亲戚，她父母离婚了，她原本跟着她外婆过的，去年她外婆也去世了。我妈就把她带来南城，放在青杏堂当学徒。"

宁樨把纸帽压扁，对齐，对折，沉默地听他说完，才笑说："现在能在青杏堂生活也蛮好了。"她背着手，两步跳上台阶。

茶室里阿婆泡了茶，茶水清苦，能够解腻。

大家坐着说了一会儿话，宁樨的手机响起，是好几天没有音信的宁治东打来的。

宁樨怕自己控制不住脾气，起身去大堂接。

大堂里光线不算明亮，人站在空荡荡的正中央说话，都仿佛会有回声，于是她走去右边，掀开布帘，在通往二楼的木楼梯上坐下。

宁治东解释说，这两天有事出了一趟海，把私人用的那个手机落在酒店了，所以没接到电话。

宁樨是不信的，电话接不到，微信也不能回吗？

“你什么时候回来？”

宁治东笑呵呵地说：“怎么，过生日想爸爸回来了？不是爸爸不想马上回来，主要这边有点儿事绊住了。阿婆好一些了吗？”

宁樨不接他的茬：“我准备开除张阿姨了。”

“一个保姆，开除就开除了，爸爸再给你安排一个？”

“你确定不回来吗？”

“这个，樨樨，你理解爸爸……爸爸给你打点钱，你过生日想买什么就买什么，好吗？”

“你确定不回来？”宁樨追问。

宁治东好像被她问得面上有点挂不住，敷衍道：“我尽快，尽快，好吗？”

“你不回来的话，我就准备把阿婆送回老家了。”

前几年阿公去世，宁治东回去治丧，被人指指点点，说他赚了那么多钱，却一点不顾父母的死活，自己住大别墅，却让老人住老屋，修修补补的，连间新房也舍不得盖。

这当然是误会，是阿公阿婆坚持要住老屋，觉得住老屋更自在。宁治东劝不动，给老屋做了现代化电气改造，尽量让他们住得方便舒服。

宁治东最大的毛病就是好面子，忍不得这样的议论，阿公一下葬，他就把阿婆接到了城里。

宁樨说要送阿婆回老家，简直在戳他的逆鳞。

“阿婆住得好好的，你送回去干什么？”

“你可以试试，三天内你不回来，我就把阿婆送回去。”

“宁樨，你少给我自作主张！”

宁樨挂断电话，把宁治东的号码暂时拖进拒接名单里。她抱着膝盖坐了一会儿，看着对面一整堵墙的抽屉。

最顶上的那几排字，看起来确实费力，所以那天温岭远才戴眼镜吗？

手机的振动声打断了她的思绪，是一个视频电话，不是宁治东打来的，是宁樨的妈妈，奚纹玉。

视频里，奚纹玉戴着一副墨镜，躺在椅子上，背后是湛蓝的游泳池。那边是白天，宁樨算不过来时差，无法判定具体在哪个国家。

奚纹玉笑着说：“樨樨在哪儿呢？过生日吃过蛋糕了吗？”

宁樨闷声说：“吃过了，跟阿婆吃的。”

“妈妈没法赶回来给你过生日，你想要什么礼物，妈妈让人买了给你送去好不好？”

宁樨摇头：“不用……我爸给我打钱了。”

“宁治东的钱和我的钱又不一样。”

宁樨不知道该说什么了：“您过年回来吗？”

“这才十月份，说不好。要是没什么安排，我一定回来。要不你来我这儿过年？”

宁樨摇头。她知道奚纹玉多半只是说说而已，奚纹玉有大堆的约会、聚餐、派对，她要是去了，就是个不解风情的拖油瓶。

视频里有道男声在唤奚纹玉的英文名，奚纹玉凑近镜头，送给她一个飞吻：“想要什么发微信跟我说，我还有事，先挂了，生日快乐啊。”

宁樨不知道自己该不该高兴，起码，他们还记得自己的生日。

她揉了一下眼睛，低头的时候，却瞧见半长的布帘外，有个人站在那里。

“温叔叔？”

温岭远掀开了帘子，笑着说：“无意偷听，我只是想上楼拿一下外套。”

宁樨“嗯”了一声，却并不打算让路，仍旧坐在台阶上，只往旁边挪了挪，给他留出上楼梯的空间。

温岭远在原地站了片刻，然后走到她身旁，却没有走上去，而是挨着她坐了下来。

宁樨嗅到很清淡的香味，仿佛被雨洗过的天空，被药房浓重的药材气味裹挟着，似有若无。是温岭远身上的味道。

宁樨抱着膝盖，下巴抵上去，说：“我过去认为，他们给我起这个名字，至少是相爱的——你知道我妈妈姓什么吗？”

“我知道。”温岭远的手指扣在一起，手臂搭在自己的膝盖上，声音沉缓地说，“人生下来是一杯清水，但杯子没有密封。长大就是杂质、灰尘不断落入杯中的过程。大人总是污浊的。”

“所以我要原谅吗？”

“不用原谅，只是了解这个事实，会让你不那样耿耿于怀。”温岭远很淡地笑一下，那种风雪洒落不惊万物的笑，是带有一点无奈的，“当然，这可能就是你要承接的一种杂质。小孩才会事事较真，大人只会说‘算了吧’。”

“我已经不是小孩了，你看，我除了说‘算了吧’，还能说什么呢？”

“即便不得不与杂质共生，也有不同的选择。有人选择沉淀，有人选择搅拌。”

宁樨沉默下来。

温岭远轻拍了一下她的肩膀：“回去吧，你的朋友说，在等你去吃夜宵。我送阿婆回去，再送你们过去。”

“你不是忙了一整天？”

“扫兴的大人们，总该让小孩过一个不那么沮丧的生日。你们想吃什么，我可以请客。”

宁樨笑起来：“想吃很好吃、很贵的甜品，然后现在还在营业的餐厅。有吗？”

“你给我出了一道难题。”温岭远笑着说，“稍等，我上去拿外套。”

温岭远的车停在离青杏堂不远的一个车库里。

宁樨不懂车，只是觉得温岭远的这一辆车，造型颇有一些古典感，与宁治东常开的那辆有钱都显露在了门脸上的车，是完全不一样的感觉。

阿婆晚上睡得比较早，先将她送到家，宁樨才再回到车上。

苏雨浓这时候凑到宁樨耳边悄声说：“你这个温叔叔开的豪车哇，开中医馆这么有钱的吗？”

“这个车很贵？”

“也不贵，三百多万吧。”

宁樨低声道：“他应该是有别的投资。”否则一个学中医的，无论如何都跟她爸这个做生意的人扯不上关系。

苏雨浓说：“是不是你平常表现得太平民，让我对你家有钱的程度产生了误解。我看到网上的富二代，好像不是你这样的。”

“我们家也没有多有钱，我知道我爸的车才一百多万。”

“才……”苏雨浓觉得自己就不该挑起这个话题。

前排驾驶座的温岭远笑着说：“你们在聊什么？”

宁樨意识到自己一直跟苏雨浓嘀嘀咕咕地说悄悄话很不礼貌，于是大声道：“我跟小雨在商量吃什么。”

“可能没得商量，你所说的那种店，我知道的，在南城也只有一家。”

“那你请什么，我们就吃什么。”

温岭远带她们去的地方，或许称之为酒吧更为合适。

与宁樨印象中的酒吧不同，这个酒吧坐落在临江一栋大楼的顶层。偌大空间里摆放着一套极其舒服的棕色皮质沙发，没有大灯，只有藏匿起来的灯带，昏暗而安静，营造了一种仿佛在自家客厅小酌的氛围。

酒吧老板就是文艺青年口中所谓的那种有故事的女人。她拦着温岭远，看着跟在他身后的两个小姑娘，笑着说：“知道我这儿是酒吧，还把未成年往我这儿带？”

“小孩过生日，带她过来吃点东西。”

女老板冲宁樨眨了眨眼，夸温岭远："有眼光。"说着拿出一页牛皮纸的菜单。

宁樨和苏雨浓脑袋凑在一起研究菜单，看见甜品后面的阿拉伯数字，都有点咋舌。

两个人商量一会儿，宁樨说："给我们上菠萝虾肉鸡尾沙拉配三文鱼鱼子、波士顿龙虾卷、玫瑰覆盆子蛋糕。"

她顿一下，看向老板："一般按照餐饮行业的惯例，不是顾客过生日的时候会送一点什么吗？"

女老板哈哈大笑："如果我送你餐品，这人情终归还是要挂在温岭远名下。他是个不爱欠人人情的人。"

温岭远笑着说："偶尔欠一下也无妨。"

"那今天给你免单，"女老板探过身抽回菜单，往宁樨跟前凑拢一下，笑着说，"祝你生日快乐。"

落地窗外是露台，一些人坐在外面喝酒。因为城市的夜晚足够明亮，所以没开灯光，也听不见室内的音乐。或许是因为从这里能看到江景，所以任何人造的意境都显得多余。

宁樨和苏雨浓都变成了没有见识的小孩，看见江水里行船的灯火，齐齐"哇"了一声，不约而同地掏出手机来拍照。

点心被端了上来，装在汉光瓷的盘子里，另外还送了一碟蜂蜜柠檬味的马卡龙和两杯桃子气泡水。服务员放下一束长梗红玫瑰，用黑色的纸张包着，说也是老板送的。

温岭远只点一杯柠檬水，喝得很慢，等着她们试吃点心后的评价，但是他笑得胸有成竹。

"好吃！"

"特别好吃！"

两个没文化的高中生，也想不出更多有关赞美的辞藻了。

温岭远觉得年轻真好，刚吃过生日蛋糕，还有胃口吃下这么多点心，不怕代谢不掉高热量，也不怕积食。

她们以风卷残云的速度吃完，喝下气泡水，打一个满意的饱嗝，完全不顾及形象。

宁樨说："温叔叔，下回我和小雨请你去我们学校周边吃夜宵？"

"吃什么？"

"冷锅串串、川香麻辣烫或者青椒酸菜鱼？"

一听就是让人胃痛的东西，温岭远这个典型的本地人完全吃不了辣，只好开玩笑说："或许，我只用帮你买单就好了。"

苏雨浓此时此刻总算明白为什么这些天，“青杏堂”取代“奶茶”成了宁樨最常提及的高频词汇。原来和地方无关，和人有关。

苏雨浓也是在现实中第一回接触到温岭远这样的人后，才体会到宁樨为什么总说学校里那些围着她打转的男生，都是还没进化完全的猴子。

苏雨浓中途离席去了一趟洗手间，等回来的时候，看见宁樨和温岭远并肩站在天台的玻璃围栏那里，面朝着江面。

宁樨偏着头与温岭远说话，神采飞扬，时不时地还会踮一下脚，仿佛身体已经关不住雀跃的心脏。

温岭远则微微低下头，认真聆听，神色平和、谦逊，一点也不高高在上。

她觉得这个画面，放在这样的夜景里，非常非常和谐。

温岭远先将苏雨浓送到家，再送宁樨回家。

原本宁樨坐在后座右边，下车给苏雨浓让了道，再上车的时候，就顺势坐到了副驾驶座上。

车里也有很淡的香味，应该不是某一种花香，她识别不出来。

“你有用什么车内熏香吗？”

温岭远想一下：“可能只是上次送车去保养，残留的清洁剂的香味？”

“你不能让我去买一瓶清洁剂……”

“我知道有一种除味喷雾和这个味道类似，只是忘了名字，回去我查一下购买记录再发给你。”

“你也会网购吗？”

“为什么你会觉得我不会？”

因为你开三百多万的车。宁樨摸摸鼻子。

“我只是不看动画，不代表我是一个和时代完全脱节的老古董。”

“我并没有说你老！”宁樨申辩，“我觉得你……刚刚好。”

“什么刚刚好？”

宁樨偏着头看他：“刚刚出炉的可颂，少烤一分不熟，多烤一分就焦了的那种刚刚好。”

温岭远笑了。他承认有时候自己跟不上宁樨的思路。

二十分钟的路程，宁樨希望它能更长一些，因为还有很多关于温岭远的问题想问，比如：“青杏堂为什么叫这个名字，和杏林的说法有关吗？”

杏林是中医学界的代称。

“奶奶叫翟青杏，爷爷当年建医馆的时候，就以她的名字作为医馆的名字。”

“原来是一个‘虐狗’的典故。”

温岭远笑道：“我读高中的时候，还是单身的人自称‘单身贵族’的时代。”

"不要强行和我们划出代沟，起码你还知道'虐狗'的意思。"

"或许，再过两年我就跟不上网络词语更新换代的潮流了。"

"为什么？过两年医馆的宽带就不再续费了吗？"仿佛是出于本能，宁樨总要岔开那些，他仿佛是下意识阐明和她并非一辈人的表述。

温岭远被她逗笑。

"你十二月才满三十岁，不要把自己说成是老头子一样。"

"嗯，你说得对。"

从小区进去不远就是宁樨的家，宁樨让温岭远把车停在小区门口。

她去解安全带，想起放在后座的那一束玫瑰，伸长手臂去拿，却没够着。

温岭远解开了安全带，把手伸到后座，轻轻松松地替她拿了过来，递到了她的手上。

"谢谢。"宁樨抱着玫瑰，看着温岭远，"这个生日，我觉得很快乐。"

"我只做了一点弥补的工作。"

宁樨摇头："也不是你的义务。"

"举手之劳而已，"温岭远微笑，"你觉得快乐就好。"

宁樨拉开车门，抱着玫瑰跳下车，倒退着走了几步，朝他挥手。

他也挥了一下手，仍是笑容温和。他看着她，并没有立即发动车子，可能是在等她走进小区里。

宁樨从背包里掏出门禁卡刷一下，门打开的时候，她最后一次回了一下头，举着手里的玫瑰，向夜色里停着的车挥了一下。

已经看不见驾驶座上的人，但是车灯闪了几下，算是对她的回应。

宁樨抱着玫瑰，几乎是一路小跑着进了小区。她低着头，把脸埋进玫瑰花里，好像在做杯水车薪的无用功，想让那微微凉的花瓣，给发烫的面颊降温。

想起方才在大厦的顶层，他们看着江面聊天。

有一个瞬间，她说话的时候，温岭远没有听清楚，就低下头来，用疑问的语气"嗯"了一声作为询问。

她也在那个时候踮起脚准备再说一次，两人的距离很近，她看见他淡琥珀色眼瞳里的自己。

也不是想象的那样震天动地，听见冰融雪解的声响。

那时那刻的心跳过快，不会有其他理由。

第二章

立冬

池小园从后门走进医馆，把各个房间的灯都打开，然后又打开大门，发现院子里的草叶上落着一层白色，惊呼：“下霜了！”她抱着肩膀抖了一下，搓了搓手，往掌心里哈一口气，才跑回休息室，换上白大褂。

周五是仅次于周一的整个医馆最繁忙的一天，也是池小园最恐惧的一天，因为温岭远会在这天检查她的功课。

温岭远这个人，池小园是又敬又怕。他这种随和的人，一旦严肃起来，反而比那种时常绷着一张脸的人要更可怕。但凡提问，池小园回答得有一丝一毫的错漏和迟疑，温岭远便会微微蹙眉，说：“你再想一想？”可她压根儿什么都想不起来，越想大脑越空白。

温岭远下楼的时候，就看见池小园蹲在药房的地上，数着抽屉念念有词。

“小园。”

池小园吓一跳，转头看他：“温叔叔早。”表情用如临大敌来形容也不为过。

“中午十二点抽查，你好好准备。”

池小园苦着脸：“知道了！”

温岭远看诊、开药、治疗……忙完一个上午，他才歇口气，让池小园点餐。他们有专门的员工休息室，池小园坐在椅子上，抱着自制的学习资料，抓紧最后的时间复习。

温岭远给自己倒了一杯温水，站在休息室的窗前。外面是难得的晴天，树叶的边缘泛着金黄，仿佛是被阳光染成的。

“宁樨和她阿婆今天没来？”

池小园愣一下：“我也还纳闷呢，还以为她们跟你请过假说不来了。”

这段时间在茶室看见阿婆，以及宁樨早上晚上过来“报到”，似乎已经成了一种习惯。

她们突然不来了，又没打一声招呼，温岭远更多是觉得担心。

想到这里，他给宁樨发了一条微信消息。没收到回复，直到中午吃饭的时候，温岭远才接到一个电话，却是终于回家的宁治东打来的。

宁治东这个人做事周到，又慷慨好客，所以才能白手起家将公司经营到现在这个程度。

电话打过来，是为了感谢他这些天对阿婆和宁樨的照顾，同时邀请他晚上去家里吃饭。

早在刚搬回南城的时候，宁治东就曾想做东请客。只是那时温岭远刚刚接手青杏堂，事务繁多，无论是装修翻新、药材供货，还是引进数字化病历管理系统……事事都要操心。

宁治东笑道："樨樨说，新来的汤阿姨也是你推荐的。这个汤阿姨烧客家菜是一绝，岭远你一定要赏光过来尝一尝。"

温岭远应下，一方面确实是碍于宁治东的多次邀请，盛情难却；另一方面，也想过去确认一下宁樨现在的情况。

中午的抽查，池小园有错漏的地方，但不多，温岭远让她过关了，顺便布置了下一阶段的任务。

池小园抱着自己的小本子，一蹦三跳地正要出去，又被温岭远叫住。

温岭远看她一副惊恐的模样，笑了："你别紧张。你去问一问章医生今天的病人名额是否饱和，如果还有空余，把后面预约我的病人安排给他。我今天晚上不加班，要去宁樨家里吃晚饭。"

章医生就是上次代替温岭远给阿婆下针的那个圆脸宽额、脾性温和的医生。他是温岭远的爷爷温鹤庭在将青杏堂交给温岭远之前，从市中西医结合医院挖过来的，当然，用章医生自己的话说，是"忽悠"。

"温叔叔你一个人去吃好吃的……"

"准你晚上点你大温叔叔餐厅的外卖。"

池小园乐坏了："那我让章医生留下跟我一起吃。"

天黑得早，太阳一落便开始降温。

温岭远把车开进别墅小区，停在停车场，拿上礼物下了车。

这一片的别墅都是独栋，门牌号要绕去门前才能看见。温岭远向小区内巡逻的保安问了一下路，才总算找到。

他从别墅的侧面拐过去，刚走到栅栏门外，就见那门被推开，一个人跑了出来。

"宁樨。"

宁樨穿着一件浅咖色的套头毛衣，宽松牛仔裤，帆布鞋松垮垮地趿在脚上。

看见他，她第一反应是将手臂往背后藏。

“藏了什么？”其实他已经知道了答案。

宁樨似乎也知道藏不住了，索性大大方方地拿出来，笑着打招呼：“温叔叔。”

“我过来吃饭。”

“知道啊。你进去吧，”宁樨竖起大拇指往里一指，“饭要烧好了。”

“你不进去？”

“我和我爸吵架了，再待下去他可能会忍不住要砸东西。我出去躲躲。”

“一起吃饭吧，有我在，不至于的。”

宁樨耸耸肩：“我不想给自己添堵。”

温岭远说：“我不知道你……”他往她手里的烟盒看一眼。

“你不知道的还多着呢。”她弯下腰，把帆布鞋的后跟提上来，跺了一下脚穿好，“祝你用餐愉快。”说完，她绕过他，很快就走了。

她总穿很中性的衣服，衣服过于宽松，显得人就更瘦，晃晃荡荡的，像一把骨头架子。

屋里还遗留争吵过后的证据，汤阿姨正在打扫地毯上的玻璃碴。温岭远猜想，它原本应该是一个摆放在长桌上的花瓶。

宁治东热情地招呼他，阿婆却有一些强颜欢笑。

毕竟是宁家的家事，自己没有插手的余地，温岭远什么也没有问，递上礼物——一瓶温爷爷最爱喝的黄酒。

酒过三巡，宁治东才委婉地传达自己的意思，除非再有做针灸的必要，阿婆以后都不会去青杏堂了，他会让汤阿姨白天带她出去活动。附近那么多老年人组织的项目，总能找到她喜欢的。

温岭远看得出来，这个家，宁治东的决定就是圣旨，不容置喙。

吃过饭，喝完一盏茶，温岭远就告辞了。

温岭远开着车，绕出小区，在附近的湖边看见了宁樨。她蹲在堤岸下的栈桥上，看不清楚在做什么。

停了车，温岭远顺着台阶走下去，出声的时候把宁樨吓一跳，她转过头来看了他一眼。

她手里拿着面包，正撕碎了往湖里投。

“湖里有鱼吗？”

“有啊，还有野鸭、天鹅，白天的时候躲在那边的水草里，一大堆。”

温岭远蹲在她身旁，借着路灯光往湖里看，好像真有鱼在抢食。

“你一直在这里。”

宁樨“嗯”了一声。

“带你去吃夜宵吧。”

宁樨偏过头来看温岭远，他今天穿着一件白色的毛衣，会让她想到白天在湖中所见，栖在绿色树荫下整理羽毛的一只天鹅。

风吹过来，带着深秋初冬的凉意。她没有说话，手上撕碎面包的动作也没有停。

他说：“如果你不去的话，我就要走了，车不能久停。”

“你买单吗？”

温岭远笑着站起身：“走吧。”

宁樨把手心的碎面包都扔了，剩下的一半塞进自己的嘴里。她心无旁骛地跟上去，温岭远却突然停下脚步，转过头来认真地看着她：“把烟给我。”

宁樨乖乖地从裤子口袋里掏出烟盒和火机。

温岭远往手里看，玉溪境界，不大像是女孩子会买的烟；打火机也沉，很浮夸的龙纹浮雕。

“你爸的？”

“对呀。”

“抽烟不是好习惯。”

宁樨一时笑得狡黠：“实话跟你说吧，我不是真的要抽，是故意拿出来气我爸的。”语气颇有些骗过了他的得意。

温岭远也笑了，问：“那为什么见了我却要藏起来？”

“你跟我爸又不一样。”宁樨抬头看他，“我不希望你觉得我是个坏学生。”

温岭远笑说：“或许这样说是交浅言深，但我直觉你是个好姑娘。”

“倒也没你想得那么好。”宁樨必须承认，与温岭远稍作交谈，她心情已经畅快许多。

两人一起到了车上，温岭远怕她冷，把暖气打开。

“你跟你爸提了送阿婆回老家的事？”

“不然怎么会吵起来。”宁樨腿伸直，坐得很放松，“他就很厉害，即便我威胁他不回来就要把阿婆送回去，他依然还是要自己玩够了才会回来，一回来就要对我们指手画脚。”

“你们有好好交流过吗？”

“和我爸？没办法好好交流的。他应该去授课，教‘把人弄发火的一百种方式’。”

温岭远笑了笑：“大人不喜欢直接满足小孩子的诉求，这让他们觉得没有权威，你要用他在意的东西和他做交换。”

“他在意什么，反正不是我。”宁樨没精打采。

她感觉热，去拨出风口，温岭远看见后，便把暖气关上了。

车开到能看见高楼灯火的大路上，温岭远说："现在交给你一个任务，想一想你想吃什么。"

"我有一个疑问，"宁樨嫌头发披着碍事，还是将它们都扎了起来，边扎她边问，"你是不是和我爸利益捆绑得很深，所以才这样照顾我？"

"我习惯多交朋友。"

"那我也是你的朋友吗？"

"如果你愿意，现在就是了。"

宁樨笑了，她将前方的遮光板弄下来，照着那后面的小镜子："也不是因为你作为医生的职业病吗？"

"或许有一点。"

"我想好了！"宁樨最后就着镜子照一眼，"我要吃豌豆粉。"

"这在我的研究领域之外，不如你来导航？"

"我手机快没电了。"

温岭远从储物格里拿出数据线插上，把另一端的接口递给宁樨。

他好像能应对一切的事情，不管大的还是小的。

路上，宁樨看见温岭远放在储物格上的手机亮了。锁定的屏幕上，不断有微信消息提示弹出来，两分钟里，足足弹了二十来条的样子。

"好像有人找你有急事。"

"嗯，我知道。"温岭远淡淡地应一声。他的神情，好像知道是谁发来的消息。

到了那家点评网上排名第一的店，温岭远停好了车，却没有和宁樨一起进去，让她先去找位，他回个电话。

宁樨在靠窗的位置坐下，看着温岭远站在路边。如果是她站着打电话的话，她会很闲不住，一定要不停地走来走去。温岭远则很不一样，他站在路旁的樟树下，连肢体语言都很少有。

这个瞬间，宁樨挺希望他能转过身，让她看一看他讲电话时是什么表情。

这个电话讲了十多分钟，宁樨肯定他不会吃，便自顾自地点了单。于是温岭远进来的时候，她已经掰开一次性筷子在吃了，除了豌豆面，还有一碗红糖豆花。

宁樨头发长，马尾总要从肩头垂下。于是她就拆下发箍，重新扎成一个髻。她没有留刘海，额头上垂落一些碎发，还没有完全褪去婴儿肥的年轻面容，在这个灯光黯淡的小店里，鲜亮得甚至有一些突兀。

旁边桌有个年轻男人，在频频看宁樨。

宁樨吃东西很爽利，豪放程度只是略逊于池小园。

一碗汤粉见底，里面还剩下许多豌豆，她这才放慢速度，拿着筷子一粒一粒地挑起来，有种拾取沧海遗珠的快乐。

和温岭远在一起的时候，好像不需要想话题，想到什么就能说什么。

“苏雨浓说我不像个典型的富家子弟。我问她典型的是什么样的，她说，开游艇派对，有豪车接送，一天一个奢侈品包不重样，化潮流的妆容，去全世界各地旅游，在社交网站上发很多滤镜高级的照片。”宁樨挑一粒，吃一粒，“听她的形容，好像是我爸希望我成为的样子。好奇怪，我不会花钱，我爸也要生气。”

“没有什么是一定要遵循的生活方式，如果你不喜欢这样，就不用勉强。”

宁樨笑了笑：“如果我爸也像你这样开明就好了。”

“我有一个问题，”温岭远看着她，“你是排斥成为和他们一样的人，还是排斥享受物质这件事本身？”

宁樨愣了一下。

“那天带你去吃很贵的点心，你说觉得很快乐。”

宁樨笑了：“你知不知道，你这样一句话，很有可能把我启发成一个败家子。”

温岭远也跟着笑了：“物质没有属性，要看使用它的人赋予它什么。”

豌豆挑得差不多了，宁樨放下筷子：“你说得对。小雨替我看了一条好贵的裙子，我觉得我可以买下来，穿着去参加校园歌手大赛。你去吗？”宁樨眨一下眼，“作为我的朋友，是不是应该过去支持一下。如果这次我赢了，就是第三次蝉联冠军。”

“那你不应该吃这么辣的东西。”温岭远指着她面前的碗说。

“美食和冠军，我永远站在美食这边。”

温岭远笑道：“比赛什么时候开始？如果我有时间，或许可以去。”

“下下周的周四。你好像不喜欢把事情说得很绝对。”

“因为我不是很愿意在不涉及原则的事情上使人失望，留一点回旋的余地更好。”

吃完，他们站起来正要走，旁边那个一直观察宁樨的年轻男人也跟着站起来，问宁樨要微信号。

宁樨偏着头看了他一眼：“你多少岁？”

“二十一岁。”

“我不喜欢你这个年龄阶段的男生。”

“那你多少岁？”

“十七岁。”

年轻男人挠了一下头：“那算了。不过，你是觉得我大你太多吗？”

宁樨只是笑了一下，跟着温岭远往外走去。

“你今天是不是逃掉了晚自习？”回到车上，温岭远问道。

宁樨不甚在意地“嗯”了一声。

温岭远看了她一眼，并没有说什么。

宁樨发现自己喜欢跟温岭远待在一起的一个很重要的原因是，温岭远不会生硬地说教，不会命令式地让她做什么，不让她做什么。

她觉得自己有被尊重。

温岭远开车开得很稳，路上有人突然变道不打闪光灯，或是在过拥堵的路段时被人插空，他也不会生气。

果然是三百多万的车，减震降噪功效都是一流，宁樨在微微轰鸣的引擎声里昏昏欲睡。

“现在回去，你爸会不会生气？”

宁樨没有睁眼：“我吃饱了，有力气和他吵架了。”

温岭远笑了一声。

他们其实没有一直在说话，想到什么就说什么。温岭远把车里的广播打开了，音量调得很低，宁樨喜欢这种氛围，觉得自己仿佛在泡温暖的海水浴。

“你去我家的时候，是不是还带了东西？”宁樨想起在家门口和温岭远碰见时，他手臂里抱着一个长形的礼盒。

“一瓶黄酒。我听说汤阿姨会烧客家菜，黄酒配梅菜扣肉一定很不错。”

“那你一定很失望，出门之前我去厨房看过，好像汤阿姨今天没烧梅菜扣肉。”

“所以酒没有打开。而且，我要开车。”

“你没有说实话，”宁樨看着温岭远笑，“你知道我爸酒品不好，所以不和他喝。”

温岭远没有否认，微微笑着：“我说我感冒，吃过头孢，不能喝酒。”

“真的？我第一次知道。”

“头孢会抑制一种酶的活性，影响酒精正常降解，最严重可能导致心衰、急性心梗。你可以记一下，以后能应付那些不愉快的酒局。”

宁樨笑道：“你在教我成为伪善的大人？”

“我在教你保护自己。”

是纯粹长辈的语气没有错，宁樨却觉得像被人轻轻戳了一下心脏，它突然紧缩，却并不是疼，奇怪的感觉，让她有一点无所适从。

她看向窗外，等车子无声地开过两个路口，这个话题自然结束。

宁樨其实想告诉温岭远：你是第一个，教我应对大人的世界的大人。

“星期天，我要带小园去陪爷爷钓鱼，你去不去？”

宁樨回过神来："啊……我可以带阿婆去吗？还有小雨。"

"可以。我们会带上一些食物去野餐，如果有时间的话，你也可以准备一点。"

"需要我准备什么？"

温岭远思考了一下："水果还没有人负责。"

"我来，我来！你们都有分工吗？"

"我准备主食、点心和饮料，小园准备野餐布、餐巾纸、垃圾袋这些东西，爷爷准备钓鱼器具。"

宁樨听明白了，食物是温岭远负责的，所以水果也应该是他负责。他把这部分划出来，特意划给她来做。

她知道自己是想多了，但是她享受这种想多的感觉。

"温爷爷严厉吗？"

"对我父亲，对我和我哥都很严厉，但是对你们不会。"

宁樨忍不住笑。她简直想把明天的星期六从生命里抠掉，直接跳到星期天。

星期六，宁樨去找苏雨浓逛超市买水果。

她们原本约的是上午，醒来都到十一点了，于是又默契地改为下午。

下午两点钟，饥肠辘辘的两人在商场门口碰头，去吃一碗牛肉粿条，然后逛超市。宁樨喜欢进口超市又冷又洁净的氛围，不能忍受一般小超市里生鲜肉类区那种气味混杂的脏乱环境。她只能为美食忍受脏乱，就像昨天晚上和温岭远一起去吃的那家小面馆。

水果区有很多试吃的水果，她们没有客气，尝到什么都觉得好吃，最后买了两个南非红柚、几斤突尼斯红钻石榴、若干丹东红草莓。

"够了吗？"

苏雨浓有点犹豫："够了吧？"

于是她们又加了一些泰国莲雾。

苏雨浓的家离这里近，她们将水果拎去她家，又再出来一起逛街看电影。

电影开场前，她们坐在奶茶店里打发时间。

苏雨浓今天穿洛丽塔（洛丽塔）风格的小裙子，回头率很高。宁樨猜想这时候从外面透过奶茶店的落地玻璃看，会觉得她像放在橱窗里的洋娃娃。苏雨浓长相偏可爱，又有一副纤瘦小巧的骨架，很适合穿这样风格夸张的洋装。

"姚占云过生日，请我去，你能不能陪我？"

宁樨没用吸管，直接对着杯口喝上面的芝士奶盖："我不要去。"

"我都陪你去跟温岭远约会了。"

宁樨愣一下，表情在说“你怎么知道”。

“很明显好吧，你没有对其他男人这样上过心。”苏雨浓瞥了她一眼，“猜到你会喜欢成熟的，没有想到会大这么多。”

“我觉得我可能只是缺爱，温岭远对我太好了。我要冷静思考一下。”

“你什么时候冷静过。”

“就从这回开始啊。我要想清楚，确定自己是真的喜欢他，才能出手。”

“不要给自己的胆怯找借口。”

“你就不能偶尔不要这么了解我吗？”

苏雨浓笑得快呛住：“你还是不要认真吧，我觉得温岭远这个男人，很难搞定。他给我的感觉，是原则性太强，以至于油盐不进。除非他也喜欢你，不然你没有戏。”

“你这么懂理论，为什么跟姚占云一点进展都没有？”宁樨知道苏雨浓上课时偷偷看很多很多的少女漫画和言情小说；不但看，还会画图，发在微博上 @ 原作者。当然这些，已经完完全全地超出了宁樨的认知范围。

“因为我是纸上谈兵啊。”苏雨浓特别理直气壮。

最后，宁樨说：“我可以去，但是你要帮我一个忙。明天去钓鱼，你帮我观察一下，温岭远对我是什么态度。”

温岭远开一辆有七个座位的车，池小园说是向温岭远的哥哥借的。

接到宁樨和阿婆，车子再开去接苏雨浓。

苏雨浓今天换了一身复古风的装扮，格纹呢子背心，英伦风短裤，外面搭咖啡色的风衣，像维多利亚时期的小报童。

宁樨往自己身上看，后悔自己出门的时候没有好好打扮一下。池小园都穿了碎花连衣裙，不说话的时候就是清秀淑女的模样。

好像整个车里，就她穿得最随便。

第二随便的可能是温岭远，他穿着一件宽松的藏青色毛衣外套，休闲裤，运动鞋。

宁樨觉得，她和温岭远才是去钓鱼的，其他人都是冲着野餐来的。

“温爷爷呢？”

池小园说：“钓鱼的地方离他的住处不远，我们过去再接他。”

温岭远说：“在郊区，有一点远，你们可以在车上补一下觉。”

然而三个女孩子坐在后座，哪里可能会睡觉，七嘴八舌地聊了一路。

温爷爷住在远郊的一栋自建的房子里，三层楼，房前房后树木荫蔽。

温岭远把车停在路边，让他们在车里等，自己去屋里接人。宁樨对藏在树后面的房子充满好奇，也下了车。

池小园要跟，苏雨浓一把拉住了她，想了个话题把人留在了车上。

走进去要穿过一条石子路，两边青竹蔽日，让人想到青杏堂的那一段路。

路的尽头是一方院子，藤葛爬满竹篱，把缝隙都遮蔽得密不透风，角落草丛里种着一丛一丛的黄色小野菊。

院子里有一块青石板铺砌的空地，支着很多竹匾，晾晒着药材。

空地的东边栽种着一棵石榴树，树下有一口水井，支着三角顶的遮盖，井口生长着青苔。

是个初冬仍然绿意森森的院子。

离水井不远的地方，砌着石桌石凳，一个老人正坐在那里，拿着木杵在一个小木臼里捣药。

“爷爷。”温岭远打着招呼，领着宁樨走过去，向他介绍说是朋友的女儿。

温岭远的爷爷温鹤庭须发皆白，但精神矍铄。

他笑眯眯地问道：“叫什么名字啊？”

“宁樨，木樨的樨。”

“木樨花，味辛，性温。归肺经、脾经、肾经。温肺化饮，散寒止痛。”温鹤庭上下打量，不住点头，“根骨不错，下盘也稳，是个练太极剑的好苗子。”

宁樨以为自己听错了……太极剑？

温岭远笑道：“您收拾一下，我们准备走了。”

温岭远跟着温鹤庭进去，片刻，拿着鱼竿和铝桶出来。

“只有三根鱼竿？”

“爷爷说你们一定没耐心，不费心准备了。”

“谁说的，我一定要钓上一条。”

“好。”温岭远笑着说，“那你用我的这根。”

多了一个人，上车之后大家重新调整了位置。阿婆仍然坐在副驾驶座上，小园陪温鹤庭坐在第二排，宁樨和苏雨浓坐第三排。

钓鱼的地方在河流上游。车离开平坦的大路，在林间坑坑洼洼的路上开了一段，便到达营地的停车场。停车场的车位快要停满了，大家都是过来钓鱼的。

此时离正午尚早，食物都暂且留在车上。从营地到钓鱼的地方，要步行穿过林中的一条小路。

落叶堆积在腐殖层上，早上的露水没有蒸发透，鞋子踩在上面容易打滑。这个时候，两个打扮随便的人，穿运动鞋的优势就显露无遗。

温岭远和宁樨，分别搀着温爷爷和阿婆。穿着小皮鞋的苏雨浓和池小园，走得瑟瑟发抖，只能互相照应。

温岭远说：“你们捡一根树枝做手杖……”

然而他的话音还没落下，池小园一声惊呼，红色的小皮鞋踩在叶子上一个打滑，脚往前一溜，身体就向后倒去。

苏雨浓要去扶她，自己也差点打滑，赶紧抱住一侧的树干。

温岭远就在前方不远处，倒没第一时间过去，知道这林子里摔也摔不了多严重：“没受伤吧？”

池小园吓蒙的成分居多，她感觉手掌刺痛，举起一看，发现自己刚刚撑地的时候，掌心里扎进藏在枯叶里的硬刺。

温岭远走过去，蹲下身去查看，好在扎得不深，这种刺也没有毒性。

他提着池小园的胳膊，将人扶起来：“你站在这儿等我一会儿。”

将两位老人送到钓鱼的地方，宁樨跟着温岭远折返。温岭远让她也陪着池小园，自己继续往营地方向走。

没过多久，他提着一个药箱过来。

宁樨惊讶：“这都有准备？”

“每次出门玩温叔叔都会带着，有备无患。”池小园晃一下自己手掌，“你看，不就用上了。”

温岭远将药箱放在地上，取镊子拔出刺，拿棉签蘸一些酒精，抓住池小园的手。

池小园怕痛：“温叔叔，换碘伏，换碘伏！”

温岭远没让她把手缩回去，反而把她蜷曲的手指都掰开。池小园认命地背过脸去，提前咬紧了牙关。

然而，温岭远捏着棉签，并不是清理伤口，而是清理伤口周围的皮肤。换了三支棉签，直到池小园觉得自己这只手，已经干净得经得起放在显微镜下检验，温岭远才拿出碘伏，蘸取之后给创口消毒。最后贴两个创可贴，大功告成。

宁樨和苏雨浓蹲在旁边，看得都有点目光呆滞。只是做简单消毒，她们却仿佛围观了一场精密的手术。

温岭远把药箱放回车上，宁樨和苏雨浓替池小园清理沾在裙子上的叶片和草屑。她漂亮的碎花裙子，臀部那一片被树叶下面的腐叶和泥土弄脏，擦不掉，多少觉得扫兴。

回到岸边的时候，阿婆和温爷爷坐在小凳上，已经支上了鱼竿。

温岭远给剩下的那根鱼竿上饵，朝宁樨招招手。

宁樨走过来，他问：“会用这种鱼竿吗？”

宁樨摇头。

“那我教你。”

“不是……我不想钓了。”

温岭远笑了笑：“让爷爷说对了。”

宁樨张一张口，没有辩解。他觉得温爷爷说得对，那就对吧。

她只是突然心情沮丧，宁愿刚才摔倒的是自己。

所以，为什么要穿运动鞋呢，还是防滑系数很高的那种。

宁樨回到池小园和苏雨浓身边。她们不敢大声喧哗，怕吓跑鱼，三个人坐在溪边的大石头上，各自拿手机自拍，后来就发展成了互相拍照。

溪水透亮，清澈无尘。天色也好，一碧如洗。

突然听见喧哗声，宁樨转头去看，温岭远夺得头筹，先钓上来一条鱼。宁樨又没那么沮丧了，她把手机揣进运动裤的口袋里，跑过去看。

一条肥美的鲤鱼在水桶里扑腾尾巴。

宁樨把手伸进桶里，那鱼弹得更厉害了。她说：“我以为冬天的鱼会比较小。”

温岭远说：“春放冬收，现在来钓刚刚好。”

温爷爷的鱼竿从头到尾晃都没晃动一下，但是他丝毫不着急，笑眯眯地问：“小宁樨喜欢吃鱼吗？”

阿婆回答说：“小时候我带过樨樨一阵，喂给她什么，她吃什么，不挑食。”

宁樨让阿婆说得有点不好意思，看了一眼温岭远，他脸上带着微笑。

温爷爷哈哈笑，道：“那今晚去我那儿，烧鱼吃。”

温岭远大拇指掌着鱼竿，微微晃动一下，转头问宁樨：“真的不试一试？”

“我有点怕那个饵。”

“我帮你，你只管收线。”

温岭远把凳子让给她坐，在她身旁蹲下，往鱼钩上装饵，跟她科普，选饵也有技巧，每个季节不一样，春香夏淡秋腥冬浓。

绕线、抛线，再教宁樨怎样摇渔轮的手柄收线。

“摇轮不要晃，保护匀速。”温岭远强调。

宁樨点头屏息，从来没钓过鱼，却觉得自己一定能够一鸣惊人。

大人们明显更有耐心，说着话，一点也不急。宁樨却总是错觉有鱼咬钩，几次打算收线，才发现分明是自己手在抖。

好几次下来，她都有点杯弓蛇影了，等得都快没耐心了，终于觉察到一股很强的拉力。她立即起身提竿，快速摇动手柄。

钩上的鱼疯狂挣扎，宁樨也疯狂摇轮。这场殊死搏斗，以鱼的胜利告终。

宁樨发愣，怎么上钩的鱼也能逃走吗？

温爷爷笑呵呵地说：“小宁樨太心急了，再等两秒，等鱼咬实了再收线。”

说着话，温爷爷优哉游哉地收竿，一条硕大的鲢鱼被钓出水面。

野餐的地方是一片能晒到太阳的空旷草地。铺上红白格纹的野餐布，摆上竹篮和餐盘，装上可颂、纸杯蛋糕、三明治、寿司、草莓布丁、果汁……宁樨买的水果则单独放在一个竹篮里。

负责摆放的是审美高人一筹的美术生苏雨浓，她不知道从哪里捡来几片枫叶，所有东西随意摆放，却因为枫叶的呼应而显得统一，色彩丰富，满目琳琅，仿佛油画写生用的道具。

大人们不着急，等几个女孩子拍够了照片，野餐才开始。

池小园看上突尼斯红钻石榴，主食也不吃，径直拿上小刀去开石榴，划了几道口却只掰下来一小瓣，还把手弄脏了。

温岭远从她手里接过水果刀："不是这么开的。"他沿着根蒂的位置横着切下一片，然后顺着白色经络一一划开，石榴便完美地分开成为六瓣。

池小园完全看呆。

宁樨收回目光，生嚼着一个鱼子寿司，没蘸芥末也没蘸酱油。

苏雨浓拿手肘轻轻撞了她一下："怎么了？不高兴？"

宁樨闷闷不乐地说："本来钓上来一条鱼，心急收线，让它跑了。"

苏雨浓笑了，捏她的脸："怎么没有再接再厉？"

"这么努力，不符合我一贯喜欢撞大运的人设。"

等野餐结束，听其他过来钓鱼的人说，水库那边可以看见彩虹。苏雨浓过来拉宁樨同去，宁樨迟疑地说："你们去吧，我帮忙收拾垃圾。"她知道温岭远肯定不会去的，他会留下来善后。

阿婆和温爷爷坐在一旁晒太阳，老人有老人之间的话题，聊养生、聊子女、聊老家特产。

宁樨和温岭远把没有动过的食物回收，垃圾另外放在一个袋子里，把野餐布折叠，收好。宁樨提着两袋垃圾，温岭远提着剩下的垃圾，一起往营地方向走。

他们穿过树林的时候，温岭远笑着说："走路小心，不要再摔一个。"

宁樨低着头，声音有点闷："我不会，我很稳。"

下午再奋战两个多小时，阿婆也钓上来一条鱼，这才满载而归。

晚饭在温爷爷家里吃。

主角是温爷爷和阿婆钓的那两条鲢鱼，其他都是蔬菜。菌菇、野菜、蕨根粉……口味清爽，却不寡淡。

席间喝到一种梅子纯露，没有酒精，香味馥郁。温爷爷看出来宁樨很喜欢，特意送了她一小瓶。那种还没有手掌长的白色小瓷瓶，塞着木头塞子，有点像武侠电视剧里用来装灵丹妙药的。

等吃过饭，温岭远一一送大家回去。

到小区门口，宁樨和阿婆下了车，没想到温岭远也跟着下来了。宁樨略感疑惑，看他绕到后方，打开汽车后备厢，从那里面提出一个水桶。

桶里盛着水，他钓的那条鲤鱼还活着，只是没有白天那样有活力了。

温岭远递给宁樨："试试提不提得动。"

"送给我？"

温岭远笑着解释："钓鱼也是熟能生巧的。"

宁樨愣了一下。原来，他以为她因为白天没有钓到鱼而不高兴。

宁樨提上桶，连鱼带水其实挺重，自己提得是不是有些轻巧，显得像个大力少女。

阿婆同温岭远道谢："谢谢小温啊，忙了一整天，还开这么久的车。"

温岭远笑道："您早些回去休息。以后身体有什么不适，直接去青杏堂看一看。"

宁樨提着桶，转头往回看。

车上还坐着池小园，因此温岭远这回没有等她们进小区，已经开走了。

她没能和苏雨浓单独说上话，问苏雨浓观察的结果。

可是，即便不问，宁樨也很清楚，温岭远对她和对池小园没有任何区别。

这就更让人难过，原来她所领受的温柔，既不特别，也不唯一。

宁治东不在家，他回来之后，就没有多少时间是在家的。或许是去应酬，或许是去寻欢作乐，宁樨不知道，也从来不过问。

宁樨给那条鱼换了一桶水，它好像精神了一些，还吃了她投喂的面包屑。

宁樨蹲在厨房的地上看着桶里，突然就不舍得吃它了，虽然它只是那种最普通的褐色鲤鱼。

洗过澡，宁樨穿上长袖睡衣，肩头搭着吸水毛巾，走进一楼客房里跟阿婆说话。

阿婆睡得很早，这时候已经在床上躺下了。

"樨樨，我回老家的事，你不要再和你爸爸提了。我让小汤明天带我去附近逛一逛。你爸爸说得也对，把我一个人放在老家，你们也不会放心。"

"可是，"宁樨看着她，"您还是觉得在老家更自在对吧？您的朋友，还有一些远房的亲戚也都在老家。"

阿婆不说话了。

"我会想办法让我爸答应的。"

吹干头发，宁樨躺去床上。

手机上有苏雨浓发来的消息："我告诉你观察结果？"

宁樨："我觉得很明显了。"

苏雨浓："你要这样想，一个身心健康的成年男人，不会对小自己十几岁的高中生感兴趣。"

宁樨："你说得好有道理。"

苏雨浓："而且，有个最根本的问题你是不是还没弄清楚？他有女朋友吗？"

宁樨拿着手机，愣了很久，才又发给苏雨浓："不说这个了，你把上次替我看的那条裙子的链接发给我一下。"

那是一个独立设计师设计的品牌，网上的店铺页面装修简洁，性冷淡风格的模特，衣服也是一样的风格。

苏雨浓挑的那条裙子是黑色丝绒面料的，浅 V 领，收腰，后背露到肩胛骨下方的位置。可后背的这个设计，宁樨第一次看到的时候还犹豫了一下。

点进模特展示的视频，裙子的上身效果其实并不夸张。它适合个子高且瘦的女生，穿在身上的效果，低调优雅，但不泯然众人。

宁樨准备付账的时候，苏雨浓又丢过来一个高跟鞋的链接。宁樨相信她的审美，选好尺码，把鞋子也丢进购物车里，一起下了单。

苏雨浓说："恭喜你总算想通了。"

宁樨前两年参加校园歌手大赛，十分不配合赛事工作，穿着 T 恤、牛仔裤和帆布鞋，抱着冠军奖杯，面无表情地和季亚军站在一起，十分突兀。得亏她长得好看，才经得起这样随便穿。

比赛的那一天，不出意料地下雨了，天气冷得一度让宁樨差点放弃穿裙子的计划。

艺术生班级是这项比赛的主力军，班上最后两节课改成了没有老师坐堂的自习课。

于是教室里变成了化妆间，繁忙得如同维密秀的后台。

宁樨已经换好裙子，外面披了一件粗呢的长款大衣防寒。从洗手间走回教室要穿过一条走廊，下课时间，沿路班上的学生会出来透气，整栋教学楼都很吵闹。

然而，宁樨在路人的注视中走过去时，走到哪里，哪里就安静下来。

苏雨浓凑近她小声地笑着说："姐姐你笑一下，你这样好像是去执行任务的女杀手。"

宁樨觉得天气好冷，笑不出来。

苏雨浓带来全套化妆品，用多年为穿小裙子而积累起来的经验，给宁樨做妆发。

“你不要抖！忍着！”苏雨浓扒开宁樨的上眼皮画眼线。

宁樨忍得很辛苦，都要忍出眼泪了：“你确定这么慢来得及？我们还要去现场试音响设备。”

“你如果不眨眼，就来得及。”

“你最好让我相信这是值得的。”

“肯定值得，万一如果你输了，也会输得特别漂亮。”

“我才不会输。”

“温岭远来吗？”

“不知道，他说如果有时间就会来。”

没有了阿婆作为媒介，宁樨抓破脑袋也想不出往青杏堂跑的理由。有一次她下了晚自习，也不管理由不理由，去了一趟青杏堂。结果很不巧，那天温岭远有事不在。于是这两周来，两人一次面也没有见过。

微信上倒是发过消息，但聊得并不勤，温岭远好像不是那种喜欢用聊天工具的人。

昨天晚上，宁樨给温岭远发消息提醒他今天比赛的事，他仍然回答有时间就来。宁樨知道这多半是委婉的托词，他应该不会来了。虽然她不会因此就对比赛完全失去动力，但心情总要打一点折扣。

今天要唱一首很悲伤的情歌，这样也许刚好。

外面还在下雨，宁樨又要提裙子，又要撑伞，感觉自己好像少生了一只手。站在一楼的廊前犹豫的时候，苏雨浓已经把她手里的伞接了过来。

“你不要给我撑，不然搞得好像我的经纪人一样。”而且苏雨浓比她矮了十厘米，得把伞柄高高举起才行。

“赶紧走吧。”苏雨浓推她，“你要是敢把我辛苦给你做的妆发淋湿，我会更不爽。”

宁樨笑了。

后台如想象中那样闹哄哄，主持比赛的老师正在一个个点名、确认流程。灯光和音响还在做最后调试，宁樨掀开幕帘往观众席上看了一眼，结果看见了坐在前几排的方诚轩和他田径队的朋友们。

“小雨，田径队有人参赛吗？”

“田径队？唱歌？比肺活量他们倒是有优势。”

“我好像看到方诚轩了。”

苏雨浓赶忙凑过来：“他们来干什么，不会是给你喝倒彩的吧？”

“打死了一只苍蝇，结果来了十只苍蝇伙伴。”

苏雨浓被逗笑："不要多想了，他们怎么喝倒彩也盖不过话筒的音量。"

乱中有序，比赛正常开始。赛制很简单，分两轮。第一轮报名，被选中的十八个人各演唱一分半钟左右，由评委选出九个人，和上一届的冠军一起进入决赛。进决赛的十人，各自演唱一首完整的歌曲，通过打分决出名次，前三名参加颁奖典礼。

因此，宁樨可以少唱一首歌，但等待的时间就尤其漫长。

宁樨把手机调成飞行模式，耳朵里塞着耳机，放着熟悉的伴奏。她不想被消息打扰，尤其是温岭远的，如果他回复"抱歉，有事来不了"，她觉得自己看到之后一定会受到影响。

好像等了五百年那么漫长，负责跟进流程的一个同学过来提醒宁樨："马上要介绍上届冠军了，你站到台阶那儿去，等主持人报幕。"

一旁的苏雨浓赶紧放下手机，从包里拿出散粉和小刷子，往宁樨的鼻翼两侧又轻轻地扫了几下，再补了一下唇彩。

主持人让上届冠军上台，宁樨微微提了一下裙角，迈上台阶，走上舞台。

进入决赛的九个选手已经站在台上，给宁樨留出了最中间的位置。

追光是打在宁樨身上的，因此观众席上一片昏暗，虽然看不到，她目光还是往台下去找，心神不宁的，以至于主持人喊她出示抽到代表出场顺序的彩球时，她愣了一下才反应过来。

回到后台，苏雨浓说："你抽到的顺序蛮好的。"

宁樨往手里看，彩球上印着一个"8"，倒数第三个，确实还不错，只是又要等。

"我好饿……"宁樨叹了一口气。

"要不吃点东西？还有一会儿呢。"

"算了，我再忍一下。"

等到后来，宁樨估计自己今天多半跟冠军无缘了。毕竟被饥饿、寒冷和低落的心情影响，她已经完全失去状态。

后来终于轮到她上场，她觉得自己也只是上去唱了，并且没有出错而已。

哪知道后来打分，她险超第二名 0.1 分，卫冕成功。

主持人激情地念着台词，宁樨抱着花，被头顶的灯烤得有点热。她意识到，多半是学校也想要个"三冠王"的噱头而已——学校以前有一任冠军，毕业之后去了上戏，成功出道，如今在娱乐圈不好不坏地混着。但对于学校而言，这已然是吸引生源很好的金字招牌了。

怎么，是在押宝吗？押她以后也能当个三十八线的小明星？

苏雨浓比宁樨激动多了，在后台一把将她抱住："请客，请客！"

"请请请。"

苏雨浓摸了摸她的冠军奖杯："今天的好像比去年的大一点。"

宁樨将背包里的运动鞋拿出来，脱下高跟鞋塞进去，再把奖杯也随意一塞："走吧走吧，我真的要冻死了！"

好在外面的雨已经停了，苏雨浓一边往教室走，一边说："我知道方诚轩今天来是做什么的了。亚军，就是三班那个学舞蹈的女生，现在他俩走得很近。"

"那他不是要恨死我了？"

"专门准备了 *Someone Like You* 这种大杀器，还是差了你 0.1 分。"

"说不定我爸给我买奖了呢。"

苏雨浓笑着说："你以为就只有你家里有钱？"

在走廊就听见教室里有人在议论，说今天晚上的比赛绝对有黑幕，学校想要卖点，同时可以给捐了很多钱的土老板宁治东一个顺水人情，就内定了宁樨拿冠军。

宁樨笑道："我已经找到当流量女明星的感觉了。"说完，她一脚踹开了虚掩的教室门，里面瞬间鸦雀无声。

换过衣服，拿上东西，两人离开学校去吃夜宵。

其实宁樨已经不饿了，反而觉得有点胃痛，可能是因为冷，还有不自觉的紧张，但是苏雨浓跟着忙了一晚上，不能扫她的兴。

"小雨，你想吃什么……"

回答宁樨的，是苏雨浓手肘在她手臂上的轻轻一撞。

宁樨茫然地抬头。

不知道是先看见了人，还是先看见了花束。

校门口的积水被路灯照得发亮，风吹时香樟树簌簌抖落叶间的雨水。

温岭远一手抱着花，另一只手插在裤子口袋里，站得随意却不松垮，身形高而挺拔，肩部把深咖啡色的大衣撑出平直的线条。

他难得戴一回眼镜，搜寻的视线越过人群，应该是在找她。

苏雨浓在背后推了一把，宁樨才反应过来，朝温岭远走过去。

温岭远看见宁樨之后，露出笑容，站在原处等着。

他抱的花是百合搭配桔梗、雏菊和尤加利，拿墨绿色的纸包装，小而精致的一束，初冬肃寒的夜里，配色显得尤其清新。

温岭远说："你电话打不通。"

"啊。"宁樨从大衣口袋里掏出手机，才发现还开着飞行模式。

苏雨浓走过来轻轻搂了一下宁樨的肩膀："我先走啦。"

温岭远说："下雨不好打车，我顺道也送你回去？"

苏雨浓摇头笑着说："不了不了，我爸今天来接我。"她冲宁樨使了个眼色，走了。

宁樨手里还提着一个很大的袋子，里面是高跟鞋和装在防尘袋里的裙子。

温岭远把花递给宁樨，再接过她手里的袋子，一起往校门口走。

路上停满了车，人车混杂，又逢下雨天，几乎是寸步难行。温岭远的车停得有些远，在校门口这条路的最尽头。

宁樨边走边低头看路，害怕从翘起的地砖里踩出一股污水。

温岭远说："恭喜。"

宁樨没什么精神地"嗯"了一声。

自己是不是有点得寸进尺？她往穿着毛衣、牛仔裤和靴子的人身上看了一眼，突然想到。

其实只要他来就好了，结果真正看到他，又希望他来得早一点，至少在她还穿着那条裙子的时候。

快要走到停车的地方，宁樨听见身后有人喊，她转过头去，马路对面有个男生疯狂地朝她招手。

不是没有遇到过被这种自来熟的人搭讪的情况，宁樨只是瞥一下就继续往前走。

男生从拥挤的人流、喷吐的汽车尾气里艰难地穿过马路，几步跑过来，一掌拍在宁樨的肩膀上："不认识我了？"

宁樨皱眉回头，正要发作，看见男生的脸后，愣了一下："苏昱清？"

"还算有点良心。"苏昱清个子高高大大，穿着一件棒球外套，头发理得很短。他的笑容十分爽朗，是一个具有初夏时节、晴朗午后气质的男生。

苏昱清是宁樨难得不讨厌的，甚至称得上是朋友的同龄男性。宁樨和他是初中同学，两人中考成绩差距很大，去了不同的高中，也因此联系得越来越少。

"你来我们学校做什么？"

"专门过来听你唱歌啊。"

"少来。"

苏昱清笑着说："有个亲戚结婚，在附近酒店。吃过晚饭我来你们学校逛，听说有歌手大赛，就去凑了一下热闹——恭喜恭喜。"

宁樨也笑了一下："他们都说是黑幕。"

"全场就你唱得感情饱满又不做作，我是评委也给你高分。"

温岭远一直在一旁耐心地等，宁樨想起要做介绍，对苏昱清说："这是……我爸的朋友，温岭远。"

苏昱清点着头说："你好你好，我是宁樨的初中同学，我叫苏昱清。"

温岭远微微一笑："你好。"

苏昱清估计他们还有安排，便对宁樨说：“我得回去了，微信上联系。”

上了车，温岭远打开暖气，再开雨刮器扫去前窗的雨水，除去雾气。

“吃过晚饭了吗？”

宁樨摇头。

“那我们可以一起去吃一点东西。”

“你今天又加班到很晚？”

温岭远说：“快下班的时候，接诊了一个外地过来的病人。天又下雨，不好将人拒之门外。”

前面还堵着，车慢慢地开着，可能因为车厢里的温度升了起来，不再那样冷，宁樨低落的情绪也渐渐被自己消化掉了。

她低头一看，发现自己还抱着花，笑了一下，道谢：“虽然你没赶上演出，不过我还是很高兴，原本以为你不会来了。”

因为路况复杂，温岭远一直专注地看着前方，这个时候，才转过目光来看她一眼，笑道：“谁说没有赶上。”

宁樨怔住。

“我打不通你的电话，所以结束之后我去了校门口等。”

温岭远的语气不像是在开玩笑，然而宁樨却不是很信他：“你看了演出？”

“到的时候，决赛第三个人上场，唱的是《北城北城》，我有没有记错？”他被怀疑说谎却也不恼，用细节自证。

“原来你真的来看了。”宁樨觉得惊喜，又觉得遗憾，如果知道温岭远在下面听，她或许会更投入一些，“我没有唱好。”

“是吗？我反倒同意你同学对你的评价。”

感情饱满又不做作？宁樨说：“你们对我有滤镜。我都记不得自己唱的时候是什么状态了。”

她唱了一首粤语歌，温岭远恰好听过，关淑怡的《地尽头》。

“隔岸无旧情，姑苏有钟声，震荡过的内心只有承认，逃避到地心都不会入定。”宁樨的嗓音没有关淑怡那样的鬼魅，更清灵一些，有些像吴雨霏。十几岁的年纪不够驾驭沧桑，强行表现反而做作，投入不走心的失落，或许更相宜。

“人当然都是主观的，你不如坦然接受称赞。”

宁樨笑了。

“你学声乐，今后打算往这条路发展吗？”

宁樨眨了一下眼，说：“啊，你以为我是学声乐的？”

温岭远转头看她：“难道不是？”

宁樨坐直身体，把花束当话筒，轻咳一声，字正腔圆地开始播报：“晚上好，今天是 11 月 21 日，欢迎您准时收看夜间新闻。在刚刚结束的南城九中第八届校园歌手大赛上，上届冠军宁樨同学，也就是我本人，再度斩获冠军，卫冕成功。这也是宁樨同学第三次获得该奖项。赛后采访环节，宁樨在发表获奖感言时这样说道：既不感谢声乐老师的栽培，也不感谢声乐班上同学的支持，因为我是学播音主持的，和声乐没有半毛钱关系。”

温岭远笑不可遏。

宁樨放松下来，靠在舒适的座椅上：“我现在相信你是真心觉得我唱得好了。”

“如果你没有受过专业训练，那我只能说……”

“嗓音作弊？”宁樨笑说，“小雨是这么说我的。音色独特或许是优势吧，小雨说我实在混不下去，可以去唱歌做主播。”

“如果这是你喜欢的，未尝不可。”

宁樨耸耸肩：“我还不知道我喜欢做什么。”

“那不如我们先考虑当下，比如，你想吃什么？”

“我想吃三明治，”宁樨看着他，斗胆再加了一句，“你做的。”

温岭远笑着说：“今天已经这么晚了，不要考验我的厨艺。换一个吧。”

“那我想吃海底捞，外卖，在青杏堂吃。”

温岭远看了宁樨一眼：“为什么不去店里？”

“我不知道，可能因为太冷了，在外面的店里好像没有办法定下心。这种下雨的天气，我只想在自己家里，吃一点热腾腾的东西。”

“大致理解你的感受。”温岭远把自己的手机解锁，递给她，“你来点吧。”

宁樨不接：“我请你，让我请一回吧，我是冠军呢。”

温岭远没有和她争。

晚上进青杏堂，要走靠近马路这端的后门——让人困惑的格局，青杏堂的大门在建筑的背面，后门却在建筑的正面。

宁樨提出疑问，温岭远解释说：“原因很复杂。青杏堂的大门，原本是朝向马路的。后来两旁的建筑扩建，市政规划又使道路改向，才变成现在这样的格局。如果要调整大门方向，需要将靠近马路一侧的店铺都买下来，再整体打通。我跟店铺的业主接洽过，你猜怎么样？”

“坐地起价？”

温岭远点头：“所以不强求了，门朝哪边开，都只是形式。”

后门是两间店铺之间小小的一扇铁门，白天通常都是锁上的。进去是青杏堂的库房，再往里走，经过一条走廊，左边是厨房，右边是员工休息室。厨房主要用作给病人代煎中药，也配备有冰箱、微波炉等基本设施，方便员工使用。

温岭远沿路将灯打开："你想在哪里吃？员工休息室，还是茶室？"

"休息室吧。"宁樨不好说其实她想去楼上吃，只是会弄得房间都是火锅味，让温岭远没法好好休息。

温岭远打开休息室的空调，然后去了厨房。宁樨坐得有一些无聊，去厨房围观。

温岭远抱着手臂站在灶台前方，薄薄的灯光洒在他肩上，而他在……发呆？

宁樨突然一声喝。

哪知道温岭远只是笑了，一点没被她吓到。

宁樨耸耸肩，走到他身旁。

和一般家用的厨房很不同，这里置有七八个燃气灶，上面都摆放着煎药用的陶罐。经年累月，这个房间给熏出了浓重的药味。

"针灸我是相信的，喝中药……真的有用吗？"

温岭远或许已经无数次听到这样的提问，所以语气和神色都很平和："中医是一种经验科学，现在缺少的是系统化的理论建构。你应该知道屠呦呦发现青蒿素获得诺贝尔奖的事吧？"

"可是，"宁樨摸摸鼻子，"我看到有人说，青蒿素的发现，并不属于中医。"

温岭远笑了一下："这样的言论不罕见，背后也有很复杂的原因。只要厘清一个概念，就能对这些观点形成自己的判断——在很多人的概念里，西医等同于现代医学；因此，认为中医与西医相对，即古代医学与现代医学相对。"

"我好像没听懂。"

"我们现在所说的解剖、麻醉、外科手术……属于现代医学的范畴。在现代医学体系形成之前，西方的医学也经历过很长的蒙昧时期，类似放血疗法、水银蒸汽治疗梅毒，就是古代西医产物。

"所以，西医分为古代西医和现代西医，中医也应该分为古代中医和现代中医。现代西医和现代中医，都属于现代医学。青蒿素的发现，可以归类为现代中医。

"可以这样理解。"

"那为什么不将所有的药材都按照屠呦呦发现青蒿素的方法，进行……"宁樨觉得这里应该用一个专业词汇做归纳，只是她不知道应该用什么。

"病理筛选和临床验证。"温岭远替她补上，"已经有很多科研机构和团队在做这样的研究，爷爷也为其中的一些研究提供过资料。只是这些研究需要投入大量人员、资金和时间，并且，也受到一些利益集团的阻挠。"

"利益集团？"

温岭远笑着摇摇头：“这些不细说了。”

“如果，我是说如果，你们现在给病人使用的一些药方如果被证伪，中医，准确点说，古代中医，岂不是……”

“这是一件好事。证伪是科学进步的一部分，就像你做题，排除掉一个错误答案，即便仍然不清楚正确选项，也离正确更近了一步。”

“你会失业哎。”

“那我或许求之不得。”

宁樨没有想过，有一天那么不爱读书学习的自己，会跟一个人讨论这种远远超出她认知范畴的话题，以至于热水壶都烧开自动断电了，他们都没有觉察。

直到一个电话打进来打断了他们，宁樨手忙脚乱地去摸口袋里的手机。

“是送外卖的，”宁樨说，“在路口那个便利店，说找不到地方。”

“我去拿。”

后门打开的瞬间，风雨声传了进来，宁樨站在过道里朝门口遥遥地看了一眼，立即返回休息室抓起伞桶里的一把长柄伞，然后跑到门口。温岭远还没走远，她两步跑过去，把撑开的伞往他手里一塞。

伞在头顶遮出一片阴影，温岭远听见了脚踩进水坑的声音，微讶地下移目光，宁樨的鞋面浇上了泥水，只是她自己好像一点没有觉察，只是抬头急切地看着他。

片刻，温岭远收回目光，很淡地笑了笑：“谢谢。”

火锅里的汤沸腾起来，休息室的玻璃窗上起了一层雾气。

宁樨把背包翻遍，也没有找到印象中自己明明放进去了的一面小镜子，于是只能打开手机的前置摄像头，用矿泉水将一张餐巾纸浸湿，擦去嘴唇上残留的口红。

苏雨浓在她的下眼睑下方贴了一些晶亮的小亮片，说这个叫作“仙女落泪妆”。如今这些亮片散得到处都是，用纸巾也擦不干净，宁樨祈祷千万不要吃进嘴里就好。

她把手机收起来，随手在起雾的玻璃窗上画了一个爱心，这才回到桌边吃火锅。

知道温岭远不能吃辣，宁樨点了鸳鸯锅底。没有点太多的荤菜，肥牛、羊肉和虾滑各一份，还有一些手打牛肉丸，若干蔬菜。以前出去吃火锅时总是高估自己的食量，点上一大堆食物，到最后剩下许多，吃又吃不下，不吃又觉得浪费。所以宁樨吸取经验教训，觉得自己这回点的分量应该刚刚好。

温岭远已经脱下大衣，只穿了一件很薄的毛衣。他把衣袖挽起来，拿着公筷往火锅里下菜，一盘牛肉，三分之二都落入了红汤的锅里。

宁樨发现了，说：“哎，为什么不对半分？”

“我晚上吃不下太多。”

宁樨笑道：“你这样，会显得我食量很大。”

“小孩子长身体，应该多吃一些。”

宁樨停下筷子，看了他一眼：“我十七岁，已经停留在167.5厘米很长时间，已经不会再长了。”她不满意自己被称为小孩子，委婉地抗议道。

温岭远笑着说：“小园十九岁时还长了两厘米。”

宁樨不那么高兴他总把自己与池小园列在一起，虽然，其实池小园与温岭远的关系比她与温岭远要近得多。

宁樨埋着头，从红汤火锅里捞出牛肉，花一秒的时间判断熟了没有，然后蘸一下味碟，送进嘴里。舌头被烫痛了，她拿过椰汁喝了一口，才又说话：“小园不住在这里？”

“她住在街对面的小区，单独租的房子。”

“她是不是来青杏堂很多年了？”

“快到两年。”

她从前没有嫉妒过什么，这应该是第一次。越嫉妒越要追问更多，这是什么心理？好像在自虐一样。宁樨闷闷地想。

温岭远吃得确实不算多，仿佛都没有动几下筷子，尤其途中，他的手机一直弹出来微信消息提示。教养使他不会在饭桌上玩手机，但他明显有被影响到。

“是不是有急事？你要不要回个电话什么的？”

“没事。等送你回家之后再说。”

“你知不知道，”宁樨拿筷子夹着汤锅里翻滚的牛肉丸，这需要一点巧劲，她尝试了几下都没成功，“你这样说有点像在催促我赶紧吃。”

温岭远微笑着解释：“如果你了解我，应该知道我不是这个意思。”

宁樨眨了一下眼：“可是，我并不了解你。”

牛肉丸总算被夹起来了，没等宁樨放进碗里，筷尖一滑，牛肉丸又直接跌回滚汤里，溅起汤汁，落到她的手背上。

她惊得“啊”了一声，差一点丢掉筷子。

温岭远探身查看她的手：“烫到了？”

“没……”

温岭远将火关灭，站起身走过来，抓着她手臂，说：“过来。”

他将她带去厨房的水槽旁，拧开水龙头。

宁樨挽起两边的衣袖，把手臂伸到凉水下。温岭远转身离开了厨房，应该是去拿药。初冬的水龙头里流出的水已有些冰冷，淋得皮肤都有点泛红。

宁樨判断并没有烫伤，也就热汤刚刚溅上去的那一下有点痛。不过，这并不妨碍她为了享受一下温岭远的关怀而小题大做。

温岭远很快回来了，手里拿着烫伤膏。

宁樨关掉水龙头，自觉地把手伸出去，温岭远却将烫伤膏的盖子拧开之后递给了她。

宁樨愣了一下，意识到他是要让她自己擦。

不是吧？既然她和池小园是一样的，怎么在受伤这件事上，温岭远却要厚此薄彼？

宁樨把快要掉下来的两只袖子又往上挽了几圈，接过烫伤膏，挤出来一点，在手背上敷衍地抹了几下。是真的没事，手背上的几点红痕特别淡，不仔细看都看不出来。

她把烫伤膏递回去，温岭远没有第一时间去接。

宁樨抬头，发现他的目光落在她左手的手臂上。

她皮肤白，若是留下疤痕就会很醒目。她也考虑过要不要去文一个文身来遮挡，但是她怕疼，去了几次文身店，最后都临阵脱逃了。

宁樨无所谓地将袖子拉下来。她知道很难说清自己小臂上的明显是刀具割出来的伤口的来历，但是如果温岭远问的话，她会很愿意解释。

可温岭远接过烫伤膏就转身走了。

他没有问。

宁樨坐回到桌边，筷子拿起又放下，没了胃口。只听说过回锅肉，没有听说过回锅海底捞。

温岭远很快回来了，他伸手要再开火，却被宁樨一拦："我好像已经吃饱了。"

温岭远往还剩下的那堆蔬菜扫了一眼。

"我可以带回去，让汤阿姨炒菜吃。"宁樨也知道浪费不好，其实正常情况下她能吃得完的。

再次上车的时候，雨已经停了。

宁樨把头靠在车窗上，对温岭远说感觉很困，想睡一下。但她没有睡，只是睁着眼看着车窗外。路上有个人只穿一件很薄的夹克，根本不够御寒。那人裹紧了夹克迎风走着。明明车厢里暖气开得很足，但在大风卷起地上枯叶的那一瞬间，宁樨也跟着那个路人一起缩了一下脖子。

车停到小区门口，宁樨背着背包，提上袋子，袋子里除了衣服，还有打包好的蔬菜。

温岭远将手臂搭在方向盘上，侧身看她："提得动吗？不行的话，我可以送你到门口。”

“可以，没有太重。”

宁樨关上后门，冲温岭远摆了一下手，很快就走了。走进大门的时候，她特意回头看了一眼，车已经开走了。

宁樨掏出钥匙打开门，家里的情景让她感到惊讶。

宁治东竟然在！他正坐在客厅的沙发上喝汤，好像是红糖醪糟汤圆，她闻到了香味。电视开着，在放午夜新闻。

“都几点了，这时候才回来？”

宁樨没有吵架的精力，但有吵架的欲望，只要宁治东继续拱火并且应战。

她把袋子放在玄关落尘区，换上拖鞋，冷冷淡淡地说：“今天学校办歌手大赛，我没跟你说过？”

“哦。”宁治东想起似乎是在某一天的早餐桌上听宁樨提过这么一回事，“那你得了第几名？”

看来，不是宁治东替她买的奖了。

宁樨把袋子里的那包蔬菜拿出来搁在餐桌上，便往二楼走，顺便说了一句：“冠军。”

宁治东放了碗，惊讶道：“冠军？”他冲她招手，“有奖状吧？给爸爸看一看。”

宁樨已经上了台阶，听到后又有点儿不耐烦地走下来。她把书包搁在沙发上，从里面掏出那座冠军奖杯。

组委会可能经费紧张，克扣了奖杯的预算。宁樨捞出来的奖杯是底座和作为主体的镀金音符，“尸首分离”的两部分。

她愣了一下，宁治东也愣了一下，哈哈大笑。

“今天公司有事，不然我该去看看。”他把那两部分拼了拼，拿在手里看，“要什么奖励？”

宁樨有些惊讶，因为此刻宁治东显然真的很高兴。

她在沙发上坐下，并着腿和脚，姿态足够端正，像个听话的小学生。她判断，这时候是谈判的好时机，不管温岭远说的那套理论有没有用，总归值得一试。

“我不要奖励，我想跟你做一个交易。”

洗过澡，宁樨趴在床上，虽然累得头痛，但郁结的心情没有纾解，所以一点也睡不着。

这个时候，苏雨浓应该已经睡了。即便她还没有睡，宁樨也不知道应该怎么跟她倾诉。

可能只是她心思敏感，捕风捉影，她感觉，以外卖送达为一个节点，那之后，她与温岭远之前的那种轻松且随意的氛围，突然间荡然无存。

温岭远是一个有魔力的人，当他注视她的时候，她感觉到轻松、惬意，仿佛自己被无限包容；一旦他走神，或者移开视线，这所有如春风一样温和的感受，顷刻间就会被加倍的焦虑和痛苦取代。

周一的青杏堂更为繁忙，因为这天有温鹤庭过来坐诊。

温家除温岭远父亲这一辈，几乎世代从医，最早能追溯到道光年间。战争年代，温家医馆被毁，温氏后人为保存药方、医典和名贵药材，几经辗转，从长江南岸迁移到西南深山避灾，其间多位温氏族人死于战祸，最后只有温鹤庭的祖父这一脉得以保存。

和平年代，温鹤庭继承父亲遗志，自西南回迁南城，弘扬家学，重建温家医馆。以爱妻翟氏之名为医馆命名，一是为了纪念与爱妻的濡沫情深，二是为了感谢翟家在温家落魄之时鼎力相助，三则是寄望医馆重生，如青杏初生，欣欣向荣，终有一日硕果累累。

在南城，有人若是要看中医，多半会认准温鹤庭这块金字招牌。

老爷子有规矩，为了避免黄牛炒高价，不收诊金。问诊需提前预约，一次只放二十个号，从上午十点工作到下午六点。他年事已高，因为对患者负责，所以不愿长时间工作，免得身心劳顿影响判断。

饶是如此，仍有未曾预约的人大排长龙，寄希望于预约号看毕之后尚有余裕。

池小园这一天也有的忙，这是很好的学习机会，她几乎一整天都在围着老爷子打转，既做助手又做学徒。

温鹤庭只治疑难杂症，小病小痛就转给温岭远或是章医生医治。

下午六点一到，池小园就去门口挂上“今日号毕”的木牌，将大门一关，准时下班。

所以，这天也是池小园最喜欢的一天，虽然忙，却可以不用加班。

晚饭在青杏堂吃，是温鹤庭的长孙温济深亲自遣餐厅的人送过来的。

当归牛肉、赤金胡桃仁、四物汤煲鸡圳汤、合欢花皮秋葵、香茅陈皮兔丁……各种菜式摆了一桌子，色香味俱全。

温鹤庭很是不屑：“济深又来拍马屁。”

温岭远笑道：“您每回都这样说，每回却也吃得开心。”

“我是不愿浪费。他没出息，估计自己也知道丢脸，半年不去见我一次。”

“我哥是怕您将他扫地出门。”

今天吃晚饭时章医生也在。因为每逢周一晚上，饭吃着吃着就会变成答疑时间。他们平时遇到什么不太确定的地方，都会在这一天请教温鹤庭。温鹤庭就是一部行走的医典，还是时时刻刻都在更新的那种。

大门口忽然有人敲门。

池小园坐在里面的座位，应门不方便。温岭远让她坐着，自己去开门。

原以为是哪个求诊的病人，哪知大门一打开，外面站着的是宁樨。

温岭远穿着一件象牙色的毛衣，仿佛是很柔和的材质，只是看着就觉暖和。

宁樨只瞥了他一眼，便刻意地将目光移向他身后："你们今天怎么关门关得这么早？"

"爷爷过来坐诊，今天不加班。"

宁樨跳上台阶，听见茶室传来温鹤庭问询的声音。

宁樨高声唤道："温爷爷！"

温鹤庭笑着应答："是小宁樨啊。"

宁樨走进茶室，温鹤庭朝她招了招手："吃过饭没有？"

"吃过了。"

"那过来坐，喝盏茶。"

大家挪动椅子，给宁樨让出空位。

温鹤庭看着宁樨，笑着说："小宁樨是不是感冒了？"

宁樨睁大眼睛："哇，您一眼就能看出来吗？"

"舌头伸出来我看看。"温鹤庭"啊"了一声，让她张开嘴，瞧了瞧她的舌苔，点头道，"病程快要结束了吧？多穿点，这么冷的天，脚踝还露在外面。"

宁樨不好意思地弯下腰去，将卷起来的牛仔裤裤脚放下。

已经吃完饭，温岭远和池小园收拾好桌子，拿过茶壶和茶杯斟茶。

宁樨捧着茶杯，喝得急，呛得咳嗽起来。

温鹤庭以为她是感冒引起的，笑着说："你们现在的小孩子，就是身体素质太差。岭远，你以后带着小宁樨做五禽戏吧。"

"五禽戏是什么？"

池小园笑着答："可以理解为强身健体的体操。"

宁樨惊讶地看向温岭远，有点没办法把他和这种东西联系起来。

池小园好像猜到她在想什么，笑着说："小温叔叔和大温叔叔小时候都学过的，听说就是因为小温叔叔做得比大温叔叔好，才被选为了医馆的接班人。"

"又是从哪里道听途说的？"温岭远笑着说，"小园你学得不错，你教宁樨吧。"

"我不学！"宁樨赶紧说，"我每天跑八百米练肺活量，身体很好的，只是上周穿裙子冻到了才会感冒。"

"那小宁樨练不练太极剑？我亲自教。"温鹤庭说。

“您自己都舞不动全套了。”温岭远毫不留情地说。

温鹤庭叹了一口气，打量宁樨，仿佛感到十分可惜：“是个好苗子啊。”

宁樨：“……”

宁樨今天过来找温岭远其实是有正事。当然，正事也是她的私心。

趁着温鹤庭指导章医生的时候，宁樨将温岭远叫到了走廊里。

宁樨背手靠着墙壁，抬眼笑眯眯地看着温岭远：“你教我的方法，还蛮管用。”

温岭远看着她，目光略有一些疑惑，仿佛在问“什么方法”。

“我跟我爸做了一个交易。”宁樨解释，“我承诺考上南城传媒大学，我爸就会送阿婆回老家。你知道我爸的性格，很好面子。所以我说，可以大张旗鼓地送回去，给老家捐一条路，一直通到阿婆家门口。我爸很有可能是被这个浮夸的主意给打动了。不过不管怎么样，他松口了。”

温岭远轻声一笑：“替你感到高兴。”

“所以，我没有办法混吃等死了，离高考只剩半年，我需要一个很安静的地方，进行自习。”她将目光转向温岭远，满怀期待。

温岭远沉默着。

宁樨等得忐忑。他听明白她的意思了吗？为什么他不肯开口接茬？这种反应，和他周全的性格似乎很不符。

又过片刻，温岭远才说：“我朋友开了一家书店，或许符合你的要求。”

宁樨有一点难堪，这是她没有想到的一个答案，她不知道如何应对，把所有精力用来控制失望的心情都嫌不够。

沉默的时候，温鹤庭从茶室走出来了。他似乎觉察到气氛有点不对，笑着问：“怎么了，小宁樨？”

“我在问温叔叔借青杏堂来自习。教室太吵，我一个人在家又容易走神。在这里温叔叔和小园都可以监督我。”听听这漏洞百出的借口，一个人不行的话，不可以和苏雨浓结伴吗？难怪温岭远不答应。

温鹤庭笑着说：“二楼通常不都空着吗？你去那儿。高考只剩半年了吧？有奋斗的劲头是好事。”说完，朝洗手间去了。

宁樨有一个瞬间不敢看温岭远，她觉得自己太卑鄙，利用温鹤庭对他施压。

温岭远笑了笑：“如果不嫌晚上看诊太吵的话，二楼你就用吧。”

仿佛刚刚他是真的没有听明白她的潜台词。宁樨不敢下这样的判断，她知道温岭远很能洞察人心。

因为和宁治东的“交易”，宁樨和苏昱清再度恢复联系。她用多次请客的承诺，说动苏昱清给她拟订复习计划。

周末两人在咖啡馆碰头，苏昱清翻着宁樨以前的试卷。

“你不要叹气，”宁樨说，“我知道我成绩有多差，又不是要考清北。我是艺术生，南传的分数线又不高。”

“可是只剩半年，你知道学习任务有多重，你明年还要去艺考。”

“不行大不了我复读一年。”

苏昱清笑了一声，得意地抖腿：“那你岂不是要喊我一声学长。”

“苏昱清，你什么时候变得这么油腻了？”宁樨很嫌弃地白了他一眼。

之后，宁樨按照苏昱清量身定做的复习计划，每天按时到青杏堂报到。她会吃过晚饭再去，不给温岭远添麻烦，去了也是径直上二楼，把习题和课本拿出来，摊在客厅的茶几上。

她不用桌椅，更喜欢坐在茶几下的那块长绒地毯上，坐着舒适又暖和。她会在桌子上摆一些零食，一般是口香糖或者果脯，吃起来不会耽误做题。

她一般在青杏堂从晚上六点半待到十点半，其间有时候温岭远会上来，送点小点心做慰问。青杏堂并不总是会加班到很晚，那么提早下班的这天宁樨会早些回去。

这一段时间，宁治东难得在家。

宁樨回家看见门口放着两双皮鞋，她猜想另一双可能属于宁治东的助理。

汤阿姨端上一碗桂花小汤圆，宁樨坐在沙发上喝着，忽然从书房传来摔东西的声音。

宁樨吓一跳，放下碗轻手轻脚地走过去，隔着门，听见宁治东在发火飙脏话，好像在痛斥哪位老总背信弃义。

生意上的事她不懂，于是只吩咐汤阿姨，稍后宁治东气消了，给他端去一碗夜宵。

宁樨现在很少在课堂上发呆或是睡觉，时间都用来执行苏昱清拟订的复习计划。

背古代历史文化成就十分头疼，好像唯独与中医相关的内容记得特别牢固，扁鹊、华佗、张仲景，宋慈、葛洪、孙思邈，《伤寒杂病论》《神农本草经》……如果让她去青杏堂做学徒，未必会比池小园差。

“你现在勤奋得‘人设’都崩了。”苏雨浓调侃宁樨。

宁樨趴在书页上，脸颊沾上了铅笔印，照镜子时看见了也懒得擦，她没精打采地说：“我应该听你的去做主播，学习好累，有温岭远也不行，我快要放弃了。”

“信你才怪——你和温岭远有进展吗？”

宁樨摇头：“不如说反而退步了。我觉得他……好像有点在躲我。”

苏雨浓认真地思考："说不定只是因为你单方面很心急？"

在上课前，她们手挽手去了一趟洗手间。回到座位上，宁樨拿出手机看了一眼，不知道什么时候温岭远发来了一条微信消息："看到这条消息，请给我回电话。"

宁樨愣了一下。温岭远很少主动给她发消息，更不要说是在上课期间。

她埋下头，拨号。

电话几乎只响一声就被接通，温岭远声音低沉，比平常那样平缓的语调要稍显急促："宁樨，你现在去跟老师请假，二十分钟后去学校门口，我来接你。"

宁樨心里咯噔了一下："发生什么事……"

"你爸爸出了一点事，现在在医院。不是很严重，所以你不要着急。"

宁樨站在校门口。

温岭远的车比约定时间晚五分钟出现在宁樨的视野里。

没等车停稳，她便拉开车门上了车。坐上车，经温岭远提醒，她才想起要系上安全带。又因为还背着书包，安全带勒得她很难受，她解开安全带，取下书包，再重新系上。

"宁樨，你不要着急。"温岭远看着她，温声说，"任何情况都有解决办法。"

她没有说话，低着头"嗯"了一声。

电话里温岭远没有详细介绍情况，宁樨脑补一堆，弄得自己六神无主。等到医院一看，情况比想象中乐观很多。

宁治东头上缠着纱布，躺在床上静养。助理王烨早已把缴费、住院、看护等一切事情办妥。

温岭远观察到，宁樨在病房里的时候并没有凑近去查看宁治东的伤势，也没有对宁治东说太多关切的话，好像方才在楼下，等电梯等得失去耐心，差一点准备爬楼梯的那个人不是她。

宁樨不远不近地站着，问宁治东："要不要联系我妈？"

"联系她做什么？"宁治东嗤一声，"她巴不得我早点死。"

宁樨想要反驳，张了一下嘴，到底忍了下来。

宁樨不知道该说什么，待了一会儿便准备走："我让汤阿姨准时给你送饭，你想吃什么就让王烨告诉我。"

宁治东没说好与不好，只同温岭远道谢，并委托他将宁樨送回家。

两人走到楼下，取到车，要走的时候，温岭远看见路边的便利店。他解开安全带，让宁樨稍等。

几分钟后回来，他拉开车门，递给宁樨一瓶饮料。

宁樨茫然地接过，发现是温热的。奶茶有很浓的香精味，但是足够甜，能稍稍拯救她的心有余悸。

温岭远把车开得很慢，在等红绿灯的时候，他说：“我以为，你并不怎么在意你爸。”

宁樨抬了一下眼睛，她的脸比平常看起来更苍白：“我爸遇到什么事了？”

“他得罪了人，被人打击报复。”

“他的错，还是……”

“不是他的错。可能对你而言，他不是一个好父亲，但作为朋友和生意伙伴，他值得结交。”

宁樨沉默。

“我想问你一件事。”

宁樨抬头看他。

温岭远的目光落在她的手臂上：“你不像是会做出极端行为的性格。”

“你说这个？”宁樨挽起袖子，露出手臂上的疤痕，“十三岁的时候想吓唬我妈一下，算准她回家的时间，想让她看到。但是那天，她没有回家，我爸也没有回家。我泡在浴缸里，最后水都凉了，只好自己爬起来，换衣服，去诊所上药。也没有多深，我是疤痕体质，所以伤疤看起来很严重。”

“他们后来发现了吗？”

“去年，我和我妈去游泳，她才看到这个伤口。我说摔倒弄伤的，她没有怀疑。”宁樨把目光投向车窗外，不是要诉苦，只是今天这个气氛，好像很适合倾诉。当然，或许是因为她终于又感觉到温岭远在注视着她，所以自己是可以被包容的。

“不止。我在学校做了很多坏事，逃课、故意交白卷，就想给他们找一点麻烦。但是，大人好像永远有一套非常简洁又非常有效的解决麻烦的流程，我每次都输。后来就不玩了。”

温岭远很早就感觉到宁樨的矛盾，好像是把明明很乖巧的灵魂，生硬地套在一个叛逆的躯壳里，因为不熟练，以至于有经验的人一眼就能看出其违和之处。

宁樨捏紧了奶茶的瓶子，把它拧开，又喝一口：“当你不被期待、不被施以压力的时候，其实活着这件事情就很无聊，什么都没有意义。所以我很感谢阿婆，我仍然不觉得学习这件事有意义，但至少完成为了她而许下的承诺是有意义的。”

她做最后的总结陈词：“如果，想尽办法都留不住在意的东西，你就只好让自己不去在意了。”

这个时候，温岭远才说：“我有没有和你说过，我家庭的事？”

宁樨摇头。

“我父母在我五岁左右就已经感情破裂，商业利益迫使他们不能离婚。原谅我不想陈述细节，但你应该能够想象到其间的不堪。”

宁樨点头。

“所以，我会照顾你多一些，作为长辈。我只能盲目相信这些或许对你有用，毕竟人生没有第二个理应色彩斑斓的十七岁。”他的声音沉缓，如水一样缓缓淌过。

宁樨愣了一下，惊讶自己在思绪一团乱麻的情况下，还能精准地抓住他话中的重点。

温岭远说：“如果你愿意，可以将我当成你另外的家人，还有小园，还有爷爷。”

温岭远不能肯定自己能从两人相处的细枝末节里推断出什么端倪，也怕兴许那多半只是自己在自作多情。

相似的家庭环境使他真的心疼这个女孩，所以更应该早一些划定界限。让她受到伤害，是他绝对绝对不愿意看到的事情。

于是他继续说，缓慢但是坚定：“明年三月，钟映会从国外回来。我想，你也会愿意认识她……”

听见“钟映”这个名字，宁樨愕然地抬头。

“她是我的未婚妻。”

温岭远最后这一句话，一个字一个字地敲进宁樨的耳朵里，像在打一座不容逾越的界碑。

宁樨轻轻地“啊”了一声。

温岭远其实从头到尾都没有回避过这件事，只是也没有张扬过。没有谁会刻意同一个普通的后辈宣扬“我有女朋友了”，是吧？

除非这件事变成了必要。

宁樨知道自己不是没有意识到，只是不问，不得到确切回答的话，就能心存侥幸。

所以她虽然难过，但是一点也不觉得意外。

看来她不是善于掩饰的人，这样轻易就让他察觉到了。

宁樨揉了一下眼睛，又把手放下，将装奶茶的塑料瓶捏出声响，她笑了一下说道：“你怎么知道我羡慕小园有你这样的叔叔？”

她感觉到温岭远在看着她，或许是在观察她的表情。她不能肯定自己是无懈可击的，于是低下头避开了他的目光。

为什么会认为他温和可亲？宁樨觉得自己在识人方面可能真的有一点问题，他明明将自己的原则竖立得像一座高耸入云的白塔。

温岭远淡笑着说道：“你和小园是一样的。往后如果你需要任何帮助，可以随时到青杏堂来。”

“嗯。”宁樨说不出更多的话。

后半程路，两人都很沉默。

温岭远知道自己这时候再说什么都不合时宜，逼得宁樨在他面前逞强不是他的本意。她是聪明的姑娘，知道怎么抉择。

谁都有这样懵懂的年岁，有憧憬，也会产生误解。但是对一步和错一步相比，结果是天差地别。

车停在小区门口，宁樨跳下车，手撑着车门，语气轻松地说：“我好像开始了解你这个人了。”他也有作为大人，不由分说又自作主张的一面。

没有同他详细解释，她退后一步，挥了挥手，然后将手插进外套的口袋里，朝着大门小跑而去。

这回，宁樨没有回头去看。

她承认那天晚上，作为应答的那两束跳闪的灯光让她着迷，使她想要一看再看。

家里很暖和，全屋都铺上了地暖，即使冬天也可以赤脚踩在上面。宁樨脱下外套搭在餐桌的椅子上，坐在那里发呆。

汤阿姨走出来，被宁樨吓一跳。

宁樨回过神，想起还有正事要做。

她跟汤阿姨嘱咐了去医院送餐的事，又去跟阿婆说明情况。

老人对自己儿子的状况应当有知情权，所以宁樨没有瞒她。

“那……伤得重不重？”阿婆问。

“医生说住三四天就可以出院。”

“我早说，钱挣到够花就行，他非得……”阿婆叹了一声气。

宁樨不应声。她何尝不这样想。她宁愿宁治东从未发迹，一家三口还住在租来的房子里，她每年许的小小生日愿望，都有人成全。

事情都交代完毕，宁樨回到二楼，给自己的情绪留下一些缓解的空间。

把浴缸放满水后，她将自己浸入其中。

今天的入浴剂是海风气息的，混着一点甜，像是海上落日，过程总是漫长，熄灭时就更盛大，简直如同一场幻灭。

蓝牙音箱里在放关淑怡的《三千年前》。

“不要怪我第一句就跟你说再见，因为我真的是专程来和你道别的。”

第三章

大寒

Rose White tower

一周之后，宁樨才又出现在青杏堂。

那天池小园吃着饭，随口一问：“这段时间怎么宁樨都不来了？”

此前宁樨在青杏堂自习的那段时间，两个女孩子的关系急速升温，起因是发现对方居然和自己喜欢同一个小偶像。

休息时间，池小园常去骚扰宁樨。两个人吃一吃零食，看一看粉丝剪辑的那个小偶像的 MV。青杏堂没有池小园的同龄人，年纪最小的也比她大三四岁，还是个男的。宁樨不来，她就感到很寂寞。

温岭远是知道原因的。

宁樨或许需要一些时间来消化。倘若她灵机一动，明白过来他也不过是一个伪善的大人，从此不来青杏堂，那也未尝不是一件好事。

他认为这个可能性很大，所以那天早上一打开大门，看见一周多没见的宁樨背着书包站在院子里时，吓了一跳。

她穿了一件鹅黄色的面包服，那颜色亮眼得如同一束晨光。这几天南城连续降温，确实已经有好多天没出太阳了。

“哇！”宁樨惊叹了一声，举起手机给温岭远看屏幕上显示的时间，“你们开门真的好准时，一分钟不早，一分钟不晚。”

温岭远看着宁樨，她也不避让，任他打量。

她递过来一个牛皮纸袋，说：“路上看见有卖芝士烤红薯的，就给小园和你买了一点。我去上课了，晚上要来自习，楼上帮我收拾一下。”

温岭远接过纸袋，应道：“好。”

“我爸已经出院了，目前在家里休养。这件事，谢谢你。”

“没事，我应该做的。”

宁樨歪着头看了他一下，问：“你们过平安夜和圣诞节吗？”

“好像没有这样的习惯。”

“那你生日有没有想要的礼物？”

温岭远顿了一下，意识到这两个连环问题的意思，反正无论如何，她都要送他一份礼物。

他笑着说：“你也可以欠着。”她要的字，他至今还没写出来。

“那不行的，我和你不一样，我是一个说到做到的人。”宁樨笑着说，“如果你没有想要的东西，我就随便选了。”

等温岭远点过头，宁樨拉了一下书包的带子，道：“我走了。”

说走就真的走了，没有一点拖泥带水。

但宁樨态度的转变还是很明显的，温岭远感觉到宁樨对他的态度变得不客气许多。她不见得是故意的，可能她也只是凭直觉，知晓他有些许愧疚。

温岭远把装芝士红薯的纸袋放在桌子上，池小园闻风而动，三两下拆开，道：“温叔叔你买的？”

“宁樨送给你的。”

“宁樨来过？”

“刚走。”

“啊？她都不来跟我打一声招呼。”

“她晚上来自习。”

池小园高兴了：“等下我要去趟便利店，买点她喜欢吃的零食。”

当池小园手里只剩下长相磕碜的最后一个红薯，看见温岭远披上白大褂时，才想起要问他吃不吃。

“你吃完吧。”温岭远说着便往药房去了。

宁樨难得在课堂上玩了一回手机，为了给温岭远挑礼物。今天就得下单，不然物流赶不及送到。

课间，宁樨把手机递给苏雨浓，让她帮忙参谋。

苏雨浓划了半天的购物车，仍然没有划到头：“你这是看了多少？”

“觉得合适的都加上了。”

“我觉得，手表、领带这些就算了吧，不太合适。既然他都有女朋……”苏雨浓看见宁樨表情垮了下来，赶紧道歉，“哎呀，我错了，我错了。”

她又认真地看了一遍，最后指着一方画着青绿山水的琉璃镇纸，说：“这个吧。”

宁樨看了一眼，直接就下单了。

“不再考虑一下？”苏雨浓问。

“考虑什么，反正送别的我也没有资格。”

苏雨浓简直哭笑不得："你这几天不去青杏堂，我都以为你已经想开了。"

"不会想开的。"宁樨低着头输入支付密码，"你喜欢的小裙子绝版了，你都要耿耿于怀好久，何况温岭远是一个人。"

绝版，是意难平的另一个表述。

温岭远坐在桌边翻着一本医书，线装右翻，繁体竖排。他近视没有太深，可能不到两百度，不过看文字的时候，习惯性要戴一下眼镜。

今天池小园上班迟了五分钟，进门跺着脚，去撕挂在墙上的一页日历。那上面写着：一候鸡乳；二候征鸟厉疾；三候水泽腹坚。

"啊，今天是大寒，难怪这么冷。"

温岭远抬头看了池小园一眼："除夕要到了。"

"钟阿姨是不是要回来了？"

"明天。"

"哦。"池小园只是随口一问，脱下外套披上白大褂，开始去忙自己的事。

池小园不太喜欢钟映。

当然，她一个青杏堂不足挂齿的小学徒的喜欢不喜欢，并不重要。

她仔细思考过自己为什么不喜欢钟映，最后总结出的结果是人和人相处可能多半看气场，而气场是一种玄学。

钟映这个人，挑不出来什么错。长得好看，性格也亲和，每次还会给她带很贵的礼物，包包、限定版眼影，或是高档巧克力……

唯独有一点，让池小园很不自在。

每当她和温岭远说话的时候，她都能觉察到钟映注视的目光——那目光没有敌意，只是审视，弄得她很困惑。

直到后来，在看一部英剧，那里面女主人举办沙龙，端着描金边的骨瓷玫瑰茶杯抿着红茶，看着前来做客的花枝招展的贵妇们，露出了和钟映一模一样的目光和笑容时，池小园才懂。

所以钟映在的时候，她就很不自在，好像自己寄人篱下这件事在被无限放大。

中午，宁樨过来了。

她穿着一件白色羽绒服，围着米色的羊绒围巾，头发披散着，遮住了耳朵，白皙的皮肤被寒风吹得泛红，眼睛反而更明亮。

宁樨给青杏堂送来一盆水仙花，已经开好了，白花黄蕊，装在盛满清水的青花瓷花盆里。

"昨天阿婆和汤阿姨去逛花市买回来的，其实刚买回来的时候还没有开。"

宁樨把花盆小心翼翼地放在茶室的书架上。

温岭远笑着说："谢谢。"

学校已经放假，宁樨还是每天都会来青杏堂看书做题。

快要过年，医馆比平时清净。池小园没事做，就经常上楼和宁樨一起玩。两个人窝在茶几下的地毯上，支着 iPad 追剧，有时分食一袋奶油瓜子。瓜子壳散在地毯上，半天才能捡干净。温岭远有轻微洁癖，宁樨这样做仿佛是在故意气他一样。

不过温岭远一回也没有生过气，每回宁樨回家了，他就拿手持吸尘器将地毯仔仔细细地吸过一遍。

池小园发现，宁樨完全不怕温岭远，非但不怕，反而有些肆无忌惮。

这让她很羡慕。她顶多只敢在宁樨做坏事的时候当个放风小弟，虽然她要比宁樨大上两岁。

年货已经备好，池小园和宁樨翻出零食提前尝鲜。她们吃到一种很辣的小鱼干，欲罢不能，开完一袋又一袋。

宁樨问："你们在哪里过年？温爷爷那儿？"

"去大温叔叔家，他家比较宽敞。"

"我好像一次也没有见过大温叔叔。"

"他和温叔叔不太像，已经中年发福了，"池小园笑着说，"可能是幸福胖。"

"那不是可以根据大温叔叔，推想未来温叔叔发福了是什么样子？"

坐在另外一张桌子旁的温岭远翻过一页书，很平静地说："我能听到。"

池小园和宁樨对视一眼，"扑哧扑哧"地笑了。

"对了，"池小园说，"明天钟映……钟阿姨要回来，你去不去接机？"

宁樨的目光落在装小鱼干的袋子上，她找到锯齿状的开口，手指各捏着一边轻松地撕开："去呀，我还没见过呢。"

宁樨早上穿衣服时看见窗外在飘雨，等她出门的时候，雨已经停了。

她穿了一件长款的白色羽绒服，底下是丝绒半身裙和高跟靴。临到要出门，她又觉自己这样怪做作，又折返回去换了牛仔裤。

少女的字典里没有"秋裤"这个词，这也导致宁樨在门口等车时，被寒风吹到发抖。

温岭远的车一到，宁樨赶紧拉开门上车。池小园往里让，把自己抱着的暖手宝递给她。

宁樨抱在怀里，说话时牙齿都打战："谢谢小园姐姐，你是我的再世恩人。"

一个小时的车程，堵到一个小半时，他们到机场时，钟映已经落地了。

宁樨和池小园跟在温岭远后面，悄声说话，宁樨问：“钟映是一个什么样的人？”

小园有一点纠结：“很漂亮，很有气质，人也挺好的。”

宁樨笑说：“你知不知道，你这个夸奖的语气很不走心。”

“没有没有，是真的。只是……你觉得很好的人，不一定会是你喜欢的人，能理解吗？”

宁樨点头。

“反正你见到就知道了，说不定你会喜欢她。”

宁樨想，怎么可能。

在机场国际到达的出口等了二十多分钟，宁樨看到前方走过来一个人。

那人穿着一件版型挺括的驼色大衣，白色的毛衣，阔腿裤，浅口单鞋，单肩挎一个托特包，另外一只手推着一个尺寸很大的银色拉杆箱。容色清丽的美人，只化淡妆，也足以使她在一众风尘仆仆的旅客之间，亮眼得让人不容错目。

宁樨无端觉得她就是钟映，果然她在看见温岭远之后，露出笑容，脚步加快。

两个人拥抱了一下，温岭远接过拉杆箱。

钟映挽住温岭远的手臂，看向宁樨，笑着说：“我不在的这半年，青杏堂又来了一个小姑娘吗？”

是轻松、开玩笑的语气，钟映的声音清甜悦耳，宁樨却无端听出来别的意味，她知道是自己的偏见。

她只是笑一下，没有自我介绍。

温岭远说：“宁樨，宁总的女儿。”

宁樨说：“你好。”

钟映打量她，笑道：“长得真好看。还在读高中吗？”

宁樨觉得，换一个人被钟映这样的美人夸奖，一定会很高兴，她心里却是有些躁意。

“高三。”宁樨说。

回到车上，钟映和温岭远久别重逢，有很多话要说。

宁樨和池小园坐在后排，各玩各的手机。

宁樨发消息给苏雨浓：“我见到温岭远的女朋友了。”

苏雨浓：“你真的去了？”

宁樨：“我能过来找你吗？”

苏雨浓：“我今天不能出门，你来我家吗？我们中午包饺子吃。”

车开进市区，在一个路口，宁樨让温岭远把她放下。

温岭远转头看了她一眼。

宁樨解释说：“我跟小雨约了在附近逛街。”

温岭远放慢车速，找停车的地方。

钟映翻开提包，找出来一个黑色的绒布袋，从前座递给宁樨，笑着说：“初次见面，没有提前准备礼物。这是我自己设计的手链，不嫌弃的话，请收下吧。”

宁樨接过礼物，说了声“谢谢”。她没有拆开看，直接揣进了羽绒服的口袋里。

拉开车门，宁樨跟池小园说：“下……年后再见吧。”

等车开走，宁樨拦下一辆出租车，去了苏雨浓家。

苏雨浓的家在三环的一栋商业小区，宁樨经常去，已经熟门熟路了。

苏雨浓的妈妈是会计，爸爸是民营企业的机械工程师。开门的是苏妈妈，苏妈妈笑吟吟地欢迎她：“樨樨很久没来了哦。”她找出干净的拖鞋给宁樨换。

苏雨浓听见声音从卧室出来，宁樨跟苏爸爸也打过招呼后，跟着苏雨浓进了屋。

苏雨浓的房间不算大，衣柜占去了很大的面积，里面都是她的小裙子或是高中生制服。靠墙放着一张很长的书桌，摆放着电脑显示屏、电脑作画的数位板。

由于地方小，她们就直接坐在床上。

苏雨浓迫不及待地问：“那个钟映，长什么样？”

“很好看，很有气质。”

“然后呢？”

“人也很好。”宁樨总算知道池小园为什么夸奖得那么敷衍，因为真的存在遇见一个很好的人，自己却不喜欢的情况。

“你就不应该去，找虐吗？”

宁樨往后一躺，盯着天花板：“我不喜欢自己这样。你看我对方诚轩的态度多潇洒，为什么面对温岭远却做不到？”

“我建议你以后不要去青杏堂了。”

“我不去的话，不是更显得心里有鬼嘛。”

“你有没有想过，温岭远和钟映结婚之后，他不会再照顾你。他有自己的生活，有自己要照顾的人。你毕竟不是真的亲戚家的小孩，你和小园不一样。”

“我不甘心。温岭远可能是我这辈子最好的缘分。”

“别傻了，都修不成正果，叫什么‘最好的缘分’。”

宁樨之前不会知道，失恋不是一个动词，而是一个形容词。

“有一点不想辜负温岭远的期待，”宁樨闷闷地说，“他是期望我走回正途，我想要证明给他看。”

如果，喜欢他是歧途。

“你什么时候变得这样有胜负心了，做不到又能怎么样？”

“小孩子怎么能比大人不潇洒。”

苏雨浓知道说不通，只好放弃，道：“我不劝你了，反正等你痛苦到受不了就会放下。”

“不说我了。”宁樨爬起来，“你和姚占云呢？什么时候吃饭？他怎么老放你鸽子？”

“之前圣诞节他学校有事就没有回来。过完年后去吃，你要陪我去。”

中午吃饺子。

饭桌上，苏爸爸拿筷子轻打苏雨浓的手，斥责她直接用手去拈花生米的行为，说她十分没有规矩。

宁樨觉得自己简直魔怔，连这种小事都会觉得羡慕。

温岭远几人中午在温济深开的餐厅里吃过饭后，温岭远将池小园送回青杏堂。

原本还要送钟映回二环路的公寓，钟映坐飞机坐了十几个小时，吃过饭后困得不行，想去楼上睡一觉再回去。

二楼麻雀虽小五脏俱全，钟映在浴室洗了个澡，吹干头发。她接过温岭远递来的水杯，喝一口，瞥见置物架上的习题册，拿起来看了一眼，笑着说：“宁樨小朋友的东西？”

“她晚上在这里自习。”

“学校不开晚自习吗？”

“艺术生读的文科班，教室比较吵闹。”

“那她为什么不在自己家里自习？”

“她说在这里有人监督。”

钟映打量着温岭远，笑了一下：“是不是我老了？有些搞不懂现在年轻小姑娘的想法。”她把习题册丢回原处，走进卧室。

睡到下午五点半，钟映起床，温岭远不在二楼。

她爬起来去洗漱，经过客厅的时候，又停了下来。她逛了一圈，不只找到习题册，还有一袋没吃完的不二家的糖果、落在茶盘里的粉色橡皮擦、粘在地毯绒毛上的心形贴纸……都是小姑娘的东西。

她也没有扔，只把这些东西全部归置在一起，放在茶几上最显眼的位置，然后换了一身衣服，下了楼。

温岭远和池小园在茶室里面对面地坐一桌。温岭远拿着笔记本电脑办公，池小园则在玩手机。

池小园听见声响，抬头打招呼：“钟阿姨。”

钟映把一个礼品袋递给池小园，笑着说：“给你带的礼物。”

池小园看见那上面的商标，简直头大：“谢谢钟阿姨……”

钟映在温岭远身旁坐下，往他电脑屏幕上瞧了一眼，他似乎在阅读关于中医研究的论文。

钟映说：“岭远，我们晚上去拜访一下爷爷？”

温岭远推了一下眼镜，将笔记本电脑合上，说：“爷爷晚上休息得很早，明天再去吧。”

钟映看向池小园，笑着说：“小园晚上想吃什么？我们出去吃饭。”

“我……我不饿。中午吃太饱，你们去吃吧。”

钟映收拾好行李箱，跟着温岭远走出门，站在大门口，嘱咐池小园说：“晚上我们应该不回医馆了，小园你把门锁好？”

等人离开后，池小园长舒了一口气。

池小园把医馆的灯都关上，锁上门，然后去街口的便利店买了一份关东煮和酸奶，回到自己的出租房，边看剧边吃晚饭。

温岭远在二环路的公寓是一个大平层。过于简洁的黑白灰色调，在冬日里看起来有一些清冷。

钟映一直想更换公寓的软装，使它变得更有生活气息一些，只是过去两年她常常出国，在南城的时间不多。

她觉得，是时候将这件事情提上日程了。

温岭远在厨房冲泡柠檬水的时候，钟映静悄悄地走过去，踮着脚将下巴抵在他的肩膀上，说：“岭远，过几天，我们去拜访一下婚礼策划好不好？回国之前我已经联系过他。”

“想在什么地方办？”

“你知道我一直想去塔希提岛。不过我咨询过，那边已经排到了明年，明年三月才有档期。我现在很犹豫，是不是在国内办也可以？”

温岭远微笑着说：“可以等一等，去你喜欢的地方办，不要有遗憾。”

宁樨只听过姚占云的名字，也只在苏雨浓的速写本上见过他。等见到真人，她不禁想要感叹少女的滤镜好惊人。

在她的审美里，姚占云只是一般般的帅，而且身上有一种痞气，是她非常不喜欢的。

今天苏雨浓没有穿小裙子，因为据说姚占云不喜欢，觉得洛丽塔裙和女子高中生制服都很非主流。她穿着规规矩矩的连衣裙和长靴，毛呢大衣带毛茸茸的领子，化着偏粉色系的桃花妆，喷着最经典的小雏菊香水，整个人非常……甜美。符合直男审美的那种甜美。

宁樨就很随便，面包服、细腿裤和马丁靴。因为下午睡过了头，只来得及洗了一下头发，吹到七分干就出了门，这时候让风吹得毛毛糙糙的。

说是吃饭，其实是唱歌。

她们在楼下大厅等的时候，苏雨浓一直拨拉着刘海。

宁樨忍不住说："真的很完美了，你再拨，要拨出头油了。"

苏雨浓笑着骂了她一句。

很快，姚占云就下来接到了她们。他穿着一身潮牌，脚下是最新款的品牌鞋。明明是南城本地人，不知道为什么说话吞字还带儿化音，听着像个不地道的本地人。

苏雨浓给姚占云介绍："这是宁樨，宁静的宁，木樨的樨。我的好朋友。"

姚占云的目光落在宁樨脸上，笑着说："木樨的樨是哪个樨？"

"木字旁，一个犀牛的犀。"苏雨浓说。

"这么复杂？那考试的时候，别人都在做第三道选择题了，你还在写名字吧。"

宁樨："……"

"走，上去吧。"姚占云引路，"今儿我好几个朋友都在，都是男的，说话嘴上没把门儿，提前跟你们打声招呼，多担待。不过你放心，"姚占云凑近苏雨浓，笑着说，"我肯定罩着你，闹也闹不到你头上。"

一个巨大的包厢，从沙发的这头到那头，都能坐下两支足球队的人。除了宁樨和苏雨浓，还有好几个女生，看起来都是大学生，穿衣打扮的风格明显跟她们很不同。

他们都认识，聚在一起玩骰子。宁樨和苏雨浓掺和不进去，坐在沙发靠近门口的地方，有一些尴尬。

姚占云拿着两杯果汁过来："唱歌吗？"

"唱！"苏雨浓推了一下宁樨，"樨樨是我们学校歌手大赛的冠军，唱歌很厉害。"

"是吗？那露一手？唱什么？我给你们点。"

"樨樨唱粤语歌好听。"

"那来个《月半小夜曲》？"

"都行。"宁樨其实一点都不想唱，如果不是为了苏雨浓，她不会这么配合。

姚占云去点歌，苏雨浓端起果汁准备喝，宁樨拦住她的手："要不还是喝瓶装的吧？"

"这么谨慎吗？"

"不是不信姚占云，只是他的朋友，我们还不熟。"

苏雨浓觉得有道理，把果汁默默地放了回去。

姚占云点了歌，顺道置顶，拿过一支话筒递给宁樨。

一首烂大街的粤语歌，所以有人跟着和也不稀奇。宁樨不喜欢跟人合唱，等有个女生唱完"这晚以后音讯隔绝"这句才跟上。

她一开口，那个本要继续唱的女生瞬间哑口，整个包厢都跟着安静了。

苏雨浓激动地小小鼓了一下掌，简直与有荣焉。每回跟宁樨出去唱歌，这都是她最喜欢的一个瞬间。

所有人静静听完了这一首，不约而同地鼓掌。姚占云拿着话筒喝彩："可以啊！再来一首吧！"

宁樨皱了一下眉，语气还是平和的："你们唱吧，我感冒了嗓子不是很舒服。"

过了晚上十点半，宁樨提出要回家，又被苏雨浓挽留着多待了半小时。苏雨浓显然玩得很尽兴，因为姚占云确实很照顾她。宁樨几乎全程硬着头皮，和一堆陌生人一起玩，太让她难受了。

晚上十一点，苏雨浓家里打来电话催她，两人必须回去了。

姚占云将她们两个送到楼下，快出门时，苏雨浓让他们稍等，自己要去一下洗手间。

宁樨在大厅的沙发坐下，感觉到沙发那头一沉，姚占云不近不远地坐着，看着她笑道："你唱得真挺好的，学声乐的？"

"一般吧。学播音主持的。"

"准备跟小雨考一个学校？去北城吗？"

"还不知道。"

"要去北城的话，我那儿有很多朋友，可以带你们玩。"姚占云拿出手机，"要不你加一下我的微信吧？"

宁樨简直愕然："下次吧，我手机没电了。"

"那就报一下微信号，回去通过一下验证就行。"

"自动生成的微信号，记不住。"

"没绑手机？"

"没有。"

"好吧。"姚占云笑着说，"那下回唱歌你可一定要出来，太能炸场子了。"

姚占云将苏雨浓和宁樨送上出租车，提前给了司机一百块钱。车开走之前，他又拉开后座门，沉声叮嘱苏雨浓："到了给我发消息。"他的声音很有磁性，而他好像很会利用这种优势。

车上，宁樨十分纠结地说："我记得，你说你跟姚占云是在青旅认识的？"

苏雨浓有一年去西安旅游，住在青年旅社，晚上参加青旅举办的剧本杀，认识了姚占云。一问又是老乡，就加上微信，一直保持着联系，说有空一起出去玩。

"对啊。怎么了？"苏雨浓说。

"你会不会觉得，他性格有点……爱玩？"宁樨只能说得很委婉。

"他一直是这样的，很能活跃气氛。我们当时玩剧本杀，就是他领头组织的。"

"好吧。"宁樨闭嘴了。还是决定不要告诉苏雨浓姚占云找她要微信号的事。万一他并没有别的意思，只是姚占云热情的性格使然，就会闹得很尴尬。

初四，宁治东在家设宴请温岭远吃饭。

这件事宁樨还是早上起床后才知道，她赶紧洗漱梳妆，一阵兵荒马乱。宁樨坐在化妆镜前，她看着自己，叹了一口气，最后只抹了化妆水和面霜，擦了一点乳木果的润唇膏。

来的不止温岭远，还有钟映。

温岭远穿着一件靛青色的大衣，这个颜色深到接近于黑，人也就显得比平日里要沉肃。

宁樨坐在通往二楼的台阶上看，直到宁治东喊她下来，她才靸着带兔子耳朵的毛绒拖鞋下楼。

宁樨向他招呼："温叔叔。"她看向钟映，犹豫一下，觉得别扭，又和钟映不熟，喊不出来"阿姨"。

倒是钟映先开口，笑着说："你的拖鞋很有趣。"

钟映今天穿了一身杏仁色的裙装，淡妆化得不露声色。用的香水气味清淡，完全不抢风头，却衬着人更优雅。

宁樨说："你想要同款吗？"

钟映微微怔了一下，好像没想到她会这么问："我没穿过这么可爱的拖鞋，不过说不定可以试一下。"

家里提前打扫过，宁治东还特意让汤阿姨买来鲜花插瓶。淡青色的琉璃花瓶里插着几朵白玫瑰，清新得和整个富丽堂皇的装修风格格格不入。

于是赶在温岭远来之前，宁樨偷偷地连花带瓶拿回自己房间了。

宁治东有收藏红酒的爱好，他花了大价钱把地下室改造成恒温酒窖，摆放他那些珍贵的藏品——宁樨觉得，这可能是宁治东唯一真正精通且拿得出手的爱好。

宁治东带温岭远和钟映去酒窖参观，在经过摆在窗前的一个欧式风格的五斗橱时，钟映顿了一下脚步。

她送给宁樨的那条自己设计的手链，是细细的链子，缀有天文望远镜和木星及其星环的玫瑰金挂饰。现在，那条链子乱七八糟地绞在一起，和挂饰也已经分离，就放在五斗橱上的一个落了灰的盘子里。

他们看过酒窖，挑了一支勒桦酒庄（Domaine Leroy）的红酒，作为今天午餐的主角。

钟映手指沾了一些灰，于是去后面的洗手间洗手。

经过走廊时，看到那里摆放着一个小型的水族箱，宁樨正端着一只小碗，往里面抛撒鱼食。

钟映看见水草里游着一条褐色的鱼，笑着说："你喜欢鲤鱼吗？我可以送你一条比较名贵的品种。"

宁樨敲了一下水族箱的玻璃，鲤鱼应声摆动尾巴。她笑着说："不。它很名贵。"

钟映笑着问："有纪念意义？"不然一条最普通的褐色鲤鱼，怎么也不会和名贵扯上关系。

"你养过猫吗？"

"没有，我对猫毛过敏。"钟映说。

"如果你养过你就知道，哪怕是最丑的土猫，你养了它，就会觉得它是最名贵的。"

"或许你说得对。"钟映笑了一下，往洗手间走去。

宁樨不爽地皱了一下眉。

钟映跟温岭远一样喜欢说"或许"，但是他们不同。温岭远习惯说"或许我怎么怎么样"，而钟映会说"或许你怎么怎么样"，跟在后面的主语不一样，给人的观感就完全不同。

钟映并不觉得她说得对，却要故意说"或许你说得对"，这对促进沟通毫无意义，只传达出她想要结束话题的敷衍。

在餐桌上，宁治东频繁地给温岭远敬酒，感谢他在住院那件事情上的上下打点，也感谢他对宁樨的照顾。

宁治东笑着说："樨樨这么不驯的性格，难得这么听你的话。"

温岭远淡笑，道："不敢居功，宁樨是个好孩子，她做的一切都是为了阿婆。"

宁樨有一种反叛心理，她不喜欢做在饭桌上被家长夸来夸去的听话小孩儿，原本她就不是。

她微微撇了一下嘴，抬眼夹菜，却发现钟映在看她。

钟映一点也不觉得尴尬，微笑了一下，从容地转过目光。

等阿婆也吃完，宁樨和她一起下桌，去客厅坐下看电视。看了一会儿，阿婆开始打盹儿，宁樨让她回房去睡，自己也上了楼。

她趴在床上玩手机，直到听见楼下传来声响，温岭远他们要回去了。

宁樨走出房门，往下走了几步，坐在台阶上，双手托腮，看着宁治东将人送到门口。

钟映转过身来，抬头看向宁樨，笑着说："有空常去青杏堂玩。"仿佛是自居为女主人的语气。

宁樨微微皱了一下眉，却笑着说："好啊。"

客人走后，微醺的宁治东上楼去睡觉，汤阿姨开始打扫卫生。

"宁樨啊，"汤阿姨拿抹布擦桌子，发现手链还留在五斗橱上的瓷盘里，"这条手链，要不还是我拿去给你修吧。"

这其实是个意外，不是宁樨故意要针对钟映。

那天宁樨看过手链之后，随手放在了衣服口袋里，衣服换下直接丢进了洗衣机，自己忘记了，也没和汤阿姨说。手链掉出来，在洗衣机里被搅得面目全非。

汤阿姨认为这是自己的工作失误，提出要送去修，宁樨说不用，接过之后随手往盘子里一扔，转头就忘了。

宁樨接过来，说："我自己处理掉就好了。"

上楼回到自己房间，她找到一只空盒子，把手链丢进去，随后扔进衣柜抽屉的最里面，眼不见为净。

温岭远喝过酒，回去是由钟映开车。

在车上，钟映说："我感觉宁樨似乎不太喜欢我。"

"她不是容易和人亲近起来的性格。"

钟映不认同这个解释，但也没有多说，不然显得像是在告状一样。她感觉宁樨对她有敌意，那条手链虽然算不上贵重，哪怕不被喜欢，也不至于落到那种下场，除非是故意。

第二天，钟、温两家要一起吃一顿饭，晚上钟映洗过澡之后，提前挑选要穿的衣服。

温岭远还坐在角落的单人沙发上看书，钟映催他先去洗澡。

"我明天穿这身好不好？"钟映拿出一条藕粉色的裙子。

"我没有见过这条，新买的？"

钟映笑着说："在巴黎候机的时候买的。"她把裙子比在自己身前，"好看吗？"

温岭远认真打量之后点头，这使得他的认同给人一种信服感。

钟映开始挑选外套和配饰，而温岭远摘下眼镜，夹在书页之间，往浴室走去。

温岭远的手机就放在书本旁边的小矮桌上，这时候响了一声。钟映抬头看了一眼，继续挑选围巾，直到手机又响了第二声。

她目光定在手机上，往卧室门口看了一眼，鬼使神差地朝小矮桌走去。

她飞快地拿起手机，输入温岭远的生日解开锁。点开微信，列表里排在置顶的她的名字下方，有两条未读消息，然而备注的名称，似乎只是温岭远的一个病人。

钟映轻咬着唇，说不上自己是不是松了一口气。她继续往下翻，翻到很后面，也没有看见她想象中的那个名字。

客厅里传来脚步声，钟映心脏一紧，飞快地扯断手腕上的一串月光石手链。

温岭远走到门口，钟映正蹲在地上，捡掉落满地的珠子。

“阿映？”

钟映笑着说：“手串不知道怎么断了。”

温岭远没说什么，在门口站立一瞬，目光从她脸上扫过，落在角落的小矮桌上，又缓缓地收回。

他从桌上拿走新买的尚未开封的电动牙刷，替换了刷头，再次离开卧室。

钟映长长地吐出一口气，慌乱捡拾完剩下的珠子，攥在手里，半天还觉心有余悸。

温岭远洗完澡回来，身上有清爽的沐浴露和须后水的气息。

梳妆台前，钟映正在往脸上涂擦晚霜。

他站在窗边，静静地看了片刻。

“阿映。”

钟映的手指顿住，这样语气平淡的称呼让她心里一惊。她从镜子里看，温岭远在注视着她，目光是真实的困惑，他问：“我仍然没有给你足够的安全感吗？”

钟映一慌，急忙转身：“我……对不起，我不应该……”

“你还记得，上一次我们是怎么说定的？”温岭远的语气始终平和，即便他觉得十分失望，失望到心底有一种冷透之感。他也不会跟人争吵，因为从沟通效率的角度而言，争吵毫无意义。

钟映咬住嘴唇，没有办法复述出口。

她说不明白方才那一瞬间自己究竟为什么所惑，才会再次犯这样的错，还妄图可以掩饰过去。

温岭远不常有疲累和无能为力的心情，除非是面对钟映。

钟映给外人的感觉总是端庄美丽、知性优雅，只有他清楚，她是一尊有裂缝的美人瓷，小心呵护犹恐不够——

在温岭远之前，钟映谈过一场长达七年的恋爱。对方是个摇滚歌手，发过唱片，如今不好不坏地混着。

钟映上学的时候就和摇滚歌手在一起。她不顾家里人反对，克服过许多困难，当钟映的父母终于决定松口，同意她和摇滚歌手结婚的时候，钟映发现他劈腿了。或者说，劈腿过很多次。年轻女孩们总觉得摇滚很酷，尤其她前男友又生了一副有恃无恐的好皮囊，一串串的“骨肉皮”争相往上凑，他没有成为独善其身的例外。

在摇滚歌手的手机里，钟映发现大尺度聊天对话和照片，罄竹难书。

她这样的天之骄女，投入全部青春换来一场背叛，对她的打击能够致命。

她自己和她父母，花了好长时间才将她拼凑完整，只是外表看起来光鲜亮丽，但那些心上的裂缝，无法弥合。

温岭远知晓这一桩旧事，和她交往之后，总在尽力给予她安全感。作为医生，他工作时间很长，但只要有空，他都会向她报备行踪。即便不喜欢她有时候焦虑发作，一口气发来十几条信息确认他的下落的行为，他也会包容。他会带她认识所有的朋友、家人，告知她一切电子设备的解锁密码。水到渠成之时，更是许以婚姻的承诺。

但是，这些还不足以打消她的疑虑。

她仿佛认为，如果他坦荡地让她看手机，就说明那里面的信息都已经清理过，不会让她抓住把柄。

于是有一次，她偷看了他的手机，被他发现了。

那是第一次，温岭远跟她生气。没有吵架，他自己走开好久，冷静之后，回来跟她说：“阿映，如果你对我的人际关系不信任，你可以直接问我，我愿意解释。但是，我不喜欢你偷偷翻看我的手机。里面有许多向我咨询的病人，这不只是我的隐私，也是他们的隐私。”

她辩解道：“那你不爱我吗？如果爱我，你就不应当在意这种小事。爱需要坦诚。”

他说“你所谓坦诚的边界，是否过分外延？我爱你，就一定要将我和朋友、家人、同事、病人交流的细节全都曝光在你面前？那么原谅我或许无法做到。你似乎在用你前男友的错对我进行道德绑架，你使我感到很难堪。”

这是温岭远对她说过的最重的话，她才意识到这不仅仅是偷看手机的小事，而是观念碰撞——自己触及了温岭远的原则。

最后，他还是原谅了她，并且对她说：“我发誓对你绝对忠诚，但同样，你也要发誓对我绝对信任。”

那时候，她是答应过的。

此时，薄薄的一层光线如霜雪一样落在温岭远的肩头。他揉了一下眉心，仿佛在叹气：“你让我觉得，所谓的承诺没有任何约束效力。”

“我没有……我只是……”钟映无法说宁樨使她感到威胁。可那个女孩才十七岁，这种指控，难道不是对温岭远的一种羞辱吗？

钟映走过去，将他抱住，把头抵在他的胸口，哽咽着声音道歉。她不知道还能说什么，温岭远对她的好无可指摘，他总叫她对自己要自信一些，也要对他自信一些。他在身体力行地践行他的承诺。

是她自己，那块心病总是好不了。

“我希望，这是最后一次。”温岭远低声说。

“不会有下一次了。”

过了好久，温岭远才伸出手回抱钟映，目光掠过她的头顶，看见散落在梳妆台上的珠子。那串手链，是他送给她的。

钟映的父母对温岭远十分满意，尤其在经历过摇滚歌手之后。

钟映和摇滚歌手的事情，在当时闹得有些大，差一点上社会新闻。

他们本来只是希望女儿再找的人，普普通通、踏踏实实就好，但温岭远的出现远远超过了他们的预期。无论是样貌、性格、事业和家世，温岭远都是放眼南城难以挑出第二个的人选。

所以，即便希望早点办婚礼使这桩良缘尘埃落地，他们也不敢催，生怕急吼吼地将人吓跑。

这顿饭，主要就是聊婚礼安排。

钟映说出两人的计划：上半年拍摄婚纱照，下半年的九月三十日，也就是他们恋爱三周年的那一天去领证，然后明年三月，去塔希提岛办婚礼。

温岭远的母亲问：“今年你还要筹备珠宝工作室，忙得过来？”

钟映笑着说：“有朋友帮忙，不止我一个人。现在还在选址，也想请您帮忙建议一下。”

温母笑着说：“我不懂怎么挑选商铺，这事儿还是问阿远的大哥吧，他比较有经验。”

温母其实不大愿意接这一茬，钟映的用意很明显，看似寻求建议，实则是在同她套近乎。

温岭远的父母感情破裂之后，各自把各自的生活安排得有声有色，几乎没有闲心操心儿女的事。对于温岭远要选什么样的人结婚，也不过就看看家世，看看教育背景，再看看样貌，差不多就行。性格好不好都无所谓，又不会成日住在一起。

对温母而言，两家见面，商量婚事，礼数做到就算是仁至义尽了。不用讨好她，没必要。再说一个珠宝工作室能赚几个钱，不如跟着温岭远一起打点青杏堂。

当然，这个话温母不会说的，不然就会有一顶封建思想的大帽子扣下来。

一起吃饭的还有温岭远的哥哥温济深一家。

温济深有两个小孩，大的是男孩，叫温南川，今年十五岁；小的是女孩，叫温北歌，十二岁，刚上初中。

他们都读南城外国语中学，课业繁重。也只有在这种场合，温岭远才会见到这两个侄辈。

虽然不常见面，但温南川很喜欢和温岭远这个叔叔一块儿玩。他信任温岭远，好多秘密都只跟温岭远说。

趁着酒酣饭足，大人各聊各的话题，温南川溜到温岭远身旁，悄悄地说："小叔小叔，拜托你一件事儿呗。"

他眼睛滴溜溜地转，一看就没有打什么好主意。

温岭远说："你先说说看。"

温南川知道温岭远这么说，代表答应的可能性很高，便说道："我跟学校几个同学，一起在做一个人工智能交互的课外项目，今年九月，要拿出去参赛。现在什么都已经准备好了，就是……还缺一点经费。"

温岭远笑了笑，说："你爸生意做得这么大，你找我一个穷医生要经费？"

"装穷就没意思了小叔。我找我爸要过的，这不用完了嘛。"

"这么烧钱？"

温南川挠挠头："还有部分……部分是团队建设支出。"

温岭远不为所动："扯这种虚头巴脑的名词，只会增加你拉投资失败的风险。"

"好吧……"温南川往他爸那儿瞥去一眼，"我们团队有个负责交互方案设计的学姐过生日，我想给她买份贵点儿的礼物。"

温岭远笑着说："现在的高中生，生活这么丰富？"

温南川高兴了："那就是答应了？"

"要多少？"

温南川偷偷说个数："小叔，您可千万别告诉我爸。"

"如果你学习成绩受到影响，我一定会告诉你爸。"

"我保证不会！我们这个项目要是拿了奖，申请推免、自主招生都有用。"温南川拍胸膛发誓，之后，又说，"小叔……我还有一个请求。"

温岭远看了他一眼。

“你那辆车，能不能借我用一下？我周末想带那个学姐出去玩，她过生日。”

“你也打算未成年无证驾驶？”

“也？”温南川有些困惑，“我不是自己开，我让李叔开。”李叔是温南川家的司机。

“这个我不能答应你，小孩子不要养成这样浮躁的风气。”

第二个要求温南川不过随口一提，温岭远不答应也在他的意料之中，因此他并未感到失望。没多久，温南川就从温岭远那里收到了“拨款”，抱着手机喜滋滋地回到自己的座位上。

温岭远觉得厚此薄彼好像不好，于是给侄女北歌也发了一个很大的红包。

温北歌接收之后，茫然地抬起头：“小叔为什么给我发红包啊？”

温南川赶紧去捂妹妹的嘴。

钟映和温母聊完之后，就一直微笑地注视着温岭远。

他这样的性格，天然招小孩子喜欢，所以仿佛捅了孩子窝一样，身边总是围上一堆。或许是职业病，使他天性要对弱势者多一分照顾，不管是远得快出了五服的亲戚池小园，或是朋友的女儿。

自己最初会喜欢他，不也恰恰是因为这一点吗？

昨天因为宁樨而生妒，确实很不应该。

她分不清楚是喜欢还是自卑使她变得这样狭隘，或许两者都有。任何一个人，面对温岭远，都不会有百分百的自信吧？

初六，宁樨喊池小园出来看电影。

池小园过年没有回老家，自外婆去世之后，老家那边就没有她可以容身的地方了。除去温家一大家人的团年饭，剩余时间她自请陪同温爷爷。去年她是跟着温岭远的，当了春节七天乐的电灯泡，今年学乖了。

春节档的电影，质量在及格分上下，看完了也没有留下什么印象。时间还早，宁樨请客，两个人一起去做美甲。

宁樨选了一个春节的主题，要用指甲油绘出一盏小灯笼，特别复杂。漫长的时间，她们用来犯困和闲聊。

“小园，温叔叔和钟映是怎么认识的？”宁樨问，语气很淡，仿佛只是随口一问。

果然池小园没有一点怀疑：“我到青杏堂的时候，他们已经在一起了。听钟阿姨说，他们认识的过程很浪漫。”

池小园一边回忆，一边说：“他们是看话剧的时候认识的。那天下雨，钟阿姨没有带伞，散场之后站在路边淋雨等车。温叔叔认出她是看话剧时坐在自己旁边的人，就把车子停下来，借给她一把伞。后来，温叔叔给 Lucia——就是温叔叔的妈妈，她让我直接叫她的英文名，不要叫她奶奶。”

说到这里，宁樨笑了起来，她好像十分能理解温岭远妈妈的心理。

池小园继续说：“Lucia 过生日，温叔叔想给她挑一枚宝石胸针作为礼物。在一个独立设计师的店里，又碰到了钟阿姨，钟阿姨是那位设计师的学生。所以，他们就这样认识，自然而然就……”

池小园觉得自己之前跟宁樨说不喜欢钟映，多少有些偏颇，于是补充说道：“钟阿姨其实人挺好的。她之前好像因为感情不顺心，尝试过自杀。后来加入了一个志愿者组织，那个组织主要就是在心理医生的指导之下，帮助有过自杀经历的人，建立良性的兴趣爱好和人际关系。她现在是那个组织的骨干成员，不但一直提供资金帮助，还完成过好多成功案例。”

宁樨越听越沉默。所以不是她想象的那样，钟映并不是一个肤浅的女人。只不过恰巧她们一出场就是敌人，而她也先入为主，因此充满偏见。

池小园又说：“钟阿姨这个人，给我的感觉很矛盾。她好像一直有一种戒心。”

“对谁有戒心？”

“不知道……我也说不清楚。当她收起戒心的时候，漂亮又亲和，和她聊什么她都会认真倾听，哪怕她给不出解决方案，和她聊过了，经她开导两句，心情就会变得特别舒畅。我刚来青杏堂的那一阵，找房子，布置房间，都是她一手操办的。温叔叔工作忙抽不出时间，买回来的家具也都是她帮忙组装的。所以我对她的心态也很矛盾，因为当她展露戒心的时候，就很……”

“你放心说，我又不会去告状的。”

“就很假。你能理解吧？好像有一点阴阳怪气……啊，不是在说她的坏话，你自己体会一下。”

宁樨点头，这一点，她是领教过的。

“而且她这两种状态，切换起来完全没有征兆。有时候明明聊天聊得好好的，不知道是不是哪一句话说错，她就开始意味深长地看着我。久而久之，我就有点……害怕。尤其当她处在后一种状态，我每次和她目光对视时都要吓一跳。特别能感觉到自己就是寄人篱下，是在青杏堂蹭吃蹭喝的。”

宁樨笑着说：“可是该做的工作你都做了呀。”

“我拿工资的，而且还不低。”

“你上回不是这么说的！”

“我上回是骗人的。”

……

美甲店店员开始屏着呼吸，给宁樨的指甲上绘制小灯笼。

池小园感慨道："温叔叔和钟阿姨的感情还是很好的。去年温叔叔过生日，钟阿姨把他们两个人出去玩拍的照片，还有所见所想的文字，汇总起来做了一本书。封面图是她自己画的，装帧设计也是她自己做的。那时候她还在生病呢，偷偷熬夜赶工。温叔叔对她也好，再忙也会挤出时间去巴黎给她过生日，回国之后，一落地，无缝衔接飞去北城参加一个学术研讨会，连续二十几个小时没好好休息。"

宁樨觉得自己的定力有所提高，换作以前听到这些早就跳起来，使美甲师的成果毁于一旦了。

如果苏雨浓在，一定又要骂她自虐吧。

开学后的一个周末，宁樨再度碰见了温岭远。

在南城天河购物中心的一家星巴克，那天她请苏昱清出来玩，吃饭、看电影一条龙。

取票之前，宁樨和苏昱清去买饮料。她拿着自己的摩卡星冰乐，一走出店门就和温岭远迎头撞上。

宁樨愣了一下，都忘了打招呼。

倒是紧跟着出来的苏昱清记性好，不过只见过一面，也还想得起温岭远是谁，笑着说："你好你好，也过来逛街？"

温岭远穿着一件白色毛衣，外面理应还有一件外套，只是他没有穿，是从哪一个店铺过来的吗？宁樨的目光落在他身上，他好像总能把白色穿出不沾轻尘的气质。

他笑意清隽，温声说："过来办一点事。"

宁樨问："钟阿姨也来了吗？"

"嗯，我过来给她买咖啡。"

宁樨歪着头笑了一下，开玩笑地说："你们不会是过来试婚纱的吧？"

温岭远说："是的。

宁樨一下愣住了，她不过是随口一说。

人好像难受到极点就会头脑发热，她几乎没有怎么思考，将苏昱清的手臂一挽，语气上扬着说："那不打扰你们了，我们继续约会去了，电影马上开场。"

宁樨没有看温岭远，拖着惊得眼睛要脱眶的苏昱清，脚步飞快地走了。拐到看不见星巴克店门的地方，她才松手，对苏昱清说："对不起。"

她猛吸一口星冰乐，冻得缩了一下肩膀。

苏昱清端着榛果拿铁，要喝，又放下来，仿佛如鲠在喉，非说不可："我拿你当兄弟，你却拿我当垫背的。”

“我已经道歉了。”

“那我就要原谅你？”

“你想怎么样？”

“你不给个解释？”

“还要怎么解释？你是猪脑袋吗？看不明白吗？苏雨浓都能一眼看懂。”

“苏雨浓是谁？怎么听起来像是我失散多年的妹妹？”

“……”

苏昱清笑了声：“不是……你只是让我有点惊讶。怎么三年都过去了，中二期还没有过吗？”

宁樨往前走：“我懒得理你。”

“哎！”苏昱清一把抓住她的手臂，“你是不是要哭了啊？”

“你才要哭了。”

“哭就哭呗，女生哭又不丢人。”

“你才要哭了！”

“我当然要哭，你这样拉拉扯扯，会影响我的声誉好不好，我还要找女朋友的。”

“你好啰嗦啊，能不能闭嘴。”

苏昱清就没说话了，陪着宁樨走扶梯，上了一层又一层，然后她突然停住，目光往下看。

苏昱清顺着看过去，目光所及的地方，是一家婚纱店。他并没看见方才那个姓温的人，也不能肯定他们就是在那家店看婚纱。

宁樨还是露出了难过的表情，突然喃喃地说了句什么。

苏昱清没有听清：“啊？”

“我说，我以后不会再去青杏堂了。”

“青什么堂？”

宁樨摇了一下头，转身继续往前走。

往后倘若她还想赖在温岭远身边，势必要装模作样，要忍气吞声。

她不想这样，任何人不能使她变得卑微，哪怕那是温岭远。

可是，这番义正词严的理由让苏雨浓听见了，她一定会说：“你不要逞强了，你不过是终于难受到必须放下了而已。”

宁樨不止一次讨厌过自己家住在郊区，那么远的地方，不通公交车，唯一的代步工具只有私家汽车。

这使得她不能像小时候一样，趁着夜色还没有太黑，自己一个人走回家。路上可以经过卖小吃的小摊，经过琳琅满目的小卖部，经过在地下通道抱着吉他卖唱的人。

宁樨和苏昱清分别后，打车回了家。出租车离家还有三公里时，宁樨喊了停车。

从这里走回别墅区要多久她也不知道。路越走越荒凉，她恶狠狠地想，如果自己不幸遇到危险，第二天是不是就会登上社会新闻的头版头条，是不是有一些人也会为她感到难过。好像，那种伤害自己博取关注的幼稚思想又沉渣泛起。

只是，附近的治安好到离谱，她走了二十分钟，没有碰见一个人。

经过了那片湖，这样冷的天，野鸭和天鹅也都不在了。

幼稚思想没有扛过寒冷空气，最后，宁樨灰溜溜地给自家司机打了一个电话，让他来接。

把浴缸放满水，宁樨选好喜欢的入浴剂和音乐。

在泡澡的时候，宁樨想，不论多难过都不把自己搞得惨兮兮的，是不是也算一种成长。

这时，手机弹出来视频通话邀请，是奚纹玉打过来的。

宁樨把手机支起来，确保它不会突然滑进浴缸里，这才接通。

奚纹玉穿着颜色鲜艳的连衣裙，额头上挂着墨镜，难得没有男伴同行。她坐在不知道世界上哪个角落的哪一家小咖啡馆里，拿着刀叉吃着一份班尼迪克蛋。

宁樨突然好羡慕她，什么都能撇下，四十多岁的人却比她十几岁的人还要自私和惬意。

“开学了吧，樨樨？”

“嗯。”

“高三只剩最后半年了吧？考虑好要去哪里吗？想不想来国外读书，妈妈找人帮你办留学申请。”

“雅思、托福考不过。”

“那有什么的，国内现在不是好多一对一的辅导班嘛，学半年就考过了。”

宁樨不知道奚纹玉突然的兴致勃勃是不是又是心血来潮。真的出国了，奚纹玉会照顾她吗？到时候异国他乡一个人，连一个说话的人都找不到，那才是真的要崩溃。

“不去，朋友都在国内。”

“也可以来国外再交新朋友呀。”奚纹玉永远可以把一切事情都说得那样轻飘飘。

“再说吧。”

“那等你放暑假了，我带你去伊斯坦布尔好不好？我很早就想去玩了。”

“我没有想到那么远的事。”如果，接下来的二月份到六月份，能够像撕掉日历那样轻易地就从生命中撕去，她是不是就可以直接跳到那个时候，或许已经考上了南传，也不再为温岭远感到难过。

宁樨身体往下滑，热水一直浸到下巴的位置。

她听见手机里奚纹玉喊她：“樨樨？”

“您能不能，偶尔不要这么自私？”哪怕问一问，她暑假想去哪里玩呢。

宁樨不想让奚纹玉听见自己哭，抬手挂掉了通话。

三天后的清晨，宁樨洗漱完毕下楼，看见一个意想不到的人。

三四只大箱子将她周围的空间占得无处落脚，唯独坐在沙发上的人是慵懒且优雅的，好像刚从宫廷式的大床上醒来的伯爵夫人，正在等待吃一顿内容丰富的早餐。

宁樨有一点不敢相信自己的眼睛：“妈？”

奚纹玉笑着拍一拍自己身边的空位：“你现在都起得这么早？”

“您什么时候到的？您也没有说，不然我好去机场接您。”

“我也不会待多久，顶多两天，不要兴师动众了。”

“我……我去叫我爸起床。”

“叫他做什么？”奚纹玉翻了个白眼，“我马上就走。”

“不住在家里吗？”

奚纹玉指一指头上浮夸的水晶灯：“我可受不了这个，让你爸早点换了吧，挂在家里不怕哪天掉下来砸死人。”

“……”

这天，宁樨没上晚自习，去洲际酒店找奚纹玉。

奚纹玉住了一个很大的套房，已经收拾得像是临时住所，那三四只大箱子，变魔术一样不见了。

奚纹玉带她去吃了一家朋友开的法餐店。

难得这一回，奚纹玉没有纠正她的用餐礼仪，只是聊了许多这一年多在外旅游的经历。

奚纹玉的法语进步很大，餐厅主持出来询问餐品是否合意时，她都能用法语与他进行流畅的交流。

吃过晚饭，奚纹玉和宁樨散步回酒店。

奚纹玉穿筋骨挺拔的长风衣，丝巾颜色夸张却不俗艳，脚下是浅口的低跟高跟鞋，和手提包是同一个颜色。这是在时尚之都生活很久浸润而来的，低调却不平庸的穿衣品位。宁樨站在她身旁，感觉自己像是拿着烧火棍的灰姑娘。

宁樨不得不承认，宁治东数十年如一日的土豪审美，确实已经配不上奚纹玉了。

奚纹玉问："你是不是遇到什么不开心的事了？"

宁樨愕然。所以，那天妈妈还是听出来她在哭吗？

"您不要告诉我，您是专门为了我回来的，我不会相信。"

话音落下，奚纹玉突然停下脚步，宁樨也跟着停下，有些莫名。

奚纹玉看着宁樨笑了笑。这瞬间，宁樨从这个笑容里面解读出很多内容，但她提醒自己保持钝感力，不要多想，她已经习惯离别。

两人再次迈开脚步时，奚纹玉走得更慢了，说："我知道你会怪我。"

宁樨想告诉她，是怪过的，但是现在已经无所谓了。

"你是念旧的孩子，你或许觉得小时候住在出租房里那样的生活，就是最好的。可是，那是我一直在隐忍牺牲的结果。我能忍一时，忍不了一世，走到这一步是迟早的事。我不是个好妈妈，我也不跟你道歉，你原不原谅我都没有关系。但是，你不要认为我不爱你。"

宁樨想，你不要这样轻易弄哭我。

她们沉默地走过一个街口，宁樨知道自己再不开口，今天这个气氛很好的夜晚就要结束了，于是沉声说："我爱上了一个人。"

奚纹玉看了她一眼，没有接话，是在等她继续说。

"他年纪大我很多，他给我的感觉如父如兄。您不要说我缺爱，这是事实。不过，我没有想要用他来填补你们的缺席，我知道亲情和爱情是不一样的。我难过是因为，我这辈子都无法拥有他。"

在奚纹玉面前，她反而说得出这些话。这种信任仿佛没有来由。

好在，奚纹玉没有嘲笑她小小年纪懂什么是"爱"。

奚纹玉笑了笑："那人这一辈子，无法拥有的东西可就太多了。"

"我怕他给我塑造了关于爱情的所有想象和标准，往后我都要拿别人去和他对比。他是够不到的一百分，要是我一辈子都只碰到九十分的人，要怎么办？"

"你把他想得太完美了。"

"您没有和他接触，否则您就知道，他就是完美的。"

"他不完美的地方，不就在于他不爱你吗？"

"……"

奚纹玉赶紧去搂宁樨的肩膀，笑着哄道："你别哭啊。"

宁樨知道自己没有哭。

“你的人生还很长，不要这样局限自己。往后你就知道，九十分都难碰见，多的是七十分、六十分、不及格的人。到那时候，你就会发现，九十分也不是不能凑合了。”

“谢谢您灌的毒鸡汤。”

奚纹玉哈哈大笑：“难过也没什么。你才十八岁不到，总要体会几次为爱情心碎的滋味。不像我，爱情不是猝死，是被生活消磨。后者才更可怕。”

走回酒店楼下，奚纹玉给宁樨叫了一辆车，送她回去。

奚纹玉说：“别怪我不留你，母女睡一张床说体己话这种事太肉麻了。”

“我也没打算跟您住。”

奚纹玉只留两天，下一站要去阿根廷，中途赏脸和宁治东吃了一顿饭，不出意外不欢而散。

奚纹玉走也没让人送，等宁樨知道的时候，她已经要登机了。

然而，她还是做了肉麻兮兮的事，起飞之前给宁樨发了一条消息：“我那时候执意跟你爸分开，外出闯荡，也是希望多给你留一条可以依靠的后路。”

奚纹玉带回来一堆纪念品，让宁樨分给亲戚朋友。

周六晚上，宁樨带着这堆东西去青杏堂。大门是虚掩的，她推门直接走进去，喊了一声：“有没有人来帮我啊！”

片刻，温岭远从茶室里走出来。见面先笑，他说：“怎么拿这么多东西？”

他走过去，把她抱着的那些垒起来快要遮住视野的礼品盒子接过去一部分。

宁樨目不斜视，并不看温岭远：“我妈买的，让我给大家分一分。”

“奚女士回来了？”

“已经走了。”

钟映也在，她和池小园并排坐着，看着电脑屏幕。宁樨扫了一眼，似乎是婚礼场地的布置方案。

她将一堆礼物卸下来，放在旁边那张桌上：“我也不知道有什么，你们自己挑吧。”

池小园立即扑过去：“那我要这个最大的！”

“这个很轻。”宁樨说，“可能……只是毛绒玩具什么的。”

她没有猜错，那里面真的是一只圣诞装扮的毛绒小熊。

“挺好的。”池小园把它抱在怀里，“留着今年给温叔叔过生日时，做装饰用。”

十来个盒子，有大有小。仿佛在玩扭蛋，谁也不知道自己会开出来什么。

宁樨问钟映："你们不拆吗？"

钟映笑着说："我也有吗？"

"有啊，见者有份。"宁樨替她挑了一个拿蓝色布纹纸包装的礼盒，"这个怎么样？"

钟映接过，笑着说谢谢。

池小园一个接一个拆得不亦乐乎。

宁樨坐在她对面，托腮看着她，忽然说："小园，我后面可能不会有时间经常来青杏堂了。"

池小园愣了一下。

"你看啊，我只剩四个月不到就高考了。学校怕学生出事，强制所有高三学生统一上晚自习。后面，我还要去外地参加艺考。"

"所以你这是，给颗甜枣，"池小园晃一晃手里的礼物盒子，"再给个巴掌？"

宁樨笑了。

"那要常联系。"池小园说。

"肯定的。"

温岭远坐在钟映的对面，宁樨却始终没有转过目光去看他。

宁樨也拣出一个盒子，墨绿色的包装纸。她愣了一下，意识到自己会选它，是因为它像歌手大赛那天晚上，温岭远送给她的那一束花的包装。

她三两下拆开盒子，里面是一对耳环，黄铜质地，不规则的设计，一边是弦月，一边是满月。她拿起来在耳朵那儿比画了一下，笑着说："这个我喜欢，我拿走了。"

她站起身来，双手插进上衣的口袋里，说："我走了，剩下的你们慢慢拆。"

温岭远站起身，说："我送你去打车。"

"不用送。"宁樨的脚步顿了一下，她做好心理建设后才抬头，笑了笑说，"我让家里的司机开车送我过来的，就等在外面，不能久停。"

"我送到门口。"温岭远坚持说。

宁樨在院子里停下脚步，看见初次来青杏堂，那棵开着紫红色小花的树，春寒料峭，这棵树只剩枝丫，似乎要再等一些时日才能长出新叶。

宁樨想到，温岭远还欠着她一幅字，也还欠着这个花的名字。

温岭远注意到她的目光："上次问过爷爷，他说，这花叫作……"

"你别告诉我！"

温岭远愣了一下。

"我不想知道了。"宁樨说。

第四章

清明

Rose White tower

本着不要把鸡蛋放在一个篮子里的原则，宁樨在省艺术统考过了之后，还报了好几所学校的校考。

有几所都在北城，和苏雨浓的考试时间一致，三月下旬，两个人结伴一起过去。

苏雨浓坚持没有要家长陪同，因为联系了姚占云接送。

宁樨不喜欢乘坐任何会超过两小时以上的交通工具。她备好了颈枕、眼罩和拖鞋，一上飞机就开始睡觉。

等醒来的时候，头顶的阅读灯是亮的，苏雨浓捏着小镜子在补妆。这一点宁樨是真的佩服，苏雨浓仿佛被使命感支配的女明星，走在机场也要做最光鲜靓丽的那一个。

宁樨问：“要到了？”

“还有半小时落地。”

宁樨打了个呵欠：“那我再睡一会儿。”

姚占云开一辆车来接。

宁樨无法欣赏姚占云这个人，但他挑车的品位好像还可以。

他人靠着车门，举着大拇指往里一指：“走呗！先吃点夜宵？”

宁樨说：“你们去吧，我有点晕机，想先回酒店休息。”

苏雨浓说：“先送我们回酒店吧，放了东西再说。”

宁樨一路开着车窗通风，北城的沙尘天气吹得她脸都干燥得发疼。

到酒店之后，她只想赶紧睡一觉。

苏雨浓说：“你这么早睡，半夜不会失眠？出去吃一点东西再睡吧。”

宁樨摸了摸自己的喉咙：“我感觉嗓子状态不太好，不敢这么晚吃东西了。明天还要考试。”

苏雨浓单独和姚占云出去了，嘱咐她自己烧一点热水喝。

宁樨洗过澡，把窗帘拉满，关上灯，拆出来一个蒸汽眼罩，戴上以后钻进被子里。

不知道睡到了几点，有人敲门。

宁樨摸到床头的灯，打开，头重脚轻地下床，找到拖鞋。

她在门口问：“谁啊？”

“我，姚占云。”

“有什么事？”

“给你送点儿东西。”

宁樨犹豫了一下，把门打开。

姚占云递过来一个小小的塑料袋：“润嗓子的药，你不状态不好嘛。”

“啊，帮我谢谢小雨，她真细心。”

姚占云怔了一下，望着宁樨，笑得意味深长。

宁樨立即反应过来，没有伸手去接：“不过我不能收，我们老师嘱咐过，不可以自己随便用药。”

“就一点枇杷膏，喝了能有什么事儿？”

宁樨坚持不接。

姚占云笑了声：“跟我还这么客气。”倒没勉强她，又问，“你在北城留几天？跟小雨一块儿回去？”

“我比她少考一天，我等她。”

“那行，你们多待一天吧，考完了我带你们出去玩。”

“飞机票都买好了，不能改签。”

姚占云又笑：“小雨可不是这么说的。她说你们怕有变故，回程机票还没买。”

“……”

姚占云半开玩笑道：“你这人，戒心这么重？”

宁樨觉得自己要受不了这个人了，她跟苏雨浓虽然不同房间，却是在同一层，他胆子怎么就这么大。她说：“要是没别的事，我就进去了？我还得给我男朋友打电话。”

“你有男朋友这事儿，小雨怎么不知道，她可是说你没有的。”

“……”

仿佛感觉到宁樨已经处在要生气的边缘，姚占云笑着说：“行了，我走了，逗你玩儿呢。都是朋友，别龇牙咧嘴的。”

第二天早上，姚占云开车送两个人去考场。宁樨向苏雨浓委婉地转达了想自己打车去的想法，被苏雨浓否决。

准备妥当之后，宁樨打开门，准备去找苏雨浓。

哪知道姚占云正好在走廊尽头，正在跟人打电话。

姚占云说："车我后天晚上就还给您，保证洗得干干净净，完璧归赵……"

宁樨恰好听到这句，尴尬到脸酸，这时候出去肯定不行。关上门又等了一分钟，估计他电话已经打完，她这才开门出去。

第三天中午，两个人把所有学校的考试都考完了，姚占云请她们去酒吧玩，被宁樨和苏雨浓双双拒绝，她们还是未成年，又不是在自己主场的地方，不敢这么玩。

吃饭中途，趁着姚占云不在，宁樨偷偷问苏雨浓："你跟姚占云已经确定关系了吗？"

苏雨浓回："他没有明说，但是我觉得只差挑明了吧。"

"他不是还在读书，已经自己买车了？"

"他在创业，而且在准备融资了。"

宁樨前所未有地纠结，这道题完全超纲，她不知道怎么答，直接说，苏雨浓会不会伤心？可是她也找不到什么间接引导苏雨浓自己去发现的方式，陷入爱情的女人智商为零，即便发现有什么不对劲，自己都会先替对方找一百个理由。

宁樨一路心事重重地回了酒店。

各自回了房间，宁樨正准备去洗澡，电话响了，是一个陌生的号码。

她接起来一听，却是姚占云。她正准备质问他怎么会有自己的号码，他说："我在酒店门前，你能不能出来一趟，我有一点事想找你咨询，关于小雨的。"

"电话里不能说吗？"

"很纠结，电话里说不清楚。"

宁樨问："你是不是想对她表白？"

"嗯……"

宁樨考虑了好久，还是决定下去，听听姚占云的想法，也好帮助小雨。

姚占云站在门口，手里捏着一盒万宝路。他叼着烟，看着宁樨走近，笑着说："我还以为你不肯下来了。"

"你想说什么？"

姚占云微微挑着眼角，打量着宁樨："是打算报考北城的学校？"

"小雨？她有这个打算。"

"不是，我是问你。"

"我考什么学校，和你有关系吗？"

"有啊。"姚占云笑着说，"我在追你。"

如果手里有一瓶水，宁樨觉得自己应该会直接淋到这个人头上。但是她没有，只好扭头就走。

她没有预料到，自己会面对此生最狗血的情况——苏雨浓就在门后，不知道是什么时候下来的。

宁樨一愣，赶紧推门："小雨……"

苏雨浓转身，脚步飞快。

宁樨跑过去抓住她的手臂："小雨，你听我说……"

苏雨浓的声音比目光还要冷："我没有想到，有一天我也会成为你的受害人。"

这是苏雨浓对她说过的最重的话，没有错了。

苏雨浓拉黑了宁樨所有的联系方式，当天晚上买了凌晨五点钟的飞机，没有打一声招呼就回南城了。

两人在学校碰见，宁樨试图跟苏雨浓沟通的所有尝试也都碰壁。苏雨浓似乎已经打定主意，要把她当成陌生人。

心情持续糟糕，仿佛这年的清明节，雨从早下到晚。

坏心情也影响到了复习的进度，高考只剩下两个月，苏昱清给宁樨制订的每周复习计划，她已经连续两周没有保质保量地完成了。

这天下课，天还飘着蒙蒙小雨。

宁樨站在校门口打车，打车软件里有好多人在排号，不知道要排多久。宁樨没有打电话让司机来接，沿着校门口的路漫无目的地往前走。

天在飘着蒙蒙的细雨，细到人走在雨中，仿佛披着一层雾。

从校门口出发，有一条路线宁樨经常走，已经熟悉到只凭下意识都不会走错的程度。

等离青杏堂只差一个路口了，宁樨才恍然回神，停下脚步。

她已经决定好了，不要再去见温岭远，可是……

纠结的时候，雨不知不觉大了起来，她下意识地往青杏堂跑去。

后门虚掩着，里面漏出灯光。

宁樨抬手要敲门，又顿住。

她犹豫好久，最后还是后退，转身。

铁门"吱呀"一声响，身后传来一道温润的声音："宁樨？"

这个时候跑掉，好像会显得自己是做贼心虚，她没有什么可心虚的，她都准备走了。

温岭远准备去一趟便利店，就在街口，很近，因此他没有穿外套，只穿了一件衬衫，手里拿着一把长柄伞。

“你没带伞？”

即便有逞强的心情，在她见到温岭远的一瞬间，也只剩下不肯宣泄的委屈了。那有什么的，她是喜欢他，可是不觊觎他，连见面都不许了吗？世界上没有这样霸道的道理。况且她都拿了苏昱清做挡箭牌，他一定相信她已经走回正途了。

宁樨点头。

温岭远把门打开，请她进去躲雨。

池小园已经下班了，安静的青杏堂，有一种洒扫一新的洁净气息。

宁樨走到员工休息室之后，却不肯再往前走。她一身雨水，要弄湿刚刚擦干净的木地板。

“你在这里等一下。”温岭远把伞收起来，靠墙立在走廊里，人往前面去了。

四月的天气已经不冷，只是衣服被雨水淋透，沉重地缠着她的皮肤。她没有客气，从置物架上寻到空调遥控器，将暖气打开。空调应该是很久没有开过了，暖风里混着一股灰尘的气息。

温岭远再回到休息室的时候，手里拿着两条干浴巾和一个吹风机。

宁樨披上浴巾吹头发的时候，温岭远烧了一壶热水，在休息室的抽屉里找到池小园常喝的那种白桃果茶，冲泡了一小壶。

温岭远在她对面坐下，手臂放在桌面上，问：“出什么事了？”

“有那么明显吗？”

“有一点。”

宁樨小口喝着酽热的果茶：“小雨跟我绝交了。”

温岭远笑了声。

宁樨忍不住瞪他：“你笑什么？”

“抱歉……只是‘绝交’这个词让我觉得很怀念。这是小孩子的特权。”

宁樨不想纠正温岭远，自己还差半年就到十八岁了。她说：“我已经没有办法了，在学校碰到，我想跟小雨说话，她也不理我。”

“我能问是因为什么事吗？”

“我不想告诉你。”

温岭远并不会因为她的无礼被冒犯，只是想了想说：“我一般会在所有办法都尝试过也仍然无效的时候，才会说已经没有办法了。”

“你是说……我应该死缠烂打吗？不行就一哭二闹三上吊？”

“你要自己做决定，如果你认为值得。”

“小雨当然值得。”宁樨已经坐不住，放下茶杯，取下浴巾，“我要走了。”

“我帮你打车，车到了你再出门。”

宁樨没有拒绝：“我不回家，我要去找小雨。”她报上苏雨浓家的地址。

打车软件上排队等车的有十几个人，大概要等十几分钟车才会来，宁樨坐回椅子上。

找到了解决问题的办法，宁樨有多余的精力关注温岭远。

两个月没有见，他没有太大的变化，只有头发短了一些，发梢有一种似乎刚剪过没多久的规整。

这间员工休息室也没有太大变化，连因为下雨而泛起雾气的玻璃窗，都和那天晚上吃海底捞时是一样的。

宁樨没有问温岭远和钟映怎么样了，婚礼筹备到了哪一步，她一点也不想知道，除非是想彰显自己确实真的已经放下。

还好，温岭远也没有问她和苏昱清的事，这是他性格使然，他对这种事情不感兴趣。

他倒是问了她艺考的结果，她说："可能还好。如果文化课考试也能顺利的话，我应该就能满足阿婆回老家的心愿。"

"不说加油了，我认为你可以做到。"

这句话有一点像一场对话的结束语，使宁樨语塞，她没有第一时间找到下一个话题，只好沉默下去。

好像沉默也没有什么，因为有雨声。

她把身体偏转一点，看着玻璃窗上蜿蜒而下的水迹，假装自己在听雨，其实是在捕捉空气里温岭远呼吸的声音。

忧郁又清冷的雨夜，她希望车叫不到，最好雨也不要停。

沉默被温岭远手机的提示音打断，车已经叫到了。

等车快要驶到青杏堂，温岭远站起身说："走吧。"

"你不要送我。"宁樨站起身。

温岭远将她送到门口，告诉她车牌号。她要走，温岭远又叫住她，把立在墙根的雨伞拿上递过去："拿上伞。"

"你自己不用吗？"

"有多的。"

宁樨撑起伞，低头走进雨中，再回头说再见。

温岭远点了一下头，叫她注意安全。

出租车等在路边，打开了双闪灯，宁樨踏着雨水小跑过去。她透过沾上水珠的车窗玻璃往外看，那扇门已经关上了，仍漏出一点灯光。

她觉得自己没有那么难过了，好像温岭远就是她的长效止痛药，见一次，可以管好久。

宁樨存过苏雨浓父母的电话号码，为了以防万一。

在楼下，她打电话给苏妈妈。苏妈妈对这一通电话感到意外，似乎她还不知道两人闹别扭的事。

苏妈妈把电话交给了苏雨浓。为了避免苏雨浓直接挂掉，宁樨开门见山说：“我现在在你家楼下，如果你不下来见我，我就一直等。”

苏雨浓把电话挂了。

宁樨把长柄伞的伞尖支在地上，转动着伞柄，旋出一串水花。

夜已经很深，又是下雨天，整个小区安静得听不到一点人声。宁樨身上的衣服快要被体温熨干到七八成，代价是接连不断的喷嚏，和显然注定逃不过的一次感冒。

所幸，苏雨浓没有让宁樨等太久，顶多十五分钟。

楼下的门被打开，苏雨浓穿着睡衣，外面披着一件开衫，没好气地对宁樨说：“我都要睡觉了！”

宁樨只是望着她笑了：“你终于肯跟我说话了。”

“……”

宁樨走进屋，苏妈妈惊讶地看着她身上的湿衣服，推她赶紧去洗个澡。

“我先跟小雨聊一下……”

苏雨浓还是冷着脸：“你先去洗澡，我又不会跑。”

苏雨浓家的浴室是日式的三间隔离，更衣室在正中，摆放着洗衣机，左边是厕所，右边是淋浴间。

宁樨在冲热水澡的时候，苏雨浓走进更衣室，忙活了一会儿，说：“衣服给你放在洗衣机上了。牙刷在流理台上，没开封的那把就是。”

苏雨浓给宁樨找的是一身洗净的睡衣，粉底，有白兔子的图案。

宁樨换上以后吹干头发，刷了牙，借用苏雨浓的洗面奶洗脸。她的洗面奶有一种好闻的青瓜香味，宁樨把品牌记了下来，准备和她买同款。

宁樨洗漱完毕，走出浴室。等在客厅的苏妈妈给宁樨泡了一杯板蓝根，催她喝下，再让她给家里打一个电话，说今晚就在这里留宿。

宁樨说：“我知道了，阿姨您早点睡。”

苏妈妈笑着说：“你去卧室吧，我来关灯。”

宁樨走进苏雨浓的卧室，缓缓掩上门。

苏雨浓还在看书，书桌上摊着历史教材。没有多余的椅子，宁樨犹豫了一下，直接坐到床边。

宁樨道歉：“对不起。”

苏雨浓顿了一下，手指卷住了书页的页角：“又不是你的错，你为什么要道歉？”她稍微想想这事儿就不可能是宁樨主动，只是难受到抗拒接受一切外部消息，并且幼稚地将所有都迁怒于宁樨。

“我应该早点告诉你。其实第一次见面，姚占云就找我要过微信号，我怕是自己多想，就没有跟你说。”

“你不知道，”苏雨浓缓缓地说，“那天我在姚占云车上看见药房的袋子，那里面装着一瓶枇杷膏，我也是跟自己说，不要多想，结果……”

“其实，那辆车不是姚占云自己的，是他借的。”

苏雨浓转头看宁樨，睁大眼睛：“真的？”

宁樨点头：“我无意间听到姚占云跟人打电话。你不知道我有多纠结，想告诉你真相，又怕你难过。要是早知道你反正都是要难过的，不如直接就告诉你了。我发誓，我真的对姚占云一点儿心思都没有。如果不是因为你，我都不想承认他帅，他鼻头也太大了吧……”

“原来你也觉得他鼻头大……”

两人诡异地沉默了一霎，苏雨浓短促地笑了声，低头拨弄着手指：“还能怎么办，再丑也是初恋。”

“可是他很渣。”

“再渣也是初恋。”

“你的言情小说都白看了！”

“……”

“我希望你找一个，觉得你穿洛丽塔裙和高中生制服都可爱的人。姚占云真的不配你为他委曲求全，明明你是微博十万粉丝的画手大佬，粉丝排队求翻牌的……”

苏雨浓“扑哧”笑出声：“我也要跟你道歉，我不该那么说你，我知道你不是。”

苏雨浓合上书，关上台灯和顶灯，钻进了被子里。

黑暗里，宁樨才说得出肉麻的话：“我这两周觉得活着好没意义，你明明知道我就没有几个特别在乎的人。”

“那我问你，我和温岭远，你会选谁？”

“当然选你。温岭远轮得到我选吗？”

苏雨浓抄起毛绒玩具打了宁樨一下，笑着说：“我现在最讨厌别人油嘴滑舌。”

“我明明是真心实意——话说，如果我不来找你和好，你会找我吗？我觉得你不会，我第一次知道，你这个人好狠的心。”她把最后这句话说得很浮夸，像三流电视剧的女主角。

苏雨浓瞪宁樨，又想到黑暗里她看不见，才开口：“说得好像我朋友多到可以随便丢弃一样。”

宁樨笑出声。

可能真的要感冒了，宁樨的喉咙开始疼，这一般是她感冒的前兆。

苏雨浓问：“说起来，你还在惦记温岭远吗？”

宁樨打起精神：“怎么说呢。你知道学校里那些女生是怎么议论我的，你也知道我有多冤，有一些根本就是背锅。现在，终于有一个绝佳的机会，让我干脆把那些议论坐实，我却一点也不想这样做。我祝福他和钟映白头偕老，认真的。”宁樨把脸埋在枕头里，仿佛是趁着前几日天晴刚刚晒过，枕套有一股干燥好闻的味道。

“我就不信你敢参加他们的婚礼。”

“我为什么要参加，隔空祝福就够了。不要为难我，我又不是奥斯卡影后。”

雨声沙沙，催人入眠。

半梦半醒的时候，宁樨想，上一次坚持两个月，这次争取延长一倍。四个月，八个月，十六个月，三十二个月……

会有那么一天，她不用去见温岭远，他不再是她的止痛药。

两人再见面的场合有点俗套，是在宁樨的升学宴上。

宁樨不喜欢这种彰显功成名就的方式，好像自己变成了大人眼中的乖巧小孩，而宁治东也变成了一位教女有方的好父亲——让他赢得太轻易，她不喜欢。

宁樨郁闷着自己的功劳仿佛被攫取，来来往往的人都要道一声“恭喜宁总”。恭喜他做什么啊，是他去高考的吗？他连高考当天都没有去送考。

因为这样小心眼的心思，宁樨并没有站在门口迎宾，即便她今天穿了一条特别梦幻的小裙子，它有三层的细欧根纱，珍珠白到湖蓝色渐变，纱里还纺进了银线，使人在行动的时候，裙子仿佛晴天阳光下的一捧波光粼粼的湖水。

借了酒店的一间空置包房作为休息室，宁樨、苏雨浓和苏昱清三个人凑在一起打游戏。

宁樨是高考结束之后才学会玩这个游戏的，她玩得非常不好，只会法师这一个角色，因为可以放了火就跑。在苏昱清和苏雨浓的强行帮扶之下，她也跌跌撞撞地上了钻石段位，再往上就很难突破了。要是法师被抢，她就只能选一个辅助瞎混，队友气得狂骂，她干脆屏蔽了局内信息。

苏昱清作为打野力挽狂澜，保住了一颗星，但是无论如何也不肯再开一局了：“我带着你这个拖油瓶，一辈子都别想上巅峰。”

“胜负心不要这么重好不好，好多人抢着和我连麦双排的。”

苏昱清不想理宁樨，对苏雨浓说：“来来，我俩双排。”苏雨浓的战士玩得很不错。

苏雨浓意犹未尽地看了宁樨一眼，她很想继续，但是不好撇下宁樨。

宁樨站起来，主动给他们让出空间："你们两个玩吧，我去外面看一下。"

就在一个月前，通过宁樨，苏昱清和苏雨浓认识了。那天是去电玩城玩，苏雨浓穿着一身 JK 制服，蓝三本的关西襟，浅蓝色的格纹裙。她是瘦而薄的身材，这一身像是文艺电影里的女主角。

那天回去，宁樨就收到苏昱清的消息："实不相瞒，我看上你朋友了。"

宁樨回复："实不相瞒，她失恋没多久，目前处于对所有男性都十分仇视的状态。而且，你们两个的名字摆在一起，仿佛像兄妹。"

苏昱清说："你放屁。她比我大两个月，那是姐弟。"

宁樨给他发了一个嫌弃的表情包。

忙是要帮的，能把他们这对凑成，自己也是做了一件大善事。于是宁樨怂恿着苏雨浓和他们一起，三人去学驾照。

每天烈日灼烧，除了晒出一层黑皮，和成功地把苏雨浓也发展成了一起"玩游戏""开黑"的好兄弟，苏昱清没有半点进展。这让宁樨十分怀疑，这位老兄和女生的相处方式是不是从根本上就出了问题。

高朋满座的场合，宁治东没有落下一个有渊源的朋友，连老家来的亲戚都坐了七八桌。阿婆坐在那堆亲戚中间，场面仿佛众星拱月。这让宁樨多少认同这一场升学宴是值得的。

宁樨去了一趟洗手间，顺便从随身携带的一个珍珠小手包里拿出口红，补了一下唇妆。

无所事事的暑假里，宁樨好像除了学车，就是在跟着苏雨浓学习化妆。她开始的动机，真的只是因为无聊。

走出洗手间，手上还沾着水，宁樨不喜欢用烘干机，认为那是滋生细菌的温床。

室内的冷气开得很足，经过出风口时，她觉得很冷，用手掌握住双臂，搓了一下冒出的鸡皮疙瘩。

就在她最没有形象的时候，宁樨看见了温岭远。

他们站在门口，他和温鹤庭、池小园和钟映一起来的。

打招呼肯定是逃不过了，宁樨有跑回洗手间再看一下自己的妆容有没有整理好的冲动。但她没有付诸行动，因为池小园看见了她，池小园把一只手高高地举起像挥旗帜一样地对她挥着。

宁樨只能走过去。

打过招呼后，宁樨扶着温鹤庭去就座。他这么大年纪愿意赏光过来，并不是看宁治东的面子，这让宁樨觉得受宠若惊。

酒宴用的茶也是好茶，今年新采摘的碧螺春。宁樨先给温鹤庭斟了一杯，笑着说："温爷爷喝茶。"面对温鹤庭，她总是不自觉连语气都要甜上三分。

"咦，"钟映偏着头，算了一下，笑着说，"按照辈分，你是不是应该跟小园一样叫太爷爷？"

宁樨一愣，她一直这么叫的，没有人纠正她，包括温岭远，包括温鹤庭自己。

温鹤庭却说："又不是我们温家的亲戚，小宁樨爱怎么叫就怎么叫了。"

钟映笑着说："爷爷您还是喜欢宠小孩。"

温鹤庭笑呵呵地说："那你赶紧和阿远生一个，我也宠着。"

宁樨感到不自在，摸了一下鼻子，给一圈人倒完茶，准备拉上池小园去休息室玩。

温岭远忽然问："志愿没有填报南传吗？"他在看着台上播放的投影，字幕是"恭喜宁樨考取崇城传媒大学"。

"嗯，文化分比预期高了一点，超常发挥吧。"宁樨语气平淡地回答，目光低垂，没有去看他。

温岭远穿着深灰色的西装，没系领带，不会过于正式，也没有过于轻浮。袖口有一枚银色袖扣，在他抬手的时候折射出光线。清俊而温润的一个人，坐在这大红大绿的热闹景象里，显得格格不入。宁樨突然宁愿不要温岭远来，她觉得这是一种委屈。

"崇城啊，"池小园也跟着看过去，"我也想去崇城玩。"

"以后可以去找我玩。"

去崇城读书，有一半是被苏雨浓怂恿的，因为苏雨浓报了崇城的美术学院；另一半，缘于必须逃离温岭远的决心。

在南城两人的距离相隔太近，她怕自己遇到事情总会习惯去找他。她学到一个术语，路径依赖，如果找温岭远帮忙是解决问题的最佳选择，她或许不会愿意再去探询其他途径。

不要考验自己了，她知道自己不是有定力的人。

这一顿饭吃得特别慢长，宁樨完成了自己必须完成的任务，拉着也已经吃完饭的苏雨浓，躲回休息室。

苏昱清下午有事，吃过饭就走了，休息室里只剩下她们两个。

"那个钟映，蛮漂亮的。"吃饭的时候苏雨浓看过钟映几眼，对钟映印象深刻。她还没见过能将基本款的套裙穿出那种优雅气质的女人，所以忍不住要"八卦"两句。

宁樨“嗯”了一声，没精打采地趴在桌面上。

“你不要这个表情啊。”苏雨浓赶紧摸一摸她的头顶，怕弄乱她的发型，也不敢使劲，只是轻轻一碰，“我都要忘掉姚占云了，你还对温岭远耿耿于怀？”

宁樨有一点没好气：“你多提他两次，我就忘得更快了。”

苏雨浓笑了：“好了好了，开学就好了。去了大学，还怕没有年轻帅哥吗。”

“我本来觉得自己已经差不多放下了，今天一看到温岭远，感觉还是……你知道吗，我现在在祈祷他中年发福，让我彻底幻灭。”

“你好狠。”

“是他逼我的！”

此刻，站在休息室外面的钟映有一点不知道该怎么办。

她不是要故意偷听。

他们吃完饭准备回青杏堂，回到车上，温岭远发现自己给宁樨带的一幅字放在车上了，忘了给她。

钟映让温岭远把车开出地下停车场，去酒店大门口等她，她去送一下比较快，同时，也想趁机同宁樨传达一点善意。

她没有想到会撞到这样一番对话。

她觉得讽刺。直觉这种东西，说不清楚，但往往准得可怕。

等了片刻，里面开始聊别的话题，钟映才敲了敲门。

宁樨看见来人有点意外。

钟映笑了笑，呈上装裱好的字：“岭远前两天才写完裱好的，他说欠了你这么久，过意不去。”

“我能看看吗？”

钟映点头。

她们把卷轴在桌面上展开，湖青色的锦绫镶着边，宣纸上笔走龙蛇，写的是李白的《春夜宴诸从弟桃李园序》：“夫天地者，万物之逆旅也；光阴者，百代之过客也。而浮生若梦，为欢几何？”

钟映笑着说：“岭远让你珍惜时间，好好学习，不要辜负大学四年时光。”

宁樨从来不喜欢被人说教，她爱跟温岭远待在一起，就是因为他不会对她讲生硬的大道理。她不相信这种老学究的语气会是温岭远的原话，多半可能是钟映自己发挥。

钟映看宁樨的眼神，比起起初委婉的试探，似乎多了几分直白的意味深长。这使她感到奇怪。

她必须克制，才能不使自己心底滋生的那一层厌恶牵连到温岭远送的礼物。这是一幅很好的字，它应该被公平对待。

宁樨笑了一下："替我谢谢温叔叔。"

"我会替你转达的。"钟映笑着说，看了宁樨片刻，好像任务完成，却意犹未尽，"今天我和岭远见证了你人生的重要时刻，希望未来我和他的重要时刻，你也愿意去见证。"

"我可能没法立刻就答应你，"宁樨把卷轴卷起来，拿绸绳小心绑好，"我的计划只考虑到一周以后，不会想到那么远以后的事。那个时候，我也不知道自己会在哪里。"

"那加个微信吧，以后也方便联系。"钟映仿佛丝毫没有听出来宁樨话里婉拒的意思，依然笑吟吟地说道。

宁樨一时无语，但还是将手机拿起来，找出微信名片的二维码。

等钟映走了，目瞪口呆的苏雨浓才开口："她怎么好像……来势汹汹？你惹到她了？"

"我三个多月一次也没有去过青杏堂，用意念惹她吗？"简直莫名其妙。

苏雨浓说："我发现，哪怕是美人，阴阳怪气起来也会让人很不舒服……我是不是立场变得有点快，我刚刚明明还夸她来着。"

"小园说钟映不这样的时候是个很可爱的人，是我们没福消受。"

宁樨在沙发上趴下，百无聊赖地刷手机。炎热漫长的苦夏，她还要继续熬。她明明是念旧的一个人，却在期待地倒计时离开南城的时间。

钟映回到车上，坐上副驾驶座，拉上安全带，没有说话。

温岭远看出来她似乎心情不大好，微笑着问："怎么了？"

钟映摇了摇头，偏过目光，笑得很勉强："没什么。"

钟映拉下前方的遮光板，挡住直射的阳光。她把身体偏向车门的那侧，头歪靠在座椅的靠背上，对温岭远说："我睡一下。"

温岭远抬手调低了广播的音量。

钟映本来想说不会吵，但人怏怏的，懒得开口。

宁樨这个无所事事的被奢侈浪掷的暑假，以一场音乐节作为收尾，还算得上盛大。

音乐节在离南城不远的一个城市举办，开车过去三个小时，如果走高速可以更快一点，只是他们三个都是刚刚拿到驾照，不能上高速。

他们开的是宁樨家里闲置的一辆车，原本三个人说好一人开一个小时的，等真正上路之后，早起的宁樨和苏雨浓睡得东倒西歪，开车的事情就全部交给了苏昱清。

到达音乐节的场地附近，他们先吃过中饭，然后又找了一个地方，宁樨和苏雨浓慢悠悠地化着妆。知名的乐手和乐队要下午五点以后才会登台表演，晚上的气氛更热闹，所以不用赶时间。

苏昱清说："那我们为什么不干脆吃了中饭再从南城出发？"

两个女孩子互相看了一眼，觉得他说得对，但是没有理他。

苏昱清叹了一口气，拿出手机来，生无可恋地开了一局游戏。

宁樨今天穿着黑色的紧身裙，拿一件宽松的衬衫当作外套，入乡随俗地戴上了黑色 choker（贴颈项链），涂了深浆果色的口红，虽然妆容很浓，但并不艳。

音乐节现场有许多乐队和赞助商的摊位，他们端着冰饮挨个逛过去。宁樨的情怀病发作，从最无人问津的那些小乐队手里买了好多张 CD。

太阳渐渐落山，大家开始往主舞台方向涌动，想要提前占据好位置。

苏昱清提议："我们也过去吧，去晚了只能排在队尾。"

苏雨浓说："我要去一下洗手间。"

宁樨说："我也要去一下洗手间。"

苏昱清："……"

她们把手里的袋子统统卸下来让苏昱清提着，自己只背着随身的斜挎包。

宁樨先用完厕所，补过妆之后，在门口等苏雨浓的时候，碰到了一个意想不到的人。

池小园一边理着头发，一边从洗手间出来，她没有看见，或者说，她没有认出宁樨。宁樨喊住她，她看过去时愣了一下："樨樨？"

"你也过来玩？"

"温叔叔带着我，还有南川、北歌一起来的。"

"钟映没有来？"

"没有，她今天要去见一个客户。"

"那今天的青杏堂岂不是都不能正常运转？"

池小园笑着说："也不会，有章医生坐镇呢。温叔叔不想来的，是南川一直缠着他——你呢？你和小雨一起的？"

"嗯，还有我的一个初中同学。"

"那要不要跟我们一起看？我们占了一个很靠前的位置。"

"不用了，"宁樨赶紧说，"我们比较懒散，可能听一下就走了。对了，你不要跟温叔叔说碰见我了。"

"怎么呢？"

"要是他知道我知道他在这里，却不去跟他打招呼，肯定会觉得我没有礼貌。"

池小园笑着说："懂了。"

"那你先去玩，我等一下小雨。"

“你们怎么过来的？回去方便吗？”

“自己开车过来的。”

池小园点头：“那我先走啦。”

池小园在茫茫人海里找到了温岭远和温北歌，然而不见温南川的踪影。

温北歌十分鄙视道：“我哥去找他喜欢的女生了。我们都被他骗了，他根本不是想来参加音乐节，只是想追女生。”

池小园笑出声：“也没什么，还蛮好玩的是吧？”

温北歌不以为然：“我觉得一点也不好玩，太吵了，不如在家里看书。”

温岭远摸了摸她的脑袋：“阅读之外的世界，适当参与一下也不是坏事。”

“可是我真的不喜欢，是我哥强迫我的。”小姑娘把头一扭，躲开他的手掌。

温岭远怔了一下，蹲下来，微微仰头看着温北歌：“那我带你去车上？那里会安静一些。”

十二三岁的女孩，开始有自己的主张，但这种主张往往不会被重视。她不是要闹别扭，只是想被尊重。想了一下，她说：“再待一下吧，就当是陪小园姐姐。”

池小园笑着说：“那我真是受宠若惊。”

晚上九点，到温岭远规定的返程出发时间，三个人回到停车场。

又等了半小时，温南川才姗姗来迟。

温岭远最后看了一眼手表，放下手臂：“你应该按照规定的时间回来，或者至少记得给我回一个电话，这种人多的场合，一旦失联，会让我很担心。”

温南川赶紧道歉：“对不起小叔，我跟我学姐多逛了一会儿，就没注意，我下次一定注意。”

“北歌已经睡着了，声音小一点。快坐好，系上安全带。”

他们走的高速，一个多小时就抵达了南城。温岭远将两兄妹先送回家里，然后载着池小园回青杏堂。

钟映也在青杏堂，她跟客户吃过饭之后，想要过来看看。

温岭远让她先等一等，自己上楼冲一个澡就下来。

池小园去冰箱翻出两盒冰激凌，回到茶室，递给钟映一盒。

钟映笑着说：“我晚上不敢吃这样高热量的食物。”

池小园嘿嘿笑道：“那我自己吃两盒。”热了一整天，吹着空调吃冰激凌，是最舒爽的事情。

钟映看见她放在桌子上的许多礼品袋，似乎都是在音乐节上得来的战利品：“有什么好玩的事吗？”

“碰到宁樨了。”池小园说完才反应过来，她好像答应过宁樨不把这件事告诉别人的。

“她也去了？”

“唔。”池小园说漏了嘴，不想继续，赶紧转移话题，把那些礼品袋拿过来，一一跟钟映介绍，“这个叫‘量贩霓虹’的乐队的歌挺好听的，但是粉丝很少。温叔叔很喜欢他们，买了十张CD作为支持。钟阿姨你要不要拿一张去听一下？”

钟映的心思已不在这里，她只是心不在焉地拿过来看了看。

温岭远洗过澡，换了一身衣服下来，穿着白色的棉质上衣、浅亚麻色的长裤。

池小园吃完两盒冰激凌，心满意足，拿上自己买的那些东西，说：“温叔叔、钟阿姨，我回去啦。”

温岭远点头：“注意安全。”

温岭远把池小园翻得乱七八糟的东西都归置到袋子里，说：“晚上想在这里住，还是回公寓？”

“我回一趟自己住的地方，需要拿一份设计图。”

“那我送你。”

“你累一整天了，我自己叫个车吧。”

“没事，走吧。”

在车厢狭小的空间里，钟映嗅到温岭远身上沐浴露的香味，是一种雨水混合着青柠檬的气息。

音乐节那么闹嚷的场合，他去了一整天，不见狼狈，只有些许疲惫。

钟映问：“今天音乐节有什么好玩的吗？”

“比去年要热闹一些，好像没什么特别。”

“有没有……碰到什么人？”

温岭远困惑：“碰到谁？”

“啊……我有个朋友，今天也去了音乐节，还想着你们会不会碰到。”她随口编了一个理由。

温岭远笑着说：“今天音乐节接纳了三十多万人，想要偶遇，好像不那么容易。”

是啊，偶遇不容易，那如果是提前联系的呢？钟映在心里说。

“你怎么了？”温岭远转头看了她一眼，“看起来没精神，今天工作太累？”

钟映摇摇头，又点点头：“嗯，可能是工作太累了。”

“遇到什么不顺心的，可以跟我说说看。”

“也没有。”钟映转过头去。

安静了片刻，钟映说：“我的车拿去4S店保养了，你的车可不可以借我用两天？我后面几天有很多安排，要跑很多地方。”

“好，开到之后你就拿去用吧，我打车回家。”

到达之后，钟映没有请温岭远上去，接过他的车钥匙，两人在楼下道了晚安。

“阿映。”温岭远喊住她。

钟映停了一下脚步，回头看。

“如果你有什么想法，可以直接和我说，我并不是时时刻刻都能揣摩得出你的心思。”温岭远温声说。

钟映笑一下：“没有，我没有什么想法。”

宁樨的学校、苏雨浓的学校和苏昱清的学校，在地图上恰好处于三角形的三个点。

几人隔得不那么近，又因为一进校园就参加了密集的军训，他们至今都没有聚会过一次。

宁樨只在老家和南城这两个城市生活过，崇城的一切对她而言都很陌生。摆脱了高中那些让人抗拒的人际关系，新环境中，同学之间保持着礼貌的界限让她感觉到自在。大家各自有各自的生活，不会对他人过多关注，她可以在孤独与合群之间自由切换。

除此之外的其他，宁樨有些许的失望，她认为去新城市上大学是一种彻底的革新，但实际上只是在她的认知领域之内，进行了一些并不特别出人意料的拓展。

当然，她获得的自由是前所未有的。

开学初要面对的高年级学长接连不休的搭讪，也是前所未有的。

那时候刚开始军训，途中休息，宁樨坐在树下喝水，捏着水瓶子发呆。不知道被谁拍下照片，又不知道被谁发给了一个专门发高校“八卦”的微信公众号，被列在“那些新晋的女神级小学妹盘点”之中。

令人不适的一次推送，引来了许多令人不适的问询。那一段时间，宁樨的微信号经常有陌生人来加好友，她都不知道是怎么流传这么广的。

而之前，她和苏雨浓展望过的满坑满谷的帅哥，没有。

或者说，有，但是都不在她的狙击范围之类。尤其是她读的这个院系，零星几个男生，打扮得比女生还要精致。不能说男生打扮不好，只是稍稍接触过之后，就觉得他们过于自我。

宁樨一直在期待着那个让她想要进一步接触的男生出现，直到军训结束也没有。

或许是，范围还不够广？

于是，在苏昱清邀请宁樨去他就读的大学玩，看即将举行的人工智能大赛的时候，她毫不犹豫地答应了。

赛事在九月的最后一个周末举办，分了高校组和中学组，由崇城大学和崇城大学附属中学主办，全国范围内的高校和中学都可以参加。

之前各个分会场进行过筛选和淘汰，周末在崇城大学举办的是最后的决赛。

在校门口，宁樨和苏雨浓、苏昱清碰头。

让宁樨感到嫉妒的是，苏雨浓居然一丁点都没有晒黑。

“因为我长得太矮，没有进汇报演出的方阵，有什么好嫉妒的，是耻辱好吗？”苏雨浓没好气道。

“我宁愿要这份耻辱。”宁樨凑近给苏雨浓看，“我晒黑了好多，你看。”

“也没有，用粉底液遮一遮就好了。”

苏昱清站在一旁只有叹气，要追苏雨浓，就要忍受这样的琐屑。只是他有时候会怀疑人生，他堂堂七尺男儿，究竟为什么会沦落到这个地步？

苏昱清带她们去会场，路上问她们都加了什么社团。

苏雨浓说：“Cosplay（角色扮演）社。”

“摄影协会。”宁樨说，“你就不用说了，肯定是学生会。”

苏昱清：“有这么好猜？”

宁樨打击道：“因为你太油腻了。”

苏雨浓“扑哧”笑了。

苏昱清感觉到一丝危机感，忙问苏雨浓：“你也这样觉得？”

“没有，我不觉得你油腻，你只是有点儿……二？”

苏昱清叹气。

显然，苏昱清已经在学生会混得风生水起，不然不会替她们弄到观众席比较靠前的位置。

桌上放了观赛手册，列出了每支队伍的信息。

宁樨翻了一下，果然没有崇城传媒大学的人，中学组也没有她的高中南城九中。倒是看见了苏昱清的母校，南城外国语中学。

宁樨喊苏昱清过来看的时候，她突然注意到南城外国语中学的参赛队伍里，有一个叫“温南川”的人。

苏昱清转过头来：“怎么？”

宁樨把册子一合：“没什么。”

会场很大，但要找一个人却没有那么难，只要预估出选手大致所在的位置。

选手及其团队、家属，都坐在观众席的前三排，所以，她几乎没有费力地就找到了温岭远。他坐在左前方的第二排，隔得有些远，只有一道背影。

她不过是觉得他有可能会来，怎么他就真的来了呢。

宁樨将观赛手册竖起，遮住脸确保温岭远看不见后，才肆无忌惮地打量他。

他穿了一件休闲的白色衬衫，衣袖挽起来，手臂撑在膝盖上，微微弓着身体，手里拿着一只运动水壶。前后左右的空位上都是书包，他可能是被留下来看东西的。

宁樨没有看比赛，全程都盯着温岭远的背影。

中途他站起来接了一个电话，吓得她赶紧埋下头。

中学组先比，一共八支队伍。

南城外国语中学出场得很早，温岭远又变成摄影师，举着手持 DV 摄像。没过多久，他们比完下台，将温岭远前后左右的空位置都坐满。那个凑近他说话的个子高高的少年，应该就是温南川吧。

宁樨看见温岭远把运动水壶递给温南川，还顺道往他头上扣了一顶棒球帽。少年把帽檐转向后方，也不好好坐着，歪着身体不知道在说什么，温岭远全程带着微笑。

宣布中学组比赛结果，“南外”获得亚军。

苏昱清在旁边称赞一句：“可以啊！”

温南川和他的队友们上去领过奖，又回到座位，看完了高校组的比赛。

宁樨没有等高校组的颁奖典礼结束，怕离场的时候和温岭远撞到一起。她悄声对苏昱清说：“我饿了，我先出去吃点东西。”

“还没宣布名次……”

“你陪小雨一起看，我去外面等你们。”

宁樨去超市买了一包薯片，她坐在图书馆前面高高的台阶上往下看。

对了，她今天明明是想来看看，有什么高智商又好看的男生可以发展一下的，怎么最后又变成了看温岭远。

温南川他们比完赛，下午还想在崇城大学逛一逛。

温岭远则趁此机会，前去拜访此前工作过的中医院的老院长。

下午五点，温岭远再回到崇城大学，接温南川返程。温南川热情地邀请喜欢的学姐同乘。学姐没能抵挡不用坐地铁转高铁再转地铁的诱惑，答应了下来。

除去他们两个，其余队友则跟着带队老师一起回去。

温南川是想要在车上和学姐培养感情，然而抵不住忙了一天的疲累，和学姐头靠着头，上车没多久就睡着了。

车开了三个小时回到南城，温岭远将温南川和他学姐依次送回家，回到青杏堂时已经是晚上十点。

温岭远还给 4S 店打了一个电话，预约第二天送车过去做定期保养。马上到国庆放假了，可能需要用车自驾出游，这样会使他比较放心。

池小园正要下班回去休息，已经将前门锁好。

“温叔叔今天去崇城有见到樨樨吗？”

“没有，我没有去过她学校，也没有联系她。”

“哦。”

温岭远看出她的心思，笑了笑：“如果你想去玩，我可以给你放假。”

“那我要先问樨樨国庆回不回来。”

青杏堂关门之后，温岭远上楼洗了一个澡。

临睡前，他给钟映打电话。

他将手机开了免提放在一旁，说了一下南川今天比赛获得第二名的事。

钟映笑着问：“你去崇城有碰见什么人吗？”

温岭远很累，思绪转得很慢：“碰见谁？”

“你的……旧同事什么的。”

“没有。”

“你们下午五点回来的吗？下午时间好充裕，有去哪里玩吗？”

“去拜访了一下老院长。”说话之间，有一个瞬间，温岭远感觉自己要睡过去，“阿映，我现在要休息了，今天开了一天的车。”

“好吧，你睡吧。”

听出钟映的语气好像不对，温岭远坐起来，强打起精神，问：“怎么了？”

“没有怎么。”

温岭远揉了一下眉心，他从来不会对钟映发脾气，这种问了却不肯坦率说的情况，总使他感觉到疲惫。

“阿映，或许我们可以有话直说？”

“没有，你休息吧。晚安。”

电话挂断了，温岭远回拨了一次，钟映没有接。

疲累使他无法锲而不舍，他在微信上发过去一句“晚安”和“明天见”，放下手机，一瞬间就睡着了。

第二天早上，温岭远给钟映打了一个电话。

她好像忘记了昨天晚上突然闹的别扭，精神满满地同他说早安。

他问：“昨天晚上你有不高兴吗？”

“我哪有不高兴。”笑声使她的话很有说服力。

于是温岭远只好说：“阿映，我始终是这个态度，你有什么想法，可以直接和我说。”

三天后，温岭远正在接诊，接到4S店打来的电话，说发现一些东西，需要他过去看一下。

中午休息时间，温岭远去了一趟4S店。

负责给他的车做保养的店员拿出来一份检修报告，车子暴露出来的问题，和尚未暴露的隐患都已经解决。

只是，他们在检查车内装饰的时候，在后座里面发现一个很小的仪器，经过鉴定，是GPS追踪器。

钟映的珠宝工作室开设在南城很繁华的一条街上。

这是咨询过温济深之后选的地址，开张以后顾客盈门。

晚上八点，钟映接待完最后一位顾客，准备关门去青杏堂找温岭远吃饭，就看见门口路边停靠着一辆很熟悉的车。

不知道温岭远来多久了，钟映有一点惊讶，走过去敲窗。

温岭远降下车窗，对她说："我有些话想跟你说。"

钟映感觉气氛不对，温岭远过于冷静的神情让她不安。她迟疑了一下，拉开副驾驶座门坐了上去。

她一眼就看见摆放在中控台上的一个GPS追踪器，脸一下变得煞白。

温岭远没有看她："你找我借车的那天，你说你将自己的车送去了4S店。是你提醒了我，我才记着也该送车去保养了。前几天，才抽出空来。"

钟映没有说话，她已经直观感受到，自己说什么都没有用了。

"你常常使我感到困惑，"温岭远将手臂搭在方向盘上，仍旧没有看她，"你究竟是害怕我背叛你，还是盼望我背叛你，好让你抓到证据？"

钟映咬紧下唇："你要和我提分手吗？"

"是。"温岭远叹了一口气。

"我们还有三天就领证了，你要在这个时候跟我提分手吗？"

温岭远抬起目光，转过头去看着钟映，说："是我太傲慢，以为自己终究能够治愈你。"

"你……"钟映控制自己不要落泪，"你差一点就做到了。"

"差哪一点？婚姻？"温岭远摇头，"病人痊愈的前提是信任医生。我现在依然敢发誓，自己对你绝对忠诚，你敢发誓对我绝对信任吗？"

"你……不要逼我。你知道我没有安全感，为什么在这件事上却不肯做一些让步？原则那么重要吗？不可以为了爱妥协？岭远，你究竟爱我吗？你继承青杏堂，是因为爷爷的嘱托，出于责任感，你不得不背负。那么对我呢？你分得清责任和爱吗？"

温岭远看着她，陷入了长时间的沉默。

他的目光仿佛在看一个不成熟的小女孩，做错事，却还要推卸责任。

“许以婚姻都不能证明我爱你，那么这件事，或许真的在我能力之外。”温岭远笑了笑，“再慷慨的慈善家，也不会拿爱情去做慈善。阿映，你是不是太不了解我了？”

“没有争吵，没有交锋，这是爱情的常态吗？你有没有哪怕一次，为我情绪激动过？你为什么不肯问我，我在怀疑谁，为什么要掌控你的行踪？”

在这种时候辩驳爱情究竟该是什么样，只会让温岭远觉得十分无力。并不是跌宕起伏、一波三折的才叫爱情。

于是，他只回答了后一个问题：“为什么不问，因为我知道没有谁。或者说，和谁都没有关系，这仅仅只是你的选择问题。你说厌恶我的原则，可是，是这些原则构成了我。”

若所有原则都能妥协，也不过是证明这是一个没有原则的人罢了。

他不信宗教，不信神佛，信一些更纯粹的东西，譬如忠贞，譬如慎独，譬如善良，譬如不作恶。

原则使他忠于爱情，同时也忠于尊严。

她不能享受他所给予的爱情，却要践踏他的尊严。

架总是吵不起来，这让钟映感到挫败。她已经忍不住哭了，语言如刀，她的武器都已经打出去，事情已经没有转圜的余地了。

温岭远拿过纸巾盒放在钟映手边，最后的一句规劝，送给她，也送给这段没成正果的爱情：“阿映，你明明这么优秀，你该自信些。”

她那细碎不绝的饮泣声，伴随着他的沉默。

温岭远不可避免地想到最初，那天南城落大雨，钟映站在路边，一身红裙被雨淋湿。那种破碎的脆弱感，凡路过之人都会铭记。

他不只想路过，于是递出了一把伞。

可是，再大的伞，也遮不住心里漏雨的屋檐。

第五章

寒露

Rose White tower

池小园不知道温岭远是什么时候回到青杏堂的，她整理完今天的病例资料，往药房去做例行检查，发现通往二楼的楼梯上坐着一个人，被吓一跳。

“温叔叔？”

温岭远仿佛已经在这里坐了很久，被池小园叫了一声，才有些如梦初醒。他提起放在一边的外套站起身：“小园，你收拾一下下班吧。”

“好。”池小园微妙地觉得，温岭远的情绪有一些不对，但他平常都是这样波澜不惊的模样，所以她不好说自己判断得准不准确。

在温岭远上楼的时候，她仰头望着他的背影问了一句：“温叔叔，是不是发生什么事了？”

那道背影没有停顿，也没有回答她。

这就有些反常了。池小园暗自嘀咕。

国庆假期，青杏堂不会完全关门，有一部分人会留下来值班，包括温岭远。

池小园是有假期的，但是她联系了宁樨，得知宁樨回老家探望阿婆了，要五号才会回南城。

池小园朋友很少，交际基本只在青杏堂，她去探望过温鹤庭，剩余时间还是在青杏堂待着。

一号，温岭远在；二号，温岭远在；三号、四号、五号……

池小园感觉到不对劲，她记得，温岭远和钟映不是计划这段时间领证来着？

想到这里，她剧刷不下去了，鼠标在视频上点了一下暂停键，望向对面沉默看书的温岭远：“温叔叔，你和钟阿姨是不是吵架了？国庆都不出去玩吗？”

“我们分手了。”

池小园瞪圆了眼睛，有点怀疑自己是不是听错了：“为什么？”

“不合适。”温岭远平静地将书翻过一页。

他这个语气是不想进一步讨论的意思，池小园虽然被好奇心弄得坐立难安，但还是适时地闭上了嘴。

然而，她必须跟人分享这个八卦。

她摸过手机，还没解锁，温岭远的目光扫了过来："不要张扬。"

池小园呆了一下，把手机放回去："是因为……还有复合的可能吗？"

说出口池小园就觉得应该不是，果然温岭远摇头，但是他没有多做解释。

池小园憋得好难受，然而，她了解温岭远，他不让做的事情，最好就听他的，不要去做。

池小园不时抬头看一下温岭远，如果不是真正了解他的人，一定会认为他的反应过于淡定。

而她清楚不是，这几天的温岭远可以说是太反常了。他是个时时都在微笑的人，这几天不常笑，话也变少了，只待在青杏堂，哪里也不去。

他对难过的表达方式也是含蓄而沉默的。

不知不觉间天色暗淡，池小园晚上要和青杏堂的一个同事出去吃饭，现在要出门了。

临走前，她叮嘱温岭远自己要记得吃晚饭。

池小园走了没多久，天空彻底暗了下来。

温岭远合上书页，打开灯，站立片刻，起身去楼上换了一身衣服，出了门。

宁樨一号到五号都在老家陪着阿婆。

宁治东要捐的那条路已经动工了，据说春节期间就能通车。他不知道哪里来的本事，甚至争取到了公路的冠名权，以后那条路就要叫"治东路"。

老房子修葺一新，院子修整过，还种了一些常吃的蔬菜。

阿婆回家以后精神变得更好，人也更自在了。宁樨给她买了一台按摩椅，四邻的老头老太总爱跑去她家蹭用，家里十分热闹，常有人来往。

回去一趟后，宁樨感到放心了。

五号，她从老家赶回南城给苏雨浓过生日。

她和苏雨浓的生日都在十月，一个下旬，一个上旬。

经过苏昱清的缜密策划，他们准备给苏雨浓过一个浪漫而又充满变数的生日。

具体计划是，宁樨和苏昱清去街头卖唱，挣到的钱就是今晚的经费。

为了不至于寒酸到只让苏雨浓吃一碗酸辣粉，卖唱的地点选在南城天河最繁华的一条步行街上。

宁樨穿法式风格的复古红波点连衣裙，头发梳起，缠上发带，耳朵上坠着夸张的圆片耳环，雪肤红唇，极其抢眼。

苏昱清就简单很多，穿着黑色T恤，搭配牛仔裤，脚上穿着帆布鞋，手里抱着一把吉他。

苏雨浓是纯粹的观众，她穿着自己最喜欢的洛丽塔裙，在旁边负责鼓掌欢呼带节奏。

宁樨唱了一些耳熟能详的畅销金曲，《海阔天空》《千千阙歌》或是*My Heart Will Go On*，苏昱清用他刚刚够用的吉他技巧伴奏。三人组合青春靓丽，许多人驻足聆听。后来，他们还开发出点歌业务，点一首歌二十块钱，这招骗到很多出门吃饭的情侣。

已经褪去热气的初秋晚上，气温舒适，又逢节假日，气氛热闹，他们这边围拢了很多人。仿佛一场小型演唱会，专为苏雨浓举办的。

苏雨浓挥着手里的荧光棒，小迷妹一样听着宁樨唱起她最喜欢的一首日语歌。为了唱这首歌，宁樨专门去学了日语，发音还有一些不标准，可是一点也没关系，这个生日她永生难忘。

下午四点到晚上七点，他们卖唱三个小时，结束后清点战果，收获颇丰。

“我们可以给你买一束花，再吃一顿大餐。”宁樨抱着一把零钱说。

不知道是不是她这句话说得太大声，旁边一直蹭他们的流量卖花的大婶听见了，立即过来推销：“买束花吧！”

苏昱清问：“我们想买玫瑰，多少钱一枝？”

“八块！你们要是买两束，就便宜到六块。”

苏雨浓说：“那买两束吧。”

宁樨说：“买两束做什么，我又不过生日。”

“因为我不想只有我一个人收到花呀。”

宁樨笑起来，捏了捏苏雨浓的脸。

他们将卖唱设备收拾好，放回车子的后备厢里。宁樨和苏雨浓一人抱一束玫瑰花走出停车场，商讨着晚上去哪里吃饭。

苏雨浓有一个大胆的想法：“你记不记得，去年你过生日，我们去的那家顶楼的酒吧……”

“你想去？可是那家好贵，我们的钱不一定够用。”

“不够就把苏昱清押在那里还债。”

苏昱清：“……”

宁樨对那里的甜品也是念念不忘，同意了苏雨浓的提议。虽然这会使她不可避免地想到温岭远，不过那也没什么的，她已经学会了只是很浅层次地想他。

那个地方有一点难找，上次她们去全程跟着温岭远，没带脑子，根本没有记住路，更没记住那个法语酒吧的名字。

苏昱清比较机灵，点开大众点评，搜索附近的酒吧，选了价格从高到低排序，一下就找到了。

苏昱清感叹：“这个酒吧的人均价格不是一般的高啊。”

苏雨浓往他跟前一跳，笑着说：“你准备好押在酒吧还账了吗？”

苏昱清摸了摸鼻子：“争取我们三个都能安全离开，争取。”

他们找到那栋大厦，乘坐观景电梯上去。电梯是透明的外墙，在极速上升的时候人会感受到几分眩晕。

宁樨只盯着脚下，不敢往外看。而苏昱清特别会把握时机，抓住了苏雨浓的手臂，让她不要怕。

出了电梯，他们左右找了一圈，终于找到那间酒吧。

宁樨不是没有想过，会不会碰见温岭远。她觉得不至于每一次都这样巧，所以心里有过一点期盼，就先将它扼杀了。

结果，真的就有这样的巧合。而且不像前两次，这一次避无可避，是必须打招呼的场合，因为温岭远就坐在吧台最靠里的位置。

他没有和老板聊天，自饮自酌。他穿着一件深色的衬衫，沉默地坐在那里，仿佛有一道无形的屏障将他和喧闹隔绝。

苏雨浓也愣了一下，伸手轻轻碰了碰宁樨的手臂，小声说：“你是不是应该去打声招呼？”

宁樨深吸了一口气才走过去。

待宁樨在温岭远身边站定，他才意识到，转过头来看见她，也愣一下，很淡地笑了一下：“好久不见。”

“嗯。”宁樨摸了一下鼻子，“我……小雨过生日，我们过来聚餐。”

温岭远笑了一下：“代我跟她说一句生日快乐。”

宁樨开始便觉察到温岭远的情绪不高，现在她肯定了自己的判断。他是一个周到的人，换作平常不至于不会亲自去跟苏雨浓打一声招呼。

他们找座位坐下之后，宁樨仍然没有将视线从温岭远的身上移开。

认识这样久，宁樨时常惊叹于温岭远在情绪上的自控力，她从没有见过他如此低沉而落寞的样子。

仿佛是处在此间酒吧最沉寂的一个角落，所有光粒洒落在那里都会变为灰烬。

他遇到什么了？

但她没有问的资格，只是如坐针毡。宁樨看了温岭远许久，突然站起身，苏雨浓和苏昱清都吓了一跳。

等宁樨重新走回到温岭远身旁时，他转过头来，露出些微疑惑的目光。

宁樨手足无措，发现自己还抱着一束花，就下意识把这束花递了出去。

温岭远更困惑了。

“用我们在街上卖唱挣到的钱买的，”宁樨一边与空白的大脑做斗争，一边飞快地想着不让温岭远拒绝的理由，“这个是……卢茨克玫瑰，世界上唯一象征友谊的玫瑰。祝你节日快乐。”

鬼知道卢茨克这个地名是怎么莫名其妙地从她脑中蹦出来的。

温岭远愣了一下，继而笑了，把花接过：“谢谢。”

“那我……不打扰你了。”宁樨如释重负。

他安慰过她这么多次，每一次都在她最难过的时候切中要点。公平些，她无法对此刻的他置之不理。

解释不出冲动的由来，如果非要说的话，那就是夏天已经结束，而她想送他一束花，让他不要这么难过。

宁樨和苏昱清都还差一点点满十八岁，但是作为大学生又怎么能不放纵？他们凑在一起研究菜单准备点酒，作为三人之中唯一的成年人，苏雨浓端起架子：“你们不能喝酒。”

“不要吧小雨姐姐，今天是你的生日哎。”宁樨故意语气很嗲很夸张地说。

苏昱清则说：“我们不喝可以，你也不准喝。”

“我为什么不能喝？我这么辛苦长到十八岁，不就是为了做成年人可以做的事吗？”

“你……你声音小点。”宁樨抓了一下她的胳膊，“知道你成年了，知道你可以少儿不宜了。”

苏昱清闷声笑了一下。

宁樨和苏雨浓同时瞪他。

他们还是点了酒，低酒精度的气泡果酒。这里的甜点种类很多，主食却只供应三种。宁樨和苏雨浓都点了青口意粉，苏昱清点了一客肋排。除此之外，她们将那晚吃过的甜点又分别要了一份。

气泡酒装在水晶高脚杯里，呈现出透明的粉红色，水蜜桃味，酒味真的很淡，更像是一种苏打水。

宁樨已经十分努力地控制自己的目光不往吧台飘去，但还是会时不时地走神。

苏雨浓凑近悄声问她：“你要不要邀请温岭远一起过来喝杯酒？”

宁樨果断干脆地摇头。

她知道这样想会不磊落，但是她无法克制。他是习惯于照顾人没有错，可是他也有需要被人照顾的时候吧？钟映在哪里？为什么放他一个人在这里喝闷酒？

但想归想，她不会多管闲事，她给自己划定了界限，就要遵守。

不想使自己沉重的心情打扰苏雨浓过生日的兴致，宁樨努力把温岭远暂时抛到脑后。

她喝了许多气泡酒和柠檬水，中途去了一趟洗手间。等她出来时，吧台那里的座位已经空了。

宁樨怀疑温岭远是故意的，因为对换立场，她也会趁人不在时离开，因为不想履行离开之前打招呼的流程。

但她还是不死心，去问老板："温岭远走了吗？"

老板这个时候才认出宁樨来，笑着说："走了，岭远替你们这桌买过单了，还嘱咐我送你们一支《生日快乐歌》。我还在想，岭远怎么总是认识小孩，原来还是你。"

"他好像心情不好。"

"很明显。"

"你知道是为什么吗？"

老板笑着说："他不想说的事情，问也没有用，所以我不知道。"

宁樨叹了一口气，道过谢。

回到座位，宁樨说："温岭远替我们买过单了。"

苏雨浓愣了一下。

宁樨坐回藤椅里，有些颓然。她不希望温岭远这样周到，心情不好的人应该有任性的权利。

然而，任性？她没办法把这个词和温岭远联系在一起。

节后学校开始正式上课，宁樨也开始参与摄影协会的活动。

宁樨对自己卡里有多少零花钱没有概念，买摄影器材，尤其单反镜头用掉了好几笔。她总担心自己财政赤字，但是始终没有，看来在金钱上，宁治东不会亏待她。

温岭远对她说，物质是没有属性的，她渐渐开始学会享受物质，买好看的长裙、略贵的手提包、当季限定的口红和眼影。

当天生丽质的人学会装扮，颜值还会有所上升。在穿衣这件事上，宁樨没有走太多弯路，很快就找到了自己的风格。她最适合穿材质柔软的连衣裙，收腰，领口不要太高，露出锁骨就更好看。

她有时出去拍照，图省事，也会随便穿。即使这样，宁樨也知道系里有些女生在偷偷学她穿衣服。一年之前，她明明还是只爱穿卫衣和牛仔裤的小土帽。

在摄影这件事上，宁樨也渐渐开始找到心得。她喜欢用 50mm 的定焦镜头拍人物，尤其拍女生。最开始苏雨浓是她的模特，崇城足够大，民国老街到摩天大楼，都是供她们发挥的空间。

宁樨注册了一个微博账号，"CICI_NING"，她把拍过的照片都发在微博上。

她不发废话，每次更新都是认真地做过后期的九宫格。她和摄影协会的一些学长互相点了关注，照片被他们转发之后，粉丝涨得飞快，渐渐地就有同校学生过来私信她约拍。

宁樨的后期有自己的风格，她不喜欢将人物的五官修得毫无瑕疵，而是要留下特征。注重整体的光影和氛围，不注重只对人物本身进行强调。

摄影协会的会长张博源，说宁樨这么快就有客单，很有天赋。但并不十分褒奖她，他认为她的拍摄题材太单一。

宁樨不在意，把人拍好，明明是一件很需要技术含量的事。

一直到学期结束，宁樨都没有回过一次南城。如果不是宁治东要将阿婆接到南城过年，可能春节她都不一定会回去。

期末考试结束，宁樨一再推迟回家日期，最后宿舍只剩下她一个人。

校园里也空荡起来，过去找不到座位的食堂，如今只开放了四分之一不到。

摄影协会的人大多数也都离校了，除了张博源。得知她也还在学校，张博源邀请她抽出一天的时间去“扫街”。

天气虽冷，但是没有下雪的迹象。宁樨穿着短款的面包服，锈橘色的半身长裙，裹了一圈羊毛围巾。她嫌冷，没戴耳饰，只化了淡妆。

宁樨和张博源约定在学校门口的咖啡馆碰头，她比约定时间早到，在寒风里站立片刻，被咖啡馆里暖黄的灯光所诱惑，于是推门进去，点了一杯摩卡。

宁樨暂时没有找位置坐下，站立间她被墙上的一张黑白照片吸引了目光。照片里一个灯下回头的短发女子，眼睛直直地盯着镜头，像是看进了人的灵魂。

在她觉得自己似乎要被照片中的人吸入眼里时，她同样感觉到了另外一束凝视的视线，在她左边。

宁樨转头看去，一个个子高高瘦瘦的男生，眉眼清晰，眼神明澈，额发柔软地搭在眉骨上。和她的视线对上，他也没有躲闪，只是抬手碰了一下鼻子，仿佛有些许害羞。

宁樨直接地问：“你刚刚在看我？”

男生没有撒谎：“嗯。”

“有什么问题吗？”宁樨伸手碰了一下自己的脸，她担心是不是面颊上沾到了什么。

“没有……你很好看。”他说。

宁樨微微笑了一下。可能因为他的诚恳，使她对他没有产生恶感。

宁樨又打量了他一眼，他穿着中长款的棉服，里面是一件单薄的毛衣，露出了衬衫的衣领。他的肩膀上，还挂着一台尼康的单反相机。

咖啡做好了，宁樨在靠着门口的位置坐下，方便张博源看到她。

张博源晚到十分钟，推门就说：“抱歉，临时被一点事情耽误了。”他婉拒了宁樨让他也点一杯咖啡的提议，说道，“我还有个朋友也准备去，等他到了我们就出发。他应该快要到了……”

他的话音还没有落下，后方有人举起手说：“博哥，我已经到了。”

宁樨转头去看，愣了一下，就是方才同她说过话的那个男生。

男生好像对现在这个状况也有一些意外，他走过来先自我介绍说：“我叫周璟。”

“宁樨。”

周璟说：“我关注了你的微博，没有想到本人……”因为不再是陌生人，夸奖的话反倒不好坦率地说出口。

张博源笑着说：“要不你们留出点时间商业互吹？”

张博源和周璟都是本地人，张博源开家里的车过来的，载他们去了老城区的一条老街。

车上，张博源夸奖周璟拍照很有风格，取景角度新颖刁钻。对照张博源对自己的评价，宁樨相信周璟的作品一定值得一看。

于是她提出来想看一下周璟相机里的照片。

周璟的表情有一些为难。

宁樨说：“不方便也没关系。”

“不是不方便，只是……”周璟笑了一下，坦诚道，“刚刚在咖啡馆，我偷偷拍了一张你的照片。”

宁樨睁大眼睛。

“对不起，我现在就删掉。”

“如果你拍得还不错，也不一定要删掉的。”宁樨朝他伸出手。

周璟将相机从肩膀上卸下来，因为看见宁樨用的是佳能，怕她不熟悉他这一台尼康的按键，偏过身体，帮她打开相机的照片浏览。

第一张就是宁樨。拍到她正在与墙上的照片对视的三分之一的侧脸，就构图和色调而言，好像没有张博源夸得那么神乎其神。

再往后翻，他拍的街景就完全不一样了，没有一张是常规角度，也不注重画面第一眼的好看，剑走偏锋的取材，和不能看懂的表达意图，有三分森山大道的神韵。

周璟问：“我能看一看你的吗？”

“你不是关注了我的微博吗？我的风格就是那样，用会长的话说，一个不思进取的写真摄影师。”

张博源替自己申辩：“我的原话有这么刻薄？”

周璟笑着说：“博哥可能只是羡慕找你约拍的女生多。”

张博源说：“不要乱说话啊，我有女朋友的。”

一个上午过去，大家收获颇丰。当然，可能只有宁樨的收获是除了照片之外的其他——她逛了一路，每遇到一家小吃店都要去尝一下。

他们中午在一家老字号餐厅吃饭，坐在二楼可将底下延伸一路的古旧建筑收入眼底。张博源当然不会放过，架起相机。

宁樨则和周璟坐下来，喝茶，闲聊。

宁樨问周璟：“你是哪一个院系的？”她对周璟的印象不错，想要再多一些了解。

“事实上，我不是你们学校的，我是崇城医科大学的。”

怎么偏偏是学医的？

有一个瞬间，宁樨不想和周璟继续接触了，心里另一个声音却在阻止，天下学医的人那么多，每个人你都要避开吗？

安静了好久，就在周璟以为这个话题已经结束的时候，宁樨又问：“学医的是不是很忙？”

“所以出来拍照的机会不多。”

“但是你有天赋，不跟会长一样往职业方向发展吗？”

“我也同样喜欢医学，”周璟笑着说，“比较起来，我还是只能将摄影作为爱好。”

周璟读大二，只比宁樨大一岁而已，可以将他划分到同龄人的范畴。但是，他有一种其他同龄人不具备的静定与自信。

这天分别，宁樨与周璟交换了微信号。

张博源先将宁樨送到学校，再送周璟回家。宁樨跳下车，周璟微微弓着身体朝外看，笑着说：“如果你有空的话，过几天要不要一起去看展？”

“我明天下午回家，”宁樨笑着说，“如果那个展不会马上结束的话，开学以后或许可以去。”

一到晚上，天气更冷。

宁樨把围巾往上拉，盖住半张脸，加快脚步往宿舍走。

她不喜欢冬天，虽然真正寒冷的时间不长，却要拉上一整个深秋和一整个早春，作为它出场和离场的伏笔与尾声。

宿舍里没有人，打开空调之后，要过好长时间，室内才会渐渐升温。

她在桌前坐了一会儿，体会一种平静的孤独。她不排斥社交活动，不排斥任何热闹的场合，但是也并不留恋，甚至可以迅速抽离。

可能，她对交际的需求已经被苏雨浓和苏昱清满足，就没有再去结交其他亲近朋友的动力。

宁樨打开手机听歌软件，调出自己的歌单，随机播放着音乐，然后她从衣柜里搬出行李箱，准备收拾回家要用的东西。

宁樨打开行李箱，没想到里面还有一只纸袋。宁樨有一瞬间的怔忡，想起来纸袋里装的是什么——

今年的生日前后，池小园给她寄来的生日礼物。除了池小园送的一支香水，还附带了一个二十厘米左右的小画框。画框里是一幅用毛笔所绘的静物画，寥寥几笔勾勒出的一棵树，树后有月亮，树上有花，树下有石头，石头上卧着一只姜黄色的小猫。题词：人闲桂花落，夜静春山空。

不看落款也知道是温岭远的手笔。

她当然不会把它拿出来摆在时时都能看见的位置，于是一收到就尘封了。

在猝不及防的时候又看见它后，宁樨反而没有那么拧巴了。她抽出纸巾，将画框玻璃上落的一些灰尘擦干净，摆在了桌面上。

这是一幅很有趣的小画，她不应该让它蒙尘。毕竟，这有可能是她从温岭远那里收到的，最后一份生日礼物了。

宁樨回南城没有停留多久，初四就回了学校。

回去的这几天，宁樨一直在和周璟断断续续地聊微信。

宁樨考虑要搬出去住，因为学校晚上十一点断电断网，有时她需要加班加点给照片做后期，就很不方便。

周璟是本地人，自告奋勇要带她去找房子。

初五，他们在上回的咖啡馆碰面，然后去附近的小区找房子。

在打过几个房东的电话都被告知不在家的时候，他们才意识到犯了一个常识性的错误，现在，还在过年。

宁樨这么说了之后，两个人相视哈哈大笑起来。

宁樨问：“那你是不是也还要过年走亲戚？”

“其实今天是要去拜访一个远房姑妈，不过我找借口没去。”

他表达的是专门为了宁樨而来的意思。

宁樨不迟钝，虽然像在过家家，但一个男生对她是不是有好感，她很容易分辨得出。

她现在有一些挣扎，不知道该不该在看出周璟的意图之后，继续和他接触。她自己都不知道，事情会不会朝着周璟期待的方向发展。

她沉默得太久，周璟伸手在她面前挥了一下。

她忍不住笑道：“你知不知道，这个动作有点搞笑？”

“这个吗？”他故意又挥了一下。

这下两个人都笑了起来。

那天他们一起吃过中饭，又去电影院看了一场电影。

等到初十，学生基本返校，年也过完的时候，宁樨又和周璟出去了一次。因为预算充足，所以房子找起来很快。

在离学校步行十五分钟的一个商业小区里，宁樨租下了一个两室一厅的小户型。

此后，她又花了很多精力进行布置，直到基本兼具美观和舒适。

这个过程中，周璟出了很多力，帮她搬运和组装家具。

搬进去之后的第一个周末，宁樨邀请了苏雨浓他们，以及周璟过来吃饭。

苏雨浓最先到，她在屋里转了一圈，痛斥宁樨的奢靡，然后往她的床上一躺：“我能不能也搬来跟你住？”

“我是不在乎，只要你上课不会迟到。”

苏昱清也赶到了，按照宁樨的吩咐还带了一些啤酒和可乐。

宁樨斥巨资买了一张十分舒服的深棕色皮沙发，苏昱清一躺下就不想动：“我们晚上吃什么？你开火？”

“我敢做，你敢吃吗？”

苏昱清笑着说：“做兄弟不就得两肋插刀？”

“我点了达美乐的比萨。”

苏昱清和苏雨浓一齐抗议：“就吃比萨？”

“不可以吗？不觉得很有气氛吗？”

没过多久，比萨就送到了，还附带了一堆小吃，铺满茶几，也很壮观。

宁樨说：“还差一个人，到齐了就吃。”

“还有谁？你的同学？”

“一个朋友。”宁樨没有多说。

等人的时候，苏雨浓看见宁樨放在置物架上的小画框，问：“那个，是不是温岭远送的？”

“嗯。”

“你和他一直有联系？那你应该已经知道了吧。”

“知道什么？”

“温岭远和钟映取消婚约的事啊。”

宁樨睁大了眼睛。

苏雨浓比她更震惊："你……不知道？"

"小园、温岭远还有钟映的朋友圈我都屏蔽了，我不知道。什么时候的事？"

"他们也没有在朋友圈发过就是了。过年我妈扭伤脚，我带她去青杏堂治疗，小园告诉我的。说是去年十月领证之前就分了，但是一直没有张扬出去，好像是因为钟映那边有点麻烦，所以花了很长时间让她去消化和处理。"

"那现在……"宁樨觉得自己脑子已经不会转了。

"既然小园能告诉我了，肯定是因为已经彻底了结了吧。"

苏雨浓看着宁樨，不是很能从她此刻呆滞的神情判断她的想法："樨樨，那你要不要联系温岭远……"

宁樨没有说话，这个时候，电话响起来了，是周璟打来的。

周璟说："我已经到小区门口了，还缺什么吗？我可以在便利店买了带上来。"

"不用……我朋友都在了，你直接上来吧。"

挂断电话之后，宁樨还把手机捏在手里。如果这时候有一面镜子，她一定能欣赏到自己这辈子最呆头呆脑的时刻。

苏雨浓有些不忍心，恐怕她是相关人物之中最后一个知道这件事的人。

"樨樨？"

宁樨突然站起来，去厨房给自己倒了一杯水，咕噜咕噜地灌下去。她都觉得自己的反应有点夸张，但确确实实感觉到一些委屈。

好像一个死刑犯，在等待行刑日的过程中，连遗书都写好了，也想好到了地底怎么去跟撒旦或是阎罗——什么都好——打招呼。希望转生之后，十八年后还是一条好汉，结果突然被告知，哦，改判了，你不用死了。

固然被劫后余生的喜悦砸蒙，但委屈也是真的委屈。

三分钟左右，响起了敲门声。

周璟觉得空手上门不好，提了好几袋乐事薯片。他习惯性地往鞋架上去找拖鞋，没有看见，然后发现那双鞋被穿在坐在客厅的一个男生脚上。

苏昱清急忙站起来："鞋给你穿……"

"不用不用，"周璟笑着说，"我赤脚就行。"他转头看向宁樨，问道，"地板应该拖过的吧？"

宁樨笑着说："我自己没有拖，亲眼看着保洁阿姨拖了两遍。"

几人坐到沙发上，宁樨将他们互相做了介绍。

在说到周璟是崇城医科大学的学生时，苏雨浓若有所悟，又似漫不经心地感叹了一句："学医的啊……"她的声音很小，只有宁樨听到，宁樨转头来看了她一眼。

吃高热量的食物，罪恶感和满足感呈正比。

吃饱喝足，苏昱清变魔术一样从他的背包里掏出一台游戏机，接上了宁樨家的电视机，问大家要不要一起玩《马里奥赛车》。

宁樨说："我怀疑你是有预谋的。"

"不然电视你会看？放着也是浪费。"

苏昱清把手柄递给苏雨浓，苏雨浓不接："我不玩，我要跟樨樨说一下话。"

男生有一种本事，第一次见面也能随随便便玩到一起去。苏雨浓看了一眼在客厅地毯上坐下玩游戏的苏昱清和周璟，把宁樨拽进卧室，关上门。

苏雨浓直接就摆出了严刑拷打的架势："也不是不希望你走出温岭远的影响，可是找一个和他这么像的人，不是背道而驰吗？"

"有……很像吗？"宁樨知道周璟和温岭远是有一些像的，但是"很"应该不至于？

"不像吗？温岭远要是年轻十岁恐怕就是这个样子吧。"

"我没有跟周璟在一起，只是还在接触。"

"意思就是有这个打算？"

"也不是……我很难跟你形容。"

苏雨浓很严肃："你是很拎得清的人……"

"所以你不用担心我，我没有想要伤害任何人。"

苏雨浓认识宁樨这么久，知道她只是外表看起来"渣"，离她想要塑造的那种六亲不认的形象，差了不知道多远。她终归是个外刚内柔的人。

晚上九点半，苏昱清和苏雨浓离开，宁樨将周璟留下来，以需要他帮忙收拾一下房间为理由。

垃圾都让苏昱清带走了，屋里并不乱，所以他们也只是象征性地收拾了一下。

宁樨在茶几旁边的地毯上坐下，把还剩的几罐啤酒归拢到一起，拍一拍对面的位置，让周璟也过来坐。

周璟坐下之后，她又爬起来，把刚刚买回来还没有开封的香薰蜡烛找出来。然而，她忘记了自己没有买打火机。

周璟说："我下去买。"

"不用不用。"宁樨阻止他站起身，自己走去厨房，把纸巾叠成长条状，打燃天然气灶，点燃纸巾，再点蜡烛。如果这么贵的香薰蜡烛，知道自己是被用这么土的方式点燃的，不知道会不会觉得自己所托非人。宁樨想着，自顾自地笑了一下。

香薰蜡烛被放在木质茶几的正中间，散发着一种清淡的香调。

周璟问宁樨："是什么香味？"

"无花果。"

周璟相信她点这一杯蜡烛仅仅是因为突然想起，或者单纯想试一试闻起来是什么味道，而不是为了气氛、情调，或者与之相关的东西，因为宁樨从来不爱取悦别人。在他看来，她是一个让他羡慕的人，她活得很自我。

宁樨屈着腿，把下巴抵在膝盖上，伸出手去扇了一下风，蜡烛的火苗微微晃动。

宁樨在说有些话的时候，需要矫情一点的氛围，不然她开不了口。

她想了很多措辞，最后还是觉得开门见山更好："我喜欢过一个人。也许，还不能称之为'过'。因为就在今天，我得知他取消订婚的消息，第一个冲动是想要给他打电话。"

如果宁樨抬头，就会看见周璟的目光是怎样一瞬变得黯淡的。或者说，正因为害怕会看见，所以她才没有抬头。

周璟的声音清润而温和，他确实适合当医生，天然有种让人信赖的气质："我听明白了你的意思。聪明人的做法，是现在和你扯一些有的没的，然后从这扇门走出去，当作什么都没发生，然后和你联系越来越少，直到变回陌生人。"

周璟顿一下，笑着说："但是，我不是很想把这份聪明用在自己喜欢的人身上。"

宁樨一下怔住。她没有想到周璟会这么直接，她确实想过，周璟可能会用"聪明人"的办法来解决这件事。

"你看，你说了让我觉得难受的话，我也要说一些让你头疼的话，这样才比较公平。"

"对不起。"宁樨是真的觉得有一点难受，她清楚周璟是多么好的一个人。

"道歉就没有必要了。只是，我想知道，如果没有得到这个消息，再等一些时间，我会有机会吗？"

"我不知道……"这不是敷衍，宁樨继续道，"我只知道，在可以预见的时间里，我听到这个消息的第一反应，都会是想要给他打电话。不管那个时候身边的人是谁，好像都对他不公平。所以，我一直一直都很矛盾。我不想变成那种拿一段感情来治愈另一段感情的人。而且，你很像他……"

"最后一句话，我需要你跟我道歉。"

宁樨立即慌乱地说："对不起……"

周璟笑了一下，手肘放在茶几上。他用手背撑着腮，看着宁樨："被你喜欢的人一定很优秀，你说我像他，也不完全是一句坏话。其实我原本还想争取一下的，只不过，我这个人还是有一点傲气。我不想做谁的高仿，未来，还是希望做某一个人的原版。"

宁樨使劲地点头：“你一定会的，你这么好……”

“谢谢你现在就告诉我，我现在还没有喜欢你很深，大概，两周……或者三周，我就可以变成你的一个普通朋友了。”

“你可以不用勉强跟我做朋友……”

“不是勉强，作为朋友，你也很值得结交。”

“那等你觉得可以做到的时候，再联系我。但是你不要勉强，我知道默默喜欢一个人有多难受，我不值得你这样做。”

周璟笑了：“你的性格比我以为的要柔软。第一次见面，我觉得你应该是很骄傲的性格。”

“我可能只是……吃软不吃硬。对别人对我的好，我会手足无措。”

“我好像对你也没有多好？任何一个普通追求者都能做得到。”

“可能我对你有滤镜？我对你的第一印象很好。”

“因为我跟他很像？”

“没有没有……”宁樨又慌了起来。

周璟笑着说：“好了好了，我明白你的意思。”

开了两罐啤酒，但是他们都没有怎么喝。这盏盛在玻璃中的烛火，映在宁樨的眼中，清澈又生动。周璟移开自己的目光，他庆幸自己这么早就被拒绝，不然时间一久，就真的没有办法再回到普通朋友的位置。

“那你，给他打电话了吗？”

宁樨摇头：“我不知道应不应该打。十月、十一月……”她掰着指头数，“五个月的时间，足够他从上一段感情里走出来吗？我不知道。”

“但是错过他你会后悔？”

“我会后悔。因为我甚至都没有明确和他表白过。”

“找一个机会，重新接触起来，看看他的态度，再决定表不表白吧。你这样可爱，不会没有一点胜算的。”周璟按了一下额头，笑得有点无奈，“为什么我还帮你追起别人来了？”

“对不起！”

“好了好了，你不要再道歉了。我今天听到的对不起，比过去一年还要多。”周璟伸出手去，顿了一下，宁樨没有躲，他于是轻轻地摸了一下她的头顶，而后撑着地毯站了起来。

宁樨将周璟送到门口：“如果你实在气不过的话，可以打电话骂我，我不会还嘴的。”

周璟笑了：“真的没有那么严重，可能……就到这个程度吧……”他伸出拇指和食指，比出一段不到一厘米的距离，好像自己都觉得太短，又扩大了一点，

“就这么点。”

周璟离开之后，宁樨也没有收拾尚未喝完的啤酒罐，直接倒在沙发上，举起手机。

她把温岭远的朋友圈从“不看他的”状态解禁，点进去，大半年他也只更新了一条动态，拍的一片湖水的照片，不知道在哪里，也没有配文字。

小园的朋友圈，则是一贯的吃吃喝喝，什么都发，没有什么关于这件事的内容。

然后，她又去看钟映的，结果发现钟映应该是把她拉黑或者删除了，朋友圈看不了，只有一条横杠。

她想联系温岭远，更想见他。

当宁樨知道自己对温岭远的一切企图，都不再是不道德、需要被克制的时候，这种见面的欲望就更强烈了。

然而，如果此刻正式进入男女互相狩猎的战场，她又不能做按捺不住的那个。想想之前那条鱼是怎么咬了饵又脱钩的？

她确实是需要想办法和温岭远恢复联系，但是不能这么急切，不能在今天。

第六章

惊蛰

Rose White tower

三月春，晴天渐比阴天多。

天气升温这一天，来青杏堂看诊的病人也比平常更多。

温岭远给今天的最后一个病人开完药方，交给实习医生去抓药，自己回到休息室，倒了一杯水。

池小园突然举着手机走进来，语气兴奋道：“温叔叔，下周末我要请假出去玩！”

池小园的出勤，温岭远并没有抓得很严，只是她本身很自律，交际范围也狭窄，所以上班下班的时间，她多半都是待在青杏堂。

温岭远准了假，笑着问：“怎么突然愿意出去玩了？”

“我偶像要在崇城办生日会，我刚刚跟樨樨约好了，要一起去看。”

温岭远是记得池小园有个很喜欢的小明星，前年冬天，宁樨在青杏堂自习的时候，她们两个经常凑在一起叽叽喳喳地聊关于那个小明星的资讯。

“你什么时候去？车票和酒店订好了吗？”

“还没有，我还没买票呢。”池小园在温岭远身旁坐下，反反复复地刷着购票界面，“樨樨想让我跟她一起买前排，但是前排的票要 3888 元一张……”

“生日会，你又好不容易去一次，就买前排吧，我帮你出。”说着，他拿出手机来，给小园转了八千块钱，“剩下的拿去订酒店和机票。”

池小园喜滋滋地接受转账，给他发了一个“谢谢爸爸”的表情包。

温岭远：“……”他始终无法理解年轻人动不动就可以叫“爸爸”的网络文化。

到了第二周，池小园网购的包裹都到了，这是她准备去参加生日会的全部行头。

小偶像的生日会在周六晚上，早上从南城出发，时间还很充裕。

池小园周六起得很早，拖着小号行李箱，准备到青杏堂去跟温岭远打一声招呼再走。

温岭远已经起床了，且穿戴整齐，一副要出门的架势。看见她了，他立马说道：“我也要去一趟崇城，你坐我的车去。”

池小园愣了一下：“啊？”

温岭远一边看休息室的值班表，一边跟她解释：“爷爷托人弄到一些医学古籍，叫我过去运回来，顺便请帮忙的人吃饭。”

不用车转车地辗转奔忙，池小园当然求之不得。

车子开上高速公路，池小园想起来要跟宁樨更新自己的行程。

结果字还没有打完，宁樨那边“咻”的一声发了一条语音过来。

池小园点开听，宁樨说：“小园小园，我上午有事，要去帮人拍一组照片。我把下了高铁之后怎么走的路线图发给你，或者你也可以直接打车来我家，我给你报销。你下车之后给我打个电话，如果我还没有结束的话，你就直接去学校里找我，拿我家的钥匙，然后先去我家休息。”

池小园把对话框里的没打完的字删掉，发了一句“好的”。

宁樨发过来一张公交路线导航的截图，又发了几个哭脸的表情，说道：“抱歉抱歉，不能去高铁站接你了。”

池小园说没事，宁樨回复道：“那我先去忙了，有事的话，你给我打电话。”

语音是外放的，所以温岭远也听到了，问她：“你不住酒店？”

“樨樨在学校外面租了一套房子，叫我跟她一起住。”

算上坐地铁、排队安检和候车的时间，自驾去崇城，并不比坐高铁多花费太长时间。

他们在上午十一点到达崇城，池小园给宁樨打了一个电话，得知她还在学校拍照，就让温岭远直接把车开去学校。

崇城传媒大学的校园很小，步道旁的树林里，一些桃花已经开了，远望就像是环绕飘浮的一团一团粉红色的云朵。

宁樨拍照的地点在学校的老图书馆，并不难找，池小园找一个同学问过路，顺着走过去就看见了。

一栋帕拉迪奥式的白色建筑，掩映在露出新绿的鹅掌楸和白麻栎树之间，兼具文艺复兴风格和现代对称美学的欧式建筑，在其中并不会显得突兀。

毫无疑问，这里一定是一处拍照胜地。

再走近一些，他们就看见了宁樨。

这个时候，池小园才知道自己理解错了，她的“拍照”不是以摄影师的身份，而是以模特的身份。

主题或许与轻婚纱风格的礼服有关，宁樨穿着一条白色的纱裙，手里拿着一束浅粉、嫩绿和白色间杂的花束，低着头随意走过鹅掌楸下新碧的草地，薄纱裙摆随着动作起落，轻盈得如同拖曳的一缕云雾。阳光自叶间落下，恰如其分地在她身上制造了明与暗的界限。

没有人叫她停下来摆动作，只有按快门的“咔嚓”声。拍照的人可能是想要抓拍出最自然的神态，和模特与光影最和谐的互动。

温岭远愣了一下。

他没有第一眼就十分肯定那就是宁樨，直到她从草地这头走向那头，都要走出取景的范围，她停下来，转头笑着说：“可以了吗？”

宁樨笑起来，温岭远才认出来，确实是她。

摄影师笑着说：“要不再走一遍？”

“再走我就真的不会走路了！”

“好了好了，逗你玩的。可以了可以了，你站到树下去，我再拍几个特写镜头，咱们今天就收工！”

听见这句话，池小园和温岭远都默契地没有去打扰。

池小园掏出手机来，想给宁樨拍一张照片，但手机相机变焦之后画质差到不行，她只好放弃，只是情不自禁地感叹了一句：“樨樨真好看啊。”

是啊，她什么时候已经可以把裙子穿得这样好看了。温岭远想到最早见到的那个宁樨，总穿宽松的卫衣和牛仔裤，一双穿到不太干净的帆布鞋，别扭得不知道怎么确认自己的定位。

“好！可以了！辛苦辛苦！”

拍摄一结束立即有人走上去给宁樨递上矿泉水。宁樨把手里的花束给出去，拿着水瓶，拧开，叉着腰放松地喝着水，往前看的时候，一口水呛住。

不知道池小园是什么时候到的，更不知道的是，池小园的身边为什么站着一个……温岭远？

那时候许下的雄心壮志，一定要等拟订充分的作战计划之后再和温岭远联系，引诱他一步一步上钩。

然后，就在她纠结这个计划到底应该是怎样的，纠结到时间一天一天过去，连打电话的冲动都消退，变成怎么也不敢的近乡情怯，也没有拿出什么纲领性的方针的时候，温岭远突然就出现了。

就像单词才背了一个“abandon”，就要去考英语四级。

池小园挥手跟宁樨打招呼。

她咳嗽几声，又赶紧放下叉在腰上的手，看着他们两个人朝着自己走过来，脑子里突然乱得不行，一会儿在想还好自己现在穿得很好看，一会儿又在想，相机吃妆，所以妆化得有些浓，正常情况下看会不会显得不自然。

所以池小园为什么不告诉她温岭远也会来啊！

助手们开始收拾器材和道具，宁樨身上的衣服也要回收，因此她只是简单地打过招呼，没有和两个人寒暄，拿上装着自己衣服的袋子，往洗手间走去。

她拆掉了配合服装做的发型，把头发随意扎成一个丸子头，换回自己的衣服，纯白色的 T 恤和牛仔裤，外面套了一件紫芋色的毛衣开衫。

把衣服归还，再跟今天拍照的摄影师和工作人员道别，宁樨这才招呼池小园和温岭远：“你们饿不饿？先把行李放一下，然后我们去吃饭？”

带着他们往校外走，宁樨问：“温叔叔……是专门送你过来的？”

池小园回答：“不是不是，他来崇城办点事，我顺便蹭他的车。”

“你跟我说你坐高铁。”

“今天早上临时改的计划嘛，没来得及跟你说。”

“那说好的明天下午回去……”

池小园笑着说：“放心，温叔叔说会等我，明天我也可以陪你玩。”

宁樨实在忍不住，她觉得自己必须要看温岭远一眼，于是笑了一下，抬起头问：“开……”

她根本没有预料到温岭远正在注视着她，于是这一下对视仿佛是在自投罗网。

她又开始担心自己的妆容会不会太重，还没将他看清楚，她就立即慌不择路地别过了目光，非常生硬地接起方才的询问：“开了几个小时？路上累不累？”

温岭远微笑着说：“还好。”

他语气温和，但音色并不是绵软的，而是十分清朗。

池小园关心起宁樨方才拍的那组照片：“你们是在拍写真吗？”

“我社团里有个学长，给一个网店当专属摄影师。他们有个模特，家里出事，昨天晚上回老家了，今天的拍摄约不到合适的人，时间又不能改期，就拉我临时顶替……”说着，宁樨顿了一下，“我突然想到，不如明天我给你拍照？”

池小园说：“可我不上镜。”

“我会负责把你拍好看的。”

听她这样说，池小园隐隐期待起来：“那我的照片，你就不要发微博了。”

“朋友圈能发？”

“朋友圈可以。”

宁樨住的地方很近，在校门口坐上温岭远的车，开过去五分钟就能到。

她已经有点不记得上一次坐这辆车是什么时候了，车里还是有那种熟悉的洁净的香味。

到小区里面停了车，温岭远从后备厢里卸下池小园的行李箱：“你自己提得动的话，我就在车里等你们。”

宁樨说："上去等吧，我想卸一下妆，可能要花一点时间。"

宁樨随身背着一只黑色的小包，里面口红、门卡、校园卡都堆在一起，她摸了好几下，才找出来钥匙。

她庆幸自己没有犯懒，昨天喊阿姨来打扫过卫生，不然，她是绝对不敢让温岭远进屋的。

她记得之前买的那双男式拖鞋没有扔，翻柜子果然还在里面，拿出来给温岭远穿，池小园则穿着给苏雨浓准备的那双。

"你们坐一下，我先去卸妆，她们给我粘的这个睫毛太长了……"她还没来得及卸下小包，就直接跑进了洗手间。

温岭远在沙发上坐下，这套深棕色的沙发，无论是颜色还是坐感，都和他放在青杏堂二楼那一套很像，因此他坐上去的瞬间有一下恍惚。

然后，他环视这间屋子，又产生了更多的既视感，茶几的颜色，置物架的材质，餐桌的形状……

洗手间那边传来宁樨的声音："小园，冰箱里有喝的，你自己拿，也帮我给温叔叔拿一瓶。"

池小园拖长声音说"好"。

池小园去厨房，打开冰箱门，问温岭远："纯净水、沁柠水、肥宅快乐水，温叔叔你要喝什么？"

"纯净水就可以。"

池小园自己拿了一瓶沁柠水，递给温岭远的时候，她往茶几下面看了一下："咦？这个地毯，好像和你二楼的那个是同款？"

温岭远垂下目光看了一眼。

十分钟后，宁樨卸完妆。池小园听见她出来，忙说："我要用一下洗手间！"

宁樨还没有做好和温岭远独处的准备，在池小园关上厕所门之后，她在那个拐角的地方站了一下才走出来。

温岭远没有坐在沙发上，而是站在置物架前面。

他穿着一件白色上衣，浅灰色的宽松针织外套。质地轻柔的面料，会让他这个人看起来也更柔和，更容易接近。

然而，这回宁樨少有地没有盯着他清俊的五官多看两眼，她觉得自己热血涌上面颊，没办法理智思考。

因为温岭远正在看着他送给她的那幅小画，它被摆在置物架的正中间最显眼的位置。

宁樨在考虑怎么向温岭远解释，这幅画的摆放位置并没有什么特殊意义。只是她的置物架比较空，正好缺一幅画，而她手头目前只有这一幅，于是它就当仁不让地被摆在了这里。

“这幅画，我没有画好。”温岭远突然说。

“嗯……嗯？”他在这里站了半天，思考的就是，这幅画没有画好的事？

“哪里？”

“这只猫，姿态不够自然。”温岭远的语气听起来很认真，仿佛真是审视过后对自己的严苛评判。

“我好像没看出来。”宁樨只好忽略掉他们在这里煞有介事地讨论画中细节的荒诞感，顺着这个话题回应。

“它叫作茯苓。”

宁樨愣了一下，觉得自己有点没跟上温岭远的思路。

“去年十月从路上捡回来的流浪猫，名字是小园起的。”温岭远低下头来看了宁樨一眼，笑着说，“有时间回南城，你可以去青杏堂看一看。”

宁樨听得有一点蒙，没有猜到话题的落点会是这一句。她也有些不能确定，这算是一种邀请吗？

然而没有给她继续询问的机会，池小园用完洗手间出来了：“樨樨，我们可以走了！”

中午，宁樨带他们去学校附近一家日式烧肉店吃烤肉，这里的安格斯雪花上脑和雪花牛肉是招牌。

再点一些蓝鳍金枪鱼大腹、什锦天妇罗和甜虾刺身。温岭远要开车，不可以喝酒，只喝麦茶，而宁樨和池小园则各点了一瓶波子汽水。

白炭上置放着烧烤的铁架，宁樨用铁夹夹上肉片，摊在铁架上炙烤。她自认是今天的东道主，要做好服务工作。

宁樨一边给肉片翻面，一边问：“温爷爷最近还好吗？”

接话的是池小园：“好得不得了，最近他把院子里的空地开垦出来了，准备种一些速生的药草。”

宁樨笑着说：“这么有精力吗？”

“还不是我和南川、北歌干最脏最累的活。”

温岭远笑了笑：“是给你们算了工时，工资日结的。”

池小园吐了吐舌头。

“我听温叔叔说，青杏堂养了猫？”

“是啊！”说到猫，池小园来了兴趣，“那天下好大的雨，温叔叔捡到它的时候，它都要冻死了。那时候它只有温叔叔的手掌那么大呢，都不会吃猫粮，我们每天用注射器给它喂羊奶。不过现在它已经长得很好了！”

池小园掏出手机来，翻开相册里小橘猫“茯苓”的照片：“你知道青杏堂有很多木家具，气候又潮湿，很容易招老鼠和蟑螂，灭鼠药和蟑螂饵的效果都不好，其实早就应该养只猫的，只是之前钟阿姨对猫毛过……敏……”

池小园说得快，这些话没经过大脑思考，也因此，最后一句说出口的时候，她才意识到自己说了什么，愣了一下，她赶紧打个哈哈：“肉是不是可以吃了？”

不是温岭远还对钟映余情未了所以不能提，而是提分手之后的这半年来，温岭远明显被钟映和她的父母折腾得够呛，如今听见这个名字就头大。就池小园知道的，钟映前前后后来过青杏堂五次求复合，钟映的父母也总想跟温岭远“谈一谈”。

温岭远被弄得很没脾气，但性格使然，对方想谈，他也会理智地陪他们谈，但是松口是绝对不会的，甚至，拒绝的态度一次比一次要坚决。分手分得这么不干脆，对仅存的情谊其实是一种消耗。

宁樨并不知道这些，因此听见池小园说着说着突然噤声，好像触犯了禁忌，她在心里怅然若失地“哦”了一声。

安格斯雪花上脑烤到五分熟的时候口感最好，烤出里面的水分，再翻几次面就刚刚好。

宁樨捏着夹子给大家分肉，温岭远坐在对面，她将手臂伸过去，没想到炭火散发的热度这样高，她被熏得皮肤发疼，铁夹差一点脱手。

温岭远捏着她的手腕轻轻一托：“小心。”他抓着铁夹握持的部分接过去，温声说，“我自己来。”

宁樨收回手臂，摸了一下被熏热的皮肤，被温岭远握过的部分，反倒更烫。

池小园拿筷子夹着肉片，蘸了一下特意调制的酱汁，入口鲜而嫩，她吃得很开心，笑着问：“樨樨，你住的地方，布置得和温叔叔休息的二楼好像，是不是想家了啊？”

宁樨是喜欢温岭远的，但她不想让任何人觉得她是上赶着，尤其是池小园透露了温岭远似乎还在意着钟映之后。

于是她垂下目光，语气平静地解释：“我挑家具的时候不想费心搭配，就选了差不多风格的。”

她伸出手，要把铁夹拿回来夹生肉片继续烧烤。

温岭远一贯能对所有人的行为心领神会，这个时候却仿佛失去了这项本领。在宁樨抬头去看他，并且提醒“温叔叔，夹子给我一下”的时候，他好像才从一种若有所思的状态里回过神。

吃完饭是在下午一点半，宁樨没有买到单，因为温岭远使用了说是去洗手间，其实是去偷偷买单的俗套手段。

小偶像的生日会晚上七点钟开始，最早也要五点钟才能入场，她们现在这个时间赶过去的话，明显太早了。

温岭远提议她们可以回去睡一下午觉，然后下午四点钟他过来接，送她们去生日会。

宁樨问：“那你呢？”

“我去找酒店。”

“普通的酒店你可以住吗？我知道附近一公里有一家亚朵。”

“好，我过去看一下。”

池小园则问：“那你什么时候去帮太爷爷拿书？”

“送你们去生日会之后我就过去。”

池小园十分满意这个安排，她让温岭远现在不用送她们回宁樨住的地方了，反正不太远，她们可以慢慢散步过去，顺道消消食。

三月的午后，春景和煦，阳光照得人犯困又犯懒。

宁樨挽着池小园的手臂，带着她熟练地穿过一条拥挤闹嚷的小巷，抄捷径回家。

“小园，温叔叔和钟映分手这种‘八卦’你都不告诉我，还是前一阵小雨跟我说的。”

池小园急忙解释：“不是我不告诉你，是温叔叔让我不要张扬的。你知道，钟阿姨上一次分手，也是闹得沸沸扬扬尽人皆知的。温叔叔担心，这次分手，又是退婚，会对她打击比较大。结果证明温叔叔的顾虑是对的，钟家纠缠了他好久。”她就把具体的那些事情，说给宁樨听。

“那温叔叔没有想过复合吗？”宁樨觉得自己有一些不磊落，利用小园什么也不知道，打听这些颇有私心的问题。

“你会研究星座吗？”

“我会随便看看，但是不太相信。”

“但是有时候还是蛮准的。”池小园笑着说，“你知道温叔叔是摩羯座吧？据说，摩羯座是采用扣分制的，初始对一个人是一百分，发现什么不好的，就在心里默默扣分，要是扣到及格线以下，那就拜拜。朋友和恋人都是这样。”

宁樨笑了：“你觉得放在温叔叔身上准吗？”

“我感觉……还挺准的？他要考虑到特别透彻才会做决定，但是做过的决定都不会更改，所以他们绝对不会复合的，我敢打赌。”

宁樨一下就高兴起来。

睡到下午三点，宁樨和池小园起床换衣服化妆。

她们两个不约而同地挑了一条刚及膝盖、裙摆蓬松的连衣裙作为今天去见小偶像的“战衣”，因为坐在前排被摄像机捕捉到的概率很高，又特意化了十分精致的妆容。

如今，宁樨也学会了化在眼睑下方点上亮片的“仙女落泪妆”，她还给小园化了一个同款妆容。

四点过五分，她们匆匆忙忙下楼，温岭远的车子已经停在了小区门口。

后座车门打开，车厢里先飘进来一阵清甜的香气，像是沾着露水的新鲜水果，仿佛是葡萄柚、柳橙和香根草的混合。

温岭远回头去看，宁樨穿着一条印着小团蔷薇花的黑色连衣裙，心形领口，胸前是打褶的设计，收腰，束出一把就能握住的纤细腰线。袖口收拢，钉着两粒金色镶边的黑曜石袖扣。

她头发没有染任何颜色，是微微泛出一点深褐的自然黑色，用卷发棒烫出了并不夸张的羊毛卷。等她坐下，又看见她颈上系着一条黑色丝绒的贴颈项链，脚下穿的是黑色小羊皮皮靴，没有穿丝袜，小腿匀停的线条从靴筒里延伸而出。

非常复古又甜美的一身装扮，把宁樨的肤色衬托得更加白皙，被透过车窗照射进来的阳光笼罩着，仿佛是在发光一样。

她们手里还提着两个很大的袋子，装着提前定制好的灯牌和手幅，两个人挤挤地坐着，凑在一起看微博上小偶像的经纪人发的现场准备工作的花絮照片。

温岭远笑了笑。

即便现在坐在他位置上的是王公贵胄，恐怕也会甘心为两位年轻美丽的女士做车夫。

会场前的一段路已经堵得寸步难行，交警在奋力维持着秩序。

车好不容易开进去，更不容易绕出来，为了节省时间，宁樨和池小园就在路边下了车，打算步行去场馆的入口。

温岭远跟着前车缓慢地往前开，到路口处才能掉头。

他透过前车的玻璃，看见两道身影挽着手汇入那些同样盛装打扮的人流中，而宁樨并未被任何人遮掩神采，仿佛一朵自生自长的野蔷薇。

他从前没有认真地把目光落在它身上过，所以不知道什么时候，它在角落里已经开得这样美丽。

温岭远的手臂搭着方向盘，车子缓慢挪动，而那道背影也终于看不见。

他觉得自己此刻应该是在回想，方才宁樨打开后门上来的那一瞬间。并且不是目的性的，而是不由自主的。

可能是时间和空间的分割所造成的隔离感，那一刻宁樨带给他一种前所未有的陌生感，他恍然意识到，她已经不再是那个像水中塌软的饼干一样，彷徨无措的、朋友家的小孩。

她是自顾美丽而无须旁人观赏的。

晚上九点钟，温岭远把车停在距离场馆五百多米的路口，等了十几分钟，才看见夜色里宁樨和池小园出现。

宁樨打开后座车门，坐进去之后随即弓着背，手握成拳按住了肚子。她紧皱着眉，显然很不舒服。

温岭远不能一眼判断，于是问池小园："怎么了？"

"胃痛。我们没吃晚饭，然后可能晚上樨樨情绪有点激动。"

"我记得你们带了食物进去？"

说到这个，小园就很来气："我们最开始进场的时候，安检不让我们把自带的食物带入场馆，说是气味不好闻，也存在安全隐患。我和樨樨太听话了，就把带的吃的都扔了。后来，来的人多了，有人在微博上抗议了这个事情，主办方就通知安检，不用再查自带的食物。"

遭遇这种不公平的事情，难怪她们看起来兴致不高。

温岭远看向宁樨，缓声问："疼得严重吗？"

宁樨没法违心地说还好，只是说："还能忍。"

温岭远嘱咐小园："帮她按一按足三里、内关、合谷和承山。"

池小园回想了一下最近学习的知识要点，问："按中脘和天枢是不是比较有效？"

"这两个穴位在哪儿？"

池小园反应过来："哦。"在肚子上，现在在车上肯定是不方便的。

她拿过宁樨的手臂，先去按合谷穴，这个最容易找，基本不会失手。

大拇指掐住宁樨手背第二掌骨桡侧的中点，池小园说："需要掐得比较重才有效果，可能有点疼，忍一下。"

宁樨有气无力道："不会比现在更疼了。"

池小园手上一点一点地加力，加到最重的时候，问："疼吗？"

"还好。"

车缓慢地驶出拥堵路段。

池小园观察着宁樨的脸色："你觉得缓解一点了吗？"

"好像，有一点？不是太明显。"

池小园松开合谷穴，再去按内关穴。腕掌侧远端横纹上二寸，池小园不太熟练地把握着这个"二寸"的距离，温岭远回头看了一眼，指导："再往上一点。"

温岭远沿路都在留心，车开到比较繁华的居民区地段之后，他看见一家药店。

车靠边停下，他走下车去，没过多久，买回来药和水。

他拆开纸盒，按出两粒胶囊，连同水瓶递给宁樨。

宁樨说："其实我感觉，已经有点效果了……"

温岭远笑了笑："你不用安慰小园。"

池小园替自己申辩："我才刚学！而且，中脘穴比较立竿见影！"

等宁樨吞下药，温岭远才发动车子，问她们："带你们去喝一点粥？"

宁樨说："不用顾及我的，你们想吃什么就吃什么。"

池小园说："我觉得粥可以的，中午吃了好多肉，晚上吃清淡一点。"

宁樨就没有继续客气了。

不管什么时候，和温岭远在一起，她都是被照顾的那一个。

温岭远带她们去喝粥的地方，环境清幽。

他们来到竹帘隔断的包间，温岭远让服务员送来菜单。

仿佛要把清淡贯彻到底，他们点了一些野菜粥、绉纱馄饨、翡翠烧卖和竹荪清汤面。

"需不需要再点甜汤？"温岭远问宁樨。

"我感觉不用。"宁樨已经翻完了菜单，合上递给了服务员。抬头的时候，她捕捉到温岭远正好移开了目光，而目光的落点，仿佛不在她的脸上，而在她的头顶。

她下意识伸手去摸头上，才发现自己还戴着从小偶像的粉丝应援会那里领来的发箍。发箍是猫耳的形状，正中竖着小偶像昵称的文字装饰。

她涨红了脸，立即伸手把发箍拽下来，同时，她看见温岭远似乎是微微地勾了一下嘴角。

有一个瞬间，她觉得这一幕好像在哪里发生过。想到是前年的生日，在青杏堂，温岭远头顶戴着三角纸帽接电话时，也是一样的浑然不觉。

想到那个时候，她就没有这么不好意思了。

热腾腾的野菜粥下肚，胃感觉温暖而熨帖，疼痛彻底消失。宁樨捧着瓷碗，叹出满足的一声。

温岭远看着宁樨，也莫名觉得心情变好。她实在太容易满足，一饭一蔬就能雨过天晴。

他好像开始理解，小时候为什么温鹤庭总催他和温济深多吃一些，把小朋友喂饱，似乎是大人的一种天性。

池小园问："书已经拿到了吗？"

"拿到了，都在后备厢。"

“那温叔叔你明天有什么安排吗？”

“目前似乎没有。”

池小园笑着说：“明天樨樨和我去拍照，你岂不是会很无聊。”

“那也未必。安排这种东西，安排一下就有了。”

宁樨听得笑了一下。

她是不缺朋友的，摄影协会的、班里的、院里的……只要她愿意，就永远不缺饭局。

但是，真正感到放松的，只有在和苏雨浓、苏昱清，以及和眼前这两个人在一起的时候。

吃过晚饭以后，温岭远把她们送回到宁樨住的地方。

明天白天应当不需要他露面，因此要提前确定好时间安排。

温岭远问池小园：“你想玩到几点回去？”

“下午四点左右？”

宁樨忙说：“吃了晚饭再走吧？”这当然是有私心的，她想要跟温岭远多待一顿饭的时间。

从崇城回南城要开三到四个小时的车，且开车的是温岭远，池小园虽然乐不思蜀，但决定尊重温岭远的意见。

宁樨以为温岭远不会答应的，因为吃过晚饭再出发，抵达南城的时候，就已经很晚了。

没想到温岭远几乎没有怎么犹豫，直接说“好”。

晚上，卸过妆洗过澡，两个女孩子躺在刚刚换洗过的干净被单上，聊了一些女生之间的“八卦”话题。

宁樨问：“我记得，青杏堂是有年轻的男医生的，里面有你喜欢的吗？”

池小园说：“没有没有，我感觉，他们的气质和温叔叔都太像了，我不喜欢这种类型的。”

宁樨微微觉得自己被针对了，因为她好像只喜欢温岭远这个类型的。她说：“那你喜欢什么样的？”

“阳光开朗的，性格活泼的，幽默一点的，个子要高一点，太帅了也不行，我会没有安全感。”

“我觉得，这种性格的男生大多很幼稚。”

池小园立即翻个身：“幼稚不好吗？我觉得，跟小孩子一样打打闹闹才是最理想的状态。而且，人谈恋爱的时候就是会变得幼稚啊。”

“你谈过？”

“我……没有。”

宁樨笑了，怎么又是一个理论十级学者。她说：“也不是所有人都会变幼稚吧？你可以想象温叔叔幼稚的样子吗？”

“有点没办法想象。”

宁樨笑了笑，挪了一下枕头：“我们早点睡吧？明天要早起的，自然光线最好的时间就那么几个小时。”

喜欢假期睡到天荒地老的池小园叹了一声气：“美丽的代价……”

第二天是拍摄日，下午四点过后，室内的光线条件就没有那么好，宁樨宣布周日的拍摄收工。

她给池小园拍照，和给苏雨浓拍照，是完全不同的两种体验。苏雨浓拍得多，而且很清楚自己摆什么姿势最好看，不拘束，很放松。池小园拍摄经历少，面对镜头十分僵硬，需要她不断地进行引导和鼓励。

宁樨没有感觉到不耐烦，相反很有成就感。习惯了此前拍那些镜头感很好的女生，现在的状况是一种全新的挑战。

总有人说自己不上镜，那可能只是没有找到上镜的角度。

一般情况下，宁樨会让模特自己选片，但是今天她想保留这个权利，自己决定挑出哪些来做后期。

池小园根本不想去看镜头下的自己是怎么样的，所以完全支持宁樨的决定。

她们和温岭远约定了四点半在播音主持院的院办碰头，宁樨带着池小园逛一逛校园，再去吃晚饭。

温岭远远远地就看见了宁樨的身影，她穿了一件一字领的宽松针织套头毛衣，同样宽松的牛仔裤，裤脚卷起，脚下是一双帆布鞋。头发梳成马尾，因此露出流畅优美的脖颈线条。

这应该是她最舒服最喜欢的装扮，之前卫衣、牛仔裤的加强版本？

温岭远看着，笑了笑。

她全程没有好好走路，一直在盯着单反相机的显示屏，手指按键的动作也没有停过，似乎是在筛选和删除照片。

直到池小园喊了一声“温叔叔”，她才抬起头来看了一眼，而后才放下了相机。

宁樨沿路介绍校园景致，不甚走心，学校除了桃花林和昨天拍照的老图书馆，实在是乏善可陈。

于是，逛了一半，宁樨说：“不如我们直接去吃晚饭吧！”

池小园也饿了，拍了一天精疲力竭，举双手同意她这个建议。

晚餐是在学校附近的一家烤鱼店吃，这周围就只有日式烤肉和烤鱼两家宁樨觉得好吃的店，所以也不存在别的选择。

坐下以后，池小园翻着菜单："青椒和剁椒，哪个口味更好吃？"

"青椒青椒！青椒特别好吃……"宁樨呆了一下，意识到一件事，忙说，"那个，小园，要不我们换一家？"

"怎么呢？"池小园已经被店里食物散发的香味勾得食指大动，明显有些迟疑。

宁樨看向温岭远，还没有开口，温岭远却笑着说："就吃这家吧。"

热气翻滚的江团，整个被青椒和花椒淹没，只是闻一下，就能猜到有多辣。

温岭远感觉宁樨一直在用歉意的目光密切关注着他，好像是在确认，他是不是真的一点也不能吃辣。

后来，她突然放下筷子，拿出手机，低头打字。

片刻，温岭远感觉到放置于口袋里的手机振动了一下。

他拿出来看，宁樨发过来了一条微信消息："对不起对不起，应该提前问你的意见的。"附带一个抱头痛哭的表情包，

温岭远回复的时候，即刻注意到，上一次宁樨主动给他发消息还是在一年之前。其实过年的时候，他给宁樨发过红包，但是她没有回复，如今红包还是没被拆开的状态，里面的金额早就如数退回。

温岭远觉得直接说也没有什么，但是他能够领会宁樨特意在微信上私聊的心情，也就在手机上打字回复道："你吃得开心就好。"

宁樨放下手机，目光在他脸上看了一眼，就转过去看着池小园，继续参与闲聊。

她没有忍住，微微抿唇笑了一下。

其实，高兴的理由显得有些大惊小怪，他说的是"你吃得开心就好"，主语是"你"，不是"你们"。

晚上十点半，温岭远和池小园到达南城。

将池小园送回到楼下，温岭远回到青杏堂。

洗过澡之后，他穿着一身灰色的家居服，拿起置物架上的手机，给宁樨发了一条消息："我们已经到了。"

宁樨的头像还是那个金色长发的动漫角色，比起小园每个头像都撑不过一周，她显得十分长情。

微信上"对方正在输入"闪了闪，宁樨回复："那你早点休息。我还在给照片做后期。"

"其实不用着急，早些休息更重要。"

"不趁热打铁我会犯拖延症的。而且，小园真的很好看。"

可能因为宁樨用的是电脑端微信，所以打字速度非常迅速。她发过来一张后期前的照片，又立即说："不要给小园看哦，虽然我觉得已经很好了，但是女生对好看这件事的评论标准比较苛刻。"

温岭远笑了笑，打字的速度好像也被宁樨带动了起来："你要不要撤回？万一我忍不住。"

"我知道的，你不会。"

温岭远能够感觉到宁樨对摄影这件事充满热情，这也是他从前所未见的："你曾经说，不知道自己喜欢什么。摄影呢？"

过了一会儿，宁樨才回复说："我为它花了这么多钱，好像不能说不喜欢。"

温岭远还在打字，她又发过来："其实我考虑过，要不要继续往这个方向发展，但是我只喜欢给女生拍写真。我们会长说，这个题材太狭窄了。"

温岭远删掉对话框里声明自己马上要去睡觉的文字，回复道："把一种题材拍到极致，并不是一件容易的事。"

"你这样怂恿我去做一个胸无大志的写真摄影师，而不是进电视台做主持人，我爸会恨死你的。"

温岭远笑了："幸好，我和宁总没有太多的利益瓜葛。"

就这样一句接一句地聊下去，直到温岭远意识到自己还站在置物架前，而生物钟告诉他，必须去睡觉了，才以"晚安"结束了今天的话题。

宁樨最开始并没有预期温岭远会主动发消息跟她报平安，自然也不会想到，他们会在微信上聊天超过半个小时。这是从前从没有发生过的事，因为她知道温岭远更加倾向面对面的直接交流。

这种"破例"或许是因为，她主动放软态度，使他们回到之前长辈与晚辈相处的轨道？也或许，是因为温岭远对她怀有一些微妙的愧疚？

但终究，是 个好的开始。

最后，作为结束语的"晚安"，使宁樨产生了一些期待，她破天荒地没有熬夜到两三点，关上电脑就去睡了。

第二天上午没有早课，当宁樨睡到八点半左右醒来，把手机解锁，看见并没有新消息，她和温岭远的对话定格在她回复的"晚安"时，有一些傻眼。

她想要主动发过去一句"早安"，又忍住，她觉得需要先跟自己的狗头军师商量一下。

宁樨把周末发生的事一五一十地告诉了苏雨浓，连一点细节也没有漏过。

开的是语音，方便一边洗漱，一边聊天。在她说完之后，苏雨浓那边陷入了沉默。

“喂？你听得到吗？是你信号不好，还是我信号不好？”

“听得到。”苏雨浓说，“我不是要泼你冷水，只是，就你说的这些，和温岭远之前为你做的，有什么区别吗？说不定要是小园胃痛，他还会亲自帮她掐什么合谷穴呢。”

“我不想跟你说话了，你简直是魔鬼。”

“可能唯一特别的是，你们两个聊了很久微信，气氛也很好。但是，今天不就被打回原形了吗？”

“……”

“所以说，还是丢掉幻想，准备战斗吧。”

“那我应该怎么做？我能主动发消息给温岭远吗？你不是说，二十一天可以培养一个习惯？我要是一直给他发，然后突然有一天不发，他感觉不习惯，会不会主动找我？”

“如果不怕尬聊，你可以试一下。因为不这样做，你也没什么更好的招了。”

宁樨深受打击：“我现在最后悔的事就是被你和苏昱清忽悠，没有留在南城。”

“你那时候也没有预料到，你还能有这个机会抱怨自己没有留在南城呢。”

宁樨拿着手机回到客厅，抽出两张洗脸巾把脸上的水擦干，开始今天的护肤流程：“我是不是应该找一个机会回去一趟？”

“我觉得还是应该再等等，马上就回去意图太明显了。”

“我不怕被温岭远知道我的意图。”

“但是，对手没有防备的时候刺出去的剑，才能一招致命。”

宁樨有片刻无语：“你最近是不是改看武侠小说了？”

第七章

春分

Rose White tower

温岭远工作日的每一天，流程都很固定——早上六点起床，慢跑一小时，回去洗澡，吃早餐，然后准备上班。

自从养了茯苓之后，早上的流程里还挤进一项：喂猫。

茯苓是半散养的，白天在青杏堂多半找不到它的身影，但它会在早中晚饭的饭点准时出现在员工休息室里自己的猫食盆前面，其他时间的行踪不可预测。

中午，温岭远去休息室往猫食盆里添加猫粮，然而，反常的是，今天茯苓并没有在那里等食。

它是通人性的猫，在青杏堂的任意一个角落喊一声，如果它在，如果它听见了，一定会“喵”两声作为回应。

它的叫声是从前门的院子传来的。

温岭远往那边走，渐渐听见说话的声音，一个是池小园，另一个是……

温岭远有些诧异地走到大门口。

坐在院子里的石凳上，池小园对面的那个人，果然是宁樨。

她手指按着一个打开的猫罐头，茯苓正蹲在石桌上大快朵颐。

宁樨穿了一件牛油果色的短款上衣，白色衬衫外套，水洗蓝色的牛仔裤，帆布鞋，脚边立着一个柠檬黄的小行李箱。

这些颜色搭配，使温岭远感觉到春天不仅仅是一种触觉，还是一种视觉。

“我到处找茯苓，原来它已经被招安了。”温岭远笑着说。

宁樨似乎这才发现他，转过头来笑着打了一声招呼。

“回家来玩？”他问。

“不是，来给小园拍纪录片的。”宁樨摸了一下小猫的脑袋，脸不红心不跳地说。

自两周之前，和温岭远互道晚安之后，他们就再也没有在微信上聊过天。

“二十一天培养一个习惯”这扇门，被彻底堵死。但好在，这学期的摄影实践课程，又给宁樨开了一扇窗。

摄影实践课的期中作业是拍摄一个十到二十分钟的视频，不限题材，但是要有明确的主题。

宁樨第一时间就想到了温岭远——“一个中医医生的一天”。

但是，她立即反应过来应该采用迂回战术，于是改成了——“一个中医学徒的一天”。

她在微信上联系了池小园，池小园爽快地答应了。

之前宁樨替池小园拍的那一组写真，池小园发在自己的朋友圈里，收获了有史以来最多的赞，这使得她很愿意再次出镜。

宁樨没有告知小园自己回南城的具体时间，她是不想让小园提前告诉温岭远。十分钟前，她到了青杏堂前面的那个路口，才联系池小园，告诉对方自己已经到了。

也不是想让温岭远觉得惊喜，但至少能让他印象深刻？

当然了，温岭远不可能用外卖来招待她这顿中饭，于是喊上了池小园，三人一起去外面的餐厅吃。下午青杏堂还要照常运营，他们没有去太远，就在附近的一家港式餐厅，很简单地吃了一顿中饭。

吃完回到青杏堂，池小园很快就被章医生叫过去帮忙了。

休息室里，温岭远去厨房的冰箱给宁樨拿了一瓶饮料，他知道在这种天气，现在的小孩不会想要喝热茶。

宁樨低着头没有去接，让温岭远把饮料放在桌上。她蹲在地上，打开了行李箱，从里面拿出自己的拍摄设备，除此之外，还有好几个塞在箱子角落里的猫罐头。

温岭远看见了，笑着说：“有备而来？”

“小园跟我说，小猫是最难搞定的，我决定先贿赂它一下。”

她把罐头都拿出来，堆放在桌角上，抬头一看，温岭远给她拿的饮料是一瓶沁柠水。

温岭远注意到她的目光：“小园上次在你那里喝过之后，回来买了一整箱。”

宁樨拿上手持摄录设备，在温岭远的对面坐下，忽然就将镜头对准他，说：“坐在我们对面的，是本次拍摄主角池小园的老师，温岭远，温医生。”

温岭远丝毫不慌，完全不躲，笑着说：“你镜头盖都没揭开。”

“呀，被你看穿了。”

“今天就要开始拍？”

“先不拍小园，我可能要先在青杏堂里面随便拍一下，医馆的布置，病人就诊的过程什么的。”

“病人这部分，你需要先征求他们的同意。”

宁樨比个“OK”的手势：“其他可以随便拍是吧？有什么不可以公开的秘密吗？”

“我想，应该没有。”

说着话，宁樨突然再次举起了摄像机，这回，镜头盖已经摘掉了。

温岭远依然不慌，也不躲，从容地看向镜头，或者说是看向她。

中午休息时，他通常都不会穿着白大褂，身上只着一件白色衬衫，衣领折出挺括的锐角，解开两粒扣子，衣袖被挽起来，露出皮肤白皙的小臂和手腕。他有一双骨节分明的手，指甲剪得短而干净，符合职业要求。

宁樨看着呈现在显示屏上的温岭远，明明不是直接对视，却也依然不敢去看那一双似乎带着笑意的眼睛。

她突然起了私心，不想让温岭远入镜，这样直接对着脸拍的死亡角度，他竟然也经受住了考验，依然好看到让人想给他贴个“最帅中医”的烂俗标签。

到时候在全班公开播放这支视频的时候，大家会有怎样的反应？她不喜欢他被其他女性赞美。

下午，宁樨就端着这台手持摄影机在青杏堂里瞎逛。

温岭远给一位大爷把脉的时候，宁樨提着三脚架过来敲门。大爷很爽朗，让她随便拍。她支起三脚架，固定好机位拍摄中景，又拿出一台微单来，凑近拍手部特写。

温岭远感觉到了些许的不自在，但那并不是因为在拍摄，而是因为宁樨在他身旁。

这使他说话都更要字斟句酌，以确保她收音之后的效果不会太差。

有时候，温岭远会分神打量宁樨一眼。

她在工作中的状态十分严肃，始终绷着脸，不笑。直到一段视频拍摄完毕，她查看回放，觉得满意了才会露出轻松的表情。

一下午，宁樨跟拍了温岭远给三位病人看诊的过程。她应该是筛选过的，恰好是男性、女性和小孩。

拍完后，她就开始收拾设备，说：“温叔叔，你这边我暂时已经拍完了，我要去骚扰一下章医生。”

“好。”温岭远笑了笑，目送宁樨离开自己的诊室。

晚上吃饭的时候，宁樨也架上了摄像机，希望拍摄温岭远和池小园每次吃外卖时的场景，以及两个人闲聊的一些话题。

为了不干涉拍摄流程，她决定不和他们一起吃饭，等拍完了，自己再单独吃。

一直到晚上十点，青杏堂关门。

温岭远准备开车送宁樨回家，宁樨说：“我不回去睡，我要去小园那里。”

温岭远笑了：“二十四小时跟拍？”

“十六小时吧？小园睡了，我就关机。”

“能睡足八个小时吗？关机之后，你们不会聊到半夜？”

宁樨笑了：“反正明天我会催小园早起的，不然怎么好表现一个学徒的辛苦？”

池小园忙说：“可是我不辛苦！我可以迟到早退！”

温岭远笑着说：“迟到和早退还是不行的，会扣工资。”

温岭远将前门和工作区的灯都关上之后，回到休息室，说：“我送你们过去。”

池小园愣了一下：“不用送吧？从这里到我住的地方有五百米吗？”

温岭远只是提起宁樨的行李箱，说：“走吧。”

宁樨这个时候，又换了一台功能全面的运动摄像机，准备边走边拍池小园不足五百米的回家路。这五百米，还包括池小园要去便利店逛一圈的固定活动。

温岭远将后门带上，提起行李箱正准备走，宁樨忽然将他的衣袖轻轻一拽。

温岭远低头看她。

宁樨却盯着拍摄中的屏幕，说：“你不要走到我前面去，免得挡住小园，也不要说话。”

真是心无旁骛的工作狂。温岭远笑着说：“好，我会注意。”

他没有上楼，只将她们送到了电梯口。

电梯停在一楼，等她们两个走进去之后，温岭远撑住了电梯门，单手将行李箱提进去，笑着嘱咐了一句：“早些休息，晚安。”

宁樨怔了一下：“晚安。”

池小园租的是一室一厅，包含厨房和卫生间，面积虽然不大，但是一个人住刚刚好。

到家之后，池小园先拿上睡衣去洗澡。

宁樨则打开了摄像机，检查方才没有回看过的那些片段。

有一段是在员工休息室里拍摄的吃晚饭的片段，宁樨没有印象，似乎是因为中途来了一个电话，她出去接时，就让摄像机自己继续运转。

池小园和温岭远在闲聊，池小园问：“温叔叔，你明天不是要去崇城出差？几点钟出发？”

温岭远愣了一下，然后说：“取消了。”

宁樨回看了三遍，她非常确信温岭远是真的愣了一下，十分明显。

这个愣神，十分意味深长。

她这个时候很想克制，很想冷静，然而做不到，简直有种马失前蹄的痛悔——由于她按捺不住地跑回了南城，所以已经没有机会知道了。如果，明天的周六，温岭远真的按照原定计划去崇城“出差”，会不会顺便去她的学校找她？

宁樨对池小园的跟拍，从第二天的早上六点半开始。

池小园说，其实她平常没有这么早起床，这么努力会不会显得像是在造假。

宁樨回答：“那就不是纪录片，我们当 vlog 拍好了。”

池小园说：“你们的作业好随便。”

当然很随便，如果不是为了温岭远，她都不会回来，就在校园里拍些花花草草凑数。

洗漱过后，她们一起去便利店买早餐。宁樨在蛋黄流沙包、三丁包和车仔面之间犹豫了一下，最后决定都买。

宁樨举着相机一路追踪池小园到青杏堂，在后门处，正好和结束晨练的温岭远碰上。

今天是一个可以预见的大晴天，远处建筑的顶端露出了爬升而起的半个太阳，从浅橙色往玫瑰红过渡，光线明亮，但还没有到刺眼的程度，空气里有尘埃和晨露混合的气息。

温岭远穿着一身黑色的运动服，耳朵里塞着耳机。她们走过来的时候，他把耳机摘了下来，笑着说：“今天起得这么早？”

宁樨走到温岭远跟前，能感觉到他身上蒸腾而起的热气，这个状态，绝对不是随便跑一下就能达到的效果。

宁樨有些惊讶，她以为今天自己和池小园已经起够早了。她不禁问：“你几点起的？”

“六点。”

温岭远的自律让她自愧不如。

进屋之后，温岭远先上楼去洗澡。

宁樨拍了一会儿池小园吃早餐的镜头，然后把自己带过来的那些罐头打开了一个，放在墙角。

茯苓过来吃，她就蹲在那里看，假装撸猫，实际是在等温岭远下来。

她没有等太久。温岭远换了一身休闲的衣服，头发只吹到七八分干，沐浴过后，显得越发神采奕奕。

宁樨这时候说：“我早餐买多了，你帮我吃一点？”

宁樨把两个包子和一杯热豆浆都递给了他，自己打开了那一碗车仔面。

隔着桌子的距离，也能闻到从她碗里散发出来的酱料的辛辣气味。温岭远带着一点审视意味看了宁樨片刻，他发觉自己已经没有那么容易看穿她的想法了。不论是预谋的，还是无心的，都变得不好判断。

为了配合宁樨的拍摄，池小园今天尽量多地涉及了每一种工作，抓药、煎药、整理病历、清点耗材……忙了一整天之后，她累得有些怀疑自己平常是不是划水太过。

宁樨周日的计划是去拜访一下温鹤庭，顺带拍摄。这样能使视频的内容更丰富，还能提供一个纵向观察的视角，展示一个中医世家老中青三代人的不同面貌。

晚上，宁樨要回自己家里一趟，温岭远开车送她回去。

其实，宁治东并不在南城，宁樨回不回家都无所谓。但是，倘若今天还去池小园那里休息，就找不到机会和温岭远单独相处。她所有的小心思、小算计，都花在了温岭远的身上。

行李箱放在车的后备厢里，宁樨坐在副驾驶座上。

春夜里吹过树梢的风声，被车窗玻璃过滤成了细微的白噪音，车载广播的音量调到很低，宁樨有一些昏昏欲睡，可能今天还是起得太早了。

温岭远看过来一眼，说："你可以睡一下，到了我喊你。"

宁樨摇了一下头，把身体坐直，这样能使自己稍稍清醒些。有外人在的场合，她和他说什么都能从容自如，一旦独处，就好像必须要开始斟酌话题。

因为她的心态很矛盾，她需要拿捏那个既能使人想入非非，又能随时撇清的度。起码，在确认温岭远的心意之前，她想再攒一些筹码，不要太快出局。

她还在乱想的时候，温岭远已经开口起了一个十分稳妥的话题："除了苏雨浓，你还有其他高中同学在崇城吗？"

"苏昱清。"宁樨看了温岭远一眼，他骤然的沉默让她以为他是在回想苏昱清是谁，于是主动提供一些线索，"你应该见过他三……四次？第一次是前年我参加校园歌手大赛……"

"我知道，我记得他是谁。"温岭远淡然一笑，停顿了一下，又问，"你……"可他只说出一个字，又停了下来。

"我？"宁樨困惑。

温岭远却摇了摇头。

宁樨觉得被他咽回去的后半句话，应该才是他真正想要问的，但他自己权衡之后，没有问。为什么？

温岭远换了另外的话题，问她的社团生活。

宁樨没有太走心地介绍，这些都无所谓，他知不知道能怎样？她揣测不出温岭远方才到底想要问什么，又不可以直接问，这使她觉得非常难受，于是就停了下来，不想再继续说这些废话。

她发觉自己在温岭远面前很容易展露坏脾气，因为知道他不会被冒犯。

果然温岭远只是转过头来看了她一眼，什么也没有再问。

经过那片湖，宁樨降下车窗，身体探出一点往外看，努力搜寻夜色中的湖面，试图看一看有没有天鹅，即使这个举动有一些徒劳。

车停在小区门口，温岭远去后方帮她卸下行李，很自然地要送她进小区里面。

“我不在家的时候，你和我爸经常碰面吗？”宁樨双手揣在外套的口袋里，走在推着行李箱的温岭远身旁。她的坏心情来得快，去得也很快。

“不经常，宁总似乎在南城的时间不多。”

“连我都不知道他在什么地方。不过，我现在已经不怪他了。可能是上了大学以后才知道，有钱又自由是多么开心的一件事。”

温岭远笑了。

“你教我学会享受物质。”宁樨看向温岭远。

“嗯。但是你并没有变得败家。”温岭远还记得那时他们的对话。

“你真的这么觉得吗？你知道我租的那套房子一个月房租多少？”宁樨笑着说。

“如果你觉得值得，那就不算贵。”

宁樨忍不住说：“你自己这么勤勉自律，教给我的都是享受当下，为什么？”

温岭远仿佛自己都没有发现这一点，经宁樨提醒，怔了一下，才笑着说：“我有没有跟你说过，我最开始并不打算学中医。”

“没有。不过，我能看出来，你对青杏堂其实只保留工作范畴之内的热忱。”不然不会不知道院子里的花叫什么，常备的那几种茶叶又是什么品种。

“我父亲执意经商，继承家学的使命就落在我和我哥身上。我哥看似随和，实则很有主见，他看不到中医的未来，执意不肯走这条路。于是，只剩下我。”

“那你最开始，想做什么？”

温岭远思索了片刻，才说：“我已经忘了。知道自己注定要继承青杏堂之后，我没有再花费精力深度培养其他兴趣。”

“书画不算吗？”

温岭远笑了一下：“我记得我跟你说过，我小时候挨过很多打。”

“可是，你还是送了我书画。两次。”

“毕竟是一项技能，如果使它荒废，那些打就白挨了。”

宁樨笑出声。

温岭远缓声说：“不管是学中医，继承青杏堂，还是从小跟爷爷学习传统文化，我虽然不热衷，但也并不排斥。如果，那时候我有自己热爱向往的事业，我同样会反抗爷爷的安排。”

“就好像，平常如果没有想法，随便吃什么都可以。但是，如果这一天强烈想要吃某一样东西，风雨兼程也要吃到？”

温岭远笑道：“可以这样理解。”

已经走到了宁樨的家门口，然而房子里并没有亮着灯。

宁樨没有料到汤阿姨也不在，如今这栋黑黢黢的房子差一点戳穿她的小算计，于是她及时补救道：“啊，我爸不是说他今天回来？他好像还没到家。”

她站在原地，看向温岭远：“你可不可以陪我进去，我有一点怕黑。”

在温岭远的陪同下，宁樨打开门，摸到门边的开关。

即便整个青春期都生活在这栋房子里，但每一次回家宁樨还是会被客厅里浮夸的水晶灯闪瞎眼。所以她才会想要按照温岭远住的地方安排自己的出租房，足够简约，又足够有格调。

房子汤阿姨是打扫过的，空气洁净。

宁樨站在玄关的落尘区，她把钥匙放在柜面上时，忽然问道：“你饿不饿？”

温岭远看着她。今天周六，所以他们是按正常时间吃晚饭的。他不知道年轻人的新陈代谢是不是更活跃，就他而言，并不觉得饿。

“我想点外卖。”宁樨说。

“你想吃什么？”温岭远考虑了一下，才走进来，带上了大门。

宁樨打开鞋柜的抽屉，给他找了一双干净的一次性棉布拖鞋：“我不知道，我要看一下。如果冰箱有菜的话，也可以下面条吃。”她不确定自己更喜欢哪一项，好像和温岭远坐在沙发上闲聊等外卖，或是一起在厨房忙碌，都很好。

宁樨去厨房查探冰箱的储备状况，温岭远则去了后方的客用洗手间。

冰箱里塞得很满，分门别类地码放着新鲜食物，只是太丰富反而限制了发挥，使厨艺基本为零的宁樨无从下手。

最后，她还是决定点外卖。

下单付款之后，宁樨从厨房走出来，听见温岭远的脚步声朝着客厅走来，却停在了半途。她愣了一下，心里一个咯噔，赶紧走过去。

温岭远停在一个大型的水族箱前面，过滤系统正在运作，水草招摆，几尾锦鲤、几尾普通的褐色鲤鱼，在汩汩上升的透明水泡之间往来穿梭。

宁樨自己都不知道，汤阿姨什么时候换了更大的水族箱，又是什么时候养了更多的鱼。至少这一刻，她很想给汤阿姨涨工资。

她已经认不出来哪一条是温岭远钓回的那条了，也或许，汤阿姨是把那条养死了，所以才想出了这个办法蒙混过关？

不管怎么说，只要温岭远也认不出来就好。

果然，温岭远只是笑着说：“观赏鱼和食用鱼混养？”

“众生平等，谁说食用鱼就不能当观赏鱼？”

温岭远笑了一下，拿起旁边放鱼食的小碗，往水族箱里丢进些许鱼食。

宁樨走到他身旁，隔着玻璃努力辨认：“我点了外卖。”

“点了什么？”

“我有点后悔，我不应该点鱼头面的。”

温岭远愣了一下，笑出声：“那我们不当着它们的面吃。”

在等待外卖送达的时候，宁樨给温岭远展示了一个手机游戏。那是一个放置类的休闲游戏，玩法非常单一，主要就是在深海一块荒芜的珊瑚石上种植海底植物，积攒生命值，解锁鱼类，然后种植更多的海底植物，积攒更多的生命值……如此循环。但因为画风优美，音乐治愈，它一直在宁樨的手机里，没有被卸载。

她的这个海底世界，已经经营得有声有色，有珊瑚，有海葵，有海草……五颜六色的深海鱼类在屏幕上游动，她甚至能够指着其中的某一条鱼，告诉温岭远这个是草莓准雀鲷，这个是巴布亚扁背鲀河豚……

这使温岭远感到佩服，不知道自己是在羡慕宁樨虚度时间的坦然，还是惊讶她对某一件并无意义的事情的无端坚持。不过或许，有意义的正是坚持本身。

宁樨点击屏幕，珊瑚石产出“生命值”的速度也随之加快。她说：“我睡觉之前会点一下，很催眠，点不到十分钟就能睡着。”

他们坐在沙发上，挨得有些近，宁樨给他展示自己的手机，身体自然地往他那边倾斜。她披散的头发于是顺着微微放低的左边肩膀垂下来，发尾拂过他挽起衣袖的手臂。

他很清楚地嗅到她所用的洗发水的香味，像是柠檬草混合着牛乳的气息。只要侧过一点目光，就能看见她侧脸的轮廓，并不过分饱满的额头，并不过分挺拔的鼻梁，以及并不过分尖窄的下巴，唇珠很明显，因此时常会赋予她一种稚气而无辜的特质。

推翻从前的认知重新审视一个人，对温岭远而言并不是一件很容易的事，只是宁樨的存在感过于强烈，使他无法忽视。他们又挨得这样近。

温岭远笑着说：“我们今天是不是有些跟鱼过不去。”

宁樨也笑起来。

温岭远抬腕看了看时间：“你爸什么时候到家？”

宁樨认出来他戴的是一只朗格的月相腕表，表盘和表带都是黑色的，乍一眼看去中规中矩，但是表盘四五点钟方向的星空盘里的一抹蓝色，吸引了宁樨的目光。

“不知道，说不定他已经放我鸽子了。”宁樨坦然地撒着谎，她的视线没有办法从他的手表上移开，于是问道，“我能不能看一下？”

“这个？”温岭远指了指手表，见宁樨点头，便解开表扣将其摘下。

宁樨拿在手里，才发现这块表真正“闷骚”的地方不在于星空盘，而在于它的背面。菱纹的银色背板，有四分之一的部分透出了内部精巧复杂的机芯，黄金套筒，手工雕花的游丝、摆轮。

宁樨忍不住惊呼了一句：“好漂亮。”

她把表带在自己手腕上绕了一圈，表盘有些大，但并不夸张。她知道有些女生觉得女性腕表不够帅气，甚至会专门挑男式的来戴。

她捏住表带，笑着问温岭远：“如果我说很喜欢，你可以送给我吗？”

温岭远一秒钟都没有犹豫：“可以。”

宁樨愣了一下，抬头去看他，就看见他琥珀色的眼睛也正看着她，带着笑。但她分不清，那是不是长辈纵容晚辈胡闹的笑。

有一秒种，她很想就真的胡闹收下这块三十多万的腕表，改一改表带就当是自己的。

但是，理智告诉她不可以这么做，如果，她真的要收这样贵重的礼物，只愿意以一个身份收。

把手表递回去，宁樨笑了笑，说：“在我手上待不了一周，它就会被我弄丢。”

“那我先替你保管？等你想要的时候，再找我提货。”温岭远笑着说。

可不可以，不要这样纵容她，这会使她很想放弃策略，无理取闹。宁樨垂下目光，缓缓地吐出一口气，点开外卖 App，说：“我看下还有多远。”

宁樨家住得很偏，点什么都是超远派送。但是可能因为晚上车少，路上不堵，外卖员送得很快，还有三公里就到了。

宁樨揣上手机站起身：“我先收拾一下桌子。”

外卖送到，温岭远拿了进来。宁樨去厨房拿来干净的盘子、碗和筷子。她揭开外卖盒，把一大碗鱼头面倒进盘子里，跟略显疑惑的温岭远解释：“我在学校吃外卖都会用自己的碗筷，会比较有食欲一些。”

温岭远笑着说：“外卖的便利不就是不用洗碗？”

“为了更好吃，我可以牺牲一些便利。”

温岭远发现，宁樨有一套奇奇怪怪的生活哲学，而更奇怪的是，它们矛盾，却又在她身上统一自洽。

宁樨看温岭远迟迟没有动筷子，看了他一眼，问道：“你在想什么？”

“我在想，我以为自己很了解你，但可能这只是我自负的想法。”

“那你确实可以谦虚一点，因为我自己都不太了解我自己。”

温岭远笑了。

不管多好吃的面条，被外卖盒里的热气闷太久，都不免会失去筋道。于是，这道鱼头面，他们都没有吃太多。

当然，宁樨是强迫自己多吃了一些，不然很容易显得这就是为了多留温岭远一会儿的借口。

但是，这个斗智斗勇的独处之夜，还是走到了尾声。宁樨没有让自己露出留恋的神色，她将他送到门口，大大方方地说：“我明天拜访过温爷爷后，就直接去高铁站，不经过青杏堂了。”

温岭远站在廊下，因为背着灯，遮住了光，使他显得更高。他笑着说：“你的意思是不需要我送？”

“你要送我吗？”

温岭远笑了笑，扶着门把手，替她关上门，也关上了今天的最后一句话：“早些休息，明天见。”

带着春日潮润气息的夜风拂在脸上，宁樨站在门口，怔忡许久，心跳亦不能平静。她甚至还没反应过来。

他好像，只是无意为之，却能精准地使她应接不暇。

哪有这样的？仗着大她十三岁，能把一切话都锤炼得举重若轻就了不起吗？

第二天清晨，温岭远是带着早餐来接宁樨的。

一碗鸡汤馄饨，包装得滴水不漏，就放在他车上的副驾驶座上。宁樨在这样的豪车里吃早餐，有些负罪感，好怕一不小心就把汤弄洒，弄脏内饰。

好在温岭远并不着急开车，说等她吃完再出发。

“小园不去吗？”

“爷爷给她布置了作业，在没背明白之前，她不敢去，怕被抽查。”

宁樨吹凉馄饨，整个送进嘴里，说：“小园好可怜。”

温岭远笑着说：“别让她听见你这么不走心的语气。”

温鹤庭对宁樨的到访很是惊喜，不管她要拍什么，他都会积极配合。他料理的那方药圃生长得郁郁葱葱，主要种植的是当归和三七。

温鹤庭的院子是一处桃源，符合宁樨对归园田居的所有想象。

生活过于悠闲，人也跟着失去了斗志。宁樨和温鹤庭就着果脯和坚果喝着茶，没有边际地闲聊着，人很快就开始犯困，尤其是她还坐在树下的摇椅上。

温岭远按时过来探望，是为了及时了解温鹤庭的情况，方便补足温鹤庭衣食住行上的缺漏。

他在屋子里逛了一圈后回到院子里。

温鹤庭戴上老花镜，拿着放大镜，逐字逐句地翻看一本医书，在他的对面，宁樨已经睡着了。

温岭远提来一把椅子，在温鹤庭的身旁坐下。

紫砂茶壶里的茶水尚温，拿起备的多余的茶杯，温岭远给自己斟了一盏。

温鹤庭说：“你晓不晓得，昨天晚上有人把电话打到我这里来告状。”

“告什么状？”温岭远的语气，既不觉得惊讶，也不觉得意外。

“他们请你做昨天讲座的主讲人，你却冷不丁地放他们鸽子，也不解释原因。”

“我找好了大学的师兄临时救场。”

“平白欠下这么大一个人情。”

温岭远不疾不徐地说：“有空去崇城，我请师兄吃饭。”

温鹤庭的老花镜快要滑到鼻尖，他也不推，转头睨温岭远一眼：“那是为了什么事，突然变卦？”

温岭远笑着说：“不就是为了带宁樨过来拜访您嘛。”

“嗬。”温鹤庭显然是不信的。

爷孙俩在一起，不管起初聊什么最后都会聊回本职。温鹤庭最近在研究温岭远上回替他运回来的那些医典古籍，有了一些成果，总结之后，兴许能做出一篇论文。他如今读写都已不是非常灵便，还得需要温岭远帮忙。

温鹤庭正给他分享自己的研究心得，温岭远忽然说：“您稍等。”

宁樨半侧躺地睡着，穿着一字领的短款上衣，衣服下摆是收腰的，也因此，这时候衣服下摆蹿上去，露出后腰处的一小片皮肤。

春日的户外，日光晴好，却是有风，这样睡会着凉。

温岭远站起身来，脱下身上的外套，盖在宁樨的身上。她手里还捏着手机，要滑落不滑落的。他将手机抽出来，放在椅子前面的小桌上。

不知道这孩子昨晚熬夜到多久，这一觉睡到了中午。照料温鹤庭日常起居的阿姨过来通知他们，说中饭要好了。

如果不是要吃饭，温岭远会放任宁樨继续睡的。

他走到摇椅旁，看见她嘴唇微张，呼吸沉缓。院子里种了一棵梨树，已到了该落花的时节，从梨树上飘下的一片白色花瓣，恰好落在她的头发上。

温岭远俯身，动作轻缓地摘掉了花瓣，而后才伸手，隔着外套，轻轻地摇了摇她的肩膀，温声说：“该吃中饭了。”

宁樨皱了皱眉，才缓慢地睁开眼。

醒来不是平时见到的景象，她刚刚睡醒的脑子有一些转不过弯来，看见温岭远的片刻，她甚至以为自己还在做梦。

她缓慢地坐起身，感觉到有什么往下滑落，她伸手去捞，发现是温岭远的外套。

被他的气息围绕，难怪做了那样真实的梦。

宁樨从来没有想过，有一天醒来看见温岭远的第一反应竟然会觉得有点难过。可能因为，在梦里，他拥抱了她吧。

第八章

谷雨

Rose White tower

自南城回到学校之后，宁樨的生活和学习也步入了正轨。

如无必要，绝不勤奋，这是她的人生信条。因此，纪录片虽然拍完了，但后期剪辑她一直拖着，直到惊觉马上就要交作业了，才开始行动。

星期六，宁樨被电话铃声吵醒的时候，极度想要穿越回去，掐死那个不知道为什么一定要拖到最后一刻，以至于不得不通宵熬夜剪辑视频的自己。

但在掐死自己之前，她要先掐死那部嗡嗡振动的手机。

它被塞在她的枕头底下，以不屈不挠的架势响到了第二轮。这使她接通电话的时候，很没好气，只差没有吼出口。她气势汹汹地掐断电话，照旧把手机又塞了回去。

卧室的窗帘是精挑细选过的彩绘剪花纱帘，是透光的浅绿色，这是她坚持要选的，为了在下雨天或者阴天醒来，也能拥有好心情。

她盯着窗帘发了两分钟的呆，直到自己从熬夜过后的昏沉里夺回一点清醒，才渐渐想起自己方才好像接了一个电话。

她 下坐起来，赶紧摸出手机，回拨，一接通就干脆利落地道歉。

温岭远的声音里带着爽朗的笑意，他好像一点也不介意自己几分钟之前，是怎么被她用烦躁到极点的语气冒犯的。

“所以……”宁樨虽然困，但是还没傻，她试着归纳了上一通电话的内容，说，“你已经跟人吃过中饭了，然后，顺便想请我吃晚饭？”

“是的。”

宁樨一下沉默了。她有点无法处理这突如其来的巨大惊喜，她以为，两个人下一次见面，还得等她哪一科的老师给她制造一个冠冕堂皇的契机，或者，等到暑假名正言顺地去青杏堂混吃等死。

虽然自己只是他的“顺便”，可这个“顺便”已能让她喜出望外。

宁樨一边想，一边问：“现在几点钟……”

“两点半。”

晴天和雨天，从纱帘里透进来的光线是不一样的，宁樨一眼就判断出今天的天气，不是一般的糟糕。她听见雨水敲在玻璃窗上的声音，难怪自己会睡得这样沉。

通常这样的星期六，她都是懒得出门的，饭都可以不吃，睡上一下午毫无负罪感。

两个选择摆在她面前，虽然她会毫不犹豫地选温岭远，但是要在这样的雨天出门，亦会使她感到非常痛苦。

于是她试着跟温岭远商量：“你是开车过来的吗？”

“是的。”

“那你……介不介意晚上吃火锅，在我家。”

温岭远笑了：“你能保证电话挂断之后不会继续睡过去？我离你不是太远，半小时就能到了。或者，我先回酒店，如果傍晚雨停了，我过来接你。”

宁樨飞快地思索着：“之前拍的视频，我昨天晚上剪完了，你可以现在就过来，帮我看一看，提一下修改意见。”

她不想给他拒绝的机会，也不想让他有时间考虑这个邀请是不是非常不妥，她直接问：“你还记得我的住址吗？”

“应该可以找到。”

宁樨挂断电话，这回埋在枕头下的不是手机，而是她的脑袋。她闷住自己傻笑了一阵后，立即爬起床，飞快地洗漱。

熬夜过后的脸色不够好看，她敷上一片面膜，启动了扫地机器人，而后开始着手收拾沙发上、茶几上、餐桌上随手乱放的东西。

她给自己留出了一点时间，洗掉面膜，做好护肤步骤，再擦上一层薄薄的懒人必备的素颜霜。然后，她又挑了一支奶茶色的唇膏，同样只敷薄薄的一层。只要使自己的面色不要显得苍白就好。

温岭远比他刚刚在电话里预估的时间晚到了十分钟。这十分钟里，宁樨忐忑不安，怀疑他会不会临时变卦，然后又怀疑如此怀疑他的自己，是不是不够相信温岭远的人品。他应当是会风雨无阻的。

门上的对讲机响起了，她立即从沙发上弹起来，按了接通，给他开楼下的门。

倘若不用等电梯，一分钟后温岭远就会出现在她家门口。而这同样是极其折磨她的一分钟，她不知道自己应该是站在门口等，还是回到沙发上。

直到这个时候，宁樨才意识到，因为她犯懒，他们两个人将会置于何等尴尬的境地——这里没有水族箱，没有那些被针对的鱼，在她心怀鬼胎的情况下，她要怎么和他自然地度过这个下午？

宁樨选择提前把门打开。

听见走廊那端，电梯抵达楼层的提示音时，她已然做好了准备。听到脚步声朝这边走来，她提上了垃圾袋，放到门口，然后恰到好处地直起腰，又风轻云淡地同温岭远打声招呼："外面雨大吗？"

"还好。"

温岭远手里拿着一柄黑色的长柄伞，伞尖还在滴水，不是他自己的东西，伞面上印着酒店的商标。他另一只手里，则提着一个白色的礼品袋子。

他没有淋到雨，但身上仍有一层冷冷涩涩的湿意，是从他肩头和裤脚上漫上来的。

宁樨给他找出了拖鞋，接过他的伞去阳台上撑开沥水。

回到客厅的时候，温岭远已经在沙发上坐下。她不可能现在就坐过去，因为实在尴尬得不知道怎么开始寒暄。

于是，她先去厨房烧水，在厨房里洗杯子、找茶叶，边弄边问他："温爷爷最近好吗？"

"最近"这个说法显得过于郑重了，距离她从南城回来，也不过半个多月。

"除了总是下雨，他不能坐在院子里看书外，一切都很好。"

"南城也下雨吗？"

"接连下了一周多。"

"我也不喜欢下雨，阻挠我变成一个好学生。"

温岭远完全听明白了宁樨这句话是什么意思，笑着说："逃课了？"

"也没有逃很多吧……我有算的，尽量不会因课率不够影响平时成绩。"

宁樨找出两罐茶叶给温岭远选，生姜菠萝红茶和茉莉酸枣路易波士茶，这是苏雨浓送的搬迁礼物，而它们都和温岭远的气质有一点不符。果然他没有犹豫地选择了白开水。

再回到沙发边的时候，气氛稍显放松。

宁樨没有在沙发上坐下，而是半跪在茶几下的长绒地毯上，用透明的茶壶冲泡生姜菠萝红茶。如果不是温岭远今天过来，这罐茶叶应该会在橱柜里沉寂地待到过期。

"中午是请朋友吃饭吗？那你上午就过来了？"她在有意地避免称呼他为"温叔叔"，遇到避不过的情况，她宁愿直接省略主语。

"请一位师兄吃饭，我欠了他一个人情。"温岭远的目光在宁樨身上轻轻地停了片刻。

他自然也会觉得尴尬，只是他能够不露声色地应对一切情况。应该拒绝的，他的理智始终在告诫他，这样单独跑到她的住处，十分不妥。

但是，下这样大的雨，开三四个小时的车，只是过来请朋友吃顿饭。如果就这样返程，他会觉得不太值得。所以，还是迁就了她的懒惰。

所幸，他是带着理由来的，不会显得那样师出无名。

他把搁在桌上的“理由”——那个礼品袋子往宁樨面前一推：“阿婆给小园寄了好几罐蜂蜜，也包括你的，她嘱咐我们有机会给你。她说，如果直接给你寄，你一定会嫌麻烦不肯要。”

宁樨吐吐舌头：“阿婆是了解我的。”

“反正，我已经带到了。”温岭远笑着说。

至于她会不会用，他不勉强。

宁樨听明白他话中的意思，急忙表决心：“我会喝的，兑柠檬水。”

宁樨爬起来，搬出房间里的笔记本电脑。视频已经剪辑完毕，做好了配乐、配音和字幕，只差最后渲染了。

她依然是半跪在温岭远身侧，用手指点按触摸板的时候，手臂擦过他长裤的布料。温岭远不动声色地将膝盖往旁边挪动寸许，避开她的手。

他的目光落在电脑的屏幕上，看见满屏未经整理的图标，笑了笑。她却能在一堆文件里，精准地找出自己的视频工程文件。

视频编辑软件启动的时候，温岭远说：“我的镜头多不多？让我提前做下心理准备，不然我可能会觉得尴尬。“

宁樨笑了：“你也会觉得尴尬？”

“当然。”

“加起来有四到五分钟？但是我跟你保证，视频中的你非常正常。”

“正常是指？”

“就是，符合大家对一位德高望重的中医医生的一切想象。”

“我以为，自己还没有到使用‘德高望重’形容的年纪。”温岭远笑说。

“那就，德艺双馨？德才兼备？厚德载物……”

温岭远扶额：“好了。”

视频总共有十八分钟，围绕着小园的生活和工作内容展开，按照时间顺序来剪辑的，同时横向穿插了其他信息，例如温岭远和章医生的工作，温鹤庭的退休生活。

学生作业避免不了青涩稚嫩，但难得的是，这个作品一点也不匠气。

在阐述中医题材的时候，多数人第一反应是要升华到“传承”“扬弃”这个高度。但是宁樨没有，她是真的专心在展现一个中医学徒的一天，甚至不吝啬给出一分钟的时长，只拍摄小园陪猫玩。

视频播放到结尾，温岭远看见字幕显示，文案和配音都是宁樨自己。他当然听出来了是她配的音，她刻意压得较为低沉和舒缓的声音，音色恰到好处的“正”，又不至于“正”到变成抑扬顿挫的新闻主播。

温岭远看见宁樨眼巴巴地看着他，意识到她在等自己的反馈，于是笑着说：“如果我说，没有需要修改的，你会不会觉得敷衍？”

“不会。正好。因为如果你提了意见，我也不会修改的。只是一个平时作业，倾注我这么多的精力，它自己都会觉得受之有愧。”

宁樨把笔记本电脑的盖子一合，紧接着就拿出手机。

她不能使上一件事与下一件事之间出现空隙，否则她没有把握不使气氛陷入尴尬。

她点开微信里附近一家超市的小程序，对温岭远说：“晚上，我们吃火锅？”现在是三点半，东西送到之后，做一下准备，应该时间刚刚好。

“海底捞？”

“其实，我有一个电热火锅。”宁樨说着，自己都笑了起来，“有天晚上，睡觉之前，不知道为什么突发奇想，觉得我应该买一个火锅，等天冷又不想出门的时候，可以喊小雨和苏昱清到家里来吃。于是我就下单了。第二天早上醒来有点后悔，想取消，然而快递员已经在派送了。那个火锅，还是鸳鸯锅的。”

温岭远也笑出声：“所以，半夜不要做任何决定。”

“如果我们今天用上了，就不算浪费钱。”宁樨跃跃欲试，“超市有吃火锅的一切食材，我们只要点满一百八十元，坐在家里等就可以了。”

她将肥牛、肥羊、牛肉丸等常见的食材加入购物车，然后把手机递给温岭远：“你看一看，有什么需要加的？”

温岭远象征性地点了几样蔬菜，凑到起送价，而后把手机还给宁樨。

宁樨愣了一下：“这么快？”

她很清楚，付款之后，他们就要陷入无事可做的境地。无主题的闲聊是不可以的，现在这个状态，聊什么都像在玩扫雷。而且，她对熬夜之后，自己大脑的反应速度没有把握，尤其面对温岭远时，需要绝对克制。

看电影吗？打游戏吗？

温岭远注视着宁樨，他没有见过她这样，下单付款的神情，仿佛银行卡里的余额已不足以支撑过今晚。当然这是不可能的，所以，她神色凝重，一定是因为别的什么。

把自己代入她的立场，大胆假设就能理解了。他很怀疑，倘若再给她一次机会选择，她会不会选择克服懒惰，出去吃饭？

“能不能借用一下你的电脑？”救她一把吧，温岭远想。

宁樨愣了一下：“你要工作吗？”

“嗯，回几封邮件。”

宁樨飞速地回忆，自己的电脑应该没有什么不可以给温岭远看的内容吧。她将电脑解锁，把屏幕转向他那边，但还是嘱咐了一句：“你只可以用浏览器哦。”

温岭远笑了笑：“好——你要不要再休息一下？”

宁樨急忙问：“我黑眼圈很重？”

“还好。只是我回邮件的时候没办法跟你聊天。”

经他一说，宁樨还真的打了一个呵欠。她回到卧室，拿出来一张薄毯盖在身上，就坐在地毯上，趴在茶几上。

“你就这样睡？”

“可能是在青杏堂的那个寒假养成的坏习惯。”宁樨枕上自己的手臂。

“你这样，手臂很快会麻。”温岭远从沙发上拿过一个抱枕递给她。

她把脑袋枕在上面，闭上眼，两只手臂环住了抱枕，脸颊被压得微微变形。

温岭远看着她眼下那一层薄薄的、长而微翘的睫毛，不知道为什么，他没有出声提醒她，如果这样侧着睡有可能会流口水。

外面还在下雨，整个空间又闷又暗沉。人造光源不足以将这种令人沮丧的雨天变得明亮。

但是，她可以。

她睡得毫无防备，眼下是熬夜之后，供血不足造成的一小片浅淡的青影。

电脑的浏览器开着，页面定格在自己的邮箱界面。里面有一百封邮件等着他去回，但每一封都不值得回，他甚至都没有点开。

他只是在看着她。

宁樨很排斥在傍晚醒来，直面天光堕入黑暗的寂灭时刻，那会使她觉得难过，偶尔也会生出虚度时光的负罪感。

因此，遇到可能会昏睡整个下午的周末，她都会提前定好闹钟。

而这个闹钟她忘了关，在下午四点半的时候，闹钟将她叫醒了。

她看见了电脑背面苹果形状的呼吸灯。

宁樨把手伸进外套口袋里，掐断了闹钟。她借由刚醒来时的呆滞和怔忡，没什么顾忌地盯着温岭远看了一会儿。

诚然他有英俊的五官，可她更喜欢他沉金冷玉一样的气质。温岭远以一己之力拓展了她对男性审美的边界，使她无法再去欣赏那些仅仅停留于皮囊之上的好看。

温岭远似乎发现了她的目光，问：“你不继续睡了吗？”

“我觉得应该起来了——东西还没到吗？”

“可能因为下雨，路上堵车。”温岭远将笔记本电脑的后盖轻轻一压，把它稍稍合上，目光从上方越过来看向她。

“我需要去洗一下脸。”宁樨坐起来，薄毯往下滑到地上，她也没有去管。

走进洗手间，她按出一泵慕斯状的洁面乳，涂抹在脸上。手指在脸上打圈的时候，她盯住了镜中的自己。她眼睛的颜色和身边绝大多数人是一样的，介于深褐色和黑色之间。可是温岭远是天生的琥珀色，是她用上美瞳也达不到的自然效果，让人感到嫉妒。

这时，门口的对讲机响起，宁樨来不及洗去脸上的泡沫，只好拜托温岭远去接。

等她洗完脸出去，恰好外送小哥过来敲门。温岭远这时候是站在餐桌旁边的，可能也是为了方便开门。

“我来，我来。”宁樨抢在他前面去开门，提进一袋子食材，径直走进厨房。

她听见温岭远的脚步声有些迟疑地朝着这边靠近。他问：“需要我帮忙吗？”

“不用不用，你坐着就好。”

宁樨偶尔，实在没什么事情做的时候，也会刷某个短视频App。那上面经常会推送一些看似能够提升做家务的效率的小东西，她有时候克制不住，会点进下面那个同款链接冲动消费。只是，她好像因此被大数据定位为了精准用户，同类视频越推越多，而她也渐渐地发现，如果不克服自己的懒惰，再好用的东西都是智商税。让苏雨浓看见她会为这种十几二十几块钱的东西所惑，一定又会说她不像一个典型的富家子弟吧。

宁樨从橱柜里找出好几个网红款的洗菜篮，她买回家之后一次也没有用过。感谢温岭远今天的来访，使好多闲置的物品都有了用武之地。

等她磨磨蹭蹭地清洗完蔬菜、电火锅和碗筷后，时钟已经指向了五点。

宁樨给电火锅注上水，端起搬去餐桌那边。坐在沙发上的温岭远立即站起身过来接，她说着“没有关系是冷水”，但在温岭远的坚持之下，还是递给了他。

电火锅接通电源之后，宁樨在预备留作清汤的那一格里，放入了提前切好的番茄片。

温岭远看着她拿出不知道从哪里找出来的一小袋枸杞，要紧跟着番茄丢进去，温岭远急忙伸手拦住她，笑着说：“吃火锅就没有必要这么养生了。”

“真的不要？可是我看有些火锅店的清汤里都会放枸杞。”

温岭远很坚持地将装枸杞的袋子拿远。

等水沸腾起来，宁樨往自己要吃的那一格里放入四分之一块红油锅底。浓郁辛辣的香味一瞬间散开，她往自己身上看了一眼，又往温岭远身上看了一眼：“你要不要脱掉外套，我帮你拿去卧室挂上，不然我感觉，这一顿吃完，你这件看起来好贵的外套基本就毁了。”

温岭远笑着将自己身上的薄风衣脱下，递给她。

把两间卧室的房门都关上后，又打开了客厅到阳台的推拉门通风，宁樨这才放心地回到桌边。

她的思维好像不是线性统一的整体，没办法一次性把事情考虑全面，直到坐下之后她才意识到还缺饮料。

宁樨拉开冰箱门，看见上次买回来的没有喝完的啤酒，扭头问温岭远要不要。

“给我一瓶水吧，我还要开车。”

“找代驾呢？吃火锅不喝啤酒会觉得缺点意思——苏昱清是这样说的。”

温岭远很淡地笑了笑：“我不喜欢陌生人上我的车。”

宁樨拿着一罐啤酒、一瓶纯净水回到桌边，她的那一锅红汤已经沸腾，温岭远正拿着公筷往里面下肥羊卷。

就着自调的料碟吃了好一会儿，宁樨意识到，除了帮她下菜，温岭远好像没有怎么动筷。

“不好吃吗？”

“我不太饿。”

他神情有些淡，宁樨有些疑惑，无端觉得忐忑：“如果觉得不合口味，我们可以现在出去吃。你不能吃辣，我却还要吃火锅，好像是有一些不周到。”

温岭远笑着，仍是那句话：“你吃得开心就好。”

“可是，”宁樨放下筷子，“如果今天，我就想让你也吃得开心呢？”

“那今天恐怕不行，因为我确实不够有胃口。”

“心情不好？”宁樨笑着看他，“因为下雨吗？”

“或许是。”他将纯净水倒进干净的玻璃杯里，喝了一口，笑着说，“别让我影响你吃饭的心情。我已经过了十分在意口腹之欲的年纪，所以吃什么都不重要了，我更在意吃饭的对象是谁。”

宁樨眨了一下眼，她发誓不是因为被翻滚的蒸汽熏到的。

其实，这句话放在心里暗喜就够了，她却忍不住要接话，甚至都不知道自己接的这句话，是希望他给自己架梯子，还是支台阶：“你的意思是，作为饭搭，我给你的用户体验还不错？”

温岭远笑着说：“对食物热衷的人，给我的用户体验都很不错。”

让你接话，该。宁樨默默地低下目光，往嘴里送进一片烫熟的羊肉。

饭局能使人精神放松，这是真的。

什么都能聊起来，一个话题结束，自然而然又会有下一个。

温岭远问宁樨："你搬出来住之后，和之前宿舍的室友还有往来吗？"

"有的，毕竟是一个系的，一起上课碰到会打招呼。但是，我和她们的关系没有很深，我尝试过的，可惜还是玩不到一起去。我人缘很差的，从小到大，能够称之为朋友的，好像也就只有小雨、苏昱清和小园。"

"我不是你的朋友？"温岭远笑着问。

"你啊，你不完全算是吧。"

"不完全的地方在于？"

"很多秘密，我不敢告诉你。"说到这里，宁樨突然抬头，直直地看向他。

他从来不会闪躲她的任何注视，仿佛早有准备，随时都能周全地进行防御，让她永远只能看到他神情淡定的那一面。没有等他问为什么，宁樨这次是自己给自己找台阶："因为你和我爸很熟，我怕你会去告状。"

"我没有想过会在你这里遭遇信任危机。"温岭远笑道。

"哼哼，让你体会一下世事无常。"

温岭远只吃了一些清汤煮过的蔬菜，对解决今晚的食材库存行动贡献基本为零。宁樨孤军奋战，吃得快要撑住。

她关了火，捞出锅中最后煮熟的食物。剩下的那些没煮的，只能放进冰箱存储，虽然她有预感，它们最后多半都是要被扔进垃圾桶的。

宁樨没能推托得了温岭远帮她收拾锅碗筷碟。所幸宁樨在找房子的时候没有高估自己的勤劳，执意找了厨房带洗碗机的公寓。

把碗筷稍微清理过后直接丢进洗碗机里，她还能省下一些时间，翻出来一瓶同样没有开封的除味喷雾，试着解决了一下空气中残留火锅味这个严峻的问题。

温岭远去了一趟洗手间，出来的时候嗅到空气里有一股香味，很像他车里的那种味道。

他愣了一下，往宁樨手里看。

很久之前，她曾经问过他，车里是什么香味，她很喜欢，想要同款。他给过她一个除味喷雾的网购链接，说这种喷雾和车里的那种香味有些类似。

那之后，他彻底忘了这件事。显然，宁樨没有。

温岭远把目光转过去，投向阳台外："雨好像停了。"

宁樨愣了一下，第一反应是："你要走了？"她立即放下除味喷雾，往卧室走去，"我去拿你的外套。"

温岭远看着她踮脚立在衣柜之前的身影，无奈地笑了笑。

其实他没有准备立即就走，但她这样说了，他就非走不可了。

宁樨拿出了他的外套，又去阳台拿伞。伞晾了一下午，基本干透。

她把伞递给温岭远之后，自己又回到卧室，找了一件外套，边走边说："我也要下去一趟，丢垃圾。”

温岭远张口，差一点就说，我帮你带下去。

空气被雨水浸透，每一次呼吸都能感受到潮湿的气息。

应该只是两场雨之间短暂地停了一下，并没有天晴，往头顶看，依然能看到压得极低的乌云。

宁樨提着垃圾袋，脚步轻快敏捷，熟练地躲过地上那些水坑。在小区里一条岔路前，她让他稍等，自己跑去扔垃圾。

温岭远的目光追随着她的背影，看着她走远了又走近，最后停在自己跟前。

这时候她仿佛才想起来要为让他等她而找一个借口，于是说：“我要去趟便利店，顺便送你出去。”

“买零食？”

“也有可能买一包烟。”她开玩笑道。

距离结束今天的会面，就剩下三百米的路程。

他们都没有说话，沉默地从叶尖雨水一滴滴往下落的树下走过。路灯的光投影在地面上，一路都是昏黄的、湿漉漉的反光。

宁樨仿佛是在走一条梦里的路，所以说出口的话也似梦呓，连她自己都吓了一跳：“你喜欢摄影吗？”怎么像是在说一句摄影协会的入会宣传。

温岭远看着她，在等她继续。

“明天，城西美术馆有个安塞尔·亚当斯的摄影展，你有兴趣去看吗？”

“上午还是下午？”

“上午。”宁樨没有预料到温岭远会答应，还这样干脆，她连准备好的介绍谁是安塞尔·亚当斯的话都没有用上。

“好，上午九点，我过来接你？”

“我会争取今天不熬夜的。”宁樨笑道。

目送温岭远的车在前方路口转弯之后，宁樨走进便利店里逛了一圈，却什么也没有买。

她蹲在路口处，把脸埋在手臂里笑了一会儿。

好像，刚刚的“明天见”说得有些潦草。不过没有关系，明天还能见面，所以不怕今天就这样潦草地结束。

邀请温岭远去看摄影展这件事，诚然是宁樨一时不舍的挽留，但同时也因为她真的找不到人陪她去。

当然，会让她发出邀请的人，也就只有苏雨浓和苏昱清两个。苏雨浓不去，而苏昱清答应邀请的先决条件是，苏雨浓必须去。这就让宁樨有一点郁闷，明明这两个人还是经由她介绍认识的，怎么到头来，反倒是她自己被他们孤立了。

宁樨晚上给苏雨浓打电话说了明天看展的事情，苏雨浓得了便宜还要卖乖："你看，幸好我没答应你吧？不然你为了温岭远放我鸽子，岂不是会良心不安。"

宁樨冷漠道："并不会，谢谢。"

"你们进展很神速啊，我感觉自己有一点小瞧你了。"

"怎么说，怎么说？"陷入迷恋的少女，总是希望听一些积极的好话。

"以我对温岭远浅薄的了解，他应该没有这么闲吧？吃完火锅又看画展……他要不干脆在崇城住下得了。"

为了第二天的约会——姑且算是约会，宁樨晚上没有熬夜，十一点一过就乖乖睡下了。

早上，她从衣柜里挑出了一条材质柔软的黑色修身长裙，搭配水洗蓝色的牛仔外套，黑色的平底皮靴。头发绑了一个松散的马尾，发尾自然卷曲。化了淡妆，没戴美瞳，眼皮上化了点很淡的脏橘色的眼影，嘴唇上薄薄地涂了一层同样色系的口红。

雨没有停，但比昨晚要小，雾蒙蒙的，像牛毛一样，人在雨中走许久，才能感觉到湿意。

她没有带伞，走到电梯口时才想起忘带伞，但她懒得回去拿了。

她已经提前了十分钟下楼，但是没有想到，温岭远已经到了，车子就停在路边，打着双闪灯。

宁樨拉开车门坐进去时，顺便带入一股寒涩的湿气。

温岭远看向她，她的发丝上聚起了一层水雾，透明的，又仿佛是毛茸茸的。他说："没带伞？"

"忘了。"她看见中控台上印着某咖啡品牌的纸袋，笑着问，"这是给我的吗？"

"你应该没有时间吃早餐。"

"你真了解我们年轻人的作息。"

袋子里装着香草甜奶油冷萃咖啡和全能奶油奶酪百吉饼。车在这里不能久停，没法等她吃完早餐再出发，因此她吃得很小心，一边吃还一边用餐巾纸接住，免得碎屑落在他的车里。

温岭远看了她一眼，说："所以，那时候你和小园把饼干屑弄在我的地毯上是故意的？"

"对呀。"宁樨承认得非常干脆。

温岭远笑了笑，没说什么。

宁樨觉得，这里应该是有一句“为什么”的，但是温岭远没有问。

她还没有随意到可以当着温岭远的面补妆，所以看见餐巾纸上被自己擦掉的口红，有一点担心会不会显得脸色苍白。她拉下遮光板上的镜子看了一眼，还好。

从这里开到城西，大约需要半个小时。他们不缺话聊，哪怕只是绕着圈子聊一些有的没的。

宁樨问道：“你需不需要我介绍一下安塞尔·亚当斯？”

“其实我昨天临睡之前百度了一下，或许，你有什么需要补充的？”

“哦，那就没有了。因为我对他的了解也就仅限于网上看到的照片和信息，以及‘哇，这个老头拍的风景怎么这么酷’。”

温岭远笑了一声。宁樨从来不会避讳自己的浅薄，这使她给人很真实的感觉，真实又可爱。

城西美术馆是一栋柯布西耶式的怪诞建筑，从远处看，像一朵形状不规整的白色蘑菇。

车停在馆区的停车场，雨已经大了起来。

宁樨和温岭远走在同一把雨伞下的时候，忽然想到，他会不会觉得她是故意不带伞的？

她不敢去深想，所幸温岭远的这把黑色长柄伞足够大，使她能与他保持将近半臂的间隔。

然而还是不可避免地让她听见她头顶上方他的呼吸，同时让她嗅到很浅淡的香味，仿佛雨洗青空的味道。她知道他是不用香水的，所以这应该是哪一种衣物柔顺剂的气味？

她低着头走路，看见他黑色皮鞋踏在湿漉漉的地上，鞋面沾上一些水，但是干净的。

她走得很谨慎，甚至伪装成怕冷，抱住了自己的手臂，避免与他手臂相碰。

走到美术馆门口，宁樨两步跨到能遮雨的檐下。这时候才想起来，还没有买票。

售票窗口在另一侧，温岭远让宁樨在这里等，自己撑着伞过去了。

门票的票面是特意设计过的，具有收藏价值，拿来做书签也适合。左边三分之二是一张完整的黑白风景照，右边才写着时间、地址、票价等展览信息。

温岭远一手撑着伞，一手把票拿在手里看，拐过一个弯时，视野里出现了站在入口处的宁樨，以及站在她身边的一个陌生男人。

很年轻。

温岭远对这会是自己注意到的第一个特征感到奇怪，紧接着，他才看到别的，譬如高而清瘦的个头，略带腼腆的笑容……对方像一把青竹，气质和这个雨天很是相宜。

他们不知道在聊些什么，宁樨大笑起来，而年轻男人就笑得更加腼腆，甚至目光闪躲着，抬起手背挡了一下面颊。

不需要多深的洞察力，年轻男人对宁樨的喜欢是摆在明面上的。而基于他对宁樨性格的认识，她一定也不排斥，否则不会与对方谈笑风生。

温岭远顿住脚步看了一会儿，才把两张票连同左手都插进外套的口袋里，慢慢地走过去。

宁樨的目光朝温岭远看过来，兴许是介绍了一句，年轻男人一下站直了身体，也朝着他看了过来。

温岭远走到他们跟前，收起伞，率先伸出手，微笑着自我介绍道："你好，我是温岭远。"

"您好，我叫周璟。"

他们握了一下手，而周璟没有藏住对他打量的视线。

温岭远笑着问："买过票了吗？一起进去参观？"

周璟看了一眼宁樨，然后点了点头。

馆内的场景布置得很简单，大幅黑白照片挂在雪白的墙壁上，已经足够具有视觉冲击力，不需要再做其他装饰。

宁樨没什么目的地往前走着，身后属于两个人的脚步声，使她心情很乱。

她没有想过会在这里与周璟偶遇。一见面，周璟就阐明了自己的立场。他展现得很真诚，让她很容易就相信，他确实已经退回到了朋友的边界。或者说，正是因为想要这样相信，所以她选择了相信。

温岭远走在最后。

一圈逛下来，温岭远发现有许多使人印象深刻的作品。而这样认为的显然不止他一人，宁樨和周璟常常会停在一幅照片前面，颇为投契地交流除了"好看"之外的，有关构图、光影、色调，甚至于拍摄器材的知识。

一圈逛完，他们走到了出口处。

温岭远邀请周璟吃饭，被周璟婉拒了；温岭远问需不需要顺道送一程，同样被婉拒了。

温岭远看了一眼周璟和宁樨，决定先一步离开，给他们留出一些独自相谈的时间。

他对宁樨说道："我去把车开出来，你到路边等我。"

他走出两步，又想起什么，走回来，把套着塑料伞袋的长柄伞塞进宁樨的手中，自己就这样快步走进了雨幕之中。

周璟望着温岭远的背影，笑着问宁樨："这是你的'原版'？"

“唔。”

“你们没有在一起？”他能看得出来，温岭远与宁樨存在很大的年龄差距，但他不会多问。

“还没有，可能……还有千难万险吧。”宁樨苦笑着说。

“见过之后，我能理解你为什么对他念念不忘了。”

“你不要再调侃我了。”

周璟沉默着，意识到宁樨的全部注意力已经被雨中的那道身影吸引，否则不会焦虑地转着手中的伞柄。

他撑起自己的伞，笑着说：“我先走了，下次有空，喊上博哥我们一起出去扫街。”

“好的，好的。”

周璟走了之后，宁樨才撑起伞往路边走去。

她在愣神，所以没有注意到一段路很快就走完了，她视线里已经出现了温岭远的车。她把伞收起来，往那个塑料伞套里面装，这个时候，温岭远按了一下喇叭，她吓了一跳。

这边的车窗被他按钮降下来，他说：“先上车，别淋到了。”

“可是，会弄湿你的车……”

“车不重要。”

宁樨拉开车门坐上去，继续给滴水的长柄伞套塑料伞套。温岭远淡淡地开口问：“中午想吃什么？”

她揉了一下脸，放弃似的说：“不知道，你决定吧。”

她承认，温岭远身上吸引着她的特质此刻也同样困扰着她。他太淡定了，有时候可能意味着，他对很多事情都仅仅只是维持着礼貌范畴之内的关心，好比现在，他甚至都懒得多问她一句，和周璟是怎么认识的？

她因此怏怏不乐，但她不认为有主动告诉他的必要。反正，她认识什么人，对他而言都是无所谓的吧。

似乎是觉得气氛太沉寂了，温岭远去按车载广播。他要调高音量的时候，宁樨忽然伸手拦住了他，这个动作，除了发泄不高兴的情绪，其实没有任何意义。

温岭远一顿，往她脸上看。

宁樨下意识地别过目光，伸手去揉眼睛，揉出了一些水雾，被她飞快地抹去了，没有让他看见。

中午，温岭远带宁樨去了一家私家菜馆。

玫瑰烧白，红糖醪糟粉子，还有一道热油滚滚、辣香沸腾的水煮牛肉。

宁樨的坏心情消散得很快，尤其是美食在前的时候。她问：“你下午几点钟回南城？”

“把你送到家之后我就回去。”

宁樨计算着时间，放弃狼吞虎咽，变成细嚼慢咽的淑女。但愿温岭远很快可以再次“顺便”请她吃饭，不要让她按捺不住地又跑回去见他。

这一天，终于还是结束了，因为不够愉快，所以宁樨觉得有一些遗憾。可是，总不能把这笔账算到周璟头上，毕竟他是无辜的。

因此，今天的道别她很郑重，没有像上次那样潦草。她嘱咐温岭远路上小心，嘱咐他雨天注意保暖不要着凉。

仿佛是在诀别一样，温岭远都笑了：“我们不至于不会再见面，除非，你不希望我这样一个时时可能找你父亲告密的长辈在你跟前管束着你。”

“我没有觉得你在管束我。冤有头债有主，我可从来没有这样说过！”宁樨转过头去盯住他，不服气地申辩，“是你自己说的，照顾我就像长辈对晚辈那样。”

温岭远怔了一下：“嗯，我是说过。”

宁樨知道，翻这本旧账就是在触碰雷区，现在还完全没有到可以说这些的时候，可她今天被温岭远气到了，脑子一热，非要踩一踩不可。

真的踩到后，她又觉得后悔，她在做什么啊，为什么要提醒他这一点？

她对自己的表现很失望，有种前功尽弃的懊丧。不知道还能说什么，她伸手去拉车门：“我走了！”

“拿上伞。”

“不用！”

她钻出去，“砰”一下摔上车门，飞快地跑进雨幕之中。皮靴在水泥路面上踏出很重的声响。

温岭远手臂搭在方向盘上，想着，自己今天真的是有失风度，又有失水准。

可能是因为，他似乎有些偏离了旁观者清的立场，才做不到像往常那样左右逢源，面面俱到。

他透过漫起雾气的车窗，看着宁樨的背影消失，陷入漫长的沉思。

宁樨气到不行，到家之后洗了一个澡，就闷头大睡特睡。到下午两点半才醒来，她捞过手机看，上面有一条微信消息，一个小时之前发送的，温岭远同她说“今天很抱歉”。

她没有回复，把电脑拿过来，等导出视频，又点开了一集昨晚更新的她还没看的综艺节目。

此时温岭远到家还没有多久，他洗过澡，坐在茶室看书，为温鹤庭要做的论文搜集一些佐证资料。

他有一些不能集中精力，因为要时刻注意着桌面上的手机。屏幕亮起过很多次，来了很多条新消息，但都不是宁樨发的。

她确实有充足的理由生气。

晚上，青杏堂关门之前，温岭远唤来池小园，交给她一个任务。如此这般一描述，池小园领会了他的意思，不过半小时，就将套来的信息汇报给了温岭远。

两周后，宁樨下课时接到了某快递公司小哥的电话，说有她的一个快件需要当面验收。

宁樨不记得自己最近有网购，差点将其当成电话诈骗，直到小哥准确地报出她的姓名和电话，她才去拿。

快递是一个层层包装的纸箱，宁樨拆开验货，看见里面是一台哈苏 H6D，她立即明白过来，前两周，池小园突然找她推荐新手入门的摄影器材是为什么。

快递小哥催她验收，宁樨说：“你等等。”

她认识的人中，有理由且买得起这台设备的，只有一个人。

宁樨把电话拨了过去，温岭远应当是在忙的，却很快就接通了，她直接问：“你送的？”

“收到了？”

宁樨刻意没有回复那天温岭远发来的道歉信息，因为她不觉得他有做错什么，可是她又不由自主地生气，如此只好自己与自己闹别扭。

温岭远一定是做过功课，知道这部相机的价格足够有诚意，还指使了池小园来做间谍，打探出她已有的机型，免得买重复了。

他的声音一如既往的温和，她却有些没好气：“你这种不求最好只求最贵的送礼思路，和我爸有什么区别？”

“这个不好？我在论坛发帖，他们都推荐。”

“那是设备党在忽悠你！”宁樨终于没忍住笑了出来。

“如果你不喜欢，可以拒收退回。”

“才不要！”宁樨歪着头，把手机夹在脸颊和肩膀之间，她从快递小哥手里拿过笔来签字，一边签一边说，“你以为我不敢收吗？”

快递小哥走了，宁樨关上门，蹲在地上摸了摸纸箱中的设备。可能是价格加持，她觉得这台相机散发着尊贵的气息，迫不及待地想要用它拍一些什么。

温岭远笑着问：“可以原谅我了吗？”

宁樨突然语塞，心想自己可真没出息，这样容易就被温岭远收买了，然而嘴上却要说：“我要考虑考虑。”说完就将电话挂断。

那以后很长一段时间，温岭远没有贸然再去崇城打扰宁樨。

但他有时候跟池小园一起吃饭时，会从她嘴里打探关于宁樨的近况，知道宁樨在备战期末考试了，知道宁樨计划暑假去外拍，要跑三四个城市，应当暂时不会回南城。

第九章

大暑

Rose White tower

宁樨旅拍的第二站是在一个小岛上。

小岛坐落于国境线东部海域，距离最近的城市三四十海里，因为能看见罕见的荧光海，使这里成为一处旅游胜地。民宿和度假别墅在过去四五年间遍地开花。

七月，是一年之中能够看见荧光海的最好时机，荧光海须在雾天，刮起三到四级海风的时候才会出现，因此，宁樨和苏雨浓蹲守了三天，依然无功而返。

她们预计出了会出现荧光海的海滩，距离所住的民宿有一些距离，一个在岛的南面，一个在岛的东面。

为了方便，她们租了一台电动车，每天苏雨浓会载着宁樨和她的宝贝器材在两地往返。

民宿的老板养了一只三花猫，时常蜷缩在楼梯上睡觉。她们上楼时打扰到了它，它伸了个懒腰，悄无声息地跳下了楼。

进房间之后，宁樨让苏雨浓先去洗澡，自己从小冰箱里拿出一根雪糕，盘腿坐在灰色粗亚麻布的沙发上，边吹空调边玩手机。

“啊！”

苏雨浓的衣服脱到一半，听到宁樨的叫声，吓得赶紧从浴室里跑出来：“怎么了？”

宁樨叼着雪糕，划拉着手机屏幕：“你可能不信……”其实她自己都有点儿不信，“温岭远在市里。”

洗澡哪里有“八卦”重要，苏雨浓赶紧跑过来，把宁樨的手机夺过去看。那是温岭远的朋友圈，发了三个人吃烧烤的照片，一个是池小园，另外两个应该是他的侄子和侄女，照片定位在距离海岛三四十海里的市中心。

“不可能吧？确定不是小园知道你在这里，所以温岭远也跑过来玩吗？”

“我没有告诉过小园我在这里。”

“我不信，你赶紧打个电话求证一下。哪有这么巧，你也太瞧不起祖国母亲的九百六十万平方千米了。”

宁樨也有点怀疑是不是跟小园说过但是自己忘记了，她把语音电话拨过去，为了满足苏雨浓的好奇心，直接打开了免提。

然而，池小园比她们还要惊讶："你们在岛上？！"

宁樨和苏雨浓对视一眼都沉默了。池小园不是会说谎的人，演不出这么活灵活现的"他乡遇故知"。

宁樨说："我们到这里三天了。"

池小园说："我们中午才到的。温叔叔过来参加一个学术论坛，顺便带着我们过来吃海鲜喝啤酒，还有北歌和南川——啊，温叔叔过来了，你要跟他打个招呼吗？"

没给宁樨说"不"的机会，手机里已经响起温岭远的声音："宁樨？"

"嗨。"

"听小园说你们在岛上？我们准备后天上午登岛，如果你们还在的话，可以一起吃顿饭。"

宁樨只好说："我不确定，如果拍到荧光海了，我们应该就会离岛。"

温岭远笑着说："那看情况再做安排。"

语音电话挂断以后，房间陷入一阵诡异的沉默。

半晌，苏雨浓说："看来，是命运非要你们有情人终成眷属。"

宁樨没有理会苏雨浓的调侃，浴室里响起水声的时候，她发着呆，一口一口地吃完雪糕，把木棍弹向垃圾桶。没有中，她只好灰溜溜地跑过去捡起来，再抽出纸巾擦干净地板。

第二天，池小园在微信上实时汇报行踪，因此宁樨即便不在她身边，也知道他们趁着温岭远去参加论坛的时候，中午去市里最贵的海鲜餐厅点了好几只波士顿龙虾，刷的是温岭远的卡。

晚上他们吃海鲜烧烤，池小园全程图片直播，到后来，宁樨干脆不看了，任由手机一直振动。

这一晚，她们依然没有等到荧光海。

骑着电动车回民宿的路上，苏雨浓说："我感觉今天没有等到，你甚至有点高兴。"

"我没有。"

"明天就能见到温岭远了哦。"

"你闭嘴。"

苏雨浓哼了一声，开始哼唱"骑上我心爱的小摩托"，宁樨又想笑，又想打她。

岛上的交通远远没有民宿发展得完备，一条黄烟腾腾的土路，到晚上时没有路灯，只能靠电动车的前车灯照明。

两人不是没有觉得夜间有些危险，但前两天都行驶得很安全，所以她们放松了警惕。

也因此，车灯照到前方路面上不知道何时被人抛撒下的，用编织袋盛装的一袋东西时，苏雨浓愣了一下才去拧车把手闪躲，然而已来不及。

天旋地转，宁樨整个人都被摔蒙了。在感觉到疼之前，她先听见苏雨浓的哭声。她急忙爬起来，去扶压在苏雨浓身上的电动车：“小雨……”

电动车被扶起来，“砰”的一声朝另一边栽倒，宁樨赶紧去搀苏雨浓。

“别碰……”苏雨浓发出似是痛极的抽泣声。

宁樨不敢再动，手忙脚乱地掏出手机，点亮手电筒。亮光里，苏雨浓伏在地上，黄色沙土上有一摊洇开的血迹。

宁樨吓得双腿发软，一下跪在地上，准备打急救电话，又想到岛上仅有一个社区医院，哪里来的救护车。

是远水解不了近渴没错了，可是除了温岭远，她不知道还能打给谁。当她意识到无法叫救护车的时候，大脑已是一片空白。

电话接通，她语无伦次地叙述着，不知道温岭远听懂没有。

她把手机放在一旁开着免提，温岭远指挥她做什么，她就做什么。她从背包里找出外套，按住苏雨浓额头上的伤口给苏雨浓止血，她没敢移动苏雨浓，因为不知道有没有骨折。

“按住了吗？”温岭远问。

“嗯……”

“你住哪家民宿？”

宁樨报出名字之后，温岭远说：“你继续按着，我打一个电话。”

电话一挂断，宁樨陷入无边的恐慌中，她忍着没哭，手指颤抖地按着外套。

时间一分一秒地过去，终于熬到电话再次响起来，她飞快地抓起来：“喂……”

温岭远沉声说：“查到了民宿的电话，老板马上开车过来接你们，最多十分钟。”

“你可不可以不要挂断电话？”

“好。”

宁樨并没有心思说话，只是看见手机上的通话时间一秒一秒积累，感觉到温岭远在陪着她，才能不那么害怕。

宁樨试着叫苏雨浓的名字，苏雨浓给出了一些积极的回应，这也使宁樨稍稍感到安心。

十分钟左右，前方的黑暗里出现两束车灯，有人遥遥地喊着：“宁小姐？”

宁樨赶紧大声应答。

民宿老板顺便带了一个社区医院的医生过来帮忙，这就是小地方的好处，岛上的人与人都认识。

车开到社区医院，医生给苏雨浓做了检查，初步判定没有骨折，只有一些软组织挫伤。她的额头撞到了一块石头，出血夸张，但实际并不是十分严重。唯一需要担心的可能是轻度的脑震荡，不过只要好好休息，也没有大碍。

清创上药以后，民宿老板将她们载回去，送上楼。

宁樨帮苏雨浓洗了一个很囫囵的澡，基本是边洗边哭，边哭边道歉。

搞得苏雨浓哭笑不得："为什么要道歉啊，难道不带你我就不会摔了吗？"

"是我让你跟我来岛上玩的……"

"我不也拍了很好看的写真？好了，不哭了，你再哭我就更头晕了……"

宁樨咬紧嘴唇，憋住哭声。

宁樨将苏雨浓扶上床休息，关上大灯后，拿上钥匙走出房间，在门口的木台阶上坐下，给苏昱清打了一个电话。苏昱清二话没说，直接准备订最早的航班飞过来。

这个时候，民宿的老板走上来，看见宁樨坐在楼梯口，就停在了最下面的一级楼梯上。他提着一个塑料袋，里面装着宁樨用来给苏雨浓止血的那件外套，仰头问道："宁小姐，这衣服你还要吗？"

宁樨点点头，起身走下去接过塑料袋。

她都不知道自己为什么还要这件衣服。宁樨在民宿一楼的露天水龙头下揉搓这件衣服的时候，慢慢意识到自己是在犯傻。

她把湿透的，没有洗干净的外套往塑料袋里一装，准备去垃圾桶扔掉，手机响了起来。

是温岭远打来的，他声音急促地问她："回民宿了吗？"

宁樨站在民宿的台阶上没有说话，因为她看见了他。他就在前面往下延伸的坡道拐弯的地方，他的身后是一树盛开的蓝花楹。

没有人说话，温岭远感觉有一些奇怪，他把手机拿下来确认是否真的已接通时，听见一阵急促的脚步声，他抬头去看。

黯淡夜色里奔来一道身影，他还在酝酿着第一句话，宁樨已经快速地跑到他的跟前，携着热气、咸味的海风、橙花的香味，一下扑进他的怀中。

他心底紧跟着刮起一场局部的海上风暴。

他站的地方是一个上坡，被宁樨撞了一下，后撤了半步才稳住身形。他顿了一下，把手机揣进裤子口袋里，伸出手，揽住她的肩膀，没有用力。

头顶响起簌簌的声响，是海风掠过蓝花楹的声音。

一点热度从温岭远胸口处开始蔓延。他的脖颈之间有桉树与薄荷的香味，兴许是须后水的气味。

宁樨拥抱温岭远是为讨一个惊惧和委屈之后的安慰，但当她彻彻底底闯入他的领域，所拥、所触的是属于一位成年男性的骨骼、肌肉和皮肤纹理后，她突然就慌了。

她不自觉地开始比较，那个在温鹤庭的院子里睡觉时做过的，被温岭远拥抱的梦，那个梦不曾有这样多的细节。如果真的有，她一定会慌得急着要从梦里醒来吧。

哭的冲动被一种赧然全面占领，她沉默着，运用贪恋之下所剩无几的理智思考着，等一下离开这个怀抱的时候，她要怎么开口才不会觉得尴尬。

考虑得差不多了，而这个拥抱也漫长得仿佛像她在单方面地占他便宜时，她才抬起头。

而温岭远正好低下头。

她的脑袋和他的下巴没有缓冲地猛烈一撞，吃亏的当然是后者。听见“咚”的一声，宁樨都吓傻了。

温岭远按了按下巴，笑道：“是想把我也变成伤员？”

民宿有一个小院子，就是出现在所有文艺青年的幻想当中，理所应当具有的那种小院子，户外沙发，木地板，星星灯，墙角一树盛开的三角梅。

他们朝院子走去，温岭远问：“苏雨浓的情况还好吗？”

“还好。”宁樨把社区医院的诊断结果复述给他听。

“那你呢？”

“我？”

“你没受伤？”

经他提醒，宁樨才感觉到隐隐从膝盖处传来的一种热辣的痛。

温岭远注意到她表情有变，问：“哪里？”

“好像是……膝盖吧。”

为了防晒，宁樨穿的是一条材质轻盈的浅色阔腿裤。温岭远蹲下身去，把她的裤脚卷起，膝盖上是摔倒时，在带碎石的路面上挫擦出的皮外伤，不深，但是浅表皮都有出血，只是已经凝结。温岭远不信只有这一处，果然在她的右肘后方，也发现了类似的擦伤。

“没在医院处理？”

“我可能……没顾得上自己。”宁樨摸了摸鼻子。

走到院子里，温岭远让她坐一下，自己去前台找老板，对他方才接人去医院的事表示感谢，同时问他有没有酒精、碘伏之类的外伤消毒药。

常用药品民宿都备着一些。温岭远借了来，回到院子里，看见宁樨把裤脚卷起的腿支在桌上，顿时就笑了。可能只是因为是她，他才不会觉得这个姿势没有规矩。

温岭远给宁樨擦消毒药，细致又小心，像在进行一台精密的手术。

宁樨歪靠着藤椅的扶手，问他："码头告诉我说，最后一班登岛的船是在傍晚六点钟，所以，你是怎么过来的？"

"我给一位开快艇的船长付了三倍包船往返的钱。起初他说晚上绝不可能出海。我付钱之后，他改口说，只要不是台风、大雾和大浪天，风雨无阻。而且，听说我赶时间，他将速度开到五十节。"

宁樨不知道是该笑，还是该谴责这种"有钱就不是问题"的和宁治东如出一辙的暴发户思想。最后她却说："也不是一定要晚上赶过来的。"

心里极其受用，嘴上还要别扭一下，她是什么时候养成的这种臭毛病？

温岭远正捏着棉签，细致地擦去她伤口上的泥沙："但要见到你才放心。"

等处理完膝盖，宁樨扭过手臂，将手肘伸到他跟前。

温岭远一手扶着她的手臂，一手拿着蘸了碘伏的棉签涂擦伤口："虽然你们今天都没有出什么大事，但是我建议以后尽量不要在路况不好的地段骑电动车，骑也不要载人。"

宁樨笑了起来，清瘦的肩膀跟着微微颤抖："从见面时我就在想，你到底准备什么时候开口给我上这堂交通安全教育课。"

被她这样揶揄，温岭远一点也不生气："但愿你愿意听。"

"我听的，我再也不敢了。我自己摔倒没什么要紧的，主要是小雨……"

"你为什么会觉得，"蘸着清凉液体的棉签，点在她肘后的皮肤上，温岭远停下动作，抬起头看她，"你摔倒了不要紧？"

墨色的头发，微微凌乱的发梢，和在灯光下显出一种暖色调的琥珀色眼瞳。她的笑容还没散去，就避无可避地闯入他的眼里，勾连出一阵的心律不齐。

这个问题，是不需要回答的，只要她敢顺着他的话去深想，就能明白他的意思。只是她，不太敢。

温岭远去送还碘伏，宁樨放下裤脚，活动了一下膝关节，已经痛得不再明显。

温岭远再回到院子里，却是准备走了："我需要去树海山庄租一栋房子，明天小园他们登岛，要过来住。明天中午，我过来接你们去吃饭。"

树海山庄在岛的南面，一片独栋别墅区，只整栋出租，适合团体活动。

他这样说，宁樨才意识到："你撇下了小园他们？"

温岭远笑道："他们宁愿我不在。"

他们慢慢往屋里走，温岭远将宁樨送到楼梯下方，言简意赅地叮嘱："按照你照顾苏雨浓的标准，也照顾好你自己。"

宁樨笑了：“其实你嘱咐我按时上药，不要沾水这些，也没什么，我不会烦你，真的。”

“但我该克制，”温岭远微笑着看她，“长辈才这样喋喋不休。”

宁樨一下愣住了。

她站在第二级台阶，明明比温岭远高，他伸出手臂，却轻松地探到了她的头顶，轻轻地揉了一下说：“早点休息。”

宁樨同样也给自己洗了一个很潦草的澡，躺在松软的被子里。黑暗里有一线亮光，是空调的指示灯。

没有办法睡着的，是吧，所以她放任自己失眠很久，不断回味着，这个意犹未尽的夜晚。

上午十点。宁樨正在整理箱子里的东西的时候，外面响起了敲门声。她判断应当不会是温岭远，按照他的性格，他不会上楼来。

打开门一看，是苏昱清。

“樨樨，谁来了？”苏雨浓刷完牙，从浴室走出来，看见站在门口的人，愣了一下。

苏昱清穿着一件白色的短袖，外面套着防晒的黑色外套，宽松的运动短裤，黑色的球鞋。他个子高高的，仿佛踮一下脚，头顶就能抵到门框。

他只背着一个黑色的背包，湿润的发梢垂在额上，还微微喘着气，笑了笑说：“把不合适的东西都收收，我要进来了。”

宁樨简直想要翻个白眼。然而她是识时务的，把行李箱关上，走出门去：“我下去点早餐，你等会儿陪着小雨下楼。快点啊，过了十点半就没了。”

苏雨浓这时候才冲苏昱清打声招呼，没有忍住笑道：“宁樨让你过来的？”

“难得一见的奇观，我怎么能错过。”

“专程过来看我笑话？你钱烧得慌吗？不要可以给我啊！”

苏昱清掩上门，走到苏雨浓身旁。她正抽出湿纸巾擦脸，额头上打着一块纱布，她小心地避开被纱布遮盖的地方。

苏昱清盯着苏雨浓：“当时学驾照，你是我们三个当中，唯一科目二、科目三都一把过的，怎么骑个小电动都能翻车？”

“我骄傲自满呗，还能为什么……”正说着话，苏雨浓的手臂就被苏昱清一捉，她有些不解，转头去看他。

苏昱清低着头，声音一下有些哑，就这样捉着她的手臂往自己怀里一按，并且按住她的肩胛骨，不想让她挣扎：“等下你可以打我，但是现在，你让我抱一下。”

苏雨浓怔着，没有动，他的呼吸声在她头顶响起，她嗅到了微微的汗水的咸味。

为什么会想到阳光，以及被阳光照得闪闪发光的海面？

宽宽的肩膀和胸膛，脸颊贴着的坚硬骨骼，禁锢于她背后的微微用力的手臂……都在提醒她，拥抱她的，不是一个男孩。

温岭远到了之后，按照宁樨电话里的提示去餐厅找人。

他们坐在一张桌上，木桌上摆着清粥、小菜和包子、馒头。

温岭远到时，不知道是谁的手机传来一句“double kill（双杀）”的提示音。他微微恍神，直到意识到，违和的源头是坐在宁樨身旁的男生时，才回过神。

他认识，男生叫苏昱清。

宁樨先发现温岭远，挥着手打招呼：“吃过早饭了吗？”

“吃过了。”温岭远认为自己不太合适去苏雨浓身旁的空位上坐，犹豫了一下，判断他们的游戏一时半会儿不会结束，就借由打电话，走出了餐厅。

宁樨的目光追随着温岭远的背影，问苏昱清：“我能挂机吗？”

“你敢。”

宁樨已经这么做了，她将手机一锁，拍了拍苏昱清的肩膀：“反正只是匹配，胜负心不要这么重。”

苏昱清：“……”

宁樨走到前厅，温岭远正与客栈老板交谈。他看见她出来，笑了笑说：“游戏打完了？”

“没有，我做了逃兵。”宁樨说得理直气壮。

温岭远今天一身都是浅白色，棉麻的质地，显得极其舒适。他头上戴着一顶渔夫帽，墨镜插在上衣口袋里。明明只是开发没有几年的小渔村，因他在这里，她也觉得自己仿佛身处地中海某处，俊男靓女集结的黄金海岸。

前台有高脚凳，宁樨撑着坐上去。她今天穿着吊带上衣和热裤，长而笔直的一双腿，皮肤白，膝盖上的擦伤就很明显。

温岭远目光落下去看了一眼，经过一晚的恢复时间，伤口已经开始结痂。

他说道：“租的那栋别墅一共有六个房间，你们愿不愿意搬过去住两天？小园说晚上搞自助烧烤，人多更热闹。而且，那里离荧光海更近。”

“小园他们已经上岛了吗？”

“正在别墅里整理行李。”

“那我要去！”

温岭远给宁樨和苏雨浓留出时间整理行李准备退房，自己就在民宿一楼的大厅里等。大厅有一张四人位的桌子，苏昱清坐在他对面。

苏昱清没忍住，一边刷手机，一边打量起温岭远，对这位让宁樨苦苦痴恋多年的人充满好奇。

温岭远自然是注意到了苏昱清的目光，这时候礼貌的做法应当是随便起一个话题与他交谈。但是，他没有这样做，突然的心情惫懒。

他没有开口，苏昱清却出声了，笑着问他：“为了宁樨过来的？”

苏昱清的语气是调侃，只是他万万没有想到，会被对面的男人解读为一种微妙的挑衅。

于是，他有幸见到这个在宁樨口中一直性格温和、笑脸迎人的“温叔叔”，向他展露出了似笑非笑的冷淡表情，而对方说的话，更加耐人寻味：“大约，比你早到几个小时。”

苏昱清对温岭远莫名的敌意先是困惑，继而福至心灵地想到，该不会宁樨还没有同温岭远坦白当时在星巴克他们两人扮情侣的事吧？

作为朋友，本应该自动澄清误会替她解忧，可惜偏偏苏昱清是损友，损友的宗旨就是看热闹不嫌事大。

他甚至觉得这火还不旺，还要多添一把柴：“来得早不如来得巧，是吧，温先生？”

方才接的那一句话，对温岭远而言已是不明智了，他当然不会继续同苏昱清陷入无谓的口舌之争，于是，只是冲苏昱清笑了笑。

这笑容的意思，苏昱清看明白了，大抵就是：你说是，那就是吧。

苏昱清在心里冲温岭远比了个大拇指，稳，真的是稳，难怪宁樨这只小虾米，始终难在他手里翻出风浪。

两帮人在树海山庄的别墅会合，其状况用“混乱”已不足以形容。

楼上楼下都是说话声、大笑声和争吵声。在分配房间这件事上，大家率先发生争执，温岭远不准备参与调停，于是让他们自己协商，分完之后，剩下的那一间就是自己的。

最后，宁樨、苏雨浓和池小园一间，住二楼最大的那间主卧，剩余的大家一人一间房。他们各自挑好了自己最喜欢的房间，苏昱清单独住在一楼，温南川和温北歌住在三楼，于是留给温岭远的，就只剩下二楼最西端，挨着书房的那一间面积很小的卧室。

这个混乱的过程持续了半个多小时，温岭远一直坐在一楼的会客厅里等。最后，他看了一眼时间，走到楼梯口通知：“五分钟后集合，出发去餐厅吃饭。”俨然变成了尽职尽责的导游。

六个青少年凑到一起，不是一般的吵闹。

在餐厅坐下之后，点餐都花去比平时多出数倍的时间，不管点到什么，总会有人吃，有人不吃，于是，买单的人拥有最终决策权：将菜单一合，直接要了一份八人套餐。

温北歌抗议道："我不吃南海海鳗。"

这样纠结下去，再过一个小时都别想吃上午餐，于是温岭远笑着对她说："等这道菜端上来的时候，你可以把头转过去，当作没有看到。"

上菜之前大家一起闲聊，温南川得知苏昱清是他的校友，一时引为知己，知晓他考的是崇城大学时，十分直率地问："为什么不去清北呢？"

问得苏昱清差一点吐出一口血："这不没考上嘛，考得上我不就去了。"

温南川于是笑得更加爽朗："我学姐在清大。"明晃晃的炫耀。

大家的反应重点各不相同，苏昱清被"清大"刺激，而宁樨注意到的是："姐弟恋？"

池小园的反应则更消沉："是不是就我的初恋还在？"

温北歌推一推眼镜，难得地安慰她："没关系的，小园姐姐，除了我哥，大家也都是单身。"

此言一出，除温家兄妹，所有人陷入沉默。

率先打破沉寂的是苏雨浓，她的话是对温南川说的："从见面时我就在想，我是不是在哪里见过你？"

温南川愣了一下，有点不好意思地挠挠头："苏学姐，我觉得……这种搭讪方式好像有点老土。"

没等苏雨浓翻白眼，苏昱清率先抄起一旁的菜单往他脑袋上砸去："醒醒，不是所有女生都对姐弟恋有兴趣。"

坐在一旁的宁樨不得不小声提醒苏昱清："你和小雨也是姐弟恋。"

苏昱清："……"

"真的，我真的好像在哪里见过你。"苏雨浓皱着眉，冥思苦想，忽然说道，"我想起来了！去年九月，你是不是去崇城大学参加过一个人工智能的比赛，在领奖台上，准备拉横幅的那个男生，是不是就是你？"

大家都露出"哇"的表情，钦佩她这惊人的记忆力，莫非这就是属于美术生的职业素养？

苏昱清说："我跟宁樨都去了，为什么我一点印象都没有？"

宁樨说："因为你笨，我都记得，温叔叔那天全程都在摄影……"她说着，突然倒吸了一口凉气，噤了声。

似乎没有人注意到她的话结束得很突兀，温南川说："是啊，是啊！要不是学姐拦着，我的横幅就已经拉出来了。”

即使没有抬头，宁樨也觉察到了一束观察的目光，来自自己的右手边，温岭远所坐的位置。

她需要掩饰自己的慌乱，于是拿起筷子去夹小碟子里的兰花豆。她越慌越夹不到，一用力，豆子从筷尖滑落。一只手先她一步去拿纸巾盒，抽出一张纸，裹住了豆子，丢进他自己面前用来放置食物垃圾的盘子里。

温岭远看着宁樨，低声说：“我不知道你那天在崇城大学。”

“是的，我看到你了，但是没有跟你打招呼。如果现在要我解释的话，我会撒谎。但是，你应该不会想听我说谎？”

温岭远摇了摇头，然后举起筷子，点向那一碟兰花豆：“你要吃这个？”

宁樨别过头去：“我才不要吃。”

温岭远笑出声。

下午，大家分组去采买晚上自助烧烤要用的食物。

晚上吃过饭，宁樨还有拍摄荧光海的计划，想要率先撤离。

温岭远是坐在凳子上的，听见宁樨说要走，准备陪她去。而温北歌已经率先站起身：“你说的荧光海，是不是鞭毛藻类生物发光照亮海湾的现象？我也要去看。”

虽然只认识一天，宁樨也知道了温岭远的这位侄女，是个喜欢看书、厌恶一切社交活动的、性格十分独立的少女，因此她对其愿意同去而感到受宠若惊。

而后，池小园和温南川纷纷响应，蹲守荧光海，又变成了浩浩荡荡的大部队行动。

这晚他们还是不够幸运。

等回到别墅，吃水果、抢占视听室、玩游戏、猜拳决定洗澡顺序，又是一场战争。

温岭远不愿继续操心和参与，一整天的吵闹让他觉得自己需要一点独处的空间，于是独自一人回到楼上，去卧室旁的书房里看书。

这间书房，用来填充书柜的都是仿佛论斤回收而来的旧书，许多地摊文学，不值一看。他挑了很久，挑到一本布尔加科夫的小说。书房的装修尚可，飘窗前有一座单人沙发。当把飘窗打开，海风就会吹动纱帘，还能听见海浪的声音。

书看到第二十页的时候，响起了敲门声。

温岭远说完“请进”，书房门被打开了一条缝，宁樨探头进来，食指比在唇前发出“嘘”声，阻止他出声，而后推开门，蹑手蹑脚地走进来。

等把门合上，她才说道：“玩游戏输了，他们要罚我，我说要上厕所，趁机跑掉。你别出声，让我在你这里躲一下。”

宁樨走到书柜前，丝毫不像他那样纠结，随意挑出一本书来，走过去，跃上飘窗。她拿过一只抱枕，垫在腰后，双腿交叠，跷着脚，饶有兴致地翻看着手里的那本《量子物理的奥秘与困惑》。

温岭远忍住了才没有笑，视线逐渐被其他事物吸引。

他注意到，她是赤着脚过来的，因此脚底沾上一些灰，却无损脚背皮肤的白皙，长而秀气的脚趾上，涂着亮紫色的指甲油，浮夸，却意外地契合她。

这种观察是不妥当的，他很快意识到，于是将目光重新聚焦于书页之上。

等他再回过神，发现她身体下滑，那个原本枕在腰后的抱枕，此刻垫在她的脑后，书本被扣在胸前，被她紧紧抱着。

不知道，量子力学和嬉玩整天之后的疲惫，哪一个更能催眠？

纱帘拂过，洒进月光。

走廊里有人在喊宁樨的名字，大抵也意识到她这趟“上厕所”未免时间太长。

温岭远没有说话，不太想让任何人破坏此时此刻的宁静。

脚步声渐渐远去，这一层，又安静下来。

书页盖在膝盖上，温岭远用手臂撑在沙发扶手上，看着飘窗上仿佛睡在一片明亮雪光中的女孩。他似一位孤岛上的国王，看守在他窗前谛唱的夜莺。

三个女孩子这晚聊到深夜一两点钟才睡着，次日自然是临近中午才醒。

宁樨洗漱过后，第一个下楼，看见苏昱清和温南川正坐在客厅里打游戏。她对温岭远没有叫大家早起有一些疑惑，于是问苏昱清：“温叔叔呢？”

回答的是温南川：“小叔有事去市里了，晚上再回来。他给我们留了钱，让我们中午自己去找吃的。”

没有温岭远这个长辈在跟前，这里年纪最大的池小园自动接替了大家长的职位。

午餐之后，他们去沙滩上玩。

宁樨和池小园、苏昱清还有温南川组队玩沙滩排球，不可以剧烈运动的苏雨浓，就和温北歌躺在遮阳伞下睡觉。

兴许是出门之前防晒霜没有涂抹均匀，宁樨感觉到脖子后方被晒得发痒，一问之下，发现那个理应带出来的，装了防晒霜的小包被苏雨浓落在了别墅里。

所幸别墅离这里不远，宁樨决定回去一趟。

背后响起一连串让她顺便跑腿的叮嘱：

“帮我拿一块毛巾！”

“我要冰可乐！”

“雪糕！”

宁樨喊道：“你们自己去！我一个也不带！”

按了密码解锁开门，整栋别墅里静悄悄的。

宁樨走上二楼，准备冲个凉，边走边喊：“有人吗？”

她担心会不会有保洁人员过来打扫，结果当然是没有人应答。

宁樨走进房间，脱下身上汗津津的衣服，找出一套干净的内衣裤，而后朝着走廊外紧挨着卧室的最东面的浴室走去。

此时此刻，走廊最西端的房间里。

温岭远隐约听见有人在喊“有人吗”，但他今天早上五点半起床赶第一趟船离岛，连轴转地开完两场临时会议，又马不停蹄地赶回岛上。奔忙到此时，才获得一个午觉，困顿使他没有第一时间睁开眼。过了片刻，他的思绪才慢慢回笼，意识到那似乎是宁樨的声音。

当他起床，打开门，恰好看见这一幕：

宁樨赤着脚，踏进浴室，身上只着一件白色蕾丝边的内衣，和同色系的内裤。她的四肢清瘦而匀称，使她落在地板上的每一步都踩得极其轻盈。从左边房间漏进来的一束阳光恰好只抓住她的脚后跟，和她嘴里所哼的曲调轻快的歌声。午后的光影勾画着她的背影，还是油画质地的。

温岭远一下便将门关上了。在门后，他思索了片刻，换上衣服，轻手轻脚地下了楼。

他预备在附近徘徊十来分钟，装作刚刚回来的样子再进屋。

太阳底下，他被灼热的日光晒得有一些头晕，走在通往别墅外的石子路上，又渐渐意识到，心里莫名地燥热，并不是因为这个过于坦率的晴天。

宁樨洗过澡，换了一身衣服。穿的是一件下摆是荷叶边褶皱的草绿色吊带衫，短到露出肚脐。牛仔热裤，夹脚拖鞋。头发用头绳随意地绑出毫不整齐的丸子头。她在小包里找到防晒喷雾往身上一通猛喷，脖子、手臂、腿……确保身上每一寸皮肤都没有被漏掉。

宁樨在别墅里，找到需要她顺便带去的那些东西。为了确保雪糕不要化掉，她凿出冰格里的冰块，用毛巾包住，把雪糕裹在冰块之中。

她已决定，到时候叫卖五十元一根，不讲价不赊账，一手交钱，一手交货。

背上这些用来“倒卖”的物资，宁樨关上一楼大门走出别墅，绕过庭院那株巨大的叶子能滴出翠绿来的芭蕉树，撞上恰好自外面走进来的人。

宁樨吓了一跳，顿住脚步：“事情办完了？”

温岭远“嗯”了一声。

那叶上森然的绿意仿佛也蔓延到他浅灰色竹节麻的上衣之上，使他整个人呈现出与这个炎炎午后格格不入的清爽。宁樨怀疑，倘若现在去碰一碰温岭远的手，他的皮肤也应当是清凉的。

“你吃过中饭了吗？我和小园他们在打排球，你要去吗？还是先休息，等一下再去？”听见温岭远笑了声，宁樨也意识到自己一次性问的问题太多，于是就重复了那个自己最关心的，“你吃过中饭了吗？”

“吃过工作餐。”

宁樨指了指远处：“我们在那边沙滩上玩，你等下过来找我们？顺着这个方向走，很快就能看见。”

她把背后那只鼓鼓囊囊的运动背包转到身前，从里面掏出一瓶防晒喷雾，递给他：“出发之前做好防晒。”

俨然，她变成了一个放心不下的家长。

温岭远接过去，笑着说：“你先去，我很快过来。”

宁樨回到岸边，借由雪糕、可乐和冰水，狠赚了一笔。他们吃完冰饮，宁樨还想继续打球，然而池小园他们都不响应，他们要去玩水。宁樨自然不服气，站起身说：“我也要去！”

这个时候，温北歌向着不远处招了招手：“小叔！”

宁樨转身一看，真的是温岭远走了过来，她立即就尽了，默默地坐回到躺椅上，当作什么也没说，什么也没发生。

温岭远走过来，问她要了一瓶冰水。

旁边躺椅上的温北歌自告奋勇地替宁樨报价：“冰水二十元，雪糕二十五元，可乐三十元！”

支付了别墅里一切物品和服务费用的温岭远，看着宁樨笑道：“我没带零钱。”

依然是温北歌答话：“可以扫宁樨姐的付款码。”

宁樨窘得不行，赶紧从包里掏出一瓶水塞到温岭远手里，悄声说：“拿去喝，不要提钱的事。”

温岭远也压低声音，笑问：“暗箱操作？”

他拧开水瓶喝了一口，却没有去更远处空置的躺椅休息，就和宁樨坐在一起，手臂撑在膝盖处，朝着发光的海面看去。

苏昱清已经走到海水没腰的地方，摆手冲苏雨浓大喊：“你要不要也下来玩啊！”

“下个头！我有伤！”

“我可以扛着你！淹不到的！”

“扛你个头！”

温岭远微微蹙了蹙眉，经过一天半的观察，有一些话，他不吐不快。他拧上水瓶盖，把水放在脚边的沙地上，看向宁樨，依然是压低着声音，不让别人听见他们交谈：“我有一些疑问。”

听到他这样严肃的口吻，宁樨也不由得重视起来，不自觉地坐得更正：“什么？”

“苏昱清在你与苏雨浓之间态度暧昧，首鼠两端，这件事你们三人彼此都知晓吗？或者，你与苏雨浓是先来后到的关系？首先声明，我不是在质疑你与朋友的相处方式，只是对苏昱清的为人有些许不信任。当然，如果是我的误解，你也可以澄清。”

宁樨睁大了眼睛，诚然，即便她习惯了温岭远的说话方式，也觉得如此官方的辞令，用来指控苏昱清脚踩两只船，有一些好玩。

因此她笑着说：“你在关心我？”

温岭远看着她，没有否认。

“应该……怎么跟你解释呢。”宁樨挠挠头，这时候才明白所谓的撒一个谎，就要用更多的谎去圆是什么意思，尤其这个谎，她自己都忘了。

“如果你觉得不好解释，可以不用勉强。”

温岭远的目光是坦诚的，他真的害怕她会因此受到伤害。于是宁樨决定实话实说，虽然实话等同于她再度主动向他迈出一步。

她手撑在垫着紫色浴巾的躺椅上，低头看着地下，脚趾一遍一遍地犁着被太阳晒得发热的沙子：“我和苏昱清从来没有过超出朋友界限之外的其他感情，那天我说在和他约会，是在骗你。”

宁樨是低着头的，因此温岭远垂下目光就能看见，她不甘心束缚于黑色发圈之下的，微微卷曲的发尾，是深栗色的，带着橙花的清香气息。

这里，应当有一句“为什么”，答案是显而易见的，所以他选择不问。

宁樨隐隐揣测着，他可能要说一句“对不起”，于是提前说：“你不要跟我道歉。”

而温岭远说：“我不会。”

晚上，他们在视听室里唱歌，这是宁樨的主场，她一出马，基本等同于片甲不留。

她将今晚又没有等到荧光海的怨念投射于歌中，几首歌唱完，郁闷得苏昱清带头切歌：“出来玩，最重要的是开心。你这种三届歌王可不可以暂时隐退，给我们凡人留一点发挥空间？”

宁樨就丢下麦，去外面洗水果吃了。

温岭远不在视听室，中途就出去接电话了。宁樨在厨房洗干净一串葡萄，望见院子里有人影。

她端着葡萄碗出去，在门槛上踮了一下脚，而后两脚跳下去：“你在这里。”

铁艺的户外椅，刚刚打完电话的温岭远坐在上面。

宁樨走过去，伸出一根手指拭了拭桌面，是干净的，于是她靠住桌沿，偏着头看他："吃葡萄吗？"

碗伸过去，温岭远刚要拿的时候，她又猛地抽回手，哈哈大笑。

温岭远不为她的恶作剧所恼，而是径直看向她，注视了她片刻，突然说道："我有些话想跟你说。"

宁樨自认还算是见过温岭远许多面的，严肃的、温和的、愉快的、低落的……如现在这样，他语气凝重，似要宣布一件什么惊天动地的大事，她也是见过的。在她读高三的那个冬天，去医院看过宁治东，回程的路上，他告诉她，自己已有未婚妻时，就是这种表情。

宁樨觉得自己都有创伤后应激障碍了，下意识就是不要听，管他说什么屁话，不要听。而且，能够让他露出这副表情的，左思右想也只有下午她坦白自己跟他撒谎的那件事。

如果他是打算因此发表什么意见，那她更加不敢听了。

好在，苏雨浓救了她。在她正在考虑应该怎么婉拒掉这番谈话的时候，楼上苏雨浓喊道："樨樨！我要唱《起风了》，高音上不去，你跟我一起唱！"

宁樨立马回道："我马上来！"

她将一整碗葡萄塞进温岭远手中，说："我要去救场，你准备说的话要紧吗？不要紧的话，下次再说？"

"你先去吧，下次再说。"

望着宁樨匆忙跑进屋里的背影，温岭远无奈而笑。

后面决定好的排期，使宁樨不能继续等了，看不到的荧光海，可能注定要成为此次旅途的缺憾。

她下一站要去香港，恰好奚纹玉也差不多要在那几天经由香港转机，母女俩可以碰面吃一顿饭。

先一天，宁樨和苏雨浓、苏昱清离岛，抵达市中心之后，宁樨直飞香港，而苏雨浓和苏昱清则一道回了南城。温岭远本是要送宁樨的，被宁樨婉拒了。她有一点担心，那种道别的气氛会让他旧事重提，想着一定要把前一晚没有说的话告诉她。

宁樨和奚纹玉的此次碰面比以往愉快。

长大是一个心态逐渐转变的过程，从前，宁樨所排斥的那些关于世间的种种美景美事，而今也都渐渐萌生了兴趣。在这些方面，奚纹玉无疑是个很好的导师。

于是，原本只计划吃一顿饭的宁樨，被奚纹玉说动，同去了一趟阿联酋、马尔代夫和摩洛哥。三地都是免签，是奚纹玉妥协之后的选择。

宁樨发现，奚纹玉同样也是很好的模特。她和苏雨浓不一样的是，她不用特意摆什么造型，随意站在那里，经由镜头捕捉，就已足够具有画面感。

只要忽略奚纹玉时不时某一晚不会回到她们同住的套房，或者某天的晚餐桌上，多出来一位她不认识的外国男性，这一趟旅行就很愉快。

回南城的前一天晚上，宁樨和奚纹玉坐在酒店顶楼的泳池边，一边喝酒，一边聊天。当然，主要是奚纹玉在喝。

奚纹玉问的话很直接："谈恋爱了吗？"

"没有。"

"还在等你的一百分？"

"我觉得现在有希望和他在一起。"

如果不是自己的女儿，奚纹玉可能要先嘲笑一句她的单纯："搞暧昧的时间不能太长，也不能太短。太短体会不到其中的乐趣，太长，不过意味着他不愿意做出承诺。"

"认识三小时的男人你就可以和他……"宁樨有些难以启齿。

"因为我不打算和他谈恋爱。"

"那……"

奚纹玉摆手打断宁樨的倾诉："不要和我讲述细节，我没兴趣听。我相信，以你的聪明，懂得如何抉择。年轻的时候多谈几次失败的恋爱，这样你才能明白什么样的男人是不可以要的。"

最后，奚纹玉还赠予她一句忠告："注意安全，享受生活。"

回到南城，宁樨这个暑假也所剩无几了，尤其是她还将假期分出几天回了一趟老家，探望阿婆。

开学的前一周，她去了一趟青杏堂。

不是不想念温岭远，只是宁樨发现，和他单独相处的时间一长，自己就会屡出昏招。她太心急，只能强制性地，用空间和距离阻断这一种迫切。这是那次美术馆之行发生争执之后，她所想到的一个不算办法的办法。

她到时，温岭远不在。

她问过池小园才知道，他患了重感冒，今天不坐诊，在二楼休息。

二楼的门是虚掩着的，兴许是听见了脚步声，里面传出温岭远沙哑的声音："小园，帮我把放在休息室的那本书拿上来。"

宁樨推开门，偏着头往里看，温岭远学她那样，坐在茶几下的长绒地毯上，茶几上摆着笔记本电脑和一个冒着热气的黑色马克杯。

没有听见应答，而脚步声又分明是停在门口的，温岭远略感疑惑，转过头去看。

宁樨一下跳了进来，笑着说："我和小园的脚步声不一样，你听不出来吗？"

她穿着一件男友风的宽松T恤，牛仔裤，白色球鞋，一顶棒球帽不太规整地压在脑袋上。

温岭远便也笑了，喝多少热水，都抵不上看见她的笑容：“可能是生病使我失去了判断力。”

宁樨眨了一下眼：“那你银行卡的密码是什么？”

“361296。”

“真的？”

“你想验证一下，能不能取出钱？”

宁樨见温岭远手放下去，似乎是要去取钱夹，急忙说道：“不不不，虽然我有时也会被不劳而获的想法所诱惑，但是钱这种东西，果然还是要自己挣的才会用得比较心安理得。”

宁樨脱掉鞋子，到温岭远的对面坐下。他盘着腿坐着，脚上没有穿袜子，露出脚踝处嶙峋分明的骨骼形状。

“你的银行卡密码，有什么特殊意义吗？”

“没有什么特殊意义。生日相加等于36，36的平方是1296。”

“还有这种设置密码的方式？我的银行卡密码就是生日……”宁樨意识到自己说了什么，立即捂住嘴。

温岭远笑了：“我什么都没有听见。”

“反正也没关系，我卡里已经不剩多少钱了，这次出去玩，花掉好多。”宁樨背着一只容量很小的双肩包，这个时候才将其卸下，拿到前面来，“我给你带了一份礼物。”

温岭远拆开她递过来的礼盒，是写乐源氏物语的钢笔，黑色笔身，以加入金银屑的漆液莳绘，嵌以螺钿和银丝，制出花鸟、人物和吉祥图案，笔尖是双层长刀研的复杂工艺。拿在手里沉甸甸的，很有分量。

“既然花掉不少钱，为什么还要买这么贵的礼物？”温岭远笑着问，语气不是指责，只是疑惑。

“你送我那样贵的相机，我应该礼尚往来。而且，是在迪拜买的，并没有特别贵。未来我一定可以仅靠自己就赚到这么多钱。”

“现在呢？”

“现在暂时还有一点勉强，因为我还没有开始收费。”

温岭远把钢笔拿在手里看了一会儿，没有推辞地收下，同时，忍不住多问了一句：“你是因为《源氏物语》的故事，还是因为觉得好看，才买下这支钢笔？”

宁樨很坦率：“好看。你觉得，我是那种会去阅读日本文学的人？”

“那你听过这个故事吗？”

“没有。”

温岭远就没有多说什么了，只是笑着说了一句谢谢。

“小园说你感冒了。”宁樨探头往他的马克杯里看，似乎只是普通的白开水，而不是什么姜汤或是枇杷膏。

“可能因为吹太多冷气。”

“你天天运动。”

“疾病无差别攻击。”

“现在好一些吗？”

温岭远看着她说：“好很多了。”

“那晚上，喊上小园一起出去吃饭？”

“好。”

沉默下来的时候，宁樨觉察到温岭远在看她。她想到他们有一通还未完成的对话，这种独处的气氛，会不会让温岭远觉得，这是旧事重提的好时机？

不管是不是，她要把它搅黄，唯一的好时机就是她决定要去听的时候。

于是她直起身体，去看他的电脑屏幕：“感冒也要工作吗？”

“在看一些资料。”

“你纯粹是责任感作祟，我觉得，你应该趁着感冒的时候任性一下。”

“比如？”

“比如，听一下歌，去沙发上躺着睡一个午觉。”说着，宁樨从口袋里掏出耳机。她没有用无线蓝牙耳机，因为掉过太多次，也扔进洗衣机里洗过太多次。耳机线不免又缠在一起，她花了一点时间解开，接上手机。

温岭远还犹疑地坐在地毯上，直到宁樨过来拽他，将他赶上了沙发，又把扶手上叠好的空调毯展开，盖在他身上。

而后，她在他脑袋这一边的地板上坐下，调出自己手机里音乐软件上归类为“发呆和催眠”的歌单，分给他一只耳机。

起初，温岭远还会问她这是什么歌，后来他的思绪被轻柔的旋律包裹，没有抗拒地往下沉，像沉入静谧的湖底。

宁樨轻轻碰了一下他的肩膀，没有反应，他彻底睡着了。

只是看着而什么都不做，是不可能的。她伸出食指，轻轻推了推他覆于眼睑上方的一排睫毛，长而柔软，甚至还有细微的自然卷曲的弧度，让她觉得嫉妒。

感冒醒来的那一刻，是一天之中最痛苦的时刻。

温岭远睁开眼，思绪恢复的时候，庆幸自己没有立即坐起来，因为这多半要吵到此时此刻趴着沙发边缘睡着的宁樨。

他没有动，侧着头看着这一张睡颜，觉得，这个夏天还没有结束。

第十章

小雪

Rose White tower

距离约定俗成的开学时间还有几天，温岭远原本以为，第二天宁樨也会来青杏堂，但是没有。

他感到疑惑，发微信问她，才知道她已经赶早回学校了。

“开学这么早吗？”

宁樨回复说：“我们这学期要去北城业务实习，至少三个月，实习结果是要算学分的，所以，我需要提前回学校做一下准备。”

“自己找实习单位？”

“不是，学校安排的。我是在北城一个网站的视频部门工作，他们说是有露脸的机会，不过我估计多半是去打杂的。”

温岭远考虑的是：“什么网站？”

宁樨：“我不会告诉你的，我录了节目也不会告诉你。”

温岭远理解她担心自己不够好，因此不愿意让熟人关注的心情，没有勉强，只是嘱咐她说：“如果你在北城遇到什么麻烦，也可以告诉我。我在那边认识一些朋友，或许能够帮上忙。”

宁樨回复了一个“OK”的手势。

温岭远感到些微的头疼，他还有些话还没跟宁樨说，而且一定要当面说。原本是打算趁着她开学前这几天，留在南城的时候告诉她的，这下只能另找时机了。

他不怀疑宁樨的独立能力，毕竟她一个人在崇城都能生活得很好。但是，北城还是不太一样，一则更远，二则是更加典型的北方气候，饮食也和南方大相径庭。

温岭远有些许的放心不下，总会在微信上多问几句。

宁樨很爽快地将她的生活变化都同步给他：

在离公司不远的地方租了房，因为不愿意和人合租的执着，加之崇城的房子也没有退，承担两份价格都很不便宜的房租，让她略微感到生活质量有些下降，起码现在在生鲜超市看见新鲜的草莓，要纠结一下才敢买。

刚开始，每天只能做一些整理稿件、跟随团队打杂的工作。部门虽然是属于网站，但是层级分明，倘若喊错了职级，或者对同是播音员的同事没有称呼“××姐”“××哥”，就会被委婉教育。如果不是实习关联学分，而学分影响毕业，她一定会撂挑子不干了。

北城入秋之后变得很干，她一个在南方长大的人觉得十分痛苦，“混油皮”莫名其妙变成了“混干皮”，护肤品全部要重新置办。

当然，她也不是没有开心的时候，和同在北城的同学以及已经站稳脚跟的学长学姐聚餐，听他们聊天，感觉像在听十个开出租车的大爷一齐说相声。

时间一晃到了国庆。

宁樨国庆不放假，轮值“恰好”轮到她。

国庆之前，宁樨被她所在部门的领导，亦是带她的老师带去参加了一个饭局。同去的还有另外两个今年刚刚入职的正式员工，且有男生也有女生，因此她并没有特别担心。

去过之后，宁樨才知道，部门要筹备一档自制节目，需要接洽广告商进行赞助。饭局是网站这边的市场部组织的，对接的也是有意向的赞助商那边的市场部的人。他们视频部只是这顿饭的陪衬。

宁樨的老师都沦为要在饭局上挑战六十秒口播赞助商广告的赔笑角色，她和另外两个新人员工的待遇当然也没有多好。

尤其，这次吃饭的意向方，本身是一个白酒品牌。

宁樨虽然有不够圆满的家庭，但是在与社会接触这方面，她被保护得很好。宁治东给她提供了很优渥的物质条件，让她不必为了生计而委曲求全。

她不是没有见过成年人的酒局，只是没有想过自己有一天会成为那个必须低声下气的“乙方”。

当对面暗示他们几个年轻人应当有些眼色的时候，带他们的老师露出了为难的神色，不太强硬地维护了两句。

他们所在的栏目，从来只有烧钱，很少赚钱，常年要看市场部的脸色，老师自然也没有办法硬气。

已经有人给宁樨斟满了酒，而她的心思已经飘到了十万八千里外，她在想，如果因为这次实习被给了差评无法毕业的话，她是不是就干脆退学算了。这个时候，她有些感谢宁治东和奚纹玉，是他们给了她这样的底气。

于是她笑着说道：“实在不好意思，我今天感冒了，来之前刚刚吃了头孢，不能喝酒。”

“现在的年轻人，也知道用吃了头孢这一招挡酒了？”对面朗声笑道，“少喝点，没啥事！”

“如果我出了人命，也没事吗？”

代教老师立即脸色一沉：“带你们过来，是希望你们跟着学点说话做事的方式！既然你们不想学，现在就滚回去加班！”

他们几个新人当然知道这是代教老师给的台阶，机灵地就坡下驴。

回去的路上，宁樨不免想到温岭远。

可能，他也没有想到吧，道高一尺魔高一丈，他教给她的，用来对付烦人酒局的这一招，已经不管用了。

她给温岭远拨了一个微信语音电话，准备嘲笑他。

他没有接，于是她转而给池小园发消息，扯了一堆有的没的，才扯到她最关心的温岭远的行踪。

池小园回复说：“温叔叔现在不在青杏堂。我正想跟你‘八卦’这个事呢！”

池小园继而绘声绘色地说着，今天下午，温岭远的兄嫂来了一趟青杏堂，与他碰面之后一道去吃饭。温岭远在楼上换衣服的时候，池小园对等在楼下的温济深玩笑说，自己也想去。温济深就笑道：“国庆喊上南川和北歌一起吃顿饭。不过今天不行，今天你小温叔叔是去相亲的。”

宁樨愣了一下，才慢慢地打字问道：“他相亲去了？”

“对啊，对啊！我在等他回来，问他结果呢！温叔叔也是该去相相亲，认识一下别的女人了。”

宁樨不知道回复什么，字打了又删，删了又打，最后干脆不回了。

然后，过了大约两个小时，她已经在家里，吃着自热小火锅看综艺的时候，池小园又给她发来了消息：“温叔叔回来了！不过他的心情看起来并没有很高兴，可能这次相亲的对象他不是很满意吧。我很胆小，我不敢问了。”

宁樨咬着叉子发愣的时候，温岭远给她发来了消息：“有点事，所以没有接到你的语音电话，发生什么事了？”

宁樨只好说：“没事，按错了。”

坏心情毁了这一顿小火锅，并且使她第二天假期加班的时间也变得出奇地难熬。她原本是想问温岭远长假是不是有什么安排，如果没有的话，想不想来北城，如今也不想问了。

晚上，她没有忍住给苏雨浓打了一个电话，倾诉这件事。

苏雨浓还是尽量理性地替宁樨分析：“这中间是不是有什么误会？什么不得已的苦衷？你还是应该问一下温岭远，我觉得这不像是他会干出来的事。”

宁樨说：“为什么？我反而觉得温岭远去相亲是一件很合理的事，他是很理性的人。”

“那你们之间那些暧昧的小火苗算什么？”

“不是……”宁樨很奇怪自己只觉得难过，不觉得气愤，“我并不觉得，和他的关系已经到了必须排他的阶段。”

她说着，自己愣住了，突然想到，难道之前温岭远想要同她说的，就是要去相亲这件事？

自己对坏消息的直觉是不是有点太准了？

苏雨浓有一些恨铁不成钢：“你怎么喜欢他都到斯德哥尔摩综合征的程度了？我真的觉得，你应该问一下。”

“我不想问。”

“不要任性。”

“我就想任性一下。”

听见哭腔，苏雨浓怔住了，她只好安慰道：“那先晾着他吧，等他主动和你解释。或者，你开不了口的话，我可以帮你问一下？”

“不要。”

苏雨浓叹着气说：“在温岭远这件事上，你一直这么克制，这么懂事，真的没有必要。”

“我没有懂事，我只是胆小鬼。钓鱼最难过的不是钓不到，而是鱼都咬钩了，却让它跑掉。我现在都不敢收竿看结果，我很害怕。等我觉得可以接受了，我会去找温岭远问的。”

温岭远能够感觉到，一夕之间，宁樨对他的态度变得有一些疏离，从微信消息的回复频率和回复的语气开始。

他原本计划国庆要抽时间去一趟北城的，问宁樨哪几天有空，她说都没有空，每天都要加班。

他不能判断，是不是实习太累，她无暇顾及私事。

于是到十月下旬，宁樨生日之前，他再度提出要去北城见她一面，又被她以工作很忙拒绝。

结果，第二天，他就在她朋友圈里，刷到她和在北城的一些朋友一起生日聚餐的动态。

十一月，医馆章医生的妻子怀的二胎临盆，因此请了一个月的假。医馆的主治医生少了一个，多出的工作量需要其余人分摊，这使得温岭远的日程一下排得没有任何空当。他虽然是医馆的所有人，但也无法在这种时候例外。

这一段时间，池小园似乎都能觉察到温岭远的情绪，她时常带着一种想问而又不敢问的表情，每天惊弓之鸟一样在他面前晃悠，让他无法再继续忽略自己变得焦躁不安这件事。

于是，他最终决定在繁忙的行程之中，替自己争取一个晚上的时间。周末他要去张仲景国医大学参加一个学术讲坛，如果周五晚上飞往北城，见宁樨一面，再搭乘红眼航班去南阳的话，时间上是来得及的。

倘若，在北城的生活让她有了别的故事……

在飞机上等候起飞的时候，温岭远突然想到。

他会选择祝福吗？按照他的性格和他的身份，这是笃定无疑的，然而想象这个可能性，还是让他胸闷不已，因而变得不再笃定。

落地之后，温岭远才得知北城降温的消息。

他只穿着一件风衣，不大能够抵御北国的寒潮。他没有心情临时购置御寒的衣物，落地后的第一时间是给宁樨打电话，问她在哪里。

宁樨声音是轻松的："在忙。"

"我现在在北城，想见你一面。"

沉默了一下之后，宁樨才说："我没空。"

"我来找你，只用给我十分钟时间。"

这个时候，宁樨才说："我和朋友在酒吧，你是想现在过来，还是等我回家？"

温岭远说："微信发给我定位。"

寒冷的天气，使温岭远选择坐出租车作为自己离开机场后的代步工具。司机不免调侃他："穿这么薄，广东来的？"

温岭远没有回应，司机郁闷地调高了广播音量。

宁樨在以酒吧闻名的那一片区域，温岭远从前在北城出差、旅游的时候，跟朋友去喝过酒。如今，导航软件已经可以把人带到任何一个难找的犄角旮旯，因此，温岭远没有花费太多精力，就找到了宁樨所在的那间酒吧。

酒吧并不吵闹，台上有人唱爵士，稍显昏暗的灯光里，顾客围着台下一张一张的桌子聚首喝酒聊天。

宁樨坐在靠着窗户的那一桌，她穿着一条黑色修身的长裙，白色羽绒服挂在后方的椅背上。和她一桌的是几个年轻人，有男有女。

对于所见场景丝毫不离经叛道，温岭远一点不感到意外，恐怕宁樨都不知道怎样才是真正的离经叛道，她内心是个很乖、很守序的人。

温岭远没有过去打扰她，而是在吧台坐下。

充足的暖气让他脱下风衣，挂在行李箱的拉杆上。没多久，有一位妆容精致的女士走过来想请他喝一杯酒，被他婉拒了。

半个小时过去，大约宁樨觉得按照时间温岭远应该已经赶过来了，于是似乎坐不住，频频开始看手机。

有一个瞬间，她拿着手机顿了很久。温岭远感觉她可能是要给自己发消息的，但是他的手机没有动静，应该是她还是选择不发。

最终，他被她发现，在她站起身准备去洗手间的时候。

她一下站在原地，有些怔忡的样子。而温岭远这时候选择买单，拿上外套和行李箱，一边朝外面走，一边给她发消息：“出来一下，耽误你十分钟。”

自己可以选择不出去的，宁樨这样想，然而，她也不知道自己为什么拿上了外套，放下自己应付的那一份钱，跟朋友告辞，而后朝酒吧外走去。

温岭远站在路边，他的衣服很单薄，应当是很冷的，他却站得很直。

宁樨赶在温岭远开口之前，径直说道：“我好冷，你送我回家。”她是觉得他冷，不想让他继续站在寒风里。

出租车上，温岭远陪着宁樨坐在后排。

前排，热情的出租车司机表演着他的单口相声，这种略带滑稽的气氛下，他们都没有说话。

沉默的时候，温岭远终于确认，这一段时间宁樨突然的态度转变，是她故意的。

他从头开始梳理症结，想不通自己是在哪一环做错了什么。但或许，这些都不重要，重要的是，他需要先行坦白自己的想法。

出租车开到小区门口，温岭远提下自己的行李箱。

宁樨穿着一件羽绒服，却没有扣上拉链，因此她跺着脚，急忙要往里面跑。

“等一下。”

宁樨顿下脚步，两手都插在羽绒服的口袋里，略微缩着肩膀，对温岭远说道：“如果我说，不管你想说什么，我都不想听，你会强迫我吗？”

温岭远沉默。

宁樨笑了笑：“你要说的事情我已经知道了。”她后退一步，“有时候真羡慕你，永远这样理智。”

说完，她迎着风就往小区里面跑去，温岭远在喊她的名字，她就跑得更快了，把他的声音，远远地甩开。

她一口气跑上楼，脱掉羽绒服，在餐桌旁坐下。

把手机调成静音之后，她先点了一份外卖，然后去卸妆洗澡。浴室很快热气腾腾，镜子染上了雾气，使她看不清楚自己的脸。

她难以形容此时，以及这段时间冷落着温岭远的心情。

她承认自己有些许的心灰意冷，当然，也许是因为北城的秋天太冷？所以她有些失去了动力，想要自己单独且鸵鸟心态地待一会儿。

等调整好失衡的心情，再继续克制地、懂事地、谨小慎微地、不疾不徐地去爱他。

就像背单词，一个词一个词地积累，积累得越多，也许分数也就会越理想吧？在觉得自己没有准备好之前，她并不想提前进考场。

越想赢，越不能洒脱，大家都是这样，还是唯独她自己呢？

洗过澡，外卖也到了。

宁樨吹干头发，在布艺沙发里吃着热腾腾的外卖，看了一部不用带脑子看的电影。

快要看到结尾处时，她发现自己手机屏幕无声地亮了起来。她拿过来看，是温岭远打来的。

她犹豫了一下，还是按了接通。

温岭远的声音很干脆，且难得带有一点不容拒绝的强硬："我在小区门口，你下来一下。"

宁樨一愣："你没有走？"

"你问我，如果这些话你不想听，我会不会强迫你听，我的答案是会。所以，请你给我十分钟，我想当面告诉你。"

宁樨下意识地看了一眼电脑屏幕上的时间，已经快要过去将近三个小时了，他没有走，就是在想要不要强迫她听的问题？

她感到震惊，第一次觉得自己好像并不了解他。

身上穿的是长袖长裤的居家服，宁樨懒得换，就披上了白天穿的那件长款的羽绒服，手机和钥匙都揣进了口袋里，她想了想，没有关灯，下楼去。

温岭远站在小区门口那一棵快要落尽叶子的树下。

不知道他穿得这样单薄，是怎么待得了三个小时，更不知道，这样简单的问题，他居然要考虑三个小时。

因此，到他面前之后，她问的第一个问题就是："哪怕我不想听，你直接说了，我还能捂住耳朵不听吗？"

温岭远看着她，仿佛是让寒风冻过，他的眼睛也像寒星一样的明亮："不是告不告诉你这样简单。关于你的任何一个决定，我都要想很久。"

"是说我很难搞的意思？"

"有一点吧。"

宁樨朝他瞪去，惊讶于他这句话听起来居然不是玩笑。

"你要不要上去说？我觉得外面很冷。"心疼他是她不由自主的本能。

温岭远则说："不用，我说完了马上就走了。"

在这样寒冷的夜里待得太久，他似乎也变成了寒风的一部分。他已经无法控制自己的声音不要发抖，但语速是缓慢而笃定的：“你说，羡慕我永远这样理智。你错了，没有人可以永远理智。理智的做法是，我应当在两小时之前就出发去机场，搭乘晚上的航班，赶明天上午在南阳举办的学术论坛，有一位业界老前辈也会出席，这是我等待很久的交流机会。但是，我没有，我在这里想了很久，并且越想越确定，我必须告诉你，不管你想不想听，是不是知道，以及答案会是什么。”

宁樨渐渐觉察到，这并不是他要告知相亲那件破事的气氛，而是有一些像……

没有让她细想，温岭远已经继续在叙说：“听好了，下面，就是我必须要告诉你的事。我是一个缺点很多，又不懂变通的人，因此，要接受这样一种身份的转变，要回收曾经划定的界限，重新审视你和我之间的关系，思考未来人际关系的动荡，对我而言，很困难。不过，我可能有唯一一个优点，就是深思熟虑过的决定，我会毫不犹豫地执行，并且绝对不后悔。”

宁樨揉了一下脸，她听明白了，却还要得寸进尺，只是没有觉察到自己的声音比温岭远的还要抖，抖得快要散落一地：“你可不可以，用人类能够听懂的语言，把这段话再翻译一下？”

她很清楚地听见温岭远无奈地叹了一声气，而后温柔地说：“我说，你要不要和我在一起？”

已经不能装作听不懂了，只是，她很贪婪，所以选择继续得寸进尺：“作为你女朋友的那种在一起？”

“作为我女朋友的那种在一起。”

在温岭远这句话说完之后，他们陷入突然的沉默。宁樨是想先把眼泪憋回去，而温岭远则在等待她的回复。

宁樨说：“我才没有错。”

温岭远露出“有何高见，洗耳恭听”的表情。

“你这样还叫不理智？真正的不理智，是这样……”她往前迈出一步，张开双臂，径直地、结结实实地抱住了他。

她穿着白鸭绒的羽绒服，整个人是甜香而柔软的一团热源，不可能有人能够抗拒，于是温岭远也就遵从本性，直接抽出手臂将她搂住，放心地让她发现自己冷到发抖的这个事实。

“所以，你答应我吗？”

宁樨收紧手臂，强化了“抱”这个动作：“这个行为，还需要用人类能够听懂的语言给你翻译一遍吗？”

她听见温岭远笑了一声，而后手臂用力，将她抱起至双脚微微离开地面。她因此能够确信，因为她没有拒绝他，他是真的心情雀跃。

宁樨感觉到他的手掌已经冻到没有一丝温度，而这都拜她今天的一时任性所赐："我们先上楼再说吧？"

"不，我得走了。"

宁樨觉得不可思议："还要走？"

"我准备去机场附近的酒店休息两三个小时，乘早上五点多的航班，赶过去的话还来得及。"

"去我住的地方，一样可以休息啊。"

"你在我跟前的话，我可能睡不着。明天后天行程安排很满，落地以后就要直接去会场了。"

宁樨完全理解温岭远的心情，因为她也有同样的想法，她也有很多话，一天一夜都聊不完。只是，她真的很不舍："你去我那里休息，我保证不打扰你。"

"我不敢高估自己。"温岭远低下头来，冻得有些发红的鼻尖轻轻碰了碰她的额头，柔声说，"我保证，下周末一定抽出空来找你好不好？"

"你还真是说一不二，说只耽误我十分钟就只耽误我十分钟……"宁樨抬起头来，拉开他的手臂，然后去拉自己羽绒服的拉链，想分享一点给他。

温岭远立刻理解她的意图，捉住她的手指，将她拉至锁骨处的拉链又提上去："不用，你小心，不要感冒了。"

"先操心你自己好不好。"

"我感冒是一定的事，所以不要再多一个病号了。"说完，他就捉住着她的手指，顺势将她的手拿下来放在自己腰间两侧，再次抱紧她，"那就……再多耽误你五分钟吧。"

宁樨从他的话里品出了挣扎与不舍，他是原则性很强的人，明天的交流会对他一定十分重要，所以即便她也很不舍，却不愿意让他觉得为难，于是提议道："前面不远的地方有一家超市，我们过去坐一下，你吃点热的东西，然后你再走好不好？我保证不留你。"

店里暖气充足，灯光明亮，只有一个值班的收银员。

宁樨让温岭远在靠着窗户的吧台桌前坐下，自己去给他买食物。

现在这个时间，热的东西只有冲调饮料和泡面了，在询问过温岭远的意见之后，宁樨选购了一盒杯面，注入开水之后，送到他的手边。

温岭远捧住杯面暖手，宁樨又拆开一盒暖宝宝。

温岭远十分抗拒这种东西。

宁樨理解一位讲求风度的大男人不愿意妥协的心情，但是："你有点太低估北方冬天室外的温度了，起码明天早上下飞机之后，你才有地方买衣服，这么长的时间，硬撑过去吗？”于是不由分说地掀开了他的风衣和薄毛衣，往他贴身所穿的衬衫后背上，上下左右地贴满了四张暖宝宝。

温岭远全程保持着无奈的笑容。

宁樨也攀上凳子，在他旁边坐下：“我现在不是在视频部门嘛，同事很多能够接触到娱乐圈的明星。即便是得过三金的大影帝，在剧组拍戏的时候，也是要乖乖地贴暖宝宝的。等一会儿它开始发热的时候，你就会开始感谢我了。”

其实，宁樨是有些害羞才会选择喋喋不休。

温岭远很快就发现了这一点，他伸出手去，把她的手指抓进自己的掌心，用力地握住。

这个动作，仿佛给她传递了一些肯定，于是她终于安静下来。

温岭远没有表现出尴尬，她才能不为两个人突然的身份转变而感到过分的不适应，虽然，别扭是难免会有一些的。

宁樨低垂着目光安静了片刻，却仍忍不住要去看他。

而温岭远，恰好也在看着她。

她晃着脚尖，低声地说：“如果早知道你要说的是这些，我就……”

“你不是说，你已经知道我要说什么了吗？”

“我搞错了，我以为……”

“嗯？”

“你是不是……去相过亲？”

温岭远有些困惑，继而反应过来：“小园告诉你的？那不是去相亲。我是被我哥骗去的，到了餐厅才知道他们的用意。”

他这样一解释，宁樨便觉得自己纠结这么长时间简直像个傻子。

温岭远偏着头看她：“所以，你才躲着我？为什么不直接问呢？”

“因为我觉得，相亲是你会做的事，你会很理性地分析，我合不合适，别人合不合适。”

温岭远扶额：“你是不是对我有什么误解。我从来没有相过一次亲。并且，退一万步说，即便我需要婚姻，也一定不会通过相亲的方式来获得。”

“所以才有人说，憧憬是离理解最远的感情。”

宁樨这样乖巧坦诚，所以即便她今天的小小任性让他吃了一点苦头，那也没什么的，因为一定比不上她为他吃的苦多。

不知道她是在懊恼自己耽误了这么多时间，还是在自责应该更了解他，她有点不太高兴地撇了一下嘴角。

温岭远便伸出手去，捏了捏她微微鼓起的脸颊。如他想象的一样，柔软而细嫩，像剥了壳的鸡蛋一样。如果不是觉得有些不合适，他说不定还要多捏两下。

他说："以后有什么疑问直接来问我，你有这个立场。"

宁樨感觉到温岭远的手指已经回温了，这才想起来被他们遗忘的杯面，催促他赶紧吃。

工作忙碌，平常总吃外卖，温岭远对垃圾食品接受起来没什么难度。况且他确实需要补充一些热量，来维持不断流失的体温。

吃着泡面，背后的暖宝宝也开始发热了，如果说，和宁樨坦白并且获得肯定，使他心理层面活了过来的话；此时此刻，暖气、热汤和暖宝宝的三重作用，让他生理层面也终于活了过来。

吃完之后，也意味着他们今晚必须要暂时分别了。

温岭远觉察到宁樨一霎沮丧的心情，于是先没有提出要走，而是将行李箱提过来，对她说："你今年的生日礼物，我还没给你。"

宁樨对骗了温岭远自己生日没有空，却和朋友出去聚餐的事，感到有些微的愧疚。而温岭远，也并不准备睁一只眼闭一只眼，只是说法比较委婉："下一次，你撒谎的时候，就不要发朋友圈拆穿自己了，你可以分组，也可以屏蔽我。"

"可是，我就是故意要让你看到啊。"

温岭远正在拉开行李箱的拉链，动作顿了一下，抬头看了她一眼说："哦，那也没错。很有效果。"

"是不是没有想到，我也会算计你。"

"就当是在你这里体验一下世事无常？"

宁樨一下就笑出了声。

送给她的礼物，装在精致的礼品盒里，是玫瑰金镶绿松石的小扇子手链。她拿起手链在手腕处比一比，青绿的颜色衬得皮肤仿佛又白了一个色号。

虽然不算有新意，但是这条项链的颜色，以及简洁的造型，都恰恰好地命中她的审美范围："你为什么这么会挑礼物？你送给我的每件礼物我都好喜欢。"

温岭远认真地沉思片刻，说："或许不是因为礼物本身？"

"你是想说，因为是你送的，所以我才喜欢？哇，你也有这么自恋的时候吗？"

温岭远笑了笑，他这样说，显然是在故意跟她开玩笑。

宁樨伸出手腕，把手链递给他，要他替自己扣上。

温岭远一边低头寻找手链上的搭扣，一边问道："下周你加班吗？"

宁樨毫无防备，听明白他是要走的意思，心情立即就低落下去："还不知道，可能要到周三周四才知道。"

温岭远替她戴好了手链，就顺势抓住她的手，另一只手里提着行李箱，朝便利店门外走去。

外面寒风呼啸，只是不再觉得那样冷了。

温岭远掏出手机准备叫一辆车的时候，看见宁樨低着头，鞋尖一下一下地踢着地面，于是先将手机揣回口袋，伸手过去捏了捏她的脸，而后手掌抚住她的额头，把她的脑袋抬起来，笑着说：“不高兴了？”

宁樨用额头对抗着他的手掌，他只能用力托住，不要让她的头再垂下去。

“哪有这样的，别人确定关系的第一天，一定要在一起黏好长时间。”

“那你翘掉实习，跟我走吧。”

“真的？”宁樨眼睛都亮了，“你不要以为我不敢哦？”

温岭远无奈地笑了笑，捉住她的手臂，再按进自己的怀里：“不想毕业了？”

“此时此刻，不想。实习关我什么事。”

“那我星期天开完会，再转道来北城，见过你之后回南城？”

“那也太折腾了……”宁樨叹了一口气，“好了，我等你下周末来找我，你要说到做到。”

“好。”

“五分钟……”宁樨举起一只手掌，“五分钟之后，你打车。”

宁樨安静地待在温岭远的怀里，她还有很多话想说，但决定先放一放。以前，她觉得他是一剂止痛药，现在才知道，居然是玫瑰味的，甜，又有漫长的回甘。

十七岁的自己，会不会嫉妒此刻的自己呢？梦想实现的时刻，不只觉得满足，还有心脏的隐约疼痛，使她忍不住想要哭。

温岭远感觉到胸口处隐隐渗入的湿意，惊讶了，立即去扳她的脑袋：“怎么了？”

“没事……高兴都不行吗？你以为人人都像你吗，高兴不高兴都是这样一副表情。”

温岭远笑了，声音沉沉地说：“因为我不敢保证，如果放任心情，自己会不会做出什么吓到你的事。”

这句话里，似乎有隐约的暧昧的暗示，宁樨一下就脸发热了，她不知道自己是不是想多了。为了转移话题，她把手伸进他的衣服口袋，掏出手机，要替他打车。

“解锁密码是？”

温岭远并没有直接告诉她，而是选择先卖一个关子：“你先猜一下？”

宁樨下意识就输入他的银行卡密码，其结果当然是错的。她听见温岭远笑了一声，意识到确实应该不会有人把银行卡密码和手机解锁密码设置为同一个。

她又输入温岭远的生日，依然是错的。

宁樨一边说着“不会吧”，一边尝试着输入自己的生日，解锁界面一下子弹开进入主界面。她抿着嘴角笑了一下，一边翻找着打车软件的图标，一边问温岭远：“如果我不把自己的解锁密码设置成你的生日，你会不会觉得不公平？”

“这样的小事都要上升到公平，公平不就太廉价了吗？”他笑着说。

“改多久了？”宁樨想通过旁敲侧击的方式，问出温岭远对她心生意图的最早时间。

哪知道他的回答十分“温岭远”：“最近才改，那一阵比较忙，用来提醒自己不要忘了你的生日。”

“……”

温岭远的手机里异常整洁，只有少量用于出行、理财、社交和日常生活的App，游戏娱乐的内容几乎没有，而且分门别类排放得整整齐齐。不像她，任何新鲜的应用都想尝试，屏幕被各种图标挤满，并且没有任何排布规律，所有人拿到她的手机都会两眼一黑。只有她自己，能在两百多个图标里，准确无误地找出自己想要的那个。

因为这种整洁，宁樨很容易就找到打车软件，同温岭远确认之后，输入目的地。

温岭远发现，好像她并没有对他手机里的其他应用有额外的好奇，她的目光只盯着那个打车界面，等着预约状态变成了已接单。

宁樨看了一眼距离，司机相距2千米。她想起方才在他手机上看见微博的App图标，于是问道：“你有微博账号吗？要和我互关吗？”

“没有发过内容，平时只用来看东西。如果你想关注的话，我告诉你。”

“那就不要关注了，我现在已经有2万粉丝，每增加一个关注都要很慎重，因为我对外营造的是高冷的形象。”

她这样煞有其事，听得温岭远笑出了声。

车的距离缩短到1.5千米，预计两三钟后就能到达，宁樨想抓紧最后的这一点时间，嘱咐他注意安全、注意保暖云云。温岭远却比她干脆，将手机从她的手里拿下来，揣回外套口袋里，然后心无旁骛地将她拘入怀中。

宁樨踮起脚，将脸埋在他的颈窝处，嗅到温热而浅淡的一点香味。他把放在她腰间的手臂收得更紧，侧了一下头，鼻尖向她的面颊凑拢。四目相对，他琥珀色的眼睛在夜里的颜色显得要更深一些。对视只持续不到一秒钟，她就立即别开了，害羞地低下头去。

没过多久，有一辆车在马路对面停下，打起了双闪。与此同时，温岭远衣服口袋里的手机开始振动。

他低声说：“那我走了？”

小姑娘没有继续表现出留恋，干干脆脆地撒开了手，两手都揣进羽绒服的外口袋里，退后一步：“那你到了要给我发消息。”

作为热源的宁樨远离的这一瞬间，扑进温岭远大衣里的只有寒风。

温岭远冲着马路对面的车辆招了一下手，而后提上行李箱：“你赶紧上楼去，外面冷。”

“我看你上车了我再走。”

“你走了我再上车。”

论语气的坚决程度，似乎温岭远要更胜一筹，于是宁樨就听话地选择听他的，不给自己磨磨蹭蹭的机会，闷头朝着小区的方向跑去。

在这条路的尽头，拐一个弯就要看不见的时候，她才转过身去。

温岭远已经走到了车子停靠的那一侧，但是还没有上车。在宁樨回头的瞬间，他举起手臂朝她挥动了一下。

宁樨一溜小跑地回到楼上，进门之后掏出手机来，温岭远已经发过来一条消息：“我走了。你早点休息，晚安。”

她回复他：“注意安全。晚安。”附带一个卖萌的表情包。

正常人类，在这样的夜晚都不可能睡着。

周六部门虽然要加班，但是可以比平时晚到，只要十点半之前打卡就可以。因此，宁樨放任自己在激动的心情里沉浸了一会儿，然后把这个好消息分享到了她与苏雨浓、苏昱清三人同在的小群里。

消息刚发出去，苏昱清就将原本的群名“比惨大会”改成了“单身狗没有人权”，而苏雨浓紧随其后，发来一长串的感叹号。

感谢这两位同样喜欢熬夜的夜猫子，使她不至于被这样惊天的好消息憋死，于是，她很慷慨地在群里发了一个 200 元的红包。

苏昱清发送了一个“再见”的表情包。

宁樨点开领红包的明细一看，原来苏昱清抢到 1.7 元，而苏雨浓抢到 198.3 元，顿时乐了。

宁樨和苏雨浓不约而同地发了一串“哈哈哈”。

下一秒，苏雨浓打了个语音电话过来。

宁樨把羽绒服脱掉，回到卧室里，整个人面朝下地躺在被子上，跟苏雨浓分享这一个晚上所发生的事。

而苏雨浓听完之后的重点是：“那你现在和温岭远在一起？”

“不在啊，他去机场赶早上的飞机去了。”

“温岭远是正常的人类吗？他难道不是应该和你进行人体艺术方面的交流

吗？”

“姐姐，你可不可以克制一下，谁会第一天就……”最后几个字被宁樨说得气若游丝。

“不知道，我可能会吧。”

“那你记住今天的话哦，等你脱单的那天，我拿出来打你的脸。”

重口味的部分过去之后，宁樨开始和苏雨浓讨论一些细节层面的问题。

在这种事情上，小姐妹总要扮演一下先知的角色，苏雨浓也不例外：“我就知道，你俩很快就会在一起了，尤其在岛上的时候，只要有时间，温岭远就会盯着你看。”

“真的？我怎么没感觉到？”

“当局者迷。那天我们一起去等荧光海的时候，站在最外侧的温岭远，硬是越过了我们所有人，走到最内侧的你身旁，跟你一起走。你难道一点没觉察到？”

“没有。”

“你要感谢温岭远的那些侄辈想都不会往这方面想吧，不然早就要开你们两个的玩笑了。”

宁樨被苏雨浓的话所提醒：“说起来，我是不是应该告诉小园？”

电话那端陷入片刻的沉默，然后苏雨浓才说：“这是个好问题。我觉得，还是不要说，等小园自己去发现？不然以她单纯的性格，会吓死的。”

这就自然而然地又引申出进一步的问题，苏雨浓问道：“你和温岭远打算什么时候公开？你父母能接受吗？温岭远的父母能接受吗？”

“不要用这种现实的问题来破坏我的心情。不过，我感觉我压根儿不在乎，能和他在一起，已经是我这辈子的巅峰了，不公开又能怎么样？”

“你现在是这样说，往后就不会轻易满足了。”

宁樨跷起腿，翻个身仰躺下去：“我觉得，这些事情温岭远会操心的。他既然决定要和我在一起，这些问题怎么会没有预案？”

这一点，苏雨浓是赞同的。

两人拉拉杂杂地又聊了很多，临近两点的时候，这个电话才结束。

宁樨感觉到有一些困意，起床去浴室刷牙，准备睡觉。她一手擎着电动牙刷，另一只手拿着手机，自然而然地就给温岭远发了一条消息：“我刷完牙就准备睡了，晚安。”

没有想到，顶上的“对方正在输入”第一时间开始闪烁，温岭远问：“你还没睡？？”

难得地，他用了两个问号，隔着屏幕都能感觉到他震惊的心情。

宁樨笑了，决定卖一下惨，就说：“我以为你到酒店之后会给我发消息嘛，就一直在等。”

温岭远：“到的时候给你打了一个语音电话，没有接通，我以为你关上网络睡觉了。”

宁樨笑得快被牙膏沫呛住，漱干净口之后才又回复他说：“其实我刚刚在跟小雨打电话，现在是真的要去睡了。你呢？”

温岭远：“刚洗完澡，也准备睡了。”

“有没有感冒？”

“有点症状。”

宁樨知道，只要自己一直发，他就可能一直回，不能让他生着病，还连仅有的两个小时睡眠时间都得不到，于是她主动结束了今天的对话。

只是她有一点私心，是在所有准备工作都完成之后，躺在温暖的被窝里了，关掉了灯，才对他说了最后一句“晚安”。这样，他回复的“晚安”，就好像是在她耳边说的。

次日睡到九点半，宁樨起床，第一时间去看手机，有温岭远发来的两条新消息，一条是“下飞机了”，一条是“赶去会场的路上”。

宁樨回复：“我起床了。你现在怎么样，感冒有变严重吗？”

手机振动的时候，温岭远正穿着在机场的一家店买的羽绒服，坐在学校附近的诊所里，输液。

他的想法是好的，时间也安排得恰好，只是没有想到从机场去往国医大学的路上就开始发烧。好在他想要当面交流的那位老医师下午才会出席，所以他临时改变行程，决定先去处理一下发烧的问题。

温岭远拿出手机，看过消息，给宁樨回复道：“没什么事，现在在会场。”

宁樨：“哇！那你好好工作。有空的话，可以给我发消息。”

仿佛只是揣测宁樨此刻发送消息时的表情，就能变得心情愉快，温岭远笑着回复道：“你不怀疑我可能并不在会场吗？”

“为什么要怀疑？当然是你说什么，我就会相信什么。如果你有时候必须对行程撒谎的话，那一定是因为你有自己的考虑，比如说，准备偷偷给我一个惊喜什么的？”

这么长的一段话，宁樨显然懒得打字，直接发送的语音。

听见她的声音，又使他感觉更好了一些，也觉得，切实告诉她实情也没有什么，于是就举起手机拍了一张头顶杆子上挂着的盐水袋的照片，发送给她，附的文字是：“我在诊所输液。不过不用担心，我已经退烧了。”

立即，一个视频电话打了过来。

温岭远犹豫了一下才接。

屏幕里，宁樨凑得很近，眼睛睁得很大，好像要隔着屏幕将他看清一样。她明明那么晚才睡，皮肤状态依然很好，没有化妆，手机的前置摄像头里，也是干净而好看的。

而宁樨在镜头里看见的温岭远，则面色苍白而憔悴，不过一个晚上，他却好像清减了不少。她必须忍住，才能不继续就昨天自己的任性，没完没了地道歉。

她只是问他："你还好吗？"

温岭远笑了笑说："本来不太好，看见你就好了。"

宁樨并不觉得温岭远说了一句哄她高兴的情话。

温岭远坐在诊所里常见的那种蓝色皮面的椅子上，左手扎着针，因此身体的重心落在举着手机的右边手臂上。屏幕里的他确实被感冒折磨得缺少了一点生气，整个人有点丧丧的，但唯独眼睛里的笑意是清晰且明亮的，因此就显得这句话是有感而发。

于是宁樨也有感而发："我现在很有负罪感。你在赶车、赶飞机、输液的时候，我在呼呼大睡。"

温岭远仍是笑着说道："我努力的目的，不就是希望你能睡得安稳吗？"

宁樨知道温岭远这个人，虽然偶尔在一些事情上思考的角度十分理性，而且不大喜欢正面给出答案，但是总体而言，他是一个很会讲话的人，她领教过不止一次两次。

她只是没有想到，在变成他的女朋友之后，这些话的威力简直成倍增加，像重磅炸弹一样砸得她脑袋持续发蒙。

她有一种预感，往后自己的坏脾气，更要朝着无药可救的方向发展了。

"药水还剩多少？"

温岭远换成后置镜头，举高了手机给宁樨看："不多了，打完这瓶就结束。"

"给我看一下你的外套。"

温岭远有点不明所以，但还是将镜头对准了自己身上的黑色羽绒服。然后，他听见手机里，宁樨放心般地说了一句："还好，挺厚的。"

他笑了笑，觉得她虽然年纪小，却很会关心人，并且是用一种被关心者能够深刻感觉到自己是被关心着的方式。

因为药水将打完，而宁樨也要准备去上班，他们互相嘱咐对方注意保暖，然后结束了这一通视频电话。

离开诊所之后，温岭远先回论坛组织方给他备好的酒店房间，洗了一个热水澡，换掉内搭的衣服。中午有在酒店宴会厅举办的自助餐会，他不能缺席。

他习惯性地随时向宁樨更新自己的行踪，并且顺手拍下几张照片作为佐证。

在中午自助餐会即将开始的时候，他收到宁樨的回复：“这是我们都要遵守的习惯吗？我也需要拍一张我工位的照片发给你吗？”

温岭远能够感觉到，这是宁樨斟酌之后的语气。

这句话让他愣了一下，继而发觉，似乎是自己有点缺乏信心。她已经说过了，他怎么说，她就会怎么相信。

他自顾自地笑了一声，回复：“不，不需要。只是因为你说有负罪感，我想告诉你我真的已经没事了。”

宁樨对他的解释深信不疑，将他发给她的，随手拍下的餐会现场的食物照片又发回，只是用红色记号笔圈出了照片中的某处：“好羡慕，你们的午餐还有巧克力布朗尼吗？”

随即，她又发过来一张照片，是她略显素淡的午餐，无油鸡排、紫米燕麦饭、紫甘蓝，还有几颗圣女果和西蓝花。

温岭远笑着回复：“你不用减肥。”

“同组的一个同事为了凑满减，喊我一起点的。”附带哭泣的表情。

“公司有下午茶吗？”

“没有这么高级的东西。”

餐会开始，业界同侪陆续到场。温岭远看见一位认识的人，因为要过去打招呼，就先收起了手机。

温岭远一定要出席这次论坛的理由，是因为许多本科学校的校友也会来参加，他们如今在全国各大中医院或者中医科室就职，能够给他提供很多他在个体经营的中医馆里获取不到的信息。

中午，温岭远和这些校友坐一桌，其中有一位现在在北城工作。聊完工作领域内的话题之后，温岭远同这位校友打听了一个关于北城风土人情方面的问题：“北城哪一家的甜点比较好吃？”

餐会的间隙，温岭远去了一趟洗手间，单独待在外面透了一下气。这个时候，他才有空将手机拿出来。

他与宁樨的对话还停留在宁樨回复的那一句，她后面也没有发消息催问他为什么突然就不说话了。

温岭远给她发去一条消息，解释道：“中午在和一些校友吃饭，所以没有看手机。”

宁樨很快地回复道：“猜到了！没关系的，我跟小雨和苏昱清他们聊天时，也经常会聊着聊着突然就停了，然后去做自己的事，也不会特意打招呼。如果有什么要紧事需要你立即回复，我肯定会直接打你电话的。”

温岭远问："再次发消息的时候不解释自己上次为什么突然消失，也不会觉得尴尬吗？"

"为什么要尴尬？我们都挺随便的，觉得这个话题没意思不想继续聊了，或者突然手边来事情了都很正常的。而且，真正重要的事，我们都会认真回复不会敷衍的。"

温岭远竟觉得有些羡慕，这样几个二十岁不到的小孩之间，有他最向往的那种交往方式。

没等他有机会问，他们两人之间是不是也可以这样随便的时候，宁樨的消息已经发了过来。她打字这样快，可能又是用的电脑端？

她说："不过，对你我会尽量克制的，'消失'之前一定会提前跟你打招呼。"

温岭远笑着回复，说："不用克制。保持你平常的习惯就好，因为，我也想享受一下不必每句话都要交代下文的自由。"

下午两点。

午休刚刚结束，宁樨就接到一通送外卖的电话，对方问她具体在写字楼的哪一层。她很困惑，但外卖小哥坚持说就是送给她的，没有弄错。

外卖小哥得知楼层之后上来了，他手里提着的是印着这片区域最有名的一家奶茶店标志的纸袋。

宁樨提上袋子回到自己的座位，拆开来看，里面有一杯奶茶，还有各种口味的软欧包，已经切成小块，分量足以分给五到六个同事。

会是谁点的，她不做他想。

宁樨领会温岭远的用意，给今天同在加班的关系比较近的几个同事都分了一些，而后才回到座位，边喝着奶茶，边给温岭远发消息："我会胖的！"

过了大约十分钟，温岭远的消息回复过来："没关系，多胖也养得起。"

宁樨差一点被奶茶呛住，为什么不在跟前，温岭远也拥有时刻能让她脸热心跳的本事。

周日晚上七点多，温岭远回到青杏堂。他给池小园送上在南阳的机场顺手买的特产之后，第一件事是回到楼上给宁樨发一条交代自己已经到家的消息，洗过澡后，就蒙头大睡。

他已很久没有得过这么严重的感冒，因此，第二天照常坐诊时，池小园都能看出来，他周末出差一趟，整个人都憔悴了不少。

但同时，池小园也看出来他心情出奇地好，她每天都跃跃欲试，似乎想跟他打探，到底发生了什么好事。

温岭远并不打算对任何人隐瞒，但是，什么时候说，选择什么方法说，需要讲一下策略。起码眼下，冷不丁地告诉小园，自己和宁樨在一起了，既不是好时机，也不是好方法。

治感冒没有特效药，只有一天一天地熬过病程。

周五晚上，池小园看见温岭远坐在电脑前面，查询周六早上某航空公司飞往北城的航班时，纳闷地问："温叔叔，你又要去北城啊？"

"嗯。"

"出差吗？"

"不是。去找宁樨。"温岭远抬头看了一眼池小园，希望她能从这句内容和语气都不太正常的话中，质疑些什么，好让他顺着她的质疑交代真相。

但是她没有，她问："樨樨怎么了？生病了，还是遇到什么麻烦了？"

"没有，她很好。"

池小园点点头，端着茶杯坐去温岭远的对面。不过片刻，她突然想到什么，说："温叔叔，我能一起去吗？我还没去过北城！"

温岭远不知道该不该拒绝，于是对她说："你问问樨樨。"

池小园掏出手机来，在给宁樨发消息的时候，她渐渐感觉到好像有哪里不对。

樨樨？她暗自犯嘀咕，好像之前从来没听温岭远这么叫过宁樨。但是，也仅仅只到这里为止，她仍然没有往更深的层次想。

不过片刻，池小园举起手机屏幕对温岭远说："樨樨让我也一起去！"

难得这一回宁樨不加班。因为池小园是远道而来，所以她选择上午去接机。

飞机落地是在十点左右，宁樨在出口等了不到二十分钟，就看见温岭远和池小园一道走了出来，他们一人提着一个小号的登机箱。

他们这次做好了万全的准备——都带着羽绒服。机场室内的温度足够高，羽绒服他们没有穿着，是搭在手臂上的。

池小园也看见了宁樨，先是扬起手朝她挥了挥，紧接着将手里的拉杆箱托付给温岭远，自己朝着她奔跑而去，以一个拥抱作为今天会面的开始。

"冷不冷？"宁樨笑着问。

"温叔叔说北城可冷了，他描述得好夸张，我真以为会冷成什么样呢，结果其实还好。"

宁樨默默地笑了一下，朝池小园身后的温岭远看去。他穿着一件灰色毛衣，整个人高瘦挺拔，气色还不错，看来感冒应当是已经好了。

他们一起往外走的时候，池小园问宁樨附近有没有洗手间。

宁樨给池小园指了路，池小园将行李箱和羽绒服外套都留下，让他们看管，而后自己朝着洗手间小跑而去。

因为池小园在场，他们并没有认真地打过招呼。温岭远这个时候才垂下眼去仔细地看宁樨，她化了很淡的妆，唯独显眼的是唇上的一抹玫瑰豆沙红。

他在想应该先说什么，而宁樨就比他直接得多，上前一步便扎进他的怀里，问：“有没有想我？”

温岭远伸出手臂，也将她揽住，笑着说：“不然我为什么在这里？”

“你就不能正面回答吗？”

温岭远陷入沉默，好像在酝酿着，试着给出一个正面回答。

宁樨笑出声，不打算为难他了，就说：“好了好了，你不说我也知道。”她一下踮起脚，仰头去看他，“你一定想我想得不得了，对不对？”

她凑近到可以让他闻到她那似乎带着一点甜香味的温热呼吸，他不由得屏息，微笑着，不由自主地说：“对。”

宁樨放任自己与温岭远拥抱了好一会儿，她的视线却始终注视着池小园所去的方向。一看见池小园的身影出现，她就立即松开了温岭远，像地板烫脚似的两步弹开。

温岭远笑着问：“不想被小园发现？”

“也不是不想，只是我换位思考了一下，觉得用这种方式向她坦白好像有点过分。最好，还是等她有所察觉之后吧？”

“你是不是过分高估了小园的洞察力？”

“你这样是在背后说她坏话哦。”

他们聊着天，等着池小园走过来接回自己的行李箱和外套，然后一起走去出租车候车处。

虽然实习工资少得可怜，但是宁樨还是坚持要做东道主。中午吃饭的地方她已经订好了座，吩咐出租车司机直接开过去，并且坚决不肯采纳池小园想要吃某百年老店烤鸭的建议。

池小园尚有一丝怨念：“可是，来北城不吃烤鸭……”

出租车司机主动替宁樨说了句公道话：“您就听这位姑娘的安排，天儿冷，就适合吃涮羊肉。而且你们要去的这店正宗，咱们本地人都常去，不是资深老饕还真不一定知道。”

到店后，他们刚掀开门帘，热气就裹着食物的香味一道袭来，大堂里喧闹如市集。宁樨订的是一个隔间，他们把行李箱堆放在包间的角落里，各自脱下了外套。

点过菜之后，服务员端上来一个铜火锅，清汤沸腾，只等加入新鲜的羊肉和肥牛了。

这一回宁樨没有选择川式火锅，一则是因为她想让小园试一下传统的涮羊肉，二则是因为味道不辣，温岭远也可以吃得比较尽兴。

锅底沸腾起来，水温很高，而宁樨喜欢吃煮到七分熟的羊肉，因此把肉下锅涮了不到二十秒就要捞起来，她又要吃，又要涮，两头忙碌。

于是温岭远顺手接管了涮肉的工作，很快，宁樨面前的盘子里就堆了一堆火候刚刚好的羊肉。她都要吃不过来，便将肉分了一些给温岭远。

温岭远十分自然地夹起宁樨分给他的羊肉，蘸了一下麻酱送入口中。

池小园看得有一些惊奇，因为她知道温岭远是不喜欢与人分享食物的，让他吃落入他人碗中的东西，基本是一件不可能的事。

这件在她身上没有发生的事，在宁樨身上发生了。虽然她有些纳闷，但是仍然没有多想，只感叹了一句："你们关系好好哦。"

宁樨差点被一口羊肉呛死。

下午，宁樨逃不开做地陪的命运，陪有着典型游客心态的池小园去当地的几个隔得比较近的著名景区逛了一圈。

晚上吃过饭后返程，已经到了晚上九点半。一路上精力充沛的池小园上了出租车后立即蔫了，她靠住宁樨的肩膀就开始睡觉。

坐在前座的温岭远转过头来看宁樨："你累不累？要不要也休息一下？"

"还好。我们的频道最近在筹备一个自制节目，现在我每天跟着老师打杂，比这个要累得多。"

"你要上这个节目？"

"可能只能在举赞助商名牌这一环节露一下脸，或者坐在前排当托带节奏吧。反正，实习使我明白，我不适合走这条路。现在这个行业，人就像一颗螺丝钉，连拟订的明星和嘉宾都是可以更换的，没有谁不可替代。我可能还是喜欢摄影，因为最终成品能够展现出我的创作意志。不过，摄影这一条路我也只是刚刚入门而已，而且我也不能肯定自己是不是会一直喜欢下去。"

"明白自己不想要什么，有时候更加重要。至于喜欢什么，又想选择什么作为终生的事业，你还年轻，可以慢慢地探索。"

"前提是，我爸最好不要破产，"宁樨笑着说，"能够支持我一直探索。摄影已经够烧钱了，要是往后我再喜欢上收集古董，或是炒股什么的，不知道宁总的资产够不够我交学费。"

温岭远笑着说道："不是还有我？"

宁樨立即用"嘘"声制止了他，她指了指把脑袋靠在自己肩膀上的池小园，小声地说："她在的时候，你不要说这种话！"

温岭远笑了："那你为什么要同意她跟我一起来？"

“我就知道，你是因为不想带她，所以让她来问我的意见，把烫手山芋丢给我。”

哪知道温岭远非常坦诚：“不可否认，我是有一点这样的想法。”

“你好自私！我看错你了！”宁樨开玩笑地说道。

温岭远则是一本正经地说：“以后你就会知道，我不只自私，还非常小气。”

出租车将三人送到宁樨的小区门口，接下来要池小园做选择，她是跟温岭远去住酒店，还是去宁樨那里休息。

池小园选择了后者。

住所附近不到一千米就有一家豪华型酒店，温岭远决定就近下榻，于是就和她们两人在小区门口告别。

温岭远看出宁樨有不舍的意思，只是，他们肯定不可能撇下池小园单独活动的，他笑了笑说：“如果你们今晚不聊到太晚，明天就能早起跟我一起吃早餐。”

池小园打着呵欠：“聊不动了，我估计自己洗过澡就得睡了。”

宁樨则说：“早起是不可能早起的，早饭你自己解决，我们要睡到自然醒。”

温岭远哑然失笑，所以，在和自然醒的竞争中，他输给了自然醒？

宁樨现在租的这套房子是一居室的，面积比崇城的那一套要小上不少，床也只有 1.5 米宽。不过，小房子也会显得更温馨一些，尤其是在好姐妹过来寄宿的情况下。

她和池小园洗漱过后，躺在床上聊了很久的天，没什么固定的主题，最后还一起用 iPad 看了一些小偶像最近的作品剪辑。

过了零点，池小园先睡着了。

宁樨关上了大灯，只留自己这边床头柜上的一盏小夜灯。

早在一个小时前，温岭远就给她发过消息说晚安，她拿出手机来看，还是决定不给他发消息，免得提示音将他吵醒。

回想今天一整天的行程，她和温岭远单独相处的时间寥寥可数，实在有一些不甘心。于是，她给自己定了一个早上六点的闹钟。

只要没什么特殊情况，温岭远通常都会在清晨六点起床。多年养成的生物钟，使他不必依靠闹钟就能准时醒来。

他起床洗漱，洗头洗澡，穿上酒店的浴袍，坐在落地窗前的沙发上，用 iPad 处理一些重要的邮件，再读一读今天的重要新闻。由于在外地无法锻炼，因此他的时间更充裕，做这些也更从容不迫。

大约六点半的时候，手机通知栏弹出宁樨发来的消息：“起床了吗？”

温岭远立即回复：“起了。你起得这么早？”

宁樨：“我在酒店楼下，你住在哪个房间？”

温岭远略感惊讶，报上房号之后做的第一件事，便是脱掉浴袍，换上干净的衣物。

没过多久，就响起了敲门声。

温岭远打开门，看见宁樨仿佛做贼似的从门缝里溜入，他不由得笑了：“该不会，小园还没起床？”

“是啊，我偷偷过来的。”

她身上穿着一件浅黄色的面包服，腿上是牛仔裤，不太能够看得出来是不是有穿秋裤。她脸上还带着一些困意，仿佛没有睡醒。

进屋之后，宁樨脱下外套扔在床上，身体往上面一躺，打了一个长长的呵欠：“你是怎么做到，常年六点起床的？”

“每天十一点睡觉就能做到了。”温岭远将宁樨随意丢下的外套拾起来，用衣架挂入衣柜之中，而后，去她身旁的床沿上坐下。

他问：“你要不要再睡一会儿？”

“你陪我睡吗？”

“我不睡了，再躺下也睡不着。”

宁樨有时候对温岭远的正派作风感觉到有些抓狂。在可正直可不正直的时候，他往往都会往最正直无比的方向理解。

“那你坐过来，”她拍了拍旁边的被子，“我要枕在你腿上睡。”

温岭远说：“稍等。”

温岭远起身，去沙发那边将 iPad 拿了过来，然后生怕她睡不着一样，又拉上了遮光的深灰色窗帘。

宁樨：“……”

好歹，宁樨最终是把脑袋枕在了温岭远的腿上，甚至还得寸进尺地搂住了他的腰。

而温岭远仿佛是将她当作了小猫茯苓，时不时伸手摸一摸她的脑袋。

宁樨不可能还睡得着，她时不时地抬头看他一眼，但他正端着 iPad 不知道在看什么，十分心无旁骛。

她有些百无聊赖，于是翻起他藏青色毛衣的衣角，去看缝在腰线上的标签，猜想着这衣服的面料是羊毛还是涤纶，是手洗还是干洗。

这些小动作，似乎终于使温岭远注意到了她，并且他恍然大悟地问道：“是不是没关灯，你睡不着？”

“没有！我马上就睡了！”宁樨拽住他打算关掉床头台灯的手臂，然后认命地调整了一下睡姿，脑袋找到最舒适的摆放角度，合上眼睛。

没过多久，她听见窸窣的声音和一声轻响，好像是温岭远把 iPad 扣在了床头柜上。

紧跟着，他说："你知不知道，你嘴角上有一点牙膏沫没有擦干净？"

话音落下的同时，温岭远的呼吸一下凑近。

宁樨的心脏漏跳不止一拍，乱颤的睫毛使她想要睁眼，但心脏高悬的紧张又阻止她这样做。

她反应了一秒钟，才终于确信，是一个吻落在她的唇上。她感觉心脏在坐跳楼机，持续俯冲，不断失重，慌得不知道应该怎么办，只好第一时间攥紧了手边他毛衣的后摆。

最开始只是轻触，当温岭远似乎试探性地要将其变为成年人之间的那种深吻时，她一直憋着的呼吸，让她感觉到肺部在发疼，她实在没有办法了，伸手轻轻一推。

温岭远即刻远离，却伸手按住了她打算偏过去的脑袋，带着笑意的目光注视着她，还说着得了便宜还卖乖的话："你是跑过来自投罗网的？"

宁樨不服气地隔着毛衣在他腰上掐了一把，只掐到紧实的肌肉，想也不会怎么疼。

她左右晃动脑袋，终于挣脱他手掌的桎梏，翻个身背对他："我现在是真的要睡觉了！"

"那我陪你。"他说着，掀开被子在她身侧躺下，伸出手臂将她搂住。他衣服穿戴得很整齐，这个拥抱因此十分单纯，仿佛一个大型的暖手宝。

应当没有人会喜欢冬天的清晨，那像是自暴自弃的画家打翻自己的调色盘，然后将所有颜色混在一起，胡乱涂抹于画布之上的，那样一种脏乱的天色，过了早上六点半，都没有一点变透亮的迹象。

宁樨躺在温岭远的怀里，这样说着："所以，我刚才在路上看到这么可怕的天空，就想，如果不是为了见你，给我一百万我都不要早起。"

温岭远给的回应是将手臂收紧，然后笑着说："真有这么困的话，你还不赶紧闭上眼睛？"

"看在你千里迢迢赶来的面子上，等下午把你们送走之后，我再回去补觉吧，现在我想和你说一会儿话。"

温岭远抬腕看时间："最迟八点，你要跟我去吃早餐。"

宁樨笑着点头，温岭远想到什么，指了指自己手上的腕表，问她："这个，你准备提货了吗？"

"你继续替我保管好了。"她笑了起来，眼睛里仿佛落入了星光的碎屑一样明亮，"没有什么好着急的，反正你整个人都已经是我的了。"

她说这句话时带有一点促狭的小得意，就好像她这个人，温岭远不由得笑答：“你说得很有道理。”

全世界都尚未完全苏醒的清晨，此刻这样安静而私密的气氛很适合交谈，使任何话题都变得能够轻易开口提起。

他们有很多关于回忆的内容，需要一一对质，比如，宁樨最关心的是：“有没有一个非常明确的节点，你意识到自己对我的想法发生了变化？”她没有使用“你意识到自己开始喜欢我”这个措辞，不知道为什么，不管主语和宾语是什么，只要在温岭远面前，说“喜欢”这两个字，都会使她感到害羞。

她原本以为，温岭远会认真地想一想，然后用非常官方的辞令告诉她：想法改变是一种过程，没有哪一个明确的瞬间。

哪知道，温岭远几乎没有犹豫地回答道：“那次跟你去美术馆，回到南城之后。”

宁樨笑了，手臂微微撑起来看他：“为什么？不会是因为周璟吧？”

“他应当是一个导火索。我回去之后，逐渐意识到，不是不存在这种可能。但主要的还是，你认清我不过是一个优柔寡断的人，决定从此不再跟我联系。而你确实，有好长一段时间不曾联系我。”

宁樨笑着说：“如果我说，那只是我欲擒故纵的手段呢？”

温岭远一点也不气恼：“那也无妨，因为很有用。”

在他心里，有一个略显矫情的形容，他没办法说出口——

似乎没有什么可以使她卑微，就连投入一段兴许终究无果的感情，都带着一种随时可以抽离的洒脱。她就像在一个春日阵雨的午后，在他窗台下躲雨的野猫，有一天她衔来一朵花作为回报，但他不可能期望她时时会来。他不知道她的住所，不知道她出没的规律，不知道她会不会同样眷恋清晨和黄昏。那么，即便有一天她要彻底消失，他也不会被提前告知。

所以，他只好将她圈养。

笑过以后，宁樨认认真真地解释说：“你这个人很神奇，我在你面前会不由自主地变得特别不讲道理。我很害怕那一次的闹别扭还会重复上演，所以我想，我们的距离远一点，或许没有坏处。”

“那次的不愉快，主要责任在我。”

宁樨笑着说：“你想背锅的话，我也不会和你抢。”

此外，她还有想不通的地方，至今也没有办法将其归纳为偶然：“暑假你带小园和北歌他们去玩，怎么会恰好选择跟我同一个地方呢？小园说她并不知道我在那儿，但我不觉得是巧合。你解释一下。”

温岭远笑了一声：“你现在才问，我以为你并没有意识到。”

“你快告诉我，不要再卖关子了！”

温岭远不疾不徐地解释，一点也不管宁樨被好奇心折磨得要死：“微博这个App，我是为你下载的。”

宁樨睁大了眼睛：“小园告诉的你我的微博账号？可是，我并没有发微博说自己在那个岛上。”

“你登岛的第一天，发了一张照片，你还记得吗？一座灯塔。你说，今晚欠你一场荧光海。只要稍微一查就知道，中国能够看到荧光海，且有那座标志性灯塔的地方，只有一个。”

温岭远这样说，怎么可能不会让宁樨略感得意：“所以，你是专门去见我的？”

“是。”

“我拿葡萄给你吃的那天晚上，你就想跟我告白吗？”

“在我的计划里，原本不会那么早，只是发生了一个意外……”

“什么意外？”

“暂时还不能告诉你——你掐我，我今天也不会告诉你的。”温岭远笑着说道。

宁樨不大服气地松开掐住他手臂的手指：“那你什么时候可以告诉我？”

“我不好跟你保证，要看时机。”

宁樨略不甘心：“我先记下来，你要是一直不告诉我，我会生气的。因为你还欠我一顿饭，本来就很不公平了。”

这句话使温岭远陷入了思索，他怎么也想不起来，什么时候欠过宁樨一顿饭。

他坦诚地说出自己的疑惑之后，宁樨说道：“很久很久很久之前，那天你拿着一瓶黄酒去我家拜访，我跟我爸吵了架，你说要请我吃夜宵，我选择了豌豆面，你还记得这件事吗？”

温岭远点头。连黄酒这个细节都说出来了，他想要不记起来都难。

“然后，在我点单的时候，你在外面打电话。那家店是付账以后才能拿着餐票领取桌牌，你说要请我，结果是我自己付的账。”

温岭远笑了，诚恳地道歉：“对不起，我真的已经忘了这件事。作为惩罚，以后你都让我请。”

“我很铺张浪费。”

“还不至于吃穷我。”

身侧的那盏台灯始终亮着，为窗帘紧闭的房间，制造了一种在深夜里的假象。很少有一个人会让宁樨觉得，跟他在一起什么也不做，一句一句地对谈就很充实。

温岭远说：“我也有一些问题。”

“嗯？”

温岭远伸出手指，轻轻地捏了捏宁樨的脸颊：“我不是非常肯定，有没有过这样一段时间，我的存在对你而言是无足轻重的，你能够充分去体会不一样的生活？”

宁樨能够领会他这样委婉措辞里的温柔，说道：“你记不记得，去年在你朋友的酒吧，我送给你一束花？”

“卢茨克玫瑰，你说那是唯一象征友谊的玫瑰。”

“我骗你的，卢茨克不产玫瑰。”

“我知道。”

宁樨怔然：“你知道？”

温岭远意识到宁樨所说的，与自己所要阐述的并不是一回事，忙说道：“我的意思是，我知道那时你想要安慰我，又不想使我有心理负担。但是现在，我听明白你想要表达的意思了。”

“如果你要是因此觉得亏欠我，那就很没有必要了。”

“我不会这样自以为是。”温岭远又捏一捏她的脸，顿了一下，突然问道，“你觉不觉得暖气开得有点足？”

“因为我们穿着毛衣，还盖着被子。”宁樨笑着，将被子一蹬，“不但热，好像还有点缺氧。”

温岭远于是趁机再次提出那个十分养生的建议：“去吃早餐？”

宁樨笑不可遏：“你到底对早餐有多执着？”

她嘴上这样说着，但还是响应了他的建议，从床上爬了起来，去洗手间。

温岭远走去窗边拉开窗帘，将窗户打开一条缝隙，使室内流入一些新鲜空气。

他在透气的同时，也在缓解方才因与宁樨太长时间的亲密拥抱，而引起的生理层面的一些反应。

很快，宁樨用完洗手间出来，遍地找她的外套。温岭远指了指衣柜：“给你挂起来了。”

宁樨取出外套穿上，一边拉着拉链，一边走到温岭远身旁，将目光投注于他所凝视的窗外的建筑，却始终体悟不出，那暗沉天色下的写字楼有什么趣味可言，于是问道：“你在看什么？”

“没有，随便看看。”

温岭远离开了窗边，去取出自己的外套穿上。中长款的羽绒服外套，厚度适宜，却显得他长腿上所穿的休闲裤十分单薄，于是宁樨没有忍住，突然蹲下身去揪了一下裤子。

温岭远困惑地看向她。

宁樨笑着说：“我就是想看一下你有没有穿秋裤。”

温岭远笑道：“让你失望了，我还没有变成典型的中年人。”

宁樨将搭在外套帽子上的一些头发拿下来，捋过之后都顺在同一侧。温岭远检查过需要带的东西，正准备拔房卡的时候，宁樨说："我还有一个问题。"

"嗯？"

"你和钟映分手之后，和与我在崇城重逢之前的那小半年里，有没有一个瞬间想过要联系我？"

头顶是一盏廊灯，宁樨低下头去，浅黄色的光只栖在她的睫毛上。

温岭远沉默之后，选择实话实说："没有。我不想在上一段感情没有清理干净之前，将其他人牵扯其中，尤其是你。我未必有那样自律，不会利用其他人的安慰作为治疗自己的药方。我也说过的，让你受到伤害，不是我的本意。"

宁樨立即抬起头来，微微歪了一下头，笑着说："好神奇，你这样解释之后，我竟然觉得'没有'比'有'这个答案更好。本来，我知道你一定会说'没有'，都已经准备好要稍微难过一下，让你来哄我的。"

宁樨一定是说的实话，温岭远十分肯定，只是这样的笑容，仍然会使他觉得有一些心疼，于是他不由自主地伸手拥抱她。

而宁樨踮起脚来，安慰似的拍了拍他的肩膀，而后仰着头在他唇上轻轻碰了一下。

下一个瞬间，响起房门卡被抽出时发出的"嘀"的一声，她说："走吧，去吃早餐。"

然而，她去扳门把手的手被温岭远牵住，那顺着手臂逐渐加重的力道将她重新带回他的怀里。

伴随黑暗一起落下的是他的一个吻，这一回，不再是浅尝辄止的。

这一个吻，使他们在房间门口磨蹭了将近十来分钟才出门。

宁樨无法克服自己不好意思的情绪，因此在一直走到电梯前她都不曾与温岭远交谈，也拒绝所有可能的目光接触。

等进了电梯，宁樨才稍微鼓足勇气去看温岭远一眼，而他正心无旁骛地盯着楼层的数字指示。她能领会，他是在为她留出消化情绪的空间，所以配合着她，同样不说也不看。

她朝着温岭远靠近一步，还是没敢再看他，只是伸手轻轻扯了一下他的衣袖，然后小声地说："牵一下。"

温岭远扬起嘴角笑了笑，伸出手，将她牵住。

酒店的早餐是自助的，中餐西餐都有，种类繁多。宁樨跑了几趟来回，拿了黑麦面包、法式奶油浓汤、水果沙拉和一小盘蒜香龙利鱼意面。

食物使她无暇分心顾及其他，这一顿早餐，在温岭远之后，额外弥补了一分早起的痛苦。

温岭远吃的主食是一小碗阳春面，宁樨咀嚼面包的时候，往他碗里看了一眼，面汤清亮，漂着些许葱花，她问：“好吃吗？”

温岭远将碗往她的面前推一推，她不客气地拿起汤勺喝了好几口。

温岭远看着她，声音温和地问道：“在你的计划之中，是想早一些跟家人公开，还是想晚一些？”

宁樨放下勺子，将面碗放回到他面前，笑着说：“你为什么觉得我会有计划这种东西？”

“我想尊重你的想法。”

宁樨没有过多思索，因为答案于她而言是显而易见的：“我当然恨不得立即昭告天下，但是，这样不会对你造成压力吗？”她笑了一下，以开玩笑的语气述说着自己内心的隐忧，“假如最后我们没有结婚，对你的名声岂不是又是一次打击？”

温岭远非常认真地看着她：“你为什么觉得我们不会结婚？”

“我们才在一起一周，说这个是不是太早！而且，我还要一年后才到法定结婚年龄！”

温岭远笑了：“这确实是个问题，说不定还是个大问题。撇开这个不谈，还有其他因素是你担心的吗？”

“我为什么……”宁樨笑看着他，“感觉你好像想结婚想得不得了？”

“可能不如你想得这样急切，毕竟你年纪还小。”他笑着，语气是介于玩笑和认真之间。

回到最开始的那个问题，宁樨回答温岭远，说：“公不公开我都没所谓，看时机？不过，如果你身边冒出来什么奇奇怪怪的人，想要挑战我的权威，我一定会马上跳出来宣示主权。”

温岭远笑出声，不如说宁樨就是那个奇奇怪怪的人，总在他觉得可以弄明白她的时候，又制造新的变数。

“而且，”宁樨补充道，“我觉得暂时不公开也挺好的，你不觉得，有一点像在玩地下情？”

温岭远哑然，她总是语出惊人，他都差一点怀疑自己听错了，只是他不好再问一遍，因为他发现，她说出口之后连她自己都怔了一下，仿佛才意识到似乎把内心深处的真话给暴露了出来，于是她只好低下头去喝汤，掩饰脸上微微的尴尬。

温岭远吃完了阳春面，又添了一碗白粥，此外，还拿了一些小笼包、烧卖之类的，额外付过账，让服务员帮忙打包。

没过一会儿，服务员送来打包盒。

宁樨有些疑惑："你没有吃饱吗？"

"你不需要拿这个回去骗小园，说你早起单独出门是去替她买早餐了？"

宁樨笑了："你不说我都忘了。"

温岭远订的返程的飞机是在下午五点，三点钟左右他们就需抵达机场。

酒店需要在十二点退房，因此温岭远就把行李暂时寄存在宁樨住的地方，等出发去机场的时候再去拿。

温岭远收拾行李箱的时候，宁樨就蹲在一旁。看见一本护照，她拿起来，问："我能看一下吗？"

得到许可之后，她翻开看，签证章快要盖满了一本。如果不是看见这本护照，她都不知道温岭远去过那么多国家。

说起来，其实对于温岭远的过去，她并不是完全清楚，除了知道他被钦定继承青杏堂，以及和她一样，拥有不甚完美的家庭关系，养过一条已经去世的金毛犬，再有就是，有过一段差一点结婚的恋情。除此之外的部分，于她都是未知。

这样也好，她和他还有许多话可聊，而且她相信，他会愿意把这些一点一点地都告诉给她。

温岭远见宁樨虽然捏着护照在翻，脸上却分明写着一个大写的"走神"，于是笑着问："你在想什么？"

"啊……"宁樨回过神，合上护照递给他，"我在想，下一回你什么时候有空，我们可以一起出去玩。"

"你想去哪里？"

"都可以吧，我要好好想一想。"

酒店外，是在北方的冬天用"凛冽"形容都稍显温柔的寒风。

温岭远一手提着行李箱，一手牵着宁樨的手，看她缩起了脖子，露出一副仿佛生无可恋的样子，于是笑着问："你们实习期要持续到什么时候？"

"最迟也要到一月初。"

"结束了还回学校考试吗？"

"这学期不考试。"她说着，脸上的表情又高兴起来，仿佛不考试这一个优点就足以抵消实习的所有缺点。

"你去年过年回过南城吗？"

"回去过的，不过没有声张，你不知道是正常的，因为我就是想专门躲着你。"

温岭远笑了一声："过年——不一定要是今年，如果有空的话，我可以跟你一起去老家探望阿婆。"

"我可不敢告诉她……我觉得她接受不了的，她会觉得这是乱了辈分。"

温岭远突然停下脚步，看着她，笑容里有一些无奈："你不要强调这一点。"

“为什么？”宁樨反而更来劲，甚至自告奋勇地要先猜一猜，笑容狡黠地问道，“是不是因为……你自己也会这样觉得？”

温岭远不回答，只是提起她外套的帽子，一下盖在她脑袋上，顺手在她头上不轻不重地敲了一下，而后催促：“赶紧走吧，你不觉得冷吗？”

“你还没有回答我！”

温岭远叹了一声气：“我只能说，这是我在跟你坦白之前，犹豫得最久的一个因素。”基于最初两人的身份定位，他跨越这一步十分困难，甚至年龄差距都不是他最主要的困扰。

宁樨笑了：“你知不知道，你会让我越来越得意的。”

“你是可以得意一下，毕竟，我也没有预料到会走到这一步。”他仍是无奈地浅笑。

温岭远和宁樨一起到了她住所的门口，他把行李箱提进门里，却并不打算进屋。

“你不进去坐一下吗？”

温岭远摇头道：“小园也在，我就不进去了，不太方便。我去附近找个地方坐下等你们。”

宁樨将温岭远的行李箱推到沙发边，然后去卧室喊池小园起床。

池小园洗漱之后，看见餐桌上摆放的早餐，道：“樨樨，你起这么早就是去给我买早餐了？”

“是啊。”

“啊，好感动！”

池小园坐下，拿起筷子夹起一个尚且温热的烧卖送入嘴里，看见了温岭远的行李箱，又问道：“温叔叔来过？”

“嗯。”明明说的也不完全算是谎话，宁樨却觉得十分心虚。

女孩子出门前的准备工作，所花费的时间，是以小时为单位来计算的。

一个多小时后，她们在咖啡店和温岭远会合，他并未流露出任何不耐烦的情绪，只是笑着说：“我以为你们去睡回笼觉了。”

池小园说：“我其实想的！今天比原定的早了两个小时起床。”

温岭远站起身，拿起自己的外套，笑着问宁樨：“东道主，今天是什么安排？”

今天的安排，是去附近的购物中心逛一逛，然后悠闲地吃一顿午餐。这个安排，基本等于是没有安排了。不过池小园昨天游玩景点累得够呛，觉得今天悠闲一点也挺好。

他们一层一层地往上逛，在一楼的彩妆区，宁樨看上两支圣诞限定的口红；

三楼的女装区，宁樨买下了一件圣诞节配色的毛衣……而这些，都是温岭远付的款。

在七楼，有一家集合式的配饰店，大多数女生都对这些小物件无法抗拒。

池小园想要挑一顶帽子，进店之后和宁樨分散行动。她挑了几顶，准备喊宁樨给她做参谋，往后走的时候，突然停下了脚步。

在镜子前面，宁樨正在试一条发带，笑着问温岭远觉得怎么样。而温岭远似乎觉得没有戴正，伸手替她调整了一下，而后笑着说："很好，很衬你。"

池小园突然有点焦虑不安，因为她发现这两个人的气场有一些微妙。不知道是因为他们两个人挨得很近，还是因为温岭远和宁樨接触的动作太自然，抑或是宁樨会问温岭远意见这件事本身就有一些诡异。

因为，倘若换作是她，她绝对不会询问温岭远这样一个男性长辈关于穿搭方面的意见，而且，她也确实从来没有这么做过。

继而，她又想到，方才买口红和毛衣时，宁樨没有开口，温岭远就主动替宁樨付了账。

池小园是有固定工资的，所以除非是特殊情况，否则她不会在购物的时候让温岭远替她付账。

温岭远很好说话，且从来不摆长辈架子，这点没有错。但在人际交往方面，他一定会遵循相应身份之间的界限。

在她看来，宁樨和温岭远已经超越了这条界限，而且不止一点。

生出这样的疑惑之后，池小园开始有意识地观察他们，甚至为了避免受到干扰，她选择暂时什么也不买。宁樨挑好了一条发带和一条围巾，而这一次，依然是她没有开口，温岭远却主动地掏出了自己的卡。

逛完饰品店后，他们又去喝饮料。

温岭远排斥过甜的东西，只点了一杯冷泡茶。宁樨喝着自己的桂花拿铁，突然对温岭远说："我要喝一口你的。"

然后，宁樨仿佛突然意识到，还有其他人在场，突兀地略显尴尬地推开了温岭远递过来的茶："算了，感觉有点苦。"

池小园感觉，自己好像发现了什么了不得的秘密！

她没有办法说服自己这是自己想多了。毕竟在追小偶像的这条路上，她已经具备了相当的侦察意识，小偶像和哪个流量小花有什么暧昧的苗头，都不可能逃过她们这些追星女孩的眼睛。

这时，她不得不紧紧地咬住吸管，克制自己心里的尖叫，也克制着把惊恐的表情显露在脸上。

她不是迟钝，只是从来没往这方面想过。她胆子小，如果不是亲眼所见，再借她十个胆她也不会想到，还有这样惊世骇俗的事？

而且，这些线索是串联起来的，比如，怎么恰好宁樨去了哪里，温岭远的出差地点就变更到了哪里；比如，暑假和宁樨在小岛上碰头真的只是一个巧合吗？

池小园觉得此刻应该可以用“细思极恐”这个词来形容，她要非常非常非常克制，才能够不与这两人当面对质。

最后的最后，她想到最严重的一个问题，所以，这个周末自己当了两天光亮璀璨的电灯泡？

奶茶喝完，他们去餐厅吃饭，一路上池小园都心不在焉，所以吃饭的地点是宁樨和温岭远商量着决定的。

等到了餐厅里，找到座位之后，温岭远去后方借用洗手间。

而池小园终于憋不住了，径直问宁樨：“你有什么要跟我坦白的吗？”

宁樨愣了一下，而后摸摸鼻子，笑着说：“呀，你发现了？”

宁樨承认得太干脆，让池小园准备好的“严刑拷打”的话术全无用武之地。

两个人大眼瞪小眼地沉默了一会儿，宁樨恍然大悟道：“哦！你是不是在等我问你是怎么发现的？”

池小园：“……”

预估到温岭远很快就会回来，池小园暂时只挑重点来问：“你们在一起多久了？”

“刚刚一周。”

“你为什么不告诉我？你也没告诉小雨吗？”

宁樨感觉这个问题要是答不好，就要变成女孩子之间争论“对你而言我和她居然不是同等重要”的战役。

“其实，我读高三那年，刚去青杏堂，和你们没有认识多久时就喜欢上了温叔叔。这件事，小雨一直是知道的。”

“但是你没有告诉我。”

“那时候，温叔叔还和钟映在一起，我不想你知道之后会觉得尴尬。”

池小园沉默了一下，这个解释在她这里是可以过关的：“那你们在一起之后为什么没有告诉我？”

“因为……因为缺少前面这些铺垫，我怕你很难接受。”

“你以为现在我就能接受吗？”

宁樨立即换上一副委屈巴巴的表情：“那你要拆散我们吗？”

池小园被她逗笑了：“这么耸人听闻的事情，正常人都需要时间消化的好吗？而且，你们是不是利用我互相打探对方的消息？”

“小园姐姐，我错了。”

“……”

池小园瞥见温岭远回来，暂时结束了这个话题：“先不说了，我需要冷静一下。”她知道这件事只可以跟宁樨聊而不可以跟温岭远聊，否则就是没有分寸。

温岭远坐下之后，看她们之间的气氛不是特别和谐，便问道：“怎么了？”

她们仿佛商量好了一样：“没怎么。”

“……”

下午两点半，他们离开购物中心去宁樨的住处拿行李。

因为路程实在太远，宁樨就不准备送他们去机场了。

池小园检查自己的行李箱时，看见温岭远和宁樨一个坐在沙发上，一个坐在餐桌旁，刻意避嫌似的离了老远，彼此之间又一言不发。

这再度使她意识到自己电灯泡的身份，虽然有点不爽，但还是大度地说道：“樨樨，要不你们先下去等车吧，我比较慢，可能要再用一下洗手间。”

“走吧。”宁樨站起身，主动去提温岭远的行李箱，又对小园说，“钥匙我带着了，你出门的时候直接把门带上就好。”

温岭远略感困惑，走到电梯口的时候，他说出自己的推测：“小园知道了？”

“是的，所以我们不用装了。”

温岭远笑了一声，难怪方才吃饭的时候气氛怪异。

一进电梯，宁樨就放开了行李箱伸手拥抱温岭远。

温岭远一手扶住差一点倒下的箱子，一手将她搂住：“下周我不能保证一定能够过来，下下周应当有时间。”

宁樨叹着气：“别说下周、下下周，这一个月估计都不要想了，我们马上要开始进棚录前期宣传片，基本可以确定最近一段时间都要加班。实习生没有人权。”

温岭远笑着说：“意思是不用我过来？”

“你过生日的时候，我争取跟老师调休，然后我回去看你吧。”

“不用勉强，我可以来找你。”

“那就，看情况？”

“看情况。”温岭远抬头找了找，电梯里是有监控的，因此他只低头在宁樨的额头上亲了一下。

哪知道，宁樨不满地“唔”了一声，踮起脚，将两只手臂绕过他的肩膀，主动吻了上去。

他无法抗拒她的热情，也不能对她这样毫无章法的表现不管不顾，于是他抱着她转了个身，抬手按在她的脑后，确保监控只会拍到她的背面，而后才任由自己放肆沉溺。

第十一章

大雪

Rose White tower

此后的一段时间里，为了弥补池小园被隐瞒这么久产生的不满情绪，宁樨总要抽空给她“补课”。说实话，从头开始聊自己与温岭远的往事，是一件有些令人难为情的事，尤其池小园基本是在无意识的情况之下见证了全程。

不过好在池小园对这件事接受得还比较快，只是常常故意捉弄宁樨，开玩笑地叫她“阿姨”，让她一看到这个称呼就是一阵恶寒。后来，她以绝交作为要挟，池小园才终于消停。

这天晚餐结束后，池小园和温岭远坐在员工休息室里稍作休息。

温岭远看见池小园抱着手机一脸微笑，就知道她应当又是在和宁樨聊天。

有一些话题是闺密间可以聊而恋人间不能聊的，温岭远清楚这一点，但还是不由自主地问了一句：“你跟樨樨在聊什么？”

“哦，她给我发了她在他们那个节目里的定妆照。”

温岭远顿了一下，才说：“她没有给我发。”

池小园有些得意：“对呀，樨樨还专门叮嘱我不可以给你看。”

温岭远笑了笑，离开桌子，去橱柜里找猫罐头喂猫。

茯苓白天会在外面疯玩，夜间会乖乖待在青杏堂。温岭远蹲在墙根处，看了会儿小猫吃罐头，忽听池小园有些惊讶地说：“钟阿姨也脱单啦！”

即刻，她捂住了自己的嘴。

温岭远却很平淡地说：“你还加着她的微信？”

“我没有删，我以为她已经主动删掉我了。我现在删掉她好了。”

“不用，你随意。”

池小园明白温岭远的意思，他是说倘若她与钟映还有私交，没必要因为他的关系而断绝来往，他一贯是个非常理智的、有一说一的人。不过，池小园还是把钟映删掉了。

晚上，他们还要再工作一小会儿。

离开休息室往前面诊室去的时候，温岭远忽然说道：“樨樨的定妆照真的不能给我看？”

池小园笑出了声，她掏出手机将那张照片转发给了温岭远：“你可不能告诉樨樨我出卖了她。”

口袋里的手机振动了一下，温岭远笑着说：“保证保密。”

等回到自己的办公室，温岭远才将手机拿出来。

照片显然是经过专业修剪过的，精致，但不自然，他认为现实中的宁樨，要更可爱生动。

她穿着一身仿佛是钛银材质的银白色紧身衣，手里端着一台平板电脑，脸上面无表情，太阳穴与脑部连接着一条数据线，眼睛被修成了不属于人类所有的冰蓝色。海报的人物介绍是：AI 西西。

不知道他们那个自制节目究竟是什么风格的，竟然需要这样的角色存在。不过，难怪她不愿意给他看。

他笑着，心想，为了这个实习，她可真是牺牲太多。

平安夜的前一天，傍晚七点钟下班之后，宁樨回到家里拿上头一天晚上就收拾好的行李箱，直接打车去机场。

她严重低估了圣诞前后出游的人流量，由于一直不能确定会不会临时多出什么工作，直到出发的前一天她才订机票，最后仅余头等舱。对于肩负两份房租的她而言，这不得不说是一笔不小的支出。

她决定，一定要让温岭远请一顿大餐，来弥补她的损失。

宁樨是在飞机着陆之后，等待开舱门的时候，刷朋友圈才知道北城下雪了。

不过，这一次与下雪完美错过，她一点也不感到遗憾，因为她即将见到温岭远。

南方的冬天与北方的冬天不是同一种性质的冷，只是都已经到了必须穿厚棉服才能熬过的时节。

等在出口的温岭远却只穿着一件咖啡色的羊毛大衣。

宁樨冷得都要裹成粽子，笑着问道：“你不冷吗？”

“开车过来的，还好。”温岭远笑着，接过她手里的拉杆箱，推到身侧，而后将她揽向自己，拥抱了一会儿，才挽住她的手，往停车场走去。

温岭远的脚步比平时要快几分，可能因为冷，也可能因为时间真的很晚了。

上车之后，温岭远没有先将车子发动，而是提起仪表盘上的袋子递给宁樨。他怕她饿，在机场买了面包和温热的香草拿铁。

宁樨在飞机上吃过一些，并没有特别饿，只将香草拿铁打开来喝。

车子缓慢驶出机场附近的拥堵路段，温岭远要决定往哪个方向开，于是问道：“你今天回家住吗？”

他看宁樨睁大眼睛，仿佛被呛到的模样，不得不多解释一句：“我是问你，你爸在不在家？你是回家，还是去小园那里？”他点一下方向盘，“路不一样。”

宁樨看着他：“没有第三个选项吗，比如去你那里？”

温岭远神色平静地回答：“也可以。”

宁樨轻哼了一声：“我感觉你这个勉强的语气，一点也不可以。”

温岭远只是笑了笑，没有解释，所谓“勉强”是因为，他是真的完全没有考虑过这第三个选项。

玩笑归玩笑，宁樨说回正经的：“还是要回一下家，我爸今天在。”

“明天晚上在我哥家里聚餐，你愿意去吗？”

宁樨愣了一下：“有哪些人？”

“除了我爸妈，应该都在。”

宁樨想见温爷爷，但是这种完全是温家人主场的场合，让她莫名有一点胆怯。

温岭远看出她在犹豫，笑着说：“不想去也没事，我可以单独跟你出去。”

“我可以去的，只是……要公开我们的事吗？”

“当着这么多人一起公开？”温岭远笑着说，“我觉得不是好时机，到时候一个人问一个问题我们就不用吃饭了。”

“你也有应付不了的时候吗？”

“其他人倒是无所谓，只是我不能肯定，爷爷会不会对我有意见。”

宁樨笑着问：“难道不是对我有意见？”

“不会。爷爷只会觉得是我诱拐你，倒行逆施，失于礼数，毫无分寸。”

想象温爷爷严厉呵斥温岭远的场景，宁樨哈哈大笑。

不过，直到这个时候，她才有一种明确的感觉：在这件事上，温岭远所要承受的压力，比她大得多。因为不知内情的旁观者，天然会用“年纪小不懂事”来为她开脱，而温岭远就不可能享受这种优待。倘若，他们觉得这件事是错的，那温岭远一定是那个百分之百的错方。

“你其实……蛮不容易的。”宁樨有感而发。

温岭远笑着看了她一眼，而她放下拿铁，似乎打算将这句感慨落于行动上的鼓励，准备凑过来亲他一下。

他立即制止：“你坐好别动。”

宁樨只好取消行动，感叹道：“摩羯座啊。”

温岭远则说：“星座只是一种不太准确的性格划分方式，并不具备充分的科学性。”

"你会说出这么一段话，就证明星座还是蛮准的。"

"……"

开到宁樨家的别墅区的大门口，温岭远停好车，去后备厢帮忙卸下行李箱。

宁樨本来以为停车之后两个人还要说一下话的，没想到温岭远这么干脆。

她有些茫然地下了车，绕到后方去拿自己的行李箱。温岭远却没有递给她，而是将她的手臂牵住，往后轻轻一推，让她轻靠着车尾，而他走近一步，将她揽入怀里。

他注视着她的眼睛，不过一秒钟，便低下头吻住了她。

宁樨简直头晕目眩，他温柔的眼睛，和他突然的不按套路出牌，使她仿佛落入表面看似平静，实则暗流涌动的湖水之中。

片刻后，他稍微远离，仍是带着笑看着她，语气却是带着几分正经地同她论证："如果你觉得星座很准，那么星座有没有告诉你我会这么做？"

宁樨提着行李箱进屋的时候，客厅里的电视开着，在播放午夜新闻，宁治东正在打电话，听内容似乎是有关生意方面的事。

这个电话应当比较重要，他没有第一时间挂断，看见宁樨以后，也只是抬了一下手当作招呼。

宁樨回到楼上，换上一身居家的衣服，再回到楼下，餐桌上汤阿姨已经放上了一碗甜汤。

宁樨特意端起这碗汤，去沙发上坐下。这一区域缭绕的烟味让她十分不适，她朝着宁治东手里拿着的烟指了指，宁治东便探身将还剩了大半截的烟掐灭在烟灰缸里。

这一个电话打完之后，宁治东放下手机，打量着宁樨："在北城实习还适应吗？"

"还好。"

"缺不缺钱？"

"不缺。"

父女俩的共同话题不是一般的匮乏，但比起之前见面就争吵，现在的状况已经改善太多。

宁樨单方面将其归功于温岭远，因为她在他那里获得了足够多的尊重、宽容和爱，使她不再对父母角色的缺位那样耿耿于怀。也因此，她可以坐下来与宁治东心平气和地聊聊天，即便都是很浅层次的话题。

宁治东走流程似的问了一些关于她实习的事，她也像汇报工作一样官方地回答了。

喝干净碗里的甜汤，宁樨放下汤勺，说：“哦，我找男朋友了。”

这句话，总算使他们死气沉沉的对话多了一点波澜，宁治东说：“在北城找的？同事还是同学？”

“不是北城的，是南城本地人。”

“那也好，离家近。有空的话，把人喊出来一起吃一顿饭，我给你把把关。”

“好。”宁樨知道自己很坏，居然觉得不提前说明，直接组个局让宁治东与温岭远狭路相逢，一定是一件特别有意思的事。但想归想，她暂时是不敢的。

上楼之前，宁樨又去水族箱那里看了一下那些鲤鱼，还好，它们都还健康地活着。

第二天中午，宁樨和宁治东在家吃了一顿中饭。下午宁治东有事又要离开南城，而宁樨就去青杏堂找温岭远和池小园。

青杏堂保持着自己作为一间中医馆的尊严，没有做任何圣诞风格的装饰，只是休息室的木桌子上堆放了许多贺卡、明信片和礼物，依然使人感觉节日气息浓厚。

温岭远和池小园都在忙，宁樨在那一堆礼物里发现一盒已经拆封的巧克力，便自己拿出一粒吃掉。

兴许外面天太冷了，茯苓也不爱出去活动，就在角落的猫窝里打盹。

宁樨坐了一会儿，觉得无聊，便晃去前面找了一圈，在针灸室里发现温岭远和池小园的身影。不过她没有上前去打扰，自己上了二楼。

二楼的茶几上也堆放着一些礼物，很多都是患者写给温岭远的卡片。因为是敞开着的，宁樨看了看，看见一些诸如“妙手回春”“悬壶济世”的评价，觉得有一些好玩，因为她没法把这种有些老头子气质的词汇同温岭远联系起来。

宁樨习惯性地在茶几边坐下之后，给温岭远发了一条微信消息，询问：“我可不可以借用一下你的卧室睡个午觉？”

二十分钟过去，温岭远没有回复，宁樨知道他在忙，所以也不催。最后，她等到的不是微信回复，而是门外的一阵脚步声。

温岭远推开虚掩的门，懒得换鞋，便没有进屋，就站在门口处，笑着说：“什么时候来的？”

“半个多小时前吧。”

宁樨站起身，看见他身上穿的是白大褂，鼻梁上架着一副细边框的眼镜。她似乎很久没有见过他工作时的模样了，依然是风姿清举。

温岭远指了指卧室的门：“直接进去就行，不用跟我打招呼。”

宁樨边说着，边走到他跟前：“万一藏着不可以被我看到的人，怎么办？”

人小鬼大。温岭远笑着抬手敲了一下她的额头：“你先去休息，下午六点，我们出发过去。”

宁樨凑近一步，想先抱一下他，却被他伸出手掌抵着肩头拦住。他指一指身上的白大褂：“这衣服不是每天都洗的。”

“可我又不嫌弃你。”

“我是怕你沾上带到床上。”

“啊，所以你反过来还嫌弃我吗？”

温岭远笑着捏了一下她的脸颊：“我先下去了。”

卧室的装修一样地简约，海军蓝的床品。宁樨脱下外套和毛衣，挂在门边木质的挂衣架上。

床单是水洗棉的材质，和温岭远衣服上常有的那种洗涤剂的香味一样，因此，她会觉得这是一个宽阔无比的拥抱。

睁开眼的时候，她看见了被拉上的深色窗帘，室内一片昏朦，所以无法根据天色判明自己睡了多久。

只是有一只手轻轻地碰了碰她的脸颊，手的主人温声说道：“该起来了，午觉不能睡这么久。”

宁樨才意识到，自己是被温岭远叫醒的。

所幸室内仅余的光线让她能够看清温岭远的轮廓。他似乎是坐在地板上的，只将手臂搭在床上，手掌揉了一把她额顶的头发，笑着说：“还没睡醒？”

宁樨捉住他的手，拿下来，侧过头去将一个吻落在他的掌心里，问道：“我睡多久了？”

“两个小时。昨天晚上，你跟我说晚安之后没有立刻睡觉？”

宁樨笑着说：“不只昨天晚上。每天晚上，我都要看一下视频，刷一下微博什么的才会睡。”

温岭远有一些无奈：“反正你是仗着自己还年轻。”

“你下班了？”

“还没有。看你一直没给我发消息说你醒了，所以上来看一看。”他的温柔，都在这些细节之中。

他抬手去按住台灯的按钮：“我开灯了？”

灯光亮起，宁樨看见他没有穿着白大褂，可能是进门之前特意脱下了。

她睡得太久，有一些醺醉的症状，于是借机撒娇：“要你亲一下才能起来。”

温岭远笑得有一些无奈，但还是站起身，双手撑在床沿上，俯下身去。

获得一个气息洁净而又热烈的吻，宁樨摸到他毛衣之下分明的肩胛骨，她偷偷睁开一只眼睛，在澄净的灯光中看见他长长的睫毛。他连接吻都是心无旁骛的。

宁樨起床后，玩着手机打发时间，等待温岭远和池小园下班。

六点钟，他们准时出发去聚餐。

宁樨没有见过温济深夫妇，只听池小园说过温济深已经中年发福。等见了面，她发现小园所言非虚，温济深确实是有些“幸福胖”，不过却是一个开朗幽默的胖子。

温济深的夫人姓乔，开着一家烘焙教室，学员都叫她“乔老师”。后来，所有人都开始叫她“乔老师”，包括温济深，也包括偶尔没大没小的温南川和温北歌。

于是，宁樨也就顺理成章地叫她乔老师。

温济深的家也是独栋别墅，但是美式的装修，与宁樨家土到掉渣的欧式宫廷风格全然不同。

为了更具节日气息，他们在客厅里放置了一棵圣诞树，上面挂满了大大小小的礼品盒。后方有一座封闭式的壁炉，玻璃视窗后摇曳的火焰，使宁樨一秒钟喜欢上这个地方。

这里，只有温济深夫妇不认识宁樨，而温岭远向他们介绍，仍然说这是宁治东的女儿。

作为全场唯一的知情人，池小园突然有一种莫名的得意。

温爷爷在和温北歌下围棋，似乎已经失利了，每落一颗子都要唉声叹气。

宁樨凑去温爷爷身边，打招呼：“温爷爷。”

这时温济深摸了摸自己的脑袋，有些疑惑地笑着问：“不是该跟小园一样叫太爷爷？”

温爷爷摆一摆手，仍然是这个态度：“小宁樨想怎么叫就怎么叫。”

温岭远和宁樨隔空对视了一眼。宁樨摸摸鼻子，她真不是故意的，喊了这么久的温爷爷，哪知道现在按辈分叫是刚刚好的，歪打正着。

乔老师在厨房里准备烤苹果塔，喊温南川去帮忙。温南川在玩游戏，答应得有一些不情愿。宁樨便拉上池小园去了。

乔老师和温济深结婚早，二十二岁就生下了温南川，因此今年也不过刚满四十岁。她是个很大气的美人，且美不在外表，而在气质。

她说话十分温柔，和温岭远的那种会让陌生人觉得有些距离感的温柔不同，她是眼角都会溢出笑意的和煦。

乔老师也随小园叫宁樨“樨樨”，笑着问：“樨樨从前做过烘焙没有？”

宁樨老实说没有。

“嗯……那分给你一个简单的。”乔老师从购物袋里拿出三个苹果，又递给她相应的工具，“先把苹果去皮去核，等一下我再教你怎么做苹果馅。”

在客厅里面的温岭远和温济深聊了一会儿天。他始终关注着宁樨的动向，怕她在这里不适应，因此等话题告一段落时，就不自觉地朝厨房走去，查看情况。

宁樨和小园都穿着墨绿色的围裙，站在厨房正中的中岛台边忙碌，仿佛在上烘焙课的学生。她们一人在切苹果，一人在将冷藏过的面皮擀成面片。明明小园的工作更难，宁樨表现得却更笨拙。

温岭远不自觉地笑了声，走到动作生硬的宁樨身旁，笑着问：“还习惯吗？”

宁樨点着头，仿佛没有精力应付他，说着：“我觉得这个苹果好香。”然后转过头去问乔老师，“我可以尝一片吗？”

“可以，但是不能吃太多哦。”

宁樨拿起贴在水果刀刀刃上的那片，送入嘴里，点点头：“好吃。”

这时候，池小园转身去喊乔老师过来确认面皮的厚度。宁樨便从干净的案板上又拿起一片苹果，飞快地送到温岭远嘴边。

温岭远愣了一下，赶紧张口咬住，而后朝她使了一个警告的目光。

宁樨只是笑，无声地问他：“好吃吗？”

温岭远抬手在她脑袋上摸了一把，一语双关地嘱咐了一句：“小心点。”然后转身走了出去。

晚饭开始，餐厅的长桌上摆放着白底墨绿条纹的桌旗，前菜是盐渍鳕鱼和萝卜泥，主食是一整只表皮焦黄松脆的烤鸡，配菜有烤土豆和烤抱子甘蓝，小食是培根香肠卷。两支酒放在冰桶里冰镇着，一支是大人喝的香槟酒，一支是小孩喝的起泡酒。在厨房里的烤箱和冰箱里，还分别放着作为餐后甜点的苹果塔和百露华蛋糕。

这一整桌菜，都是温济深和乔老师两人做的，那一只烤鸡，则完全是温济深的杰作。

分配座位时，在池小园的帮助和温岭远的私心之下，宁樨毫无悬念地坐到了温岭远的身旁。

宁樨坐下之后，侧身问温岭远的第一个问题是：“你们家的烹饪天赋，是不是都遗传给大温叔叔了？”

温岭远笑着，低声问：“你还叫他大温叔叔？”

“那不然？跟着你叫吗？”

没给他们继续讨论称呼问题的时间，温济深打断了他们，笑着说：“在聊什么呢？岭远，今天你过生日，我说两句祝酒词，我们先喝两口酒再吃饭。”

宁樨也被归为了小孩子，分到的是一杯起泡酒，百香果味的。她喝完这小半杯还觉得意犹未尽。

坐在她对面的是南川和北歌兄妹，不知道他们闹了什么矛盾，这个时候拿着刀叉作为武器，在白色餐盘的方寸战场里打闹起来，直到被温济深出声喝止。

宁樨看着他们，不知道为什么觉得羡慕。她已经很久没有参加过这样气氛温馨的家宴了，十二岁以后，连除夕夜都过得不开心，起初是宁治东和奚纹玉无休止的争吵，后来他们三个人甚至都很难聚在一起吃顿饭。

她开始有一种真切的感知，温岭远给她的或许不只一段爱情，还能有一个家庭。

门铃声打断了宁樨的思绪。

温济深疑惑道："不是都到齐了吗？还有谁来？"他放下餐叉，起身去开门。

大家都关注着门口，宁樨也不例外。

门外走进来一位有着黑色长发、容姿清丽的年轻女人，她穿高领毛衣和半身裙，精心化过妆，却并未显出化妆的痕迹，即通常所说的"伪素颜"妆。

她一手拿着一支葡萄酒，一手端着一盘蔓越莓曲奇饼，笑着对乔老师说道："多烤了一些饼干，所以拿过来给乔老师尝尝。"同时，她将目光转向大家，"平安夜快乐。"

南川和北歌显然是认识她的，叫着她的英文名字"薇拉"，和她打招呼，并回了一句"平安夜快乐"。

乔老师起身接过薇拉手里的盘子，笑着说："我烤了苹果塔，马上就好，你分一些带回家吃，先坐下喝一杯酒？"

乔老师向大家介绍，这是她烘焙教室的学员，也是这小区里的邻居。

薇拉坐下之后，指了指壁炉上方"HAPPY BIRTHDAY（生日快乐）"的彩字装饰，笑着问："今天有人过生日？"

当被告知今天的寿星是温岭远之后，薇拉方才将目光投向温岭远："温先生生日快乐。"

温岭远礼貌地笑了笑："谢谢，平安夜快乐。"

宁樨一下就看明白了局势，哦，这个薇拉，是冲着温岭远来的。

果然，她借此机会便与温岭远攀谈起来："我常听乔老师说起你，没想到今天能够碰见。温先生从事中医行业的是吗？"

温岭远点了点头。

薇拉笑着说："不知道要是我趁现在跟温先生请教两个相关的问题，会不会冒昧？通常跟你咨询需要收费吗？"

宁樨一直在观察着薇拉，平心而论，她长得很漂亮，而且漂亮得很有特色。

她有着挺拔而秀气的鼻梁，一头柔顺的长发也十分令人羡慕。说话也是不疾不徐的，音色悦耳。

温岭远则完全不觉得。

对方的用意太过明显，且一定是乔老师答应过，她才会这时候跑来叨扰，因此，他不免觉得这一顿饭的性质变了味。修养使他没有将这份不悦表现在脸上，但笑意已经很淡了："抱歉，我休息时间一般不谈工作。"

未避免气氛变得尴尬，乔老师第一时间站起来，笑着对薇拉说道："苹果塔应该已经烤得差不多了，跟我来一下厨房。"

片刻后，薇拉端着盛装苹果塔的盘子从厨房出来，笑着跟大家打声招呼，便离开了温家。

乔老师将薇拉送到门口，一合上门，温南川便"八卦"开了："妈，你又给小叔做媒！"

温济深说："小孩子不要乱说话。"

作为吃瓜群众的温南川兴奋得不得了，转而问当事人之一："小叔小叔，你觉得薇拉怎么样？我妈眼光还好吧？"

一旁的温北歌翻了一个白眼："哥，你能不能有点眼力，没看见小叔已经不高兴了吗？"

温济深出来打圆场，拿上餐刀给大家分烤鸡。

这一个插曲，就算过去了。

宁樨分到一只鸡腿，心不在焉地拿餐刀切着，她没有控制好力道，刀叉在盘子上撞出声响，将她自己吓一跳。

温岭远看过来，她却低头避开他的目光，叉起一块鸡肉送进嘴里。

正餐吃完，乔老师端上来苹果塔和插着"32"的数字蜡烛的百露华蛋糕。

温济深关上了大灯，只余壁炉里火焰的光线。温岭远闭眼的时间很短，大家怀疑他要么根本没有许愿，要么就是"一夜暴富"这类非常简单粗暴的愿望。

这个蛋糕的分量很少，有效地避免了浪费。

吃完以后，大家纷纷给温岭远送上礼物。宁樨准备的礼物没有带过来，因为她知道今天晚上温岭远会送她回家，她想那个时候再把礼物给他。

她主动地缺席了这一环，坐到壁炉旁边，望着里面跳动的火苗发呆。

南川和北歌帮忙收拾了桌子，温济深出去倒垃圾，乔老师去厨房收拾餐盘。她将食物残渣刮进垃圾袋中，把盘子放入洗碗机里，这个时候温岭远走了进来。

乔老师明白温岭远是来找她谈话的，先一步笑着道歉："对不起，薇拉一直拜托我，让我很难拒绝。我想，让她见你一面或许就会死心了。"

上一回，温岭远被温济深喊出去吃饭，到餐厅发现还有一位女士，同样也是乔老师烘焙教室的学员。那种场合他不能没有礼貌地拂袖而去，所以很不舒服地吃完了那顿饭。

他相信，上回他的态度已经表明了他很反感这样的安排，乔老师不会不明白。只是，她的性格太温和，不懂拒绝人。

温岭远的语气比平常严肃：“如果以后还有类似的请求，麻烦你帮忙转告，我已经有女朋友了。”

乔老师惊讶道：“真的吗？”

温岭远一时间没有回答，他的目光越过乔老师的肩膀朝门口看去。

门口站着宁樨。

宁樨似乎是要进来找人，在温岭远说“我已经有女朋友了”的时候，她恰好走了过来，听见温岭远说的话，她脸上露出惊恐的表情，而后疯狂摆手示意他千万不要说。

温岭远没有控制住，扬起嘴角笑了一下：“真的。”

“是谁？今天为什么没有带过来一起吃饭呢？”

温岭远说：“来了，你回头看。”

乔老师回头，与没来得及跑掉的宁樨四目相对，甚至她方才挥动的手都还举在半空。

宁樨尴尬地放下了手臂。

乔老师捂住嘴，好半天都没办法消化这个新闻。她回想方才在桌上问过宁樨的年龄，十九岁，也就比南川大两岁，比小园小两岁。

她了解温岭远的为人，正因为知道他十分正派、严谨又自律，所以这件事就更显得惊世骇俗。

宁樨清楚这个时候，自己最好是进去和温岭远站在一起，大大方方地再自我介绍一遍。只是她还有事情要传达，于是看向温岭远，说话的声音已经有些不自然了：“那个……温爷爷叫你去陪他下一局围棋。”

“我去一下就过来。”温岭远朝门口走去，和宁樨错身的时候伸手在她脑袋上揉了一把。

宁樨踌躇了一下，走进厨房。

乔老师紧跟着道歉：“抱歉，我如果知道的话，一定不会让薇拉到家里来的。”

“没事没事，是我决定先不要说的，温岭远也觉得这么多人在不是公开的好时机。也麻烦乔老师先不要跟其他人说，尤其是温爷爷。”

“当然。”乔老师不会评判别人的生活方式，更何况这还是温岭远的选择。当然，也有宁樨给她的第一印象很好的因素存在，宁樨乖巧、聪慧又大方，与他们所有人都能相处得融洽。

不难理解，温岭远为什么喜欢宁樨。

温岭远说去一下就回来，却没有再回来，估计被温爷爷留住下围棋了。

而乔老师知道宁樨会觉得尴尬，于是拜托她帮忙把布丁拿出去分给大家，结束了这次一对一的谈话。

晚上十一点，今晚平安夜兼温岭远的生日聚餐结束。

温爷爷就在这里住下，温济深委托司机送温岭远他们回去。

车子先到青杏堂放下池小园，再送宁樨回家。

温岭远原本坐在前排，这个时候换到了后座。宁樨往旁边让了让，别过头去不看他。

奇怪的是，温岭远也不跟她说话。

几分钟过去后，宁樨被好奇心折磨得按捺不住，转头一看，温岭远正低着头，盯着手表看了十几秒的时钟。

“你看表做什么？”

温岭远煞有其事地说：“我在计算，你生了我几个小时的气了。”

宁樨还在微妙地闹着别扭，却又被他逗笑：“让你不要告诉乔老师，你非要说。”

温岭远笑了笑：“我要是不告诉她，你现在不是更生气吗？”

“你在影射我在吃那个什么薇拉的醋？我才没有！”

“你说没有，那就是没有吧。”

“听你的语气，是觉得不服气？”

“没有。”温岭远笑说，“不敢不服气。”

宁樨气得要去掐他，却一下被他捉住了手。

他用她的手掌碰了一下自己喝过酒之后微微发热的脸颊，叹了一声气，说道：“本来想带你开心地吃一顿晚餐，却被不相干的人打扰。”

宁樨一下就没了脾气：“没事的……我承认自己有点不高兴，不过就一下下，现在已经好了。”

温岭远看着宁樨，微醺的眼里有很明亮的笑意。他将她的手抓过去，一根一根地分开手指，而后把一个温热的吻印在她的掌心里。

她对他这么做过的，但当自己变成了被吻的那一个，她就觉得慌得不行，忍着才没有把手抽回去。

今天宁治东不在家，车子放心地开进了小区里面。

宁樨让温岭远下车去客厅里等，自己跑上楼拿给他准备的生日礼物。

温岭远坐了一会儿，感觉似乎等得有一些久了，抬腕看手表，发现已经过去了十五分钟。他站起身，走去走廊那边看水族箱。

又过了几分钟，听见脚步声传来，等他转过头一看，原来宁樨将自己的整个行李箱都提了下来。而在她的腋下，还夹着一个体积不算小的礼物盒子。

宁樨走过来，把礼物递给他。

温岭远正在犹豫是现在拆还是带回去拆的时候，宁樨忽然指着一条褐色的鲤鱼问他："你有没有觉得，这条鱼很特别？"

温岭远认真地观察片刻，思索过后，这样回答："原本我不觉得有什么特别，但是你既然这样问，就说明它是特别的。我只能想到一种可能，它的来源会让你觉得特别。"

"和聪明人说话，有时候好累，好没有成就感。"

温岭远笑了，看向宁樨，语气是有些动容的："你养了这么久？"

"其实我是随便指的，这里面一共三条褐色的鲤鱼，我早就分不清哪条是当时的那条了。也有可能，它们都不是。"

温岭远便又观察了片刻，而后指向一条尾巴颜色比较深的，说："是这条。"

宁樨惊讶："真的？你还认识？"

"我说是，它就是。"

宁樨顿时笑出声，因为他今天喝了酒吗？好像比平时要幼稚一点，还怪可爱的。

她歪了一下头，打量他片刻，指一指自己放在一旁的行李箱："我今天晚上想去你那里住。"

温岭远沉默了几秒，才说："我今天喝过酒。"

宁樨也沉默了几秒："所以呢？"

温岭远有片刻的无言以对，有些事，是不用解释更不能解释的。

不过，她明天晚上就要飞回北城，他也希望两个人待在一起的时间能够久一点，于是说道："那就跟我一起回去吧，只要你不介意，我住的地方家具还没置办完成。"

宁樨有些疑惑："你重新装修了吗？"

"我之前住的那套公寓已经卖掉了，现在的新房子七月左右才会装修完。"

"为什么？"

温岭远看着宁樨，稍微犹豫片刻，才说："和钟映分手之后，有一段时间，她常会去青杏堂或者我住的公寓找我。而且，那套公寓我们原本打算用来结婚的。我不喜欢留下任何牵扯不清的东西，考虑再三，就联系了房产中介。"

"啊。"

温岭远以为宁樨不高兴了，忙说道："或许不该提起钟映，但是既然你问了，我认为不应该隐瞒。"

“不是不是，我没有生气。”宁樨解释道，“其实小园跟我提过，分手之后钟映打算挽回这件事，我只是没有办法想象，可能我认识她不够深入吧，她给我的感觉不像是那种会纠缠不清的人——分手是你提的吗，还是她？”

“我提的。”

宁樨点点头：“难怪。被分手的人是会更意难平。”

“你不问为什么？”

“我当然好奇，但是我不想在你生日这天，聊你前女友的话题，这样我才会真的吃醋。”

温岭远笑了：“那我们走吧，我怕司机等太久，要在我车里抽烟，他有过‘前科’。”

出门的时候，司机真的在抽烟，不过没在车里。看见温岭远，他不好意思地笑了笑，举着手里不剩多少的烟，说：“稍等，我马上抽完。”这位司机很年轻，剃着板寸头，穿了一件皮夹克，个子不高，精瘦精瘦的，很有精神。

温岭远将宁樨的行李箱装进后备厢里，回到后座坐下。没过多久，抽完烟的司机就拉开车门上了驾驶座。

宁樨看得出来，这位司机小哥与温济深的雇佣关系一定十分融洽。方才过来的路上，她与温岭远并没有避讳，司机小哥一定是清楚的，但他什么也没问，十分具有职业素养。

不知道为什么，宁樨就想逗一逗司机小哥，于是笑着问：“你是不是看出我和温岭远的关系了？”

司机小哥十分有求生欲地说道：“其实我主要在看路。”

“那你会告诉大温叔叔吗？”

司机小哥琢磨了一下，才回答说：“宁小姐是想让我告诉，还是不想让我告诉？”

“你们会有偶尔说漏嘴的情况吗？”

“有。”

“那要不你找个机会说漏嘴一下？”

司机小哥笑了。

宁樨听见温岭远也笑了一声，转头去看他：“不好吗？还省得你专门跟大温叔叔说了。”

“我没有别的意思，只是你的称呼让我有一些错乱。你看，你现在都不叫我叔叔了。”

“我敢叫，你还敢答应吗？”

“不敢了。”温岭远非常诚恳地回答。

“不过说起来，好像是应该确定一下，我现在应该怎么称呼你。”宁樨歪头看着他，“岭远”“远哥”好几个称呼在她心里过了一遍，都让她感到一阵恶寒。

温岭远还在等着宁樨的下文，奇怪她为什么突然不说话了，于是问道：“你想怎么称呼？”

“连名带姓叫你可以吗？”

“可以，只要你不觉得稍显正式，并且不够亲密。”

“我怕叫其他的你会觉得太过亲密。”

“不试一下怎么知道？”温岭远看着宁樨，脸上分明带着有些促狭的笑容。

“那先从你开始。”

温岭远眼也没眨，非常流畅地说出她的昵称：“樨樨。”

“不公平。”宁樨怀疑他根本私下就这么叫过她，或者也很有可能是因为这昵称读起来太像是一个英文名。

“怎么不公平？该你了。”

“温岭远。”

“换一个。”

“温岭远，温岭远，温岭远……”宁樨笑着，躲开他伸过来要掐她后颈的手，“我不习惯！你要给我一点时间。”

只是闹一下，温岭远并不会勉强她，反正更多的时候，他们都直接以“你”相称。

温岭远的新住处在一个高档小区里，黑与白的外立面，深夜从窗口透出几盏浅黄色的灯光。

进去以后，小区内是静悄悄的。

司机小哥替温岭远将他的车停去车库，送来钥匙。

宁樨抱着温岭远今天收到的一堆生日礼物，温岭远则提着她的行李箱。

温岭远的家在二十六楼，避开了扬灰层和可能存在的噪声。

门打开以后，宁樨率先看见一整面拉开了窗帘的落地窗，视野之中没有任何高楼遮挡，顺着建筑与道路的灯火远眺，尽头处是江面上灯火通明的过江大桥。

她“哇”了一声，蹬掉鞋子准备跑过去的时候，被温岭远拽了回来，他捉住她的手指，往密码锁上录入指纹。

“你不怕我把你家里的东西偷光吗？”

温岭远一边按下确认键，一边回答：“你拿我的东西不叫偷，叫搬运。”

宁樨趴着玻璃窗，看够了夜景，才巡视这一处住所。

地暖打开之后，温度很快就升了起来。宁樨赤脚踩在木地板上，在各个房间都逛了一遍。

如温岭远所言，确实有许多家具都还没有置办。譬如书房，除了提前定制的顶天立地的书架，房间完全是空的。

客厅里也只有一张沙发，收纳与装饰结合的电视背景墙、应当放置电视的地方也是空的。

厨房所有集成式的厨具都是簇新的，连防尘膜都还没有撕去，冰箱自然也是空的，只接上了电源，在深冬的寒夜里依然尽职尽责地制造冷气。

宁樨对在卧室里收拾东西的温岭远喊道："我觉得，可以买一点饮料、啤酒什么的放在冰箱里。"

"现在？"

"不可以吗？"

"你知道，现在几点了？"

"哦，我忘了，你是不是已经困到不行了？"

"勉强还能待机半小时。"

"半小时以后呢？"

"当场关机。"

宁樨笑了一声，关上冰箱门朝着卧室走去。她没有穿鞋，走路的时候没有发出声音，也因此，温岭远没有发现她已经走到了门口。

而这个时候，他正脱去身上的长裤。

当余光扫见宁樨突然出现的身影，他几乎是下意识地，将裤子往上一提，动作有些许的慌乱，语气倒还算镇定："我要换一下衣服。"

宁樨"哦"了一声，急急忙忙地退后一步，甚至，还替他带上了门。

宁樨站在门前愣了一下，才反应过来发生了什么，回想方才，温岭远上身的衬衣已经脱下，一瞥之下，是长期锻炼、节制饮食和规律作息塑造而成的，紧实而流畅的肩背与腰腹线条。

她略感不好意思地摸了摸鼻尖，尽量使自己的声音听起来十分自然："好了吗？我也要准备洗澡了。"

片刻之后，门被打开，温岭远穿着白色的棉质短袖 T 恤，和灰色运动式的棉质长裤，问她："你带着睡衣吗？"

宁樨点头。

温岭远便走出来，将卧室的空间让给她。

宁樨有一点后悔，她应该说没带的，然后好看看他会怎么做。

温岭远在沙发上坐了一会儿，宁樨换好衣服出来。她穿着一身印着皮卡丘图案的长袖家居服，怀里还抱着一堆东西，卷成一团的衣物，装满了瓶瓶罐罐的收纳袋。

怕宁樨弄不清楚浴室的一些设置，她走进去片刻之后，温岭远问道：“我能过来看看吗？”

“好啊，你要不要一起刷牙？”

温岭远走进浴室一看，洗漱台上方的置物架上，原本只放着他平常所用的洗面奶、须后水和男士爽肤水，现在已经被她的东西挤得满满当当。她用一支透明管装的牙膏，粉色啫喱状，里面甚至还添加了一些小爱心形状的东西。

她递过来的时候，温岭远笑着拒绝了：“你先洗。”

他告诉了她淋浴开关的用法，然后径自离开了浴室。

温岭远不能肯定，在等待宁樨洗漱的时候，自己是不是睡着了，他仿佛是打了一个盹，后来被她叫醒的。

她将那身居家服抱在胸前，身上穿的是裙式睡衣，头发刚刚吹干，蓬松而干净，散发出一股花草般的清香。

“你可以去洗澡了。”

温岭远站起身：“好。”

宁樨知道自己是在强装镇定，她隐约知道，并且期盼着，会发生一点什么，但是对于会做到什么程度，或者说自己已经准备到了什么程度，还很茫然。

躺在床上的时候，她想把这个念头从自己的脑海里赶出来，但她没能做到，反而越想越乱，温岭远还没有进门，她就已经面红耳赤了。

当听见脚步声朝着这边走过来的时候，她立即拿起手机，打开微博，没什么意识地往下滑动屏幕。

身边的床垫微微下陷，温岭远躺下了。他打了一个呵欠，率先问她：“你想再玩一下手机，还是准备睡觉。”

“睡觉吧。”宁樨将手机一锁，乖乖地躺下。

温岭远抬手按下床边的开关按钮熄灭卧室所有的灯，在一片黑暗之中，他很自然地伸手从后方揽住她的腰，将她抱进自己的怀里。

宁樨紧张得都要生出鸡皮疙瘩，只是，也就到此为止，他抱着她，再没有任何的动静。

好像，她那番情绪白白酝酿了一样。

温岭远的脑袋挨着她的肩膀，呼吸很平顺，似乎已经睡着了。她睁着眼睛等了一会儿，不知道等了多久，可能五分钟，可能更久。她缓慢地呼出一口气，而后，伸手去摸枕头下的手机，她感觉自己睡不着，需要再刷一下微博。

就在她把手机屏幕点亮的瞬间，搭在她腰上的那只手伸过去，把她的手一抓，夺下了手机，往旁边一扔。

没有解锁的手机，屏幕即刻又暗了下去。

一片黑暗之中，她的身体被扳过去，与他面对面。她睡裙里面是没有穿内衣的，他感觉得到吗？

她不知道，也没有余力再去想，因为这个很深的吻，让她有溺水的感觉。

她喜欢他下颌和脖颈之间的气息——桉树和薄荷的香味。让她想到，那个在小岛上的，蓝花楹盛开的那个夜晚的拥抱。

只是，今天的温岭远远远没有那天那样克制，因为她感觉到，他的手掌正隔着睡裙流连于她腰间和后背的线条之上。

温岭远的脑袋稍稍地后退，离开她的嘴唇，呼吸是有一些急促的。

宁樨睁开眼，所幸那窗帘不够厚重，透进来的一些光线让她能够看见他的眼睛。但是她又情愿自己是看不到的，因为实在太害羞。

只是片刻，温岭远就移开了目光，长长地呼出一口气，将下巴抵在她的肩上，手掌也远离她的腰，按在她的肩胛骨上。

室内安静了一瞬，宁樨小声地说："其实……"

温岭远摇了一下头，打断她："让我抱一下，然后我们睡觉。"

宁樨忍住话头笑了声："你还困吗？"

温岭远的回答是轻轻地在她额头上敲了一下。

宁樨伸出手臂，八爪鱼一样地抱住他："我有个问题。"

"嗯？"

宁樨犹豫之后才说出口，声音几不可闻："如果我说，其实……我已经准备好了，你会不会觉得……我太主动。"这一段话她说得吞吞吐吐，好几次她都差一点因为不好意思而打算放弃。

温岭远却鼓励似的将她抱得更紧："我永远不会觉你太怎么样，你喜欢做什么，愿意做什么，我都觉得刚刚好。"

"那为什么……"

"因为我没有准备东西。"

宁樨明白是什么"东西"，她也能听出来，温岭远的声音有些懊丧，她忍不住笑了："你其实……有机会准备的。"

温岭远也笑了一声，无奈地说："我高估自己，以为用不上。"

"因为你喝了酒？"

"……"

"看来，酒也不完全是坏东西呢。"她故意说着。

"好了，你不要继续挑战我作为一个负责任的大人的坚持。"

"我也是大人了。"

"你还用那么幼稚的牙膏，让我觉得你还是个小孩，你明白什么叫作负罪感吗？”

宁樨笑得停不下来，却被温岭远箍住手臂，对她说道：“你别乱动了。”

“可是我睡不着怎么办？”

“嗯。”温岭远思考了一下，“我讲中医课程的绪论给你听？”

宁樨的第一个反应就是捂住耳朵，继而用“不听不听”的噪声阻止温岭远的授课计划。

温岭远无奈地笑了一声，把她的手拿下来握在自己手中：“那你现在闭上眼睛睡觉，我就不讲。”

“睡不着也能硬睡吗？我可不可以再玩一下手机？”

“手机屏幕的蓝光会影响褪黑素的生成，会更加让人睡不着。”

宁樨笑了：“不是说好了不讲课吗——我没有想到，和你在一起之后牺牲的第一项自由会是睡眠。”

即使只是一句玩笑，温岭远对此的回应依然十分认真：“不，我不需要你牺牲任何的自由。你可以再玩一下，只是，可能我需要先睡了。如果我不能陪你继续熬夜，你可以接受吗？”

宁樨很清楚，他是因为尊重她才会把话说得并不那么甜蜜。他们有不同的生活节奏，和谐共处的前提是互不干涉，互不强迫。

宁樨笑着说：“你的电量，还能支持你待机多长时间？”

“十五分钟左右吧，我不能保证。”

“那我……勉为其难地试着睡一下吧。”因为她发现，比起玩手机，她可能还是更希望可以跟温岭远一起入眠。

最初的两分钟，她十分不适应，总想要去摸枕头下面的手机。这个时候，温岭远都会收紧一下手臂。她便忍住睁眼的冲动，把多余的情绪渐渐排空。

什么事情也不做，对时间的感知会变得模糊，不知道过去了多久。后来，当宁樨想到要睁眼的时候，却有一种温柔的惰性阻止她这样做。然后思绪越来越混沌，很多乱七八糟的想法一齐涌现，却失去了逻辑的连接，而这一片混沌的尽头，就是黑甜的梦乡。

温岭远轻轻唤了一声：“樨樨？”

宁樨没有给他回应，只有沉缓的呼吸声。他不禁笑了笑，将一个很温柔的吻落在她的颈侧。怎么最后，倒是她先一步睡着了。

宁樨对醒来之后身旁没有人这个事实并不感到惊讶，她把手机摸过来看了一下，已经是早上八点四十分。晚上没有给手机充电，现在还剩下 15% 的电量，这促使她不得不起床去找充电器。

走到客厅里，温岭远正坐在沙发上打电话，似乎是在安排青杏堂今天的工作。看见她出来，他招了一下手。

宁樨估计这个电话一时半会儿不会打完，从自己的行李箱里找出充电器接上之后，便去了浴室洗漱。

洗漱完毕后出来，温岭远也正好打完电话。

宁樨走过去，挤开温岭远的膝盖，跪在沙发边沿，倾身去拥抱他："你什么时候起床的？"

"七点半左右。"

"早餐呢？"

温岭远抬头看着她，笑着问："你怎么知道我买了早餐？"

他没有穿家居服，衬衫外面穿了一件宽松的浅灰色毛衫，底下是深色长裤，从这身装束判断，他很有可能出过门。

"不然你换这一身衣服，只是为了好看吗？"说着话，她伸出手臂搂住他的后颈，低下头去主动亲了他一下。

当她想要起来去找早餐的时候，却被温岭远捉住手臂，将这个一碰即止的轻触变作深吻。

宁樨觉得，这个吻是薄荷味的，她很喜欢，便不由自主地挪动膝盖，跪得更向里一些，寻找与他更加契合的拥抱角度。

只是她浑然未觉，温岭远也紧跟着往后面退了寸许。

没有持续多久，温岭远把头往后仰，仿佛是在刻意避开她温热的呼吸。而后他轻轻地推了推她的手臂，声音有几分低哑："走吧，去吃早餐。"

宁樨还有点目眩神迷，"哦"了一声，手掌撑在他的肩头，往后退着去找拖鞋。

早餐是牛角面包和热牛奶。宁樨很喜欢放在餐厅里的那张宽敞的木质餐桌，似乎只上过一层透明的木器漆，露出很好看的木头纹理。

宁樨嚼着面包，忽然问道："哦，我送给你的礼物，你拆开看了吗？"

"看了。"

"喜欢吗？"

"你送的任何东西我都喜欢。"

"你知道我为什么要送你一件衬衫吗？"

温岭远端起牛奶杯喝了一口，露出"愿闻其详"的表情。

"送衣服是女朋友的特权，我迫不及待地要行使一下。"

温岭远笑了："那为什么还有一条围巾？"

"哦，那条围巾我去年就看好了，因为你知道的原因，我去年没有买，所以今年补送给你。"

温岭远不免觉得，正是这一点透明心思之中掺杂的小小狡黠，使他对宁樨的喜欢与日俱增。她从来不忌惮表达自己对以往事情的少许不开心，但绝对不会过分追究，分寸在不经意之间拿捏得恰到好处。

宁樨睨了他一眼：“你等下是不是还要去青杏堂？”

“我安排过了，今天不去，只陪着你。”

“那你有什么安排吗？”

温岭远把决定权交给她。

宁樨想了一下，问道：“外面冷不冷？”

“和昨天差不多。”

宁樨有一些犹豫，她透过落地玻璃窗往外看，天光暗淡，可以预见外面的寒冷，她提不起兴致出去玩。

温岭远完全看出了她的想法，说：“不想出门也可以。”

“不会觉得无聊吗？你这里什么娱乐设备也没有。”

“我们去看电影？”温岭远提议过后，立即就否定了自己，笑着说，“是不是过分的没有新意？怪我是一个很无趣的人。”

“是不是没有新意？对。你是个很无趣的人？错。”宁樨将最后一点面包送进嘴里，等吞下之后才说道，“你知道吗，在生活中我碰到过太多太多自诩有趣的人，并且试图在任何场合都展现出他的有趣，但往往让人觉得很没意思。可是你不一样，你让我觉得，哪怕只是跟你讨论中饭吃什么这件事，都会很有趣。”

“那你有没有想过？”温岭远看着宁樨，决定等聊完这个话题再收拾餐桌，“因为你喜欢我，所以才会觉得我有趣。”

“我什么时候说过我喜欢你？”宁樨立即瞪大了眼睛。

“嗯，你应当是没有说过的。”温岭远笑着，站起身开始收拾装面包的纸袋。

宁樨不服气地申辩：“什么叫作应当？我本来就没说过，一次也没有！”

“好好好，那只是我这样以为。”温岭远笑看着她，“那你现在要不要补充说一句？”

“那你呢？”

“我当然也会说。”

“那你先。”

“Lady first（女士优先）。”

宁樨笑得不行，他走去厨房丢下垃圾的时候，她从后面朝着他的后背扑上去，因为重心不稳，很快便往下滑。她狼狈地攀住他的肩膀，他才不紧不慢地伸出手臂将她往上托。

稳稳地把她背住以后，温岭远才说：“你凑过来，我说给你听。”

宁樨听话地将脑袋伸向前方，得到的却是温岭远突然转过头来落在她嘴唇上的猝不及防的一个吻。

“你骗我！”宁樨从他背上滑下来，作势要去掐他的脸颊，他却仗着力量和身高的优势，一把捉住她的手，低下头来，又亲了她一下。

“温岭远，你居然是这么幼稚的人！这是胜之不武！”

温岭远便立即松开她，举起手，示意自己绝对不会反抗，也不会偷袭：“公平起见，你可以以其人之道还治其人之身。”

那不还是她吃亏嘛！

最终，他们并没有出门，因为宁樨太过磨蹭，以至于直接错过了他们想看的那部电影在上午唯一的排期。

宁樨以为自己说不定要加一下班，临时放进行李箱里的笔记本电脑最终发挥了作用，他们选了一部非常契合圣诞节气氛的电影《真爱至上》。

这部电影他们都看过了，所以，放电影也不过是为了给这个空间制造一些声音。他们多半的时间，还是用来聊天。聊的内容没有什么固定的主题，但是聊什么都不会冷场。他们会聊一些她实习中认识的那些不好相与的同事，或者他在青杏堂接诊过的有趣的病人。

到下午四点，宁樨才惊觉时间竟然过得这么快。她脸上骤然露出泫然欲泣的表情，温岭远都不忍心提醒她该收拾东西出发去机场了。

宁樨把东西一件一件地往行李箱里放的时候，温岭远蹲过来帮忙：“元旦我争取过去见你。”

“我元旦要加班，这是带教老师同意我这两天调休的条件。”

“实习不是快要结束了吗？你很快就回来了。”

“原本没见到你还不会觉得有什么，好像也没有那么想你。”

温岭远笑了：“真的吗？我可是每天都在想你。”

宁樨立即抬头，对上温岭远温柔又明澈的眼睛，他少见地说出这样情绪外露的话。她便跪在摊开的箱子里，凑过去亲他。

温岭远一直清楚，自己是负责掌控理性的那个人，所以这一次他没有回应这个吻，不然他无法保证，会不会干脆就不放她回去了。

温岭远只是笑了笑，摸摸她的脑袋，温和的语气像在安抚一个闹别扭的小孩：“你下学期回学校以后，我每周都去找你好不好？”

“可是，那我也要两年才能毕业，才能回到南城。”

“我们不要想那么远的事，从眼前开始解决。”

宁樨已经陷入沮丧的情绪无法自拔：“为什么你还能这么理智？”

“请相信我，理智是我唯一的选择了。”温岭远笑着，却微微地叹了一声气。

宁樨知道自己有一些不讲道理了，于是主动伸手拥抱他：“下一次我来你家的时候，我希望茶几下面会有一块地毯。”

“好。”温岭远笑着说，“不过，我要纠正你一点，不是我家，是我们的家。”

宁樨在收拾好心情的同时，也收拾好了行李。他们按照计划好的时间，四点半出发去机场。

宁樨情绪激动之下容易脸红，她面颊的皮肤薄，又是那种掐一下就好像会留下瘀青的白皙。她将车窗打开一线，冷风灌入，吹走了她脸上的热度。

因不愿跟恋人暂时分别而差点哭出来，不知道她是不是孤例。

宁樨始终有点不好意思，过了一会儿才去看驾驶座上的温岭远，说道：“我刚才是不是有一点无理取闹？”

“我只会觉得，如果自己小时候也打定主意走经商之路，说不定现在就能轻易解决你的烦恼。”

“怎么说？”

“譬如，直接大手一挥收购你实习的那家公司，我亲自给你签发实习证明，你就不用这样辛苦。”

宁樨笑出声：“你如果能做到这么翻云覆雨的程度，我爸根本别想和你攀上关系，我也更加不可能认识你。”

“这样说也有道理，人生际遇可能自有安排。”

“说起来，”宁樨偏着头端详温岭远，“我是后来才想起来的，我带着阿婆第一次去青杏堂的前一天晚上，做了一个梦。”

“什么梦？”

“一座白塔，很高，尖尖的顶。不知道为什么，我一直在朝着它跑，但是跑了好久都够不着。所以有很长一段时间，我觉得那可能就是一种预言。”

“那么，预言有没有告诉你，有一天你会坐在我的身边，跟我讲这则预言？”

宁樨笑得眉眼弯弯：“我发现了，你是坚定的无神论者。”

车子经过附近最繁华的一条街道，沿路商铺的橱窗里都弄了圣诞装饰。宁樨看见一家店门口挂着冬青编成的花环，她很喜欢那样热闹的配色。

堵车了，温岭远便抽空朝向宁樨那边看了一眼，他以为她看中了人家橱窗里那只快要超过两米的毛绒熊，便问：“想要？”

宁樨点了一下头，片刻才讷讷地追问一句：“想要什么？”

温岭远笑了：“我是在问你呢。”

“你指的是什么？”

温岭远便朝着那橱窗所在的方向，扬了扬下巴：“喏。”

“我有这么幼稚？”

温岭远笑着，不想与她论辩，因为倘若搬出她的皮卡丘家居服和爱心牙膏作为论据，她直接就输了。

车子开到路口的时候，才听宁樨喃喃地说了一句："不过说实话，还挺可爱的。"

温岭远哑然失笑。

去机场的这一段路足够长，他们便有许多时间闲聊，譬如率先展望一下宁樨的寒假应当怎样度过。

温岭远问道："我记得你是去年暑假拿的驾照？后来上过路吗？"

"我住得离学校那么近，走路就能到，再说，我也没有车。"

她看温岭远仿佛在若有所思，急忙说道："你千万不要想着送我一辆车，虽然我知道你送得起。但是，你送我车，我就只能送房作为回报了，我可送不起。"

温岭远笑了一声，并不否认自己动过一瞬间的念头。因为前一阵南川嚷着要预先挑一辆车，作为最后半年冲刺高考的目标，他便陪着去了一次车展，看见一辆新发售的车，西瓜红色，直觉宁樨一定会喜欢。

抵达机场之后，宁樨办完值机，还余下一些时间，足够他们好好道别。

就算她比温岭远更大胆，也无法在人来人往的候机大厅坦然与他拥吻，因此他们只是拥抱，她把脸埋进他敞开的大衣里，趁他不备，偷亲了一下。

温岭远一直看着宁樨的身影越过安检口的那道门，方才往回走。

开车折返的路上，宁樨发来自己登机的消息。而这个时候，温岭远即将开到一个路口，直行是去青杏堂的路，而左转则会回到公寓。

他鬼使神差地提前开入左转向车道，开回此前经过的那个橱窗，买下了那只两米高的毛绒熊，它将车子的后座塞得毫无间隙。

在抵达公寓将毛绒熊搬运上楼的时候，温岭远感觉自己真是幼稚得不行。

一定是被宁樨传染的。

第十二章

立春

Rose White tower

宁樨结束实习回到南城的那天，温岭远并没有前来接机，他有事出差去了，要两天后才能回来。

前来接机的是早已放假的苏昱清，他开着家里的车，捎上了苏雨浓。

宁樨和苏雨浓快有半年没见，没想到她又换了造型，头发被染成了浅绿色。

在车上的时候，宁樨就一直在研究苏雨浓的头发：“这种鲜艳的颜色不会容易掉吗？”

“会啊，之前要更绿一点，现在已经有点偏黄了。”

宁樨拉着发尾烫出来的鬈发，一松手，头发又弹了回去：“为什么要选绿色的？想要生活过得去？”

“这句话苏昱清也问过，你知道他的下场是什么吗？”苏雨浓警告地睨了宁樨一眼。

宁樨立即闭嘴，做了一个给嘴巴拉拉链的动作。

坐在驾驶座上的苏昱清因为宁樨的吃瘪笑了一阵，方才问道：“宁樨，你跟温岭远不打算请我们吃顿饭吗？”

“请啊，你想吃什么？”

苏昱清报了一家人均 1500 元的日料店。

“想都不要想。”

“又不要你付钱。”

“温岭远的钱不是我的钱吗？”

苏昱清和苏雨浓纷纷露出受不了的表情，宁樨不以为意：“有本事你们也赶紧找一个。”

苏昱清的回应还是一贯的臭屁，不是不能，而是不想云云。

苏雨浓的反应则反常许多，有些不安地看了苏昱清一眼，但什么也没说。

中午，三人一起吃了一顿饭，而后苏昱清将宁樨送回了家。苏雨浓则跟宁樨一起，因为有话想跟她说。

宁樨舟车劳顿之后有些疲惫，准备等下睡个午觉，就先去洗了一个热水澡，换了一身衣服。

苏雨浓趴在床上玩手机，她的微博有十多万的粉丝，四五百个关注，还加了好几个有一千人的画手大群，和若干个小群，稍微远离一下手机，就要错过好多“八卦”。

宁樨从行李箱里拿出自己的护肤品，坐在梳妆台前往脸上涂搽保湿的爽肤水和乳液，同时问道：“你要跟我说什么？”

苏雨浓收起手机，换成了坐姿，这个动作显示出她要说的事情应当有些重要：“有个男生，在追我。”

宁樨一愣：“然后呢？”

“我不知道要不要答应他。他人很好，长得也蛮帅的，性格很温柔，也很尊重我……”

宁樨在心里把苏昱清痛骂了一遍，然后才问：“你犹豫的原因是？”

“我不知道自己喜不喜欢他。”

“不用想了，不知道喜不喜欢，那一定就是不喜欢。”

“真的吗？”苏雨浓神情困惑，“我和他在一起的时候，很放松，他给我一种安全感。”

宁樨很肯定，苏雨浓犹豫的原因一定不仅仅只是因为无法确定自己的心意。然而，她不可能越俎代庖，去替苏昱清这个㞞包表白，只能说：“虽然不该提到这个人渣，可是，你想一想曾经的姚占云？你怎么可能不知道喜欢是什么心情？”

苏雨浓低落地叹了一口气，身体往前栽去，还是盘着腿的，额头却抵在了床上，宁樨差一点就要赞叹她身体柔韧性可真好。

宁樨留苏雨浓在家里吃过晚饭，约定好了明天一起去博物馆看一个主题展览，而后叫家里的司机开车将她送了回去。

苏雨浓走后，宁樨做的第一件事就是拿出手机，给苏昱清打了一个电话，劈头盖脸道：“这半年你都干什么去了？你知不知道，下午小雨跟我说，有人跟她告白了，她在犹豫要不要答应。”

在她说前一句的时候，苏昱清似乎还打算辩解，听见后一句，直接倒吸一口凉气：“真的？”

“你到底在磨蹭什么啊，告白好不好？”

“那你怎么不替我问问，她对我是什么想法？”

宁樨快要被苏昱清气死：“我都替你问好了，你自己做什么？要不要到时候恋爱我也替你谈啊。”

“如果小雨不答应，我们岂不是连朋友都没的做了。”

这么老套的台词，让宁樨听得火气更大：“说得好像她答应了别人，你跟她还能做朋友一样。”

苏昱清有些烦躁：“好了好了，你别吼，我再想想。”

宁樨直接将电话挂了。

不过片刻，她又给温岭远打去视频电话。

视频中的背景显示他在酒店的房间，他穿着西装，正在摘下脖子上所佩戴的参会证。

他说：“我换一下衣服。”而后便将手机摄像头朝向了天花板。

宁樨在这边托着腮，将苏昱清和苏雨浓的事告诉了温岭远，想听一听他的想法。

温岭远说：“越在意就越谨慎，这很正常，你没有过这种心情？”

经他提醒，宁樨才想起来，自己是有过的，越想赢越不能洒脱。只是她很好奇：“那当时是什么促使你跟我坦白？”

“当害怕失去的心情，比渴望得到的心情更强烈的时候。”

宁樨笑了笑：“那这件事的结果，你要不要跟我赌一下？”

“我对他们都不算了解，胜算太小。”

“我们就赌苏昱清什么时候告白好了，大于一个月，小于一个月，你选哪个？”

“我选你选剩下的。”

“你严肃一点。”

画面晃动了一下，温岭远重新出现在屏幕之中，他换上了酒店的浴袍，笑着对宁樨说道：“那我选小于吧。”

“正好，我想选大于。以我对苏昱清的了解，他一年半都没有告白，估计也不会急在一时。”

温岭远是无所谓结果的：“赌一点什么？”

“我有一个很好的主意，但是我怕你不敢赌。”

“如果这是激将法的话，你成功了。”

宁樨有些得意：“谁输了，谁求婚，并且，要在不少于十个人的场合，好不好？”

温岭远笑了：“你有没有想过，我已经赢了。”

宁樨听得有一点糊涂。

温岭远便解释道：“你打算和我结婚，我不是已经赢了吗？”

宁樨抿着唇笑了笑，无妨，让他也得意一下。

第二天上午十点，宁樨按时抵达和苏雨浓约定的地点，苏昱清也在，可能是苏雨浓将他喊出来的。

他们两个人之间的气氛十分别扭，都臭着脸，互相不和对方说话，只和宁樨交谈，连带着宁樨都不敢随便开口。

看展之前，苏雨浓去了一趟洗手间，宁樨趁机问苏昱清："你俩吵架啦？"

苏昱清叹了一口气："我昨天问小雨，是不是有人在追她，她回我一句'关你什么事'。"

"活该。"

苏昱清似乎一点脾气也没有了，根本不想替自己辩驳。

宁樨想到昨天晚上温岭远同她说的，觉得还是应该劝说两句："你总想在确定了小雨的心思后再做进一步的打算，但是，感情这件事上不必太有好胜心。"

苏昱清低垂着头，不知道有没有听进心里去。

宁樨叹了一声气，看不下去他这样惨然的模样，只好说："好吧好吧，我找时机问一下小雨对你的看法？"

沉默了片刻，苏昱清突然抹了一把脸："不，不用。你说得对，我现在就去找她说清楚。"

宁樨简直目瞪口呆，她不是很懂男生的想法为什么能变得这么突然。她支吾道："她……还在洗手间呢！"

苏昱清不说话，快步朝着洗手间走去。

他等在门口，苏雨浓出来的一瞬间，他便将其手臂一拽，拉着她朝着大门口奔跑而去。苏雨浓不明所以，一路质询着，却也没能阻止他的脚步。

就这样，两人于宁樨的视野中消失。

宁樨心想：自己是不是输得太快了？

宁樨等了快十分钟，还没有等到他们回来。

本着"来都来了"的原则，宁樨决定自己先去看展。她专门带了单反相机，那么重地背过来，总要让它发挥一点作用。

这个画展以"蛇"为主题，汇集了古今中外各类与蛇有关的雕塑、绘画、器物、服饰等。

最后一个展厅，是某珠宝品牌商提供的所有以蛇元素为灵感设计的珠宝。

展示柜里，一件红蓝宝石镶嵌的蛇形项链吸引了宁樨的目光。

她正在手动对焦的时候，身后有人喊她："宁樨？"

宁樨立即转过头去，却没有想到，不远处站着的人居然是钟映。

她穿着一件白色长款的羽绒服，里面搭配浅咖色的毛线裙，如果说和上一回所见有什么变化的话，就是她的头发剪短了，只及耳后。

钟映不是一个人来的，还挽着一个男人的手。男人长了一张典型的欧洲人的脸，高鼻梁，深眼窝，灰蓝色的眼睛。或许是意大利人，因为她不能一眼就判定。

宁樨打了声招呼：“你好。”

钟映看着她，笑了笑说：“能不能占用你一点时间，我想和你聊两句。”

宁樨并不觉得自己与钟映有什么可谈的，但是对方在提出邀请之后还留出了一个漫长的停顿时间，便显得这个邀请诚意十足。况且，她仔细考虑过，她与温岭远在一起的事，理应只有一只手就能数出来的人知道，所以，钟映肯定不是要跟她聊这件事。

展厅外面便是供人休息的长椅，宁樨否决了与钟映坐下聊的提议，因为她对与不熟悉的人比肩而坐的形式很不适应。

于是她们就走到走廊下，正对着博物馆的前厅，那位外国男士自动避让，率先去取车。

宁樨将装进衣服口袋里的镜头盖拿出来，低头重新盖上。即使觉察到了钟映打量的目光，她亦不会先开这个口。她是真的与钟映无话可说。

好在钟映开门见山道：“我和岭远分手的事，你应当知道？”

宁樨用眼神告诉钟映这是一句废话。她对钟映去姓叫名地称呼温岭远有一些不满，但她没有急吼吼地纠正钟映。

钟映便接着说道：“我们闹到最后伤了体面，我始终有所愧疚。只是我与他划定界限老死不相往来了，也传达不了一句道歉。所以，说我越俎代庖也罢，我就是想告诉你，温岭远心里是有你的，你们现在大可以光明正大地来往，如能修成正果，我祝福你们。”

宁樨听闻此言简直骇然。

她读高中时的那点浑不吝，在认识温岭远之后早已统统被磨平，不然以她三四年前的火暴性格，这时候都要指着钟映的鼻子破口大骂了。

听听这话多有趣，表面展现了一个前任的大度和释然，实则是在影射她和温岭远在他们上一段关系存续期间私相授受。钟映简直是在杀人诛心。

宁樨笑了声，知道这个时候是不能发火的，发火了就输了：“钟小姐是真心实意这么觉得，还是故意阴阳怪气地恶心我？”

钟映纤细的眉毛微微一拧：“你为什么觉得我不是真心实意？”

“所以，你觉得我是你和温岭远关系破灭的原因？”

“岭远不这么觉得。”

潜台词是，温岭远不承认。

宁樨偏着头端详着钟映，直至她在这样的审视之下不自在了，才开口笑着说：“我刚刚有点生气，不过现在完全不气了。我甚至原本有一点介意你的存在，现在也不介意了。谁一生不会错爱过一两个心意毫不相通的人呢？我只是替温岭远感到有一些不值得，他曾经愿意承诺婚姻的人，连最基本的信任都吝于给他。”

钟映有一些被宁樨戳到痛脚，脸上有些失色，话语也尖锐几分：“即便温岭远是清白的，你为什么能将自己择干净？你没喜欢过他？”

“你有没有觉得，我们现在在这里辩论的样子蛮难看的？考虑到阅历深浅，或许你要更难看一点。”宁樨始终笑着，并且认为自己这样笑眯眯地解决一切事情的态度，一定是被温岭远所影响，“世界上喜欢温岭远的人不止我一个，你都要赶尽杀绝的话，杀得过来吗？不管你相不相信，我因为喜欢着温岭远，所以希望他幸福，也一度真心盼望他与你白头偕老。”

“我与他已成过往，倒不必再拿这些话刺我。”

“既然都是过往了，你又是站在什么立场上做那个交托温岭远终身的人呢？即便我跟他在一起，那也一定不是因为你的交托、你的祝福，而是因为我的坚持，和温岭远的清醒。”

钟映扬了扬眉：“听你的语气，你们已经在一起了？”

她是坚持要给温岭远扣一顶精神出轨的帽子了。

宁樨笑了：“钟小姐，你知不知道，你今天说的所有的话，只会让我觉得，你对温岭远仍旧耿耿于怀。你既然不爱他，为什么要耿耿于怀呢？我不太明白。”

“你凭什么断言我没有爱过他？”

“你爱他的话，为什么不好好珍惜他呢？”

到这里，钟映终于无言以对。

清算战果，或许算是宁樨小胜。不算大胜是因为，她心情十分惨淡，为自己，也为温岭远。

她找一个要去和朋友会合的理由，率先离开了。只是她并没有去找苏昱清和苏雨浓，打个车就走了。

另一边的苏昱清和苏雨浓却全然不同于这边的愁云惨淡。

直至到了博物馆外，建筑体的侧面，穿着厚底靴子的苏雨浓实在跑不动了，使劲一掼苏昱清的手臂：“你到底发什么神经！”

苏昱清微微喘息着，睁着眼睛凝视苏雨浓：“一会儿说‘关我什么事’，一会儿说我‘发神经’，怎么，在你这儿就没有一句形容我的好话？”

苏雨浓嘟囔：“因为你就不配。”

“谁配？追你的那人配吗？”

苏雨浓又被他煽起怒火，当下板起脸要往回走，手臂却被苏昱清一把攫住：“别走，我有话跟你说呢。”

“有屁快放。”

苏昱清笑了声，指了指她白色羊绒大衣里很好看的连衣裙，又指了指她今天编的单股辫子，戴一顶贝雷帽的造型，道：“穿得可爱，长得可爱，就是一张嘴，成天不说人话。”

“你把我带出来，就是专门挤对我的？”苏雨浓莫名烦躁，苏昱清这个人，经常一番话说不到重点，让人着急。

“不是，我是想说……”本来是一口气的事，说了点儿插科打诨的，气氛就好似不对了，苏昱清挠挠头，“吃冰激凌吗？”他望见前面有一家甜品店。

“谁大冬天的吃冰激凌？”

“就要冬天吃，不容易化。”说着，他拽着她的手臂往那边走。

苏雨浓一边说着“不去，要跟樨樨看展”，一边还是“身不由己”地跟着他走了。

苏雨浓端一碗草莓牛乳沙冰，和苏昱清爬上博物馆隔壁的科技馆前方的高高的台阶。

他们并肩坐下之后，苏昱清转头盯着苏雨浓看了片刻，说：“你还记不记得，我们第一次在哪里见面。”

“记得，在电玩城，樨樨带来一个傻大个。”

“傻大个”有片刻无语：“也没那么差吧？”

苏雨浓不答，专心致志地拿勺子舀盛着那山似的一座沙冰。

苏昱清有一种强烈的预感，倘若，错过了今天，他兴许一辈子都没勇气告白了。在送苏雨浓回学校的路上，一起去鸟不拉屎的艺术区看画展的公交车上，在辗转于他和她学校之间的地铁上，在全场只他们两人的深夜电影院里……每一次，都是天时地利的好时机，都被他错过。

这种浪费机会的行为总不会被一次又一次地原谅吧？倘若这一回，旁人的追求只是让苏雨浓动摇犹豫，那下一回呢？

苏昱清突然站起身，吓了苏雨浓一跳，她转头疑惑地看他。

他说：“不知道是不是最近打游戏太狠，我好像有点近视。我往下走，看看能不能看清楚你包上的字。”她背的那一个包，印着品牌的标志。

对于苏昱清的突然发疯，苏雨浓早就见怪不怪，但她还是将包拿到身前，让他能够一眼看到。

苏昱清沿着台阶，一步一步地往下走，走出去快三十四级，转过身来。

苏雨浓大声喊道：“走太远了吧！我连你的脸都看不清了！”

苏昱清穿着一件黑色的中长款带帽子的羽绒服，收脚式的运动裤，裤缝有两道白杠，脚下是黑色的中帮帆布鞋，寒风里高瘦挺拔的一道身影，被距离模糊了英俊的五官。在她们面前，他总是有点贱兮兮且有点傻的模样，可他始终有种少年人的骄矜，她是知道的，在他们学校，有多少女生喜欢他。

风把沉默吹散得更沉默，苏雨浓捏着勺子，不敢说话。

似乎过去了整整一分钟时间，苏昱清终于说了句：“哎，好像真看不清楚。”说着，就要提步往回走。

他这样泄气式的表现，使她高悬的期待也一下落空，只好低下头掩饰失望，挖一勺沙冰送进嘴里，凉得她眼眶一红。

而就在这时。

“苏雨浓！”

苏昱清嗓子炸膛似的一句喊，震得苏雨浓手里的小勺子一下子跌进沙冰碗里。

她呆愣着抬起头，才发现他并没有走回来，不过往上迈了一级台阶就站在原地了，肩膀略向着一侧倾斜，隔着轻雾弥散的晦暗天光看着她。而后，他闭上眼，有些破釜沉舟地说——

“我喜欢你！”

被自己喜欢的人表白会哭是常态吗？苏雨浓不知道，反正她哭了，她撑着额头，眼泪一滴一滴地掉进沙冰碗。

苏昱清愣了一下，三步并作两步跑上去，到苏雨浓跟前，手指撑着地面，脑袋凑去她面前，手足无措地问：“不是，你不想答应我也不至于哭吧？”

他也不知道，该不该替她擦眼泪。

苏雨浓舀了一勺沙冰送到他嘴边：“吃吗？”

他不说话，只看着她，还在等一个回答。

苏雨浓手指一松，继而伸出去，将他衣领一拽。也不过就图个形式上的掌控感，因为他其实已经近到不能再近。她把头一伸就碰上了他的唇，是温热的。

苏昱清整个人被吓傻了，过了半晌才反应过来，他看见她睫毛微颤，于是伸手把她手里的东西都拿下来，放在身侧的台阶上，而后将她搂入怀中，低下头去用自己发颤的嘴唇去碰她的，由于他不得其法，只能凭本能地啮咬着。

苏雨浓整个人都在打战，这时候却不合适宜地想到，好像她跟宁樨放过大话，自己如果做不到就要被对方拿出来取笑。

延伸而起的幻想使她脸红成一片，但她只是悄无声息地攥紧了苏昱清的衣襟。

取笑就取笑吧，反正，她肯定是做不到的。

宁樨打的出租车本是往家开的，只是她临时改变了目的地，去了温岭远的公寓。

她不知道，他不在的话，自己单独过去是不是合适。但是，既然门都录了她的指纹，他又说这是他们的家，总归不算冒昧的。

她把指纹贴上去，传来“嘀”的一声响后，她推一推门把手，打开了门，放下心来。

她正准备去鞋架上找拖鞋，一抬头却看见客厅的沙发旁边放着一只硕大的毛绒熊。

宁樨愕然，继而哑然失笑。

茶几下铺上了地毯，电视也已经安装上了，电视旁边还有一棵半人高的琴叶榕，苍绿而舒阔的叶片，给冬日里增添了一股令人感动的蓬勃生机。

确实，像家的感觉。

宁樨坐在地毯上，给温岭远发去一条消息，她觉得不用隐瞒，况且，心里的这阵郁结还非要跟温岭远聊一聊才能纾解。

“我今天碰到钟映了，她跟我说了一些有的没的。”

这条消息发出去半小时之后，才得到温岭远的回复。他直接打来电话，急切地询问：“你还好吗？”

宁樨没觉得很好，也没觉得不好，自己都形容不清究竟是为了哪一点在生气，可能，她需要抽丝剥茧地想一想。

她把心里的想法同温岭远说了，但他那边好似有人在催，两边的事情同时进行，使他一时也不能都处理得周到。他始终不放心，多叮嘱了两句，最后说道：“我开完会，晚上回酒店再给你打电话？”

“你忙工作吧，我没事的。”她没有强打精神，兴许这话听起来不够有说服力，但她也顾不上了。

宁樨查到附近有一家大型超市，就出了一趟门。

在货架之间挑选能够解决今天午饭和晚饭的东西时，收到一条信息。是她和两位苏姓同学的三人群里发来的消息，两个人不约而同地各发了一个红包，其意思不言而喻。

宁樨毫不客气地领了，回复道：“恭喜恭喜！”

苏雨浓：“你在哪儿？”

宁樨：“逛超市。你们俩自己腻歪吧，今天我不打扰你们。记得你说过的话哦 @ 苏雨浓。”

苏昱清：“什么话？”

苏雨浓：“不关你的事！”

宁樨现在甚少会将自己弄得惨兮兮的，就算心情不好也得先安顿好五脏庙。逛超市使她乐此不疲，因为她觉得她与温岭远的那个家什么都缺。

两小时以后，饿到不行的宁樨将购置的大量东西托付给服务台运送到家，而后去地下一层的美食街打包了一份卤肉饭。

她准备回去的时候，路过卖奢侈品牌家具的店面，被那些马卡龙颜色的餐具吸引，没能忍住，买了一个珐琅炒锅和一个煎锅，以及两人份的碗碟和杯子。

到家之后，宁樨刚吃完东西没多久，超市的东西就送到了。一下午，她就在忙着归置厨房和冰箱。

因为午餐吃得晚，到了正常的晚餐时间，宁樨也没有觉得饿。她今天不打算回家了，便给汤阿姨打了一个电话，让汤阿姨帮忙收拾一些衣物，把充电器和护肤品一起送过来。

汤阿姨来后习惯性地检查冰箱，那里面琳琅满目的，只是不知道这位十指不沾阳春水的娇小姐会不会做，便笑着问："要不要给你做了晚餐我再回去？"

宁樨有点不好意思："太麻烦您了。"

"不麻烦，你跟宁先生成天不在家，我每天只做些保洁的工作，还拿那么高的工资，很过意不去了。"

"您还替我养着鱼。"

汤阿姨笑着说："看你宝贝得紧。"

汤阿姨动作利索地烧出两菜一汤，宁樨留她一起吃了。

时间已过晚上八点，宁樨去浴室里泡了一个澡，换上家居服。回到客厅时，她接到温岭远打来的电话，他问她在哪里，她没有隐瞒地说了在他家，不，他们的家里。

温岭远说"好"，语气反正听不出来是放心还是不放心。

宁樨问道："你会开完了？吃过晚饭了吗？"

"其实……"温岭远笑了一声，仿佛有点无可奈何，"我提前回来了，现在刚下飞机。"

宁樨"啊"了一声："我真的没事，不会耽误你的工作吗？"

"我置换立场想了想，觉得此刻你肯定很希望我在你身边，所以就回来了。"

"咦，好自恋。"

温岭远笑着说："我很快就到。"

第二天温岭远是有一些应酬，不过都被他推辞或者改期了，下午的会议一结束他就往回赶。

到家的时候是九点多，打开门的时候，宁樨整个人都陷在了那硕大无比的毛绒熊里，手里还捏着手机。

她抬起头来看了温岭远一眼："你回来了。"

因为她没有立即起身过来迎接他，他感觉到她有一些情绪，只是不知道是不是冲他来的。

温岭远换了鞋，把行李箱往屋里一推，等不及换衣服，直接走过去，手掌撑着地面，跪在她身侧，抬手碰了碰她的脸，笑着问：“受委屈了？”

宁樨以为自己已经把坏心情消化得七七八八了，经他一问才知道那不是消化，只是暂时压制，不期然地，眼睛立即就红了。

温岭远当下就有些手忙脚乱，他把那只垂下来的毛绒熊的手臂挪开，从一团陷软里捞出宁樨，才将她抱入怀中。

这一下，她就哭得更凶，眼泪都蹭在他的衣襟上，同时咬牙启齿地控诉：“凭什么？”

宁樨不是受不了委屈的人，也从来不认为自己在温岭远身上所受的那些苦，是多么值得一提的事情。她心甘情愿地迷恋他，不论结局成与不成，她都不会向当事人讨要说法。只求自己竭尽所能后，不后悔就可以了。

同样的，她也不能因为现在和温岭远已经在一起了，就可以把有些公道上的事情囫囵吞下。

宁樨并不只是图宣泄，而是要将这件事情的道理说清楚，因此赌气似的说完一句“凭什么”之后，就控制好了自己的情绪。她轻轻地推了一下温岭远，自己跪坐在木地板上，指向茶几，瓮声瓮气道：“我今天整理房间的时候，在你书房的柜子里发现了这个。”

温岭远顺着看过去，只知道是一张唱片。

他伸长了手臂将其够过来看，哦，是在某一年音乐节上买的，一支叫“量贩霓虹”的小乐队的作品。他前一阵子在微博上看见过关于这支乐队的消息，乐队还在活跃着，虽然依然不大出名，但小小的一场演出，已然能被死忠粉填满场子。

温岭远有一些不理解：“这张唱片，怎么了？”

宁樨的眼眶又红了一圈，但她克制着没有让眼泪涌出来。她其实觉得，那些婉转的心事没必要再说了，不然好像是为了让温岭远觉得愧疚一样。

“这张唱片，我也有。”

温岭远一下愣住了。

“你看，如果不是我告诉你，你可能都不会知道，那场音乐会我也去了。我碰到了小园，不过我让她不要跟你讲我和她碰到这件事。包括后来，南川去崇城大学参加比赛，我看见了你，同样没有跟你打招呼。”她擤了一下被堵住的鼻子，用呼吸不匀的气声继续说道，“我骗你说我和苏昱清在约会，我明明可以留在南城却选择去了崇城，你过生日我不给你送生日礼物，我过年回南城都要故意绕过青杏堂……那时候，我是认真地打算忘记你。还要我怎么做呢？躲到天涯海角也不够吗？凭什么你和钟映分手的原因，要落到我头上？”

温岭远眼看宁樨眼里一眶泪水快要兜不住了，立即亲吻她的额头，温声哄着，直到她情绪平顺了一些，才问：“钟映这么跟你说的？”

他心里十分不悦，之前钟映再怎么闹，也是她跟他两人之间的事，现在她用一些诛心之论将宁樨牵扯其中。他觉得，钟映做得很不体面。

同时，他也觉出了一些讽刺，原来，他以为他们分手分得很清楚了，谁知道，钟映却用她直到最后都在坚持的不坦诚，给他留了一笔无法申诉的糊涂账。

“我和钟映分手的直接原因是，我发现她在我的车里安装了定位装置。而我也是直到刚才才知道，原来她一直都在猜忌你。”

宁樨听着这话越发不对：“怎么，我变成了导火索吗？”

“绝对不是。”温岭远叹了一声气，伸手去扶她的手臂，“你去沙发上坐着，我慢慢和你说好不好？”

宁樨没有抗拒，她不会把气撒在温岭远身上。在沙发上坐下以后，她捞过来一只抱枕抱在怀里。

温岭远在她身旁坐下，手肘撑在膝盖处，微弓着背。他不习惯在一段感情结束之后翻前任的旧账，无论对错在谁，翻旧账都非君子所为。但眼下是个需要条分缕析的特殊场合。

他便告诉了宁樨，钟映两度偷看他的手机，以及过往需要他时刻报备行踪，倘若一时联系不上，便会信息轰炸的事情。他不是不愿意迁就，只是也有觉得不堪其累的时候。

“可能我们在性格方面还是不够契合，我也高估了自己的能力。她喜欢闹出动静的示爱方式，譬如生气撂电话以后，让我一打再打。等她觉得我通过了考验，才会接我的电话，这样她才会觉得我是在意她的。她说我性格太温暾。”

宁樨当即辩驳：“是她不明白你的好！喜欢为什么要考验？我才不会舍得考验你！”

温岭远淡笑着说道：“总之归根结底，是我始终没能获得她的完全信任，没有给她足够的安全感。”

温岭远的光风霁月在于，他仍然不会以谴责的语气将责任全部推给女方。

“所以，这件事跟你无关，跟任何人都无关，不从根源解决问题，或迟或早，我和她都要走到这一步。我是个信奉长痛不如短痛的人。”温岭远这样说着。

“所以，我说‘凭什么’不单单是为了我，更是为你感到不值得。”宁樨气顺了一些，却更难过。她笃定，哪怕钟映说爱过温岭远，她也一定还是更爱自己，爱一个人的话，怎么舍得把他逼到这步田地。

“这个我再清楚不过，论迹论心，在她和我的这件事上，你没有一丝对不起她。”

宁樨记忆犹新，那时候温岭远是怎样以温和却又坚决的措辞，划定了他与她之间的界限。

温岭远笑了笑，伸手在她脑袋上摸了一把：“你还觉得委屈吗？要是还是气不过，我找钟映把话解释清楚。”

“你敢！”宁樨瞪向他，“让她误会好了，最好能怄死她。”

“你平白背了一个污名？”

“反正有你跟我一起背着。”

温岭远是无所谓的，因为倘若钟映能放下成见，他们也不至于走向决裂。现在他亡羊补牢地解释，她更加不会听得进去。既然已经是过去式，那就不必再做无用功。

宁樨歪头看他：“所以，你当时喜欢她哪一点？”

温岭远哑然失笑：“你确定要我说夸奖她的话？”

“还是不了。”

温岭远便笼统地说道：“人都有优点缺点，我不能因为欣赏她的优点和她在一起之后，却因为她的缺点而轻易选择放弃。力尽之后，才有资格说做不到，是不是？”

宁樨丢下抱枕，伸出双臂去抱他：“那么我有什么缺点吗？”

“一些无伤大雅的小毛病，在我这儿完全算不上缺点。”温岭远抓着她的手臂，侧过身去，反将她抱在怀里，“你年纪这么小，对待感情的心态却这么成熟，我很惊讶。”

“我要是成熟，就不会哭了。”宁樨撇了一下嘴角，“我真的好气，又不能冲她发火，不然我不就输了嘛。”

“下一次再遇见她，不用和她交谈了。”

“我怕她了，下回一定绕道走。”她的脾气像六月的阵雨，下过就雨过天晴了。

温岭远笑着，低下头去寻到宁樨的嘴唇，碰了一下，问道：“你吃过晚饭了吗？”

“你没吃？”

“飞机上喝了一杯果汁，餐食不大合口味。”

“不知道你会提前回来，不然等你一起吃了，汤阿姨过来给我烧的晚饭。”

“你买了厨具？”

宁樨好不得意，站起身来牵他的手，突发奇想道：“我煮面条给你吃吧！我买了一种乌冬面！”

温岭远对宁樨的厨艺没有任何置喙，任由她将自己牵去厨房。灶台上放着两口颜色漂亮的锅，吊柜里是同样糖果色风格的碗盘。他没有任何意见，她喜欢就好。

宁樨又跟他炫耀冰箱，她把冰箱的双开门一打开，他就看到了堆叠整齐的瓜红果绿的食物，竟有一些家的感觉。

温岭远舟车劳顿地赶回来，想的是要安慰她，却没想到从她这里得到了安慰。

宁樨正在翻找速食的乌冬面，却被温岭远一下从身后抱住。他扬手关上了冰箱门，让她转过身，他把她按推在冰箱门上低头就去吻她。

他尝到了一点哭过后的咸味，他微微的情动被熄灭了，他笑着捏她的脸颊："去洗把脸。"

"那个乌冬面……"

"我先弄，你等下过来帮忙。"

温岭远把包装袋翻过来看说明书：把面投入开水中煮五至十分钟，再加入料包。和方便面一个吃法，难怪宁樨这样自信。

宁樨洗过脸出来，温岭远正守着锅等水烧开。她走过去准备抱一下他，却听见放在茶几上的手机在振动。

她走去拿起一看，是苏雨浓打来的电话。

苏雨浓的言辞有一些吞吞吐吐："樨樨，你帮我个忙，等下抽空给我妈发条信息，说我今天不回去了，在你家里留宿。"

"你准备跟苏昱清夜不归宿？"

苏雨浓知道她是明知故问，就不应声，只说："拜托了！回头请你吃饭。"

电话挂断之前宁樨嘱咐："明天要跟我汇报进度！"

厨房里传来温岭远带笑的声音："是不是发生了什么了不得的事？"

"是啊，我输了。"宁樨走过去。

锅盖上聚起一些水汽，水开而未沸，温岭远揭开锅盖，打入一个鸡蛋，慢慢等它成形。

他单手撑着流理台，笑看着她："你想赖掉赌注也可以。"

"赖账是小狗，你等着被我求婚吧。"

她这样心思玲珑，毫不扭捏，让他觉得满心满眼的欢喜。自己三十多岁的一个大男人，竟然好像是被她这个二十岁不到的小女孩"宠"着一样。

温岭远将调料包撒入碗底，浇了一勺开水冲开，再捞出鸡蛋。再往锅里放入乌冬面，煮散煮透以后，加入一把青菜。他知道这吃法不伦不类，但单单一碗面又似乎过于素淡。

宁樨去冰箱里拿了一瓶啤酒，打开给温岭远佐餐用。

温岭远其实不常在日常的三餐中喝酒，不过他没有拒绝，捞起乌冬面吃一口，再喝一口啤酒，滋味倒还不错。

宁樨坐于一旁，双手托着腮看着他。他穿着一件白色的圆领毛衣，人是松间落雪的清隽，百看不厌。

温岭远以为她是在馋他碗里味道尚可的食物："你也想吃？"

她摇摇头，突然却又自然地说："我喜欢你。"

温岭远微讶，扬起嘴角笑了笑："嗯，我知道了。"

吃过饭，温岭远要歇一下再洗澡。

宁樨已经洗过，就躺在沙发上，头枕着他的大腿，跷着腿，举着手机刷微博。

电视买回来调试完毕后还没正式用过，温岭远想试一试，于是捏着遥控器换台。他好像，已经好久没有过这样闲适的时候。

宁樨突然想到什么似的说道："虽然你是坚定的唯物主义者，但是，唱片的事情要怎么解释？"

音乐节上那么多的乐队，那么多的摊贩，怎么偏偏他们会同时买下那个名不见经传的乐队的唱片？

温岭远低下目光，深深地看着宁樨："你说得对。有时候，我也应当信一信冥冥注定。"

温岭远洗过澡以后，把自己和宁樨换下来的衣服拿去洗。洗衣机放置在生活阳台上，是洗烘一体的。

宁樨也走过来，她今天好像变成了他的小跟班，寸步不离。

他一边设定着洗涤程序，一边笑着问她："宁总又不在家？"

"不在，也不知道他在哪里，总归过年之前是会回来的。不过他在也不会管我晚上回不回家，我说我在苏雨浓家，他就'哦'一声，也不求证我说的是否属实，嘱咐我不要给别人添麻烦，然后就没了。"

"可能他也看出来，你终归是个好孩子。"

"不要给他戴高帽，他就是懒得管。"

"那以后只能由我来管你了。"温岭远半开玩笑地说。

"好呀，乐意至极。"

温岭远却笑道："还是不要给我过度干涉你生活的机会。"

"为什么？你又不会变成控制狂。"

"我未必不想，只是不会。"温岭远抚着宁樨的头顶，同她一起回屋，"你不要把我想得太好。"

"你空口说是没有说服力的，我比较相信眼见为实，你倒是'坏'一下给我看看？"

话音落下时，走在前面的温岭远突然转身。

宁樨的脚步已经迈出无法收回，直接就撞入他的怀中。

她略感莫名地抬起头，他却走近一步，抬手关上了通往阳台的滑轨木框玻璃门，两只手臂往后一撑，使她一下便无路可逃，只能后退，退至后背抵上玻璃才停下。

他低下头，径直吻了下去，没有由轻而重的过渡，直接携以疾风骤雨。

宁樨这才知道，原来此前，温岭远都是有所保留的，不然自己怎会脚底发软，除了伸出手臂搂住他的肩膀控制自己不要下坠，别无他法。

宁樨身上的家居服是套头式的，宽松且舒适的棉质，这使她不必再在里面多穿些什么。

夜晚寒气很重，在阳台待了不过片刻，就已能让温岭远的手掌带上凉意。

宁樨因此结结实实地打一个寒战，不知道骨血之中哪一处生出幽微的痛感。她既觉得期待又觉得困惑，因为她甚至不知道期待的具体内容究竟是什么，仿佛要用更痛的痛才能治愈。

她不敢抬头看温岭远，也不敢低头看自己。

就在她仓促地找回自己此前所说的“已经做好准备”的立场之时，温岭远却停了下来，他碰了一下她滚烫的脸颊，伸手将她搂入怀中，也一并替她拉下了先前缩上去的上衣衣摆。

最后，他安抚似的拍了拍她的后背。

宁樨睁开一只眼睛去看温岭远，看见他比往日要更深几分的瞳色。因他也在看她，所以她想看一眼就避开的打算落了空。

她其实对于未知有点害怕，因此这时候多少觉得松了一口气。而且，她也觉得刚刚她才因为温岭远的前女友而闹过别扭，此时此刻，不是她想象中的完美时机。

当然，如果温岭远坚持的话，她不会拒绝。只是，也不会在这个时候主动去问他为什么不继续。

温岭远不打算继续的原因就单纯很多。她所给予的完完全全就是一个小女孩的反应，即，除了害怕以至于自己都未觉察的微微颤抖之外，完全没有别的反应。

她也不过就是嘴上爱逞强而已，怎么能够当真。

他因此生出一些负罪感，不想立即向她证明，自己是个实打实的“坏人”，起码，至少等他们的关系获得她家长的首肯之后吧。

两个人因为各自的内心想法而达成共识。

温岭远笑着亲了一下宁樨微颤的眼皮：“听话，先别招我了。”

“我哪有……”

温岭远没有将洗过的衣服留到第二天再收的习惯，洗衣机仍旧在运作，时间却已经迫近平日上床睡觉的点，但他还是打起精神硬撑着。

宁樨看他真的好像一到睡觉时间，神思就开始懒倦涣散，不由得笑着说：“要不你先去睡？衣服等一下我来收。”

“没事，我再陪你一下。”

“我都不知道自己几点睡呢。”

温岭远坚持着：“还是等收完衣服再睡。”

“那你要不要听一下歌？”宁樨打开音乐软件，输入“量贩霓虹”，打开一首他们最近发布的新歌。

这支小众独立的摇滚乐队，所有作品都有自己一以贯之的精神烙印，风格独特且醒目。

他们没有交谈，此刻的心弦随着旋律微震，他们相信这是因为一种共鸣。

因为温岭远十一点半就睡下了，宁樨也没有熬夜太久，她担心手机的背光和自己滑动屏幕的微微声响会打扰到他。

过了十二点，她也睡下，比平时早了两个小时，也因此，第二天早上八点刚过她就醒了。

她没有立即起床，而是拿过手机给苏雨浓发了一条消息，问苏雨浓怎么样。

她没有期望苏雨浓会立即回复，因为她感觉昨天晚上那两个人一定得熬到很晚，哪知道苏雨浓是秒回：“没有怎样，进行了一些边缘性的人体艺术探讨而已。”

宁樨笑着回复道：“说好的确定关系第一天就要进行人体艺术探讨的？”

“没进行不可以吗？那我也比你强，打赌你的进展还不如我呢。”

这个话，宁樨没法反驳，只好问苏雨浓怎么醒得这么早。

“太高兴了，睡得不踏实，我都不知道自己这是第几次醒了。不说了，我好困，我要接着睡回笼觉了。”

宁樨这才起床。

她打开卧室门，就听到了“吱吱”的声音，还闻到了煎蛋的香味。温岭远正在厨房里，他穿着一件灰色的棉质 T 恤，捏着锅铲，转头看了她一眼：“快去洗漱。”

宁樨打着呵欠走过去，抓着温岭远的衣领，踮脚先在他面颊上亲了一下，才前往浴室。

早餐是温岭远重出江湖的鸡蛋火腿三明治。

“我之前以为你说自己只会做三明治是骗我的。”宁樨咬下一角，笑着说。

“我为什么要在这种无关紧要的事情上骗你？”

“因为你不想我赖上你。”

温岭远笑了声。

“你觉不觉得，我们之间应当有一个人，需要练习一下厨艺？不然以后永远吃外卖吗？”

温岭远思索片刻之后回答：“汤阿姨在你家，宁总给她开多少的月薪？”

他是想挖墙脚。

宁樨笑着蹬掉拖鞋，在桌子下朝着他的小腿轻轻一踢：“哪有你这样的！”转而又说，“那我去学？”

“你不用勉强自己做自己不喜欢的事。”

“首先，我没有接触过烹饪，所以还说不好喜欢不喜欢；其次，我想至少学会一个菜，做给你吃。”

她这一板一眼的语气，温岭远可太熟悉了，他笑着说：“不要学我说话。”

两人并没有腻歪太久，温岭远白天有事要回青杏堂，而宁樨接了一个约拍，今天需要去跑几个点确定拍摄场地。她在北城实习期间，被超负荷的工作占满业余时间，已经将摄影荒废了好久，现在必须捡起来了。

温岭远怕宁樨跑来跑去的不方便，要将车借给她用，她坚决地拒绝：“不了不了，你这么贵的车，要是给你蹭花一点，我会好心疼的。”

温岭远不勉强她，开车去青杏堂，顺道将她送去第一个场地。

这天下午，宁樨几个点都踩过以后，自己去了青杏堂。她准备和池小园一起吃晚饭，再和温岭远一起回家。

到了青杏堂宁樨才知道，温岭远白天面试了几个打算寒假至新学期过来实习的，南城中医药大学的学生。

温岭远坐在茶室里，正在翻着几个学生的简历，反复斟酌。

宁樨把下巴搁在他肩膀上，和他一起看。

几份 PDF 文件都看过以后，宁樨指向其中一份：“这个吧，这个程景天。”

温岭远再次将程景天的简历打开：“他有什么特别的吗？”

“你看他的名字，景天， 味中药， 看就是做这 行的。然后最重要的是，他比较帅，你要考虑一下某位不爱社交，又幻想男朋友从天而降的少女，给她制造一些谈恋爱的可能性。”

某位不爱社交的少女，此时恰好走过来，惊喜道：“樨樨你回来啦！”

还好，池小园没有听到方才宁樨“编派”她的那些话。

这时宁樨口袋里的手机振动了一下，来了个语音电话。

她将温岭远身边的位置让出来，让池小园也去筛简历，自己坐去桌子对面接听。

语音电话是很久未有消息的奚纹玉打来的。

奚纹玉一贯不与宁樨多商量什么，这一回也是，她通知宁樨她明天回南城，晚上十点落地。

“要我去接你吗？”

“不用。”

“你留几天？待到年后？”

奚纹玉说，在南城她有个多年的老朋友再婚，她是回来参加婚礼的，留多久说不准。

宁樨说：“我找男朋友了，你多少留出一天，跟我们一起吃顿饭。”她拿不准宁治东对此事的态度，但她知道奚纹玉一定会支持，先往己方阵营拉来一个靠山总是好的。

奚纹玉问：“哪个？你的‘一百分’？”

语音是开的免提，温岭远也能听到，他不确定这个称呼是不是指代自己，便抬头看了宁樨一眼。

宁樨笑了：“就是他。”

“行吧，我明天落地之后再跟你商量。”

电话挂断，温岭远问的第一个问题，果然就是关于这个“一百分”的。

宁樨解释：“之前不开心的时候，跟我妈说过你的事，我说你是完美的，是我得不到的一百分。”

温岭远笑着说：“我现在才知道，被人这样寄予厚望，压力很大。倘若以后我做了让你不满意的事情，你会给我扣分吗？”

“会的吧，你要好好表现哦。”

宁樨举起拳头，做了一个加油打气的动作，将温岭远逗笑。

一旁的池小园看他俩旁若无人地秀恩爱，颇觉受不了地“噫”了一声。

温岭远把电脑屏幕往池小园面前侧了侧，问她：“这几个人你今天都见过，你觉得哪个好？”

池小园几乎没有犹豫：“程景天吧。”

感觉空气一下就安静了，温岭远和宁樨来了一个意味深长的对视。

池小园疑惑：“怎……怎么了？”

温岭远笑着说：“行，那就他吧。”

就在奚纹玉回来的第二天，宁治东也回家了。

宁樨嘴上说着哪怕自己夜不归宿也没关系，实际上还是乖乖地回了自己家里。

临近年关，大家总有许多身不由己的准备工作需要做，宁樨和温岭远都不例外。宁治东委派了司机抽时间去老家将阿婆接来过年，在此之前，宁樨要同汤阿姨一起将阿婆以前住过的客房收拾出来，床单和被罩都要换新。

宁治东做甩手掌柜，汤阿姨便会让宁樨拿主意。宁樨每天就在跟一些琐碎的事情打交道，莫名其妙就忙得不行。

奚纹玉回南城之后一直住在酒店里，宁樨只在去商场给阿婆挑选新棉衣的时候，经过了她下榻的酒店，与她匆匆会过一面。奚纹玉与老友聚餐饮茶，参加婚礼，直到回来后的第四天才联系宁樨，让宁樨把“一百分”叫出来，一起吃顿饭。

吃饭的地方订在菀柳居，南城最有名的淮扬菜酒楼，订包间座位需得提前一周。温岭远此前帮菀柳居的唐老板调理过伤腿，便借他之便临时订到了座位。

上午十一点，温岭远开车去接宁樨，再一起前去见奚纹玉。

也不知宁治东在不在家，温岭远没将车子开入，只停在大门口。

待看见宁樨从门口走出来时，距离约定的时间已经过去了十分钟。她小跑着上了车，一边系安全带，一边催促温岭远：“赶紧走！我爸中午有个饭局，也要出门，不要和他撞上了！”

温岭远笑了声，仍是不紧不慢地放手刹、踩油门。

直至驶出这一片区域，宁樨从后视镜里没有看见宁治东的那辆车跟上来，才稍稍放下心。

她转头去看温岭远。

他并没有因为今日要见奚纹玉就穿得十分正式。他身上穿着一件奶茶色的毛衣，后座上放着咖啡色的羊绒大衣。他的皮肤白，很适合浅色，眉眼舒展而清朗。

宁樨同样没有打扮得特别隆重，只涂了薄薄的一层腮红，唇上涂了润泽的浅红色唇膏。为了偷懒，她昨晚睡觉的时候将一头长发编成辫，清早拆开，就得到一头自然蓬松的鬈发，稍作打理即可出门。

宁樨说道：“不知道为什么，我好紧张。”

“见家长的是我，应当我紧张才对。”

“那你紧张吗？”

“稍微有一点。但听你的形容，奚女士应当是很开明大度的人。”

“你之前和她见过面吗？”

温岭远说没有。

温岭远与宁治东刚刚结识的时候，奚纹玉与宁治东的婚姻关系已经到了濒临破裂的边缘，夫妻两人的社交圈则早已割裂。并且，在接手青杏堂之前，温岭远常年在崇城，在南城逗留的时间并不多。

刚过十一点半，菀柳居已然食客盈门。

他们预订的“霜月”是一间小包间，一应的中式装修，门边放置了乌木的五斗橱，净瓷的花瓶，瓶里插了一枝梅花，很是风雅。

奚纹玉还未到，宁樨便将椅子挨着椅子，凑拢与温岭远研究菜单。茶水是正山小种，服务员当场沏的，饶是宁樨不懂茶，也能尝出它的名贵。

温岭远不知道应不应该先点菜，便问宁樨的意见。

“点吧，让我妈点她也只会说随便。你吃过这里的菜，你点就好。”

“她有没有什么忌口？”

“没有。和我一样，什么都能吃。”

于是温岭远便点了平桥豆腐羹、蟹粉狮子头、拆烩鲢鱼头、西施含珠和开洋蒲菜，吩咐服务员让后厨先准备，不着急上菜。

大约等了二十分钟，奚纹玉姗姗来迟，她发来消息说找不到包间的位置，宁樨便出去接她。

温岭远正襟危坐，待包厢的门再度打开，他起身离座，微笑着上前同奚纹玉打招呼。

奚纹玉暗自观察着温岭远。

她隐约担心过，认为缺少正经恋爱经验的宁樨，比这个“一百分”小上太多岁，是因为受到哄骗才对其念念不忘。

打上照面的第一眼，她就稍稍放下心来，温岭远的外形条件，以及整体呈现出的一种清正平和的特质，使她相信，他不可能是什么奸恶之人。

坐下以后两人稍作交谈，温岭远始终不卑不亢不疾不徐，必然是优越家庭和良好家教熏陶而出的一种笃定，使他不必对任何人曲意逢迎。

奚纹玉想着，宁樨看男人的眼光到底是要比她好上太多。

温岭远几乎是宁治东的反面，无怪乎宁樨会对他如此执着，甚至形容他“如父如兄”。见过才知，这话不虚。

“温先生今年……”

“三十二岁。”宁樨抢答。

“我听樨樨说，你跟人订过婚……”

“他们早就分手了，断得一干二净。”仍然是宁樨抢答。

奚纹玉见不得宁樨这护短又不成器的样子，伸指在她额角轻轻一点，严肃道：“你给我喝茶，把嘴巴闭上。”

“哦。”

温岭远笑了声。

服务员这时候进门，询问是否可以上菜。

奚纹玉笑着问温岭远：“咱们不急着上菜，先喝两盏茶？我这人有个习惯，吃饭的时候，不习惯聊些太沉重的话题。”

温岭远便笑着说尊重她的习惯。

奚纹玉这一趟来，是希望能将温岭远了解清楚。她未尝没有将宁樨好好托付出去，自己也能放心的想法，虽然她知道自己失职太久，还远远轮不上她来干预宁樨的选择。

她是很直接的人，问的话也直接，事业、家庭、未来规划。

宁樨都听得有些如坐针毡，觉得这些话题过于现实。温岭远却无一点隐瞒，有一说一，完全不顾左右而言他。

最后，奚纹玉问道："樨樨今年十月到法定婚龄，再过两年才大学毕业，不知道这方面，温先生怎么打算的？"

温岭远说："我始终尊重樨樨的意愿，也尊重她职业发展的需求。她拥有何时步入下一阶段的完全决定权。"

奚纹玉终于结束了一连串的问询，笑着说："那咱们吃饭吧？"她唤来服务员准备上菜，自己则站起身去，说要用一下厕所。

等她的身影出去，门虚掩上后，宁樨才长舒一口气："你不要介意啊，我妈就是这个性格，尤其这些年又在国外，来往的那些老外朋友都是直来直往的。"

温岭远笑着说："反倒直爽才好打交道。"

"不过能看得出来，我妈是很满意你的。"宁樨双手托着腮，乐呵呵地看着他，"不过，又有谁会对你不满意呢？"

宁樨总是从不吝啬于表达自己的喜爱。温岭远笑着捏了一下她的脸颊。

"话说，"宁樨偏头打量着她，"你说尊重我的意见，要是我毕业以后还想继续读书深造，不想立即和你结婚也可以吗？"

"为什么不可以？"

"你家里人会答应？"

"我没有这方面的压力。"

"可是你也老大不小了哦。"

"……"

宁樨笑嘻嘻地看着他："我要拖到你四十岁，让你变成一个没有他人觊觎的老男人。"

"你不如早早用法律手段将我绑定。"

"不想这么早便宜你呢。"

两个人扯了一些闲篇，大约十分钟过去，菜都上齐了，奚纹玉还没回来。

宁樨决定去洗手间看一眼，她推门穿过走廊，在拐角处与奚纹玉撞上。然而在她身后，还跟着一个人，宁治东。

宁樨吓得拔腿便往回跑，被宁治东叫住，宁治东笑着问："你妈说你今儿把你男朋友喊出来吃饭，怎么不把我也叫上？我不是你家长？"他哪里是笑，简直是笑里藏刀。

方才奚纹玉用过洗手间，一出门便与从对面包厢走出来的宁治东撞上。宁治东今天过来请人吃饭，没料到会与奚纹玉狭路相逢。

两人见面就是一顿戗，直到奚纹玉透露自己是过来见女儿的男朋友的，宁治东就更是不忿了。

他觉得奚纹玉成天不见踪影，只顾自己逍遥快活，这种人生大事的关键时刻，宁樨却还是惦记着她，因此无论如何，自己也要凑这个热闹。

两人推推搡搡，奚纹玉没能敌过人高马大的宁治东，又不能在这种公众场合完全摆开架势与他争吵，只能无奈地随便他。

宁樨干笑道："爸……下回你再跟他见面吧，今天没做好准备。"

"这需要做什么准备？你妈不是说这人一表人才？那还藏着掖着做什么？走走走，我也见见。我那儿还有饭局呢，跟他喝杯茶就走。"

宁樨找不出合适的理由阻止宁治东，又没将手机带出来通知温岭远想办法，这时候简直如热锅上的蚂蚁。

她焦虑地跟着宁治东回到包厢门口，心里徒劳地祈祷着，千万别吵起来，千万别吵起来……

宁治东一下推开门，看见那里面坐着温岭远，他愣了一下，笑着说："岭远，你怎么也……"话音骤停，因为他即刻意识到了。

空气几如凝滞。

温岭远这时候站起身来，笑了笑说："宁总请坐。菜已上齐，正好一起吃一点？"

宁治东半晌都没反应过来，他看看宁樨，她低头看着鞋，完全没有澄清这个状况的打算，那么这事……

他摸了一下脑袋，干笑两声："有点意外，岭远你倒是一点风声也不透啊？"

"是我决定暂时不要跟你说的。"宁樨小声道。

"没让你说话！"宁治东板起脸，一声怒喝。他不可能下温岭远的面子，只能冲着宁樨。

宁樨被宁治东突然的情绪爆发震得愣了一下，却立即反应过来，吼回去："吼什么吼！就知道你不会好好说话，所以今天才不请你。"

温岭远知道这种交流方式是火上浇油，便冲着宁樨招一招手，示意她到自己身边来。

宁治东试着拦了一下，没拦住。

宁樨走过去挽住了温岭远的手臂，这下更像是有了靠山，张牙舞爪地望着宁治东。

宁治东快被气死了，然而更气的是，奚纹玉紧接着说道："要不你回你自己的包厢去？好好一顿饭，别给我搅和了。"

奚纹玉把话说到这个份上，宁治东自然不可能还会掺和这一餐饭，况且他们三人结成联盟，自己以一当三，根本没有话语权。

他虽然心里窝着火，但是顾及与温岭远的交情，也没把话说重，临出包厢门之前撂下一句：“岭远，这事儿你办得不地道。”

温岭远说年前择空请他一起去打网球，他手都没挥一下，径直走了。

宁樨倒不怕宁治东生气，她觉得争吵也是一种沟通方式，可他这样摆明态度地黑着脸，倒让她不知道应该怎么办。

奚纹玉打着圆场：“坐下吃饭吧。宁治东这德行，谁受得了他。”

大家心情多少都受到了影响，这顿饭吃得没有多尽兴。

午饭没有喝酒，温岭远开车将奚纹玉送回酒店。

临下车前，奚纹玉笑着说：“我单独跟宁樨说两句话。”

酒店门口不能停车，温岭远便将车开去前方的路边，让宁樨到时候去那里找他。

她们没有进大堂，就站在门口。奚纹玉伸手给宁樨掖了一下衣领，看她亭亭玉立，个头已经比自己要高上几分。

她原想对宁樨说，小时候吃了一些苦，说不定便是在攒今日的福报，又觉得这样的说辞太无耻，便只笑一笑说：“眼光还行。”

宁樨不无骄傲地扬了扬眉。

“人是不错的，只是我仍有一句忠告，恋爱可以先谈着，婚不要太早结，尤其，你往后一定要经营自己的事业。”

这番话，宁樨是听得进去的：“我知道。”

奚纹玉不会在南城留太久，她的下一站目的地已经确定。她定着目光多打量了宁樨几眼，想记着女儿能使自己放心的样子。

自打和宁治东感情破裂以后，她始终避免陷入过度激烈的情感中，亲情也不例外。她不希望对任何事情眷恋太深，而违背当年离走的决心。她清楚自己是不可能留在南城的，这里有太多的纠葛会将她绊住。

因此，她见宁樨在她的注视之下，渐渐露出一些动容的表情，便立即将这种情绪切断，问：“你们到那一步了没有？”

宁樨尴尬不言。

“保护好自己，听见没有？”

“知道了。”

宁樨问奚纹玉是不是又要走了，她只是摸摸宁樨的脑袋：“我上去了，你赶紧去跟他会合吧。”

宁樨没有急急地追问奚纹玉会不会留在南城过年，也知她不愿意让自己目送，于是双手插入外套的口袋里，跳下一级台阶，很洒脱地说："我走啦，再见。"

温岭远的车暂停于路边，打着双闪灯。

宁樨坐上副驾驶座，才任由一种低落的情绪浮现。

温岭远以为她是在担心宁治东那边，便说："我会单独和你爸谈一谈，你别担心。"

宁樨却摇头说道："不是，我在想我妈的事，我发现，我没办法对她说'我想你'，挺难过的。"

温岭远知道，她只是想倾诉，并不想得到忠言逆耳的劝说。

毕竟世界上，总有一些人要尴尬且疏离地彼此爱着。

因宁樨还有一些边边角角的杂事要处理，而温岭远也要回青杏堂处理公务，下午宁樨便先回家了。

这天晚上九点，宁樨在和汤阿姨商量着除夕团年饭的菜式时，宁治东回来了，一身酒气。

他酒量大，并没有醉，但情绪控制自然不如清醒的时候。

他将宁樨从厨房叫出来，聊温岭远的事。

汤阿姨倒了一杯热水过来，他几口喝完，往茶几上一掷，看沙发对面的宁樨还在刷手机，有点满不在乎的模样，立即就火了："你能不能态度给我端正点？"

"你自己喝酒喝成这样，还怎么聊？"

"老子离喝醉还差得远！你给我把手机放下！"

宁樨将手机往茶几上一丢，抱起双臂，身体往后靠去。

宁治东盯着她，按捺着火气："这事儿，温岭远主动的？"

"谈恋爱分什么谁主动？"

"你们这能叫谈恋爱？他大你十三岁，还跟人订过婚，他跟你一个十几岁的小姑娘有什么可谈的？"

"不能因为你总带一些年纪比我大不了多少的女孩回家，就觉得所有的男人都和你一样吧？"

眼看宁治东要去抓茶几上的杯子，汤阿姨眼疾手快地将杯子捞了过去："宁总，我再去给你倒杯热水！"同时冲着宁樨使了一个眼色，让她慢慢说，不要发火。

父女两个都气呼呼地瞪着彼此。

宁樨并不想激化事态，只是宁治东从态度到措辞，都精准地踩中她发怒的点。

"爸，我觉得蛮可笑的，我以前在学校里做那么多坏事，你都不闻不问，现在正经谈起恋爱来，你却突然摆起家长的架势。你究竟在气什么，我不明白。气我给你找个这么大的女婿，还是气我乱了辈分，会让你变成朋友圈的笑话？"

“你懂个屁！我是怕你被人骗了还眼巴巴地帮人数钱！”

“你现在才关心我，不觉得迟？”宁樨控制着情绪，只是又不免觉得有些悲哀，“当时阿婆生病，你租游艇跟人出海去玩，不管我们死活，是谁帮的忙，你总不会忘了？有一个人照顾我、尊重我、鼓励我，我为什么不可以喜欢他，跟他谈恋爱？”

“你二十岁不到，懂什么爱不爱！”

“你懂，那你为什么跟我妈把婚姻搞得一塌糊涂。如今跟着你的女人，个个都只图你的钱……”

没让她把话说完，宁治东一脚踹向面前的茶几。

宁樨气得捞起手机便走，她知道和他交谈只是浪费唇舌。

“你打算去哪儿？”

“我去找温岭远！”

“去！你有本事去了就别回来！”

宁樨“咚咚咚”地飞快跑上楼。

她将常用的东西塞进行李箱，也没整理，拉上拉链便往下提。下到楼梯最后一阶，她往沙发那里望去，宁治东的手肘撑着膝盖，脸埋在手掌之间。

宁樨什么也没再说，提上行李箱便往大门口走去。

汤阿姨追出来问道，明天阿婆就来了，她走了怎么办。

宁樨想了想说：“我会想办法。”

宁樨拖着行李箱，一直走到了附近的那片湖边，才给温岭远打电话。

她将行李箱放倒，坐在上面，向着湖面眺望。冬天的湖，只是沉默的一片漆黑。

约莫等了半小时，两束车灯射了过来。

宁樨眯着眼睛去看，从车头的形状辨认出，那是温岭远的车。

她站起身，冲着车子招了招手。

温岭远把车靠边停下，下车之后先将她的手臂一捉，往她脸上看去。

宁樨笑着说：“你放心，我爸这个人，坏归坏，还是不会动手打人的。”

温岭远碰了碰她的脸颊，被风吹得冰冷。他便将副驾驶座的车门拉开，推她上车，自己拎上她的行李箱，放去后备厢。

回到驾驶座上，温岭远先将空调温度调到最高，然后抓过宁樨的手，在自己手掌里握紧，等她不再那么冷的时候，方才发动车子。

宁樨先没有跟温岭远诉苦，而是给在老家的阿婆打了一个电话，让阿婆明天不用过来，她会在后天回老家去，跟阿婆一起过年。

然后再将电话打给宁治东的司机，叫他明天不用去接阿婆了。

温岭远看向她：“你跟你爸商量过吗？”

“不跟他商量，让他除夕一个人凄凉地过。”

温岭远笑着问：“吵得很凶？”

“也就是毛毛雨的水平吧，吵得更凶的情况也不是没有过。”

“可以顺着他的意思，等我跟他单独谈。”

“顺不了。你是不知道，他有多气人。”

温岭远一贯不喜做事后诸葛亮，既已如此，想办法解决就好：“那我尽快和他谈一谈。”

“你有没有想过，如果谈不出什么结果呢？”

“我只尽自己应尽的责任，左右不了别人的立场，宁总要能接受，当然他自己心里能舒服一点。”

意思是，反正他接受不接受，这事实更改不了。

宁樨笑道：“你这个态度，还蛮酷的。”

这个时间当然不必要再去青杏堂，温岭远直接开车去了公寓。

一路过来，宁樨已经气顺了许多。到达公寓之后，她打算先去洗个热水澡。

此时手机一响，宁治东发来了一条微信消息：“从今天起我一分钱都不会给你打了，你给我先好好反省！”

宁樨气笑了，她把消息读给温岭远听：“宁总怎么这样，一点新意也没有。”

她点开短信查看上一次消费之后卡里的余额，非常遗憾的是，真的不算多，撑不起她现在没什么消费观念地乱花。

温岭远看了宁樨一眼：“如果我说，可以花我的钱，你是不是不会接受？”

“等卡里钱花光，再卖掉你送给我的单反相机，实在无路可走了，我再找你开口，好不好？”

“为什么不直接省略掉前两步？”

“因为我要展示一下我的骨气。”

温岭远笑了。

“放心，我了解我爸，他过几天就会把这话给忘了。”

温岭远不勉强她，只是一本正经地强调：“你可以适当展示一下你的骨气，但是我送你的相机，不准卖。”

宁樨笑着说：“我开玩笑的！我卖掉自己也舍不得卖你送的礼物。”

温岭远立即用几分训诫的口吻说：“不准胡说。”

宁樨翻出自己的洗漱用品，去浴室。

洗脸的时候，温岭远走进来，站在她身后，看着镜子里的她说：“我有个提议，不知道你觉得怎么样。”

“什么提议？”

“后天，我跟你一起去阿婆家过年吧。”

宁樨也盯着镜子中的温岭远：“你知不知道，这非常名不正言不顺。阿婆会很困惑，你为什么要去，以什么立场去？而且，你自己家里不过年的吗？”

说到最后一句的时候，温岭远才配合着她，露出似有一点苦恼的表情。

宁樨笑了起来：“我觉得，这个提议非常好。”

宁樨与温岭远商定了一起回阿婆家里过年的时间，他们选择在腊月二十八去。而这一天，青杏堂也要准备停止营业。

他们打算下午三点出发，开车过去，行李在前一天晚上已经收拾好了，存放在车子的后备厢里。

青杏堂没有即将过年的清闲感，反而所有人都在忙碌，包括那位一收到录用通知第二天就赶来报到的实习生。

唯一比较从容的就只有宁樨，她在各处逛一逛，在力所能及的时候搭一把手。当然她的重点是在观察那个实习生程景天。

爽爽利利、高高瘦瘦的一个大男孩，温岭远吩咐的事情，他都能利索地办好。

什么都好，唯一不好的就是池小园这个呆头鹅，一点都没有意识到他们特意招进程景天的良苦用心，一整个上午，不说有什么暧昧的火花，连和程景天的互动都少。

宁樨不知道，恨铁不成钢和皇上不急太监急，哪个更切合自己的心境。

当然，也可能是因为程景天这一款不是池小园的那杯茶，池小园自己说过，喜欢开朗又幽默的人。

下午三点，青杏堂将能够接诊的病人迅速接诊，不能接诊的病人建档以后替他们预约了时间，让他们下次再来，整年的忙碌终于告一段落。

休息室里，温岭远脱下白大褂，换上宁樨从二楼给他拿下来的大衣。其余医生、护士一应过来告别，互道年后再见，最后就剩下池小园和程景天。

程景天分外腼腆，他留到最后才走，是为了询问温岭远开年之后几号过来上班。

“初八。晚一点也无妨。”

程景天笑着说道：“我一定准时来。”说完便拿出放在休息室柜子里的外套和背包，同他们道别之后，率先离开了。

池小园也已经收拾好东西，准备去温鹤庭那里。她和宁樨他们是一个方向，温岭远顺道将她送了过去。

池小园问温岭远：“温叔叔，你跟樨樨会一直在那边待到春节结束吗？”

“初二左右回来。你如果有事就联系我哥，今年除夕应当还是在他家里吃饭。”

宁樨则笑着说：“小园，你过年如果无聊的话，可以约朋友一起出去吃吃饭，看看电影什么的。”

“什么朋友？小雨吗？可是小雨不是在谈恋爱。”

宁樨扶额：“算了，你就当我没说。”

在近郊将小园放下以后，车子继续向着西南方向开去。从南城到宁樨的老家车程五六个小时，不算太远，只是碰上了春节出行的高峰期，高速路上远比往日繁忙。

宁樨提前给阿婆打过电话，让她一定自己先吃晚饭，千万不要等他们。

下午六点左右，车子驶入一个服务区，宁樨和温岭远下车呼吸新鲜空气的同时，拿出提前准备好的一些食物。

宁樨倚靠着车门，将手里的红豆面包分了一半给温岭远，饮料是罐装的乌龙茶。

天色还没有彻底黑透，深灰间有最后一抹没有褪尽的靛蓝，远山的轮廓却已渐渐模糊。

宁樨拧开瓶盖，先喝了两口乌龙茶，仰头看温岭远：“会不会觉得累？”

温岭远给她肯定的回答：“那你是不是应该主动犒劳我一下？”

宁樨笑着踮脚在他脸颊上印下一个吻，同时说道：“我一定将练车写进今年的计划清单，这样下一回开长途车的时候，我就能替你分担一下。”

温岭远抬手要去摸她的脑袋，却被她一偏头避开：“再摸要秃了！”

温岭远哑然失笑。

抵达镇上，已是晚上十点。

宁樨不得不承认，宁治东出于私心捐赠的那条“治东路”，给他们省了不少时间。平坦的水泥双向路，直接通到半山腰处的阿婆家门口，从镇上开去，只需要二十分钟。

阿婆住的房子还保留着老屋的筋骨，外墙做了加固、修缮和翻新，再在原本属于一片院场的空地上，按照老屋的模样，盖了几间新房。

新旧房子合起来形成一个“L”形，余下的空地铺上了水泥，另外砌出的菜圃里种着三两棚西红柿和黄瓜藤。

空地与马路之间用一段青灰色的砖墙隔开，墙内留着从前的两株橘子树，叶子落光了，最高处的枝头却还留着几个未打下来的橘子。

远远就看见灯光融融的窗，白墙黑瓦，像一处民宿，与温岭远沿路开车过来，在镇上所见到的那些自建的楼房大有不同。

温岭远夸赞了一句，宁樨便说：“还是因为阿婆坚持要保留老屋，老宁只能修旧如旧。他还说，这比平地新盖那种小洋楼要贵多了。你看，附近就只有几户人家了，其余都搬到了镇上，这里的自来水、宽带和天然气都要专门拉线路和管道过来，老宁为此多花了好大一笔钱。不过，还留在村子里的其他几户人家，也能跟着受益。”

自从和宁治东吵架以后，宁樨就直接称呼他为“老宁”，听得温岭远不由得一笑：“可见，有时候好面子也不见得完全是一件坏事。”

温岭远将车子驶入屋前的空地。

宁樨到镇上以后就给阿婆打过一个电话，阿婆应当是一直留意着屋外的动静，听到车子的声音，就立刻推开堂屋黑漆的木门走出来。

看见自驾驶座上走下来的人，阿婆愣了愣：“樨樨啊，这么远，你怎么能让温医生专门送你回来呢？”

“不是的。”宁樨笑着说，“温岭远跟家里吵了架，家里不要他一起过年，只好求我们收留他了。阿婆您会不会不愿意？”她冲温岭远眨了一下眼睛，让他不要拆穿这个漏洞百出的谎言。

阿婆忙说：“怎么会不愿意！只是今年家里没多做准备，怕慢待了温医生——樨樨你怎么能对长辈直呼其名，没大没小的！”

说话之间，阿婆将他们迎进了屋。

屋里暖烘烘的，在修整老屋的时候，宁治东还特意装上了暖气片，且一到冬天他就托人过来监督，不许阿婆不舍得开。

阿婆是吃过饭的，但怕他们饿，坚持要给他们下两碗面条。

宁樨去厨房帮忙的时候，温岭远就在打量房间，一水新中式的家具，典雅又低调，都是现在较为流行的核桃木、花梨木等，不是那种老式的红木。可见这个“面子工程”，宁治东是花了心思的。

鸡丝面条，卧两个荷包蛋。阿婆总怕招待不周，在餐桌上几次询问是不是吃得惯。

温岭远对任何人都是温和有礼的，况且这是宁樨的阿婆，也就几番说他不请自来是为叨扰，客随主便。

阿婆在老家生活更自由，平日料理一些蔬菜，得空与亲戚和邻居走动，舒适又自在。

她看着要比上一回所见，更显年轻。

温岭远这样说，阿婆笑得合不拢嘴：“我不年轻了，是樨樨给我寄的这件新衣服，衬得人年轻。”说完，她便十分得意地向他展示，自己身上穿的这件鸦青色绸面刺绣夹蚕丝的短袄。

温岭远顺从她的用意，看了一眼宁樨，夸赞道：“樨樨孝顺。”

时间已经不早，宁樨和阿婆一起在新盖的那几间房里，收拾出宁樨隔壁的那一间，给温岭远住。

家里多的是当时阿婆迁回老家那年冬天，宁樨买了寄回来的蚕丝被和四件套。

宁樨在那些里面选出颜色相对素淡一些的一套竹青色水洗棉的被套，给温岭远铺好床铺。

家里有两间浴室，一间在老屋那边，一间在新屋这边。阿婆是住在老屋那边原来和阿公生活过的卧室，洗漱也都在老屋。

因此，宁樨和温岭远就用新屋这边的浴室。

温岭远先洗，临睡之前，去堂屋跟宁樨和阿婆打了招呼。

谁知在老屋通向新屋的那条折向的走廊里，他碰见了宁樨，她告诉他说阿婆挨不住，已经去睡了。

温岭远说：“你也赶紧去洗澡吧。”

“那你要等我，我洗完了，还要去跟你打一声招呼。”

温岭远笑着说好。

温岭远坐在床上，用 iPad 阅读一些新闻，等了约莫二十分钟，门外响起了敲门声。

他说“进来”，门一下便被推开，仅穿着一条睡裙的宁樨一下便溜了进来，蹬掉拖鞋爬上床，连声说着“好冷”。

温岭远赶紧拉过被子给她盖上，感觉到她身上一阵潮气：“你下回擦干再穿衣服，不然容易感冒。”

宁樨随口应着，伸出手臂抱住他的腰，抬头笑着说：“我可不可以就在你房间睡？”

“不可以。”

“说得好像我没跟你一起睡过一样。”

明明是很单纯的“睡过”，却被她说得惹人浮想。温岭远抬手轻轻拍了拍她的额头，笑着说：“口无遮拦。”

“那你去我房间，等我睡着了，你再过来。”宁樨退而求其次。

温岭远接受了这个提议，便要掀被子准备起来。

宁樨赶紧抓住他的手臂，无奈地说道：“好了好了，你赢了。我走了，晚安！”

这几回，在他们的公寓里，宁樨一直在想，这个人怎么可以这样克制，安然不动地做着她的人形抱枕。

在这方面她是很害羞的，但温岭远越是这样无动于衷，她就越想要逗一逗他。

她起身要走，却反被温岭远按住肩头，只是轻轻一推，她便跌入他的怀里。

他用含笑的眼睛看着她，片刻后低头便吻了下去。

宁樨没有迟疑地伸出手臂环住他的颈项，而他心无旁骛地亲吻她，并将她的身躯往下压，他不怕让她感知到。他确实有原则，但绝非无动于衷的。

那样故意的、直戳戳的一种触感，十分陌生，宁樨承认自己有点被吓到。

温岭远这时候睁开眼来，拂开她额前的碎发，温声带笑，却是警告道："我是不是说过，先不要招我？这是在你阿婆的家里，胆子这样大。"

"我以为你不想。"

他捉住她的手，往轻薄却很暖和的蚕丝被下拉，隔着他棉质的睡裤，让她更直接地明白，怎么可能不想。

宁樨吓得立即抽回手。

换得温岭远轻笑了一声："听话吗？"

宁樨红着耳朵要爬起来，温岭远却将她按住，颇有几分无奈地问："阿婆一般几点起床？"

"七点，跟你一样规律。"

"那去你房间睡吧，我早一点起。"

宁樨听明白他是要一起去她房间的意思，就问："你确定吗？"

"有什么不确定的？"

然后，当宁樨打开自己房间的门后，温岭远终于知道她为什么要那么问了——床品一应都是粉红色的，还是那种最少女的浅粉色，在床头还放着几个皮卡丘、可达鸭的毛绒公仔。

"……"

宁樨憋不住笑出声，温岭远叹了一声气："希望我今天晚上，不要做粉色的噩梦。"

"你不会的，有我在，你一定都是好梦。"

她笑得眉眼弯弯，温岭远不得不认可，她说得对。

早上六点半，万籁俱寂的时候，温岭远就醒来了，他没有吵醒尚在熟睡的宁樨。

起床之后，他洗了一个澡，换上衣服。

门外天色还未亮透，空气里还带着充满寒意的湿气。难得来一回乡下，这里的空气远比城里要清新。

他不自觉地走出院子，沿着这条"治东路"继续往上方走。

水泥路的边缘有许多青草，沾湿了他的裤脚。他站在路边向远方眺望，远处的山尖消失于一片白雾之中，而山脚下的城镇还在将梦将醒之间。

这样安静无人的清晨，使他觉得精神放松。

散步半小时，回到家里，阿婆也已经起床了，正在忙着做一下日常洒扫的工作。

看到温岭远从外面回来，阿婆十分惊讶："温医生起这么早？是不是家里缺什么东西？"

温岭远笑着说："山里空气好，我出去散散步。"

阿婆笑道："我还怕温医生你不习惯。"

温岭远正色道："阿婆，如果不介意的话，您直接像我家里的长辈一样，称呼我'岭远'或'阿远'吧，不用这样客气。"

阿婆笑着应下："我得先习惯习惯，要是叫忘了，你提醒我。"

温岭远笑着说"好"。

"那回屋坐着吧，屋里暖和，你自己还是医生呢，穿得这么单薄。早饭吃醪糟汤圆？我看樨樨估计还得过一阵才能起床，等会儿我再单独给她煮。"

温岭远知道阿婆是闲不住的性格，便没有客气。

他跟着进了厨房，想看一看有什么可帮忙的，却被阿婆撵了出去："你是贵客呢，哪能要你帮忙的。"

吃早饭时，阿婆问了问青杏堂那边的状况，尤其是关于小园的。

温岭远笑着说："下回放假要是有空，我也带小园过来叨扰您。"

"怎么算叨扰，我巴不得你们常来。"

一道声音插进来："谁要常来？温岭远吗？"

阿婆和温岭远齐齐看向走来的宁樨，都挺惊讶："起这么早？"

宁樨笑了，不服气地反问："早起一回不行吗？"

阿婆起身："你坐着，我去给你盛汤圆。"

"我还没洗漱呢。"

"吃了再洗吧，免得一会儿凉了，我还得单独为你开火。"

宁樨走到温岭远身边，往他碗里瞅了一眼，便抢过他手里的勺子，舀了一粒汤圆送进嘴里。

温岭远轻轻地打了一下她的手，往阿婆的背影看了一眼，示意她规矩一点。

宁樨笑了声，两口吞下汤圆，去追阿婆："阿婆，我自己来盛！您盛多了我吃不完！"

此前虽让阿婆去南城过年，但阿婆因记挂着年后还有亲戚上门来，年货一应都准备好了，家里的扫除也都做过，因此宁樨和温岭远能帮忙的不多。

明日便是除夕，阿婆想趁着今日镇上的菜场和超市还没关门，去买一些新鲜蔬菜。

镇上都是双行道，三轮车、摩托车、皮卡车之类的混在一起，都不怎么讲交通规则，在路口处挤作一团。

宁樨便让温岭远在车流稀少的地方将车停下，步行过去。

原本宁樨是不想让温岭远一起去的，镇上的市集乱糟糟的，稀薄的日光之下，肉眼可见空气里一层仆仆的黄尘。

温岭远却毫不在意，坚持要与她们一道。

他是清峻玉立、矜贵出尘的模样，走到哪里都是人群的焦点。市集上有一些老板和阿婆是相熟的，对温岭远这样一个显然的外地人不免好奇，便问阿婆是不是哪里发了财的远方亲戚。阿婆笑得见牙不见眼，只说是远道而来的贵客。

逛超市时，阿婆总要问宁樨吃不吃这个，吃不吃那个。宁樨锦衣玉食，却不影响阿婆舐犊心切。宁樨便挑了几袋薯片和果脯，阿婆这才满意。

一上午时间，他们就满载而归。

中午由宁樨打下手，阿婆简单炒了几个菜。说是简单，实则也很丰盛，冬笋炒腊肉、清汤鸡毛菜、臭干炒辣椒、粉蒸肉丸，还有一碗蛋花汤。

正准备动筷子的时候，外面传来汽车驶近的引擎声，宁樨按住阿婆，自己动身出去查看。

哪知道院门口开进来一辆豪车，将已经停了一辆车的空地，挤得再无半点多余的空间。

宁樨与驾驶座上下来的宁治东大眼瞪小眼，前者问道："你怎么回来了？"

宁治东冷哼一声："这是我家，我还回不得了？要不是我问司机怎么还没去接人，怕不是现在还被你蒙在鼓里。你出息得很，还给老子来先斩后奏这一套。"

宁樨听他并没有真正生气的意思，便伸出手臂将他一拦："爸，你进屋之前，我先跟你说个情况？"

宁治东看着她。

屋里阿婆出声问是谁来了，宁樨来不及多解释，直接说道："温岭远在里面。"见宁治东瞪大了眼睛，似要开火，她补了一句，"阿婆不知道，你别暴露了。"

宁治东被她气笑："怕阿婆知道，却不怕我知道？"

听见屋里阿婆似乎要准备出来查看了，宁樨急忙应道："阿婆，是我爸回来了！"她不想与宁治东继续理论，嘱咐又似警告地说了一句，"爸你克制一点，在阿婆面前我不想跟你吵架。"

这人人小鬼大，谱子摆得比他还大！

进屋以后，宁治东故作惊讶地与温岭远打了声招呼。

宁樨去给宁治东拿碗筷盛饭，阿婆去拿白酒，坐着的"翁婿"俩眼观鼻鼻观心。

宁治东先笑着出声："昨天到的？我昨晚经过青杏堂，原想喊你出去喝两杯酒，结果已经关门了，我以为你回家过年去了。"

温岭远自然能听出来宁治东话中的揶揄，笑着说："樨樨如果心情不好，我也没心思过年。陪她来一趟，权当是散心了。"

不一会儿，碗筷和酒杯都摆上了。

这两天宁治东已经冷静下来，且顾及是在阿婆面前，没有发难。

两个人喝了两小杯白酒，在宁樨看来，这一幕还挺和谐。

吃过饭之后，宁治东邀温岭远一道去镇上打牌。

宁樨忙说："我也要去！"

宁治东瞪了她一眼："大人打牌，你掺和什么？在屋里好好待着，陪陪阿婆。"

宁樨不服气，目光投向温岭远，想寻他做个靠山，哪知道这回温岭远却和宁治东是一头的，笑着对她说："吃晚饭的时候就回来。"

宁樨这时候才明白过来，他俩应该是要去进行一场"男人之间的谈话"。

都喝了酒，车不能开。

离阿婆家不远的邻居家有个二十岁出头的年轻人，叫作李勇。李勇高中毕业以后就没读书了，在镇上做点小生意。宁治东一直和他保持着联系，委托他时不时来阿婆家里瞅一眼。

宁治东便给李勇打了个电话，没多久，李勇就从家里跑过来了，摸着后脑勺同宁治东打招呼，叫他"叔"，问他有什么安排。

宁治东给李勇找了一支烟，指了指自己的那辆车："开车送我们去镇上一趟，再找个茶馆。"

李勇还没开过豪车，眼睛都亮了，将烟往耳后一夹，笑道："放心，保证给叔办得妥妥的。"

他们上车之后，宁樨嘱咐了一句："回来吃饭之前先打个电话！"

温岭远应下。

人走之后，宁樨从屋里拖出两把椅子来，坐在户外，一边吃橘子，一边与阿婆聊天晒太阳，很是惬意。

到傍晚，宁樨帮阿婆准备做晚饭的时候，接到一个电话，却是宁治东吩咐李勇打来的，说是他俩就在镇上吃，晚饭不回来吃了。

宁樨和阿婆独自吃过晚饭，看了一会儿电视，不知不觉就到了晚上九点，而宁治东和温岭远还没有回来。

她给温岭远打了一个电话，对方声音含笑地告诉她："还在跟你爸喝酒，可能会回来得比较晚，你和阿婆先睡。"

宁樨有些担忧："你们喝了很多吗？"

“还好，你爸喝得多，我只是陪着。”但她也能听出来，他的声音听起来比往日上扬几分，应该是酒精的作用。

到晚上十点半，在宁樨的劝说之下，坐在沙发上一直打着瞌睡的阿婆先去睡觉了。

宁樨洗过澡，将其他房间的灯都关上，留下门灯和客厅的灯，回到自己房间，给温岭远发了一条信息，让他少喝一点酒，早点回来。

过了半小时，温岭远才回复说，马上就回来了。

宁樨一贯是晚睡的，可她等到凌晨一点多，他们都还没回来。

她捏着手机睡了过去，迷迷糊糊之间听到隔壁似有动静。她立即爬起来，过去敲了敲门。

她拧了一下门，是锁着的。

里面传来温岭远说“稍等”的声音，紧接着脚步声传过来，他将门打开。

他身上穿着睡衣，似是已经洗过澡了，就站在门口，望着她笑了笑，似有三分的倦懒：“吵醒你了？”

“你什么时候回来的？”

“刚回来不久，洗了个澡。”

“我爸呢？”

“他快喝断片了，吵着要睡觉，给他开了一间房，安置在酒店里了。”他见宁樨有所担忧，笑着说，“放心，李勇在隔壁房间里陪着。”

温岭远离醉还差得多，仅是脸色泛红。宁樨知道宁治东的酒量很恐怖，而温岭远与他交手还能不醉，岂非海量？

温岭远笑着解释：“我没有喝多少，基本是你爸一个人在喝，一边喝一边跟我诉苦。”

“诉苦？”

“是啊，他说自己生了一个不孝女，翅膀硬了，已经不把他这个做父亲的放在眼里。”

“不孝女”哑然失笑，又问：“那……你们谈得怎么样了？”

温岭远笑而不语。

宁樨催促着：“不要卖关子了！”

“宁总这个人，只要对了他的脾性，就很好打交道。”

“意思是……”

“答应了。”

“真的吗？这样一块臭石头也能说得通吗？”宁樨大喜过望，“快告诉我，你是怎么跟他说的？”

宁治东这几天思前想后，原本便打算要和温岭远好好聊一聊这件事，今天既然温岭远也在，择日不如撞日。

一下午，他们喝茶，打麻将，漫无边际地聊了些工作上的事。温岭远有意联合李勇给他喂牌，他看出来了却也欣然接受，赢得盆满钵满。

打完牌，晚上再顺理成章地一道吃饭，饭桌上也没聊正式的，依旧扯着闲篇。

饭后，他们再辗转到了一个酒吧。宁治东这时候一转赢钱之后在饭桌上兴高采烈的作风，才开始与他掏心掏肺。

最开始，他也没提宁樨，先说自己这些年不容易，一心扑在事业上，忽略了家庭，可已经走到这一步，实难回头。

后来，话题才慢慢往宁樨身上引，他说自己就这么一个女儿，心上掉下来的一块肉，怎么可能不疼爱。但他与奚纹玉都是顶自私的人，他试过的，但改不掉。

最后，宁治东已喝到差不多了，整个人感慨万千，只差涕泗横流了，说自己将宁樨托付给他，叫他一定好好待她，不然自己舍得一身剐，也会让他这辈子过不安生。狠话放过，才来软的，说自己跟他认识多年，知道他为人靠得住，不然是绝对不会松这个口的。

这些，温岭远都懒得复述，毕竟喝醉了的宁治东，说的都是一些车轱辘的话。至于自己为了迎合宁治东这个“江湖人”的脾性，指天发誓说的那些话，他就更开不了口告诉宁樨。

于是他笑一笑，有心逗她：“你亲我一下，我就告诉你。”

宁樨便踮起脚往他唇上碰了一下，他不甚满意地伸手，搂住她的腰，揽到自己身前，低头深吻。

在门口，且不是在自己家中。宁樨相信他应当确实是喝了不少酒，这样不谨慎，不像是他的作风。

她便轻轻推了推他，说先进屋去。

温岭远微醺的眼里带着笑意，看着她，却是一下抓住了门把手，将她拦在门外，语气坚决：“不能让你进去。”

“为什么？”

“你进来了，我就不会放你走了。”

宁樨眨了一下眼睛，仿佛有些困惑，却是欺近一步，笑着低声问：“那你究竟是想让我进，还是不想让我进呢？”

温岭远的回答，是将抓住门把手的那只手松开，伸过去抓住了她的手臂，一把将她拽进房，关门，落锁，直接将人打横抱起。

宁樨跌落在蚕丝被上，这时候才没来由地有一点慌，而温岭远趁势搂住她的后颈，让她的脑袋垫在自己手掌之中。

借着灯光，宁樨看见他的眼睛，有七分醒三分醉。

宁樨确切地知道，自己已经准备好了。

而温岭远，既不急躁，也不将其当作一种仪式而过分谦恭，他缓慢且有耐心，但也会清楚地让她了解到，他心里已然按捺不住的一种急切。

紧急关头的时候，宁樨提出了一个很重要的问题，或许能够暂停让她感觉到缺氧的这一切前期准备。

她不是不想继续，只是想先从这种陌生的应接不暇之中喘口气，因为她领会到，这完完全全是温岭远的战场，他是主宰。

“没……没有那个……”

温岭远笑了声，其实是有一点自嘲的：“我带了……”出发前一天，在超市囤积第二天路上要吃的食物时，随手拿的。

收拾行李时，他原本没打算带，又鬼使神差地放了进去。不知道此时此刻，是不是该感谢那一刻心猿意马的自己。

宁樨始终不敢出声，隔得这样远，但也害怕会惊扰到阿婆。

但是她不知道，这样的隐忍，反倒会让温岭远使坏。因为到最后，他丢弃了一切绅士精神，所有行动只凭冲动和本能，迫使她向他臣服。

这件事持续了多久，宁樨也不知道。

她是直到最后结束才想哭的，真奇怪，并不是在最疼痛的那一瞬间。

她的手指触碰到他的柔软发梢，他湿润而明亮的琥珀色眼睛，微微发烫的皮肤，沉重的喘息声，都使她觉得，原来得偿所愿，有这样多的细节。

宁樨在温岭远的拥抱里困倦地合上眼睛，不知道过了多久，她听见他问她渴不渴，她点了一下头，然后便听见他的脚步声走了出去，没过多久，又回来了。

温岭远去给她拿了一瓶水，拧开了瓶盖递到她的手边。

她手掌一撑，坐了起来，将水瓶接过去，避开他的目光。而他也不会选择在这个时候去逗她，温柔地碰了碰她的脸颊，低声问道：“再去冲个澡？”

他们洗完澡，去了宁樨的房间，因为隔壁床铺被弄得乱糟糟的。但明天早上，温岭远依然要赶在阿婆醒来之前，起床回到自己房间。

躺下以后，宁樨拿过温岭远的手机看了一眼，已经是凌晨三点了。

温岭远以为她还要玩手机，睁开眼睛看了看她，笑着说：“你还不困？”

听着，像是在质问她是不是不满意自己“业务能力”的意思。

宁樨立即拉起被子蒙住脸，干脆利落地说着：“晚安！”

温岭远伸出手臂将她搂住，温柔地亲了一下她露在外面的红彤彤的耳朵，声音低沉而倦懒，对她说：“樨樨，今天是除夕了。”

宁樨这才探出头来，往一侧的窗户看了一眼，即便那仍然是黑沉沉的一片天色，她也觉得，有了不同的意义。

温岭远把脸埋在她的颈窝处，低声地问：“我是不是没有对你说过？”

“说什么？”

“我爱你。”

即便只睡了四个小时，温岭远还是在早上七点就起床，回到自己的房间。他将床单被罩都拆了下来，拿去放到阳台的洗衣机里。

他洗漱过后，神清气爽，依旧去散了一会儿步，回来的时候，阿婆也已经起床了。

他笑着，充满歉意地对阿婆说，昨晚喝醉吐在床单上了，所以拿去洗了。

阿婆忙说：“你放着就行，让樨樨去洗！你是客人，怎么还做上了家务。”

今日的早餐是清粥、馒头和榨菜，温岭远喝过酒的胃十分受用。

早餐过后，阿婆便要开始准备午餐了，今天除夕，非同小可。阿婆一个人，难免会忙不过来。温岭远十分坚持，阿婆便没有拒绝他的帮忙。

到上午十点，阿婆暗自嘀咕了一句：“治东喝醉了就不说了，怎么樨樨这么晚了还不起？”

温岭远正在帮着给腊肉解冻，闻此笑了笑，略微觉得有点心虚：“可能她晚上又玩手机玩到很晚了。”

“得说说她，这坏习惯，得改。”

“我也这么觉得。”他脸不红心不跳地说。

直到过了十一点钟，宁樨才醒过来。她拿起手机看时间的时候，也没有想到自己居然睡了这么久。

她赶紧爬起来洗漱换衣服，在客厅里没寻到人，便往厨房去看，温岭远在帮阿婆腌鱼。

他身上只着毛衣，衣袖挽起，正将姜片和打结的葱苗塞入剖开的鱼肚里。觉察到伫立在厨房门口的身影，温岭远抬头一笑：“起来了。”

在外人面前，他永远是这样温文尔雅的模样，如果不是亲身体验过，怎会想到他还有那样掠夺的、热烈的一面呢。

不需要刻意回想，那些细节就自动浮现于脑海之中，使得宁樨一霎就红了脸。她不敢看温岭远，往阿婆跟前凑，问有什么需要帮忙的。

“岭远帮了一上午忙，该准备的都准备好了，你自己出去玩吧。”

温岭远却笑着说：“洗衣机里的衣服还没晾，你去帮忙晾一下？”

宁樨低低地“嗯”了一声，也不好意思与他对视，转身就走了。

等去阳台上一看，洗衣机里装着的哪里是什么“衣服”，是竹青色的四件套。

温岭远一定是故意的。

宁樨想到自己昨天晚上如何把它们弄得乱七八糟，不由自主地面红耳赤。

晾过了两只枕套，余下的床单和被罩，独自一个人实在很难晾晒。

正在发愁的时候，温岭远走了出来。

他刚刚洗过手，手上还沾着一些水渍，自觉地接过她手中的被单的两头，却没退后去，就低下头关切地询问：“还好吗？”他声音压得很低，是仅能被她捕捉到的耳语。

宁樨自然明白他是问的哪一方面，“唔”了一声，只是看着手里的被单，始终不抬头。

温岭远也不逗她了，和她一道将床单和被罩晾好。离开阳台之前，他伸出手指轻轻捏了捏她的耳垂，半开玩笑地说道：“你这么害羞，我可要欺负你了。”

宁樨伸出手臂将他推开，他后退一步，她便在他带着笑意的目光中匆匆跑掉。

这天下午两点，宁治东才从镇上回来，带了几挂鞭炮。

小地方是不禁烟花爆竹的，因此自上午开始，噼里啪啦的声响便没有中断过，这让温岭远感觉到了一种久违的年味。

吃过团圆的午饭以后，温岭远撑不住了，要去午休一下。

没过多久，李勇喊上自家的兄弟姐妹来了阿婆家里，和宁治东凑了一桌麻将。

宁樨和阿婆收拾过厨房以后，仍旧去院子里嗑瓜子晒太阳，就坐在那还余有几个橘子的树下。

阿婆总是闲不住的，哪怕是放松休息，也得给自己找点事做。她这时候是在剥玉米，预备晚上的时候榨玉米汁。

宁樨歪靠着藤椅，合眼要睡不睡的时候，忽听阿婆喊她：“樨樨啊，阿婆有个事情想问你。”

宁樨立即睁眼：“什么事？阿婆您说。”

阿婆那双手做惯了活计，哪怕闭着眼睛也能剥得好这几个甜玉米，只是这回她却一直看着手里，不抬头看向宁樨：“你和温医生平时相处，是不是应该注意一下分寸？我知道樨樨你信赖他，他又是你的长辈，但是，难保别人看见了会有别的想法。”她的语气很犹豫。

宁樨愣了一下，当着阿婆的面，自己与温岭远似乎并没有做太出格的举动。难道恋人相处，总会有自己也觉察不到的细节流露吗？

话已说到这个份上，再隐瞒似乎也没有意义，况且她本来就想找个机会与阿婆摊牌。

宁樨也从簸箕里拿过一根玉米，一粒一粒地慢慢剥着：“阿婆，我不想瞒着您，其实我和温岭远在谈恋爱。”

她抬眼观察着阿婆的表情，阿婆绝不是可以接受的，阿婆欲言又止的复杂神色说明了一切，只是因为疼爱她，不舍恶言相加。

宁樨便耐心地解释，自己为什么喜欢他，又是怎样和他一起的，他的态度如何，且如何已在奚纹玉和宁治东那里过了明路。

她相信阿婆会理解，毕竟，当年在那个普遍包办婚姻的年代，阿婆与阿公是自由恋爱的，从山那端的村子里，执意远嫁至此，以至于结婚后好几年，阿婆娘家都赌气不肯与阿婆往来。

这也是为什么，阿公过世以后，阿婆要守着这间老房。

听完宁樨的话，阿婆有所了解，但她仍然坦言自己的担忧：“温医生大你十几岁，又是长辈……”

“如果他从来就没跟我爸认识，是不是就论不上什么长辈不长辈？”

“我是怕你们差距太大，定不下来，你是女孩子，要吃亏些。”

“即便操心定不下来，也该是他要操心的，毕竟我还这么小，能不能死心塌地跟他一辈子，他可拿不准。”

阿婆笑了声。

“阿婆，您在青杏堂待过的，也了解温岭远的为人处世，他人不坏，是不是？有这个前提在，我觉得年龄这些都不成问题。况且，不是还有我爸嘛，他要是敢对不起我，老宁第一个饶不了他。”

“别这么叫你爸，没大没小的。”

阿婆当年看中宁樨的祖父，也是图他知冷知热。过日子不需要太多花样，互相扶持、互相包容即可。温岭远成熟稳重，轻易不生气，年龄大，也自有年龄大的优点。

就连今天帮忙准备团圆饭，本该是宁治东和宁樨的工作，他也二话不说地揽了下来。干活的时候，她一个老婆子在那里絮絮叨叨的，他也能与她聊得有来有回，还纸上谈兵地教了她几个做药膳的方子。

温岭远这个人，她实在是挑不出来任何的毛病，唯独剩下最后一个问题，像是鸡蛋里面挑骨头：“是他先对你上心，还是你先对他上心的？”

宁樨笑着说：“当然是我先的。他这么循规蹈矩的人，他不敢的。”

“反正，你要觉得好，阿婆疼你，当然是支持你。只是你要把脑瓜子放灵光一点，受了什么委屈，一定要跟阿婆说。”

下午四点，茶室里宁治东和李勇他们牌局正酣，阿婆也回房去打了一个盹儿。白日漫长。

宁樨去了新房那边，看温岭远有没有醒来。

他的房门是没有上锁的，轻轻一扭就开了。床单换了新，一套灰色格纹的。

宁樨蹲在地板上，趴于床沿，小声地喊："温岭远，你要不要起床啊，我好无聊啊。"

这一点声量，根本不可能将他吵醒。

她便伸出手指去，轻轻压他的那一排睫毛。他微微地皱了皱眉，翻个身，变成平躺的姿势。

宁樨不屈不挠，朝着他的耳朵里吹气。他"唔"了一声，眼皮微动，缓慢地睁眼，一转过目光，就看见她捉弄得逞的笑。

温岭远一把抓住她的手，声音带着三分未睡醒的慵懒："要吃晚饭了？"

"没有，才四点半，只是我好无聊。"

"那你上来，跟我一起睡。"

宁樨露出戒备的目光。

温岭远笑了："大白天的，你怕什么？"

"谁知道，你这个人才没有表面上看起来这么正经。"

"怎么，现在总算不害羞了，不故意躲着我了？"他笑着问。

宁樨没有替自己辩驳，她脱了鞋和外套，爬上床去，躺在温岭远身侧。温岭远探头去亲了她一下。

宁樨看他眼下有一圈明显因睡眠不足引起的淡青，便拿手指揉他的眉心，低声问："很累？"

"你觉得呢？"他睁眼瞧着她，琥珀色的眼瞳里盛着光，带着三分戏谑的笑意。

"以后，你不用做贼一样那么早就爬起来了。"

温岭远低下目光："怎么？"

"我把我们的事情告诉阿婆了。"

"她没有意见吗？"

"可能，你这个人太会收买人心吧，她很难怀疑你别有用心。"

"既然如此，我还是坚持早起吧，"温岭远笑着说，"这就是帮忙做家务的好处。"

宁樨也笑了一声，双手双脚都缠住了他，似要以此来表达自己的喜悦心情。

被窝里是温热的，过年的闲散氛围又常常使人心生惫懒，没过多久，宁樨就一个接一个地打起呵欠，也跟着睡了过去。

温岭远倒没有睡太久，不过二十分钟就起床了。

因中饭吃得晚，晚饭估计也要八点才开始，今晚要守岁，他就没有喊宁樨起床，放她接着睡了一会儿。

在客厅，温岭远与阿婆碰上。

阿婆打量他的目光里多了些内容，更添了几分慈祥，她笑着问道："樨樨呢？"

"在屋里睡觉。"

"晚上玩手机不肯睡，现在快天黑了又睡不醒，你得说说她。"

"嗯。"温岭远笑了，"回头我就敦促她改掉。"

除夕这晚，吃过晚饭之后，宁治东继续投身于牌局，阿婆和过来拜访的李勇的祖母一道看电视唠嗑，宁樨和温岭远则开车去到镇上，因为在大桥至广场附近的那一片空地，可以放烟花。

旁边商店都是卖烟花爆竹的，宁樨买了一个花样繁多的"火树银花"以及若干"仙女棒"。

放烟花是宁樨提出的，最后捏着"仙女棒"一边尖叫"要烫到了"，一边试图将它们扔掉的也是她。

最后，他们一齐放了一盏孔明灯，看它飞高到看不见时，才兴尽而返。

车往回开，宁樨把头探出车窗，能够看见很远很亮的星星，且越靠近山顶就越明亮。因此，他们经过了家门，却没有回去，车继续往前开，直到开到了这条路的尽头，远近都不再有人家的荒野。

空气很冷，宁樨将温岭远的短羽绒外套拉开，双手搂住他的腰，汲取温度。

黑而清朗的天空，遥远而明亮的寒星，脚下是迎风而动的枯草，属于工业时代的灯光在很远的地方，因此天地之间，好像只剩下他们两个人。

宁樨不由得踮脚去吻温岭远，他同样给予热烈的回应。

新春的第一天，温岭远随着宁樨一道去给宁樨的阿公扫墓，连带着还有宁樨去世多年的外公外婆。

初二上午，温岭远出发回南城。

宁樨知道他在南城还有一些人情往来，便没有留他。她自己随宁治东在老家待到初七，方才返回南城。

初九晚上，宁樨和温岭远请苏雨浓和苏昱清吃饭。

为了不使这顿饭的气氛过于像 double date（四人约会），他们还叫上了池小园。

池小园表示，我做错了什么要吃双份的"狗粮"？

虽然她如此说着，但还是去了。

一顿饭下来，池小园被他们刺激得不轻，开始认真思考起了找男朋友这件事。

宁樨便装作随口一提，说："那个叫程景天的实习生不是挺好的吗？"

“长相是还不错，但性格完全不是我的菜。”

“不多了解一下，不好这么断言吧？”宁樨觉得自己仿佛成了媒婆，想方设法地要将他们凑成一对。不好说多久能见成效，但只要能够使池小园迈出接触程景天的第一步，后续如何，就不一定了。

初八青杏堂开始营业，初十是学校规定的返校报到的日子，但是历年都有学生是过了元宵再去的，院里对这个情况也是睁一只眼闭一只眼。

宁樨也就决定过了十五再去，因为温岭远邀请她元宵节和他的家人一起吃晚饭。“家人”里面，这次包含了温岭远的父母。

春节期间，温岭远和父母碰上以后，坦白了宁樨的事。除了温父有一些疑虑，温母秉承了自己一贯的无所谓的态度，只让温岭远这回决定好了再订婚，不要学上次那样，闹出极大声势，却灰溜溜地收场。

温岭远第一百次告诉宁樨，他父母对此事没有意见，也依然无法打消她的焦虑。他是在宁樨回南城的当天提出这个邀请的，因此害她整整一周都坐立难安。他觉得，早知如此就不要提前打招呼，在元宵节当天直接将人带去现场。

宁治东一回南城之后就不见踪影，宁樨便顺理成章地搬去温岭远那里。

为了元宵节的那顿饭，宁樨频繁往返于自己家里和温岭远的公寓两地，将家里的衣服都搬到了温岭远这里。

如今，那些衣服全部摊在床上，把温岭远也拖入了选择困难症的地狱。

温岭远觉得，她试下来的这几套衣服都好看，而宁樨却认为这个回答相当敷衍。

满坑满谷的衣服，让他们已然审美疲劳。

温岭远看了看时间，晚上八点，时间还不晚，于是当机立断，将她从地板上拖起来：“走。”

“去哪里？”

“买新的。买到什么穿什么，不许再纠结了。”

坐在副驾驶座上，系安全带的时候，宁樨笑着说：“你好像，无意间发现了一条解题的新思路。”

温岭远投以“愿闻其详”的目光。

“女生纠结应该穿什么的时候，或许她潜意识是觉得自己衣服不够穿。”

温岭远则提出自己的疑惑：“为什么你们在买衣服的时候，从来不纠结？”

“因为，买衣服是在一堆不喜欢的衣服之中挑出喜欢的那一件，而买回家之后，却要在一堆喜欢的衣服之中做选择。就像皇帝选妃，撂牌子的时候一点也不犹豫，稍有喜欢就能纳入后宫；但今天晚上要宠幸谁，就是一个很头疼的问题。”

温岭远笑了。她这个脑袋瓜里，永远有很多奇思妙想，让他觉得新鲜、意外，有时甚至会觉得无可奈何。

最终，宁樨挑了一条连衣裙，是她惯常能够驾驭的那种面料，用来搭配家里的一件白色羊绒大衣，恰恰合适。

回家之后，宁樨将新买的裙子放入洗衣机中，清洗以后烘干，一整套拿衣架挂了起来，她看着它们，平添了几分自信。

温岭远在看书，她欣赏完这套衣服之后，蹬掉鞋子爬上了床，她拉过他的手臂枕上去。

温岭远无法好好翻书，只好放低了半边的身体。

“温爷爷是不是还不知道我们的事？”

“我想，他应该是不知道的。”

“他会不会不答应？”

“倘若他不答应，我只好告诉他，我不会继续经营青杏堂了。”

宁樨愣了一下，抬头看他，笑着问：“认真的？”

“认真的。总不能，事业与爱情，我都无法自己做主。”

宁樨弯眉而笑。

温岭远瞥了她一眼，翻过一页书：“你现在是不是在想，很希望爷爷不答应，这样，你就能看看我为了你反抗命令、放弃事业的样子？”

宁樨笑出声：“你不能否认，女人都是吃这一套的。”

“只是恐怕没有这个机会证明给你看了，我打赌爷爷不会反对，即便有所疑虑，那也是因为，他是向着你的。”

“我才不要跟你打赌，万一我又输了。”宁樨翻个身，将被子掖紧，只是因为温岭远仍是坐着的，总不免后背漏风，“你还要看书吗？不睡觉吗？”

温岭远略感诧异地抬腕看手表，不过十一点刚过一点而已，怎么她今天破天荒地早睡？

宁樨的解释是，早睡能够使她明天的皮肤状态更好一些。

温岭远便将书本合上，置于一旁的床头柜，按灭了灯光，成全宁樨偶尔心血来潮的早睡计划。

只是，计划在落实之时，总是不免遭遇阻力，她此刻的阻力，就是过了一点精神才会进入疲惫期的生物钟。

她在黑暗中之中翻来覆去，弄得温岭远也无法入睡，最后只好将她抱住，无奈地说道：“要不，你再玩一下手机？玩累了再睡吧，不用勉强自己。”

宁樨却仿佛受到启发，不困，是因为不累。那么……

温岭远捉住她不太安分的手：“不是要早睡吗？”

“睡不着。”她十分坦诚，笑着凑向温岭远的耳畔，吹气般地说道，“你不想吗？不想的话，就不要给我反应呀。”

温岭远无奈地叹了一声气，为自己禁不起她的诱惑。经由白色纱帘投入的夜色，不甚昏暗，他能够看见她清澈的眼里如盈水光。

对有情人而言，只一眼就足以使理智与克制丢盔弃甲了。

聚餐仍是在温济深的家中，因他和乔老师都很愿意为一大家人张罗美事。

宁樨他们是最晚到的。

温北歌过来开门，一见面便拿几分探询的目光看着宁樨，直接宣告自己已经知道了她与温岭远的关系。

宁樨进屋之后，一路接触到的温南川，还有温济深夫妇的目光，都是基于好奇心的一种友善。

沙发上，坐着两位陌生的面孔，按年纪算，都已过六十，只是因为保养得当，远比实际年龄要年轻。

温母穿着一身剪裁合身的套裙，浅杏色，齐肩的中发，颈上和手上都戴着祖母绿的饰品，胸口则别着一枚镶嵌绿宝石的、银杏叶形状的胸针。她是个严肃且不喜欢笑的人，整个人气韵光华，像一尊胎色润泽的古瓷器，且因为年岁延展而价值连城。她轻易使那些徒有外表的年轻女人自惭形秽。

温父则随意许多，穿着一件靛青色的毛衣，大腹便便的，满面笑容。倘若不是提前知道他在商界那些杀伐决断的雷霆手段，宁樨一定会将他错认为一位老好人，就像工厂里那些做了一辈子，淡泊名利的工程师，笑呵呵地带出一帮徒子徒孙。

宁樨的第一印象是，温济深长得比较像温父，而温岭远则更像温母一些。

她上前一步，打招呼道："伯父好；Lucia，你好。"

温母有些惊讶，没想到宁樨提前打听好了应当如何称呼她，且不论别的，这份用心值得肯定。因为，即便是出于礼貌，她也不愿意被人称呼为"阿姨"或是"伯母"。

温岭远与宁樨在对面的沙发上坐下。

因为现场还有对此事尚不知情的温鹤庭，他们并没有将阵仗摆得太像是见家长，当然也是因为，温母和温父都活得过于自我，以至于对子女的感情世界没有过分充沛的好奇心。只公事公办般地问了问宁樨家里的一些情况，语气也很随意，与长辈同晚辈随口寒暄没有两样。

宁樨原本以为，温岭远说他父母对他与什么人交往不会太过干涉，这句话是用来宽慰她的，见面才知道他所言非虚。她莫名觉得，温母和奚纹玉一定很有共同语言。

当宁樨说到自己准备往摄影方面发展的时候，温母似乎来了兴趣，突然问道：“我们公司宣传部门缺一个摄影师，你想不想去实习？”

宁樨也不确定这个问题有没有别的深意，她也没有往深处去想，只是如实回答说，自己在类似的媒体部门实习过，受不了给人打工的氛围，以后可能还是更希望做自由职业。

温母点点头说：“挺好的。”

宁樨原本觉得前面的相谈算不上热烈，但也气氛融洽。但是温母这个“挺好的”突然弄得她没了底气。温母是喜怒不太形于色的人，她没有办法根据温母的表情去做判断。

快要开饭的时候，宁樨找到一个机会与温岭远独处，提出自己的疑问。

温岭远笑着说：“你想多了。在我妈这里，‘挺好的’已经是一个很高的评价了。你不为了迎合她而勉强自己去实习，且已经明白了自己的职业选择倾向，在她的评价标准里，这都是加分项。她的性格有些奇怪，不喜欢别人对她太过于逢迎。”

宁樨将信将疑地问：“真的吗？”

离开饭尚有一段时间，温母起身要去再泡一壶茶，说喝不惯这普洱。

她起身时，随手拍了拍宁樨的肩膀：“跟我来。”

宁樨不由得朝温岭远看去，后者投以一道鼓励的目光。

宁樨跟着温母一起进了茶室。

温母一边在楠木的抽屉里翻找着茶叶，一边问宁樨：“玉、黄金、珍珠和宝石，你喜欢哪一样？”

宁樨秉承一个原则，遇到这样不明用意的提问，最好不要妄加揣测对方的用意，实话实说才不会出错，于是她据实回答：“我喜欢宝石。”

温母停下动作，忽地伸手将胸口那枚银杏叶形状的胸针摘下来递给她。

宁樨有几分愕然，有些惶恐地接过。

片刻后，她笑了笑，却又胆大包天地追问：“要是我回答说喜欢钻石或是珍珠，您打算送什么给我？”

温母也微微一笑：“那我只好俗气地给你封一个红包了。”

宁樨端着茶盘与温母一道回到客厅里。

宁樨给自己斟了一杯茶壶里的玫瑰花茶，吹凉啜饮。温岭远凑过来，拨了拨她的手指，低声问：“攥着什么好东西？”

宁樨微微张开手指，像握着一捧仙气怕它跑掉似的，只让温岭远看一眼，又立即合上。

温岭远笑了声，偷偷地说：“知道这枚胸针什么来历吗？”

“你可千万别告诉我，是你第二次遇见钟映的时候，给 Lucia 挑的生日礼物。”

温岭远敲了敲她的脑袋：“收藏胸针是我妈的一个爱好。我送她的那些，她完全看不上眼。这是当年她十八岁时，我外公送给她的成年礼。”

宁樨笑了：“受宠若惊。”

这一顿晚饭，气氛十分融洽。

虽然他们聊天总会带到宁樨，但宁樨绝非这次家宴的主角，这使她感觉十分放松。诚然是顾及温鹤庭在场，但宁樨能感觉到，南川、北歌他们对她与温岭远的故事都很好奇，但教养使他们没有多问。

吃过晚饭，宁樨原本是打算跟着小园他们几个年轻人一起去收拾厨房的，温鹤庭冲她招了招手，笑着说：“樨樨，你过来。”

宁樨便将手里的围裙挂回原处，跟着温鹤庭进了书房。

书房里，温岭远也在。

她与温岭远视线相会，彼此都有些愕然。

温鹤庭关上门，当即喝道：“不成体统！”

他瞥见宁樨被他的怒声吓得一跳，又立即换上笑脸：“樨樨，爷爷不是在说你，你别怕。爷爷今天是要替你主持公道的。”

等他目光转向温岭远时，又再度拉下脸：“樨樨小你十三岁，又是晚辈。阿远，你现在的这些做法，真是毫无分寸！”

宁樨不知道怎的，就想到了很久之前，温岭远学温爷爷训诫她的语气，那真是十成像。

她没忍住就笑了，然后在温鹤庭几分疑惑的目光中，自觉自发地走到了温岭远的身边：“要训的话，您就连我一起训吧。毕竟这件事，说起来还是我主动的。”

温鹤庭却说：“小宁樨，你不用护着他。”接着他又对着温岭远怒目而视，责备他没有担当，这种时候还要人家小姑娘出来给他挡枪。

温岭远哭笑不得，对他而言，认下这个指控也无所谓，无非是让爷爷多骂上两句，便诚恳地说道：“您教训得对。”

宁樨却急了，上前一步将温岭远护在身后：“真的是我主动，我追了他好久。”

温鹤庭问温岭远：“小宁樨追你，你就答应？没好好想想这些年教你的礼法规矩？”

“……”

宁樨笑着说：“您别让他再想啦！我好不容易追到的，再想他反悔了可怎么办。”

“他敢！”

温岭远便笑着问：“那您说，事已至此，应该怎么办？我们照您说的做。”

温鹤庭不理他，捉住宁樨的手走去一边，温声询问：“真是你主动的？你愿意的？阿远没胁迫你、诱导你？”

宁樨想说，我胁迫他、诱导他还差不多。她怕温鹤庭觉得不严肃，只得一本正经地回答，自己主动且自愿，没有受到任何胁迫诱导。

“那你父母和你阿婆知道这事吗？他们怎么说？”

“他们知道，而且都已经答应了。”宁樨摸了摸鼻子，“不瞒您说，您是最后一个知道的。”

温鹤庭哼了一声，再将目光转向温岭远：“宁家家长既已答应，我也无话可说。但你得为自己的选择负责，倘若以后对不起小宁樨，我第一个出来清理门户。”

宁樨觉得，此刻顺杆爬，或许更会让温鹤庭高兴，于是她便将他的手臂一挽，亲亲热热地说：“那以后爷爷您就是我的靠山啦！”

果然，温鹤庭十分受用，继而又叮嘱他二人，宁樨年纪还小，结婚的事可先不做考虑。但不能因为没有婚姻契约，温岭远就能有所轻慢。

一番话聊完，出去的时候，温岭远捏了捏宁樨的后颈，笑着问：“高兴了？”

“我有点错乱，一度以为我才是亲生的。”

温岭远笑着说：“往后，爷爷一定更会劝着你学太极剑。”

“现在反悔还来得及吗？”

“来不及了。”他笑着，目光清明笃定，由不得她说任何一个“不”字。

第十三章

小满

Rose White tower

五月的一个周五，宁樨从崇城回到南城。

她终于自己买了车，由宁治东赞助，买的正是当时温岭远替她看中的那一辆，水灵灵的西瓜红色，圆头圆脑的车头，大眼睛似的两个圆滚滚的车灯。这种款式，少有女生不喜欢的。

只是同行的苏昱清却觉得局促，因为轴距不足，后座空间容不下他那两条腿，他趁机“诋毁”宁樨的座驾：除了颜值一无是处。

没等宁樨出声维护，坐在副驾驶座上的苏雨浓已经开口：“坐不惯你可以自己去坐高铁。”

苏昱清就不再吱声。

从各个层面看，他被苏雨浓吃得死死的。

这一回，苏雨浓和苏昱清陪宁樨一起回南城，当然是要一起搞一点事情。没有什么特别的情由，只是因为，“量贩霓虹”要来南城开一场小型演唱会。

宁樨只是抱着试一试的心态，私信了“量贩霓虹”乐队的主唱，讲述她与现在的恋人，曾经在音乐节上不约而同地买下了他们的 CD 的事，并且，她的恋人还一口气买下了十张。

这场演出使她觉这是一个好时机，她想要兑现承诺，跟自己的恋人求婚。

私信发出去之后，宁樨觉得冒昧，想要撤回却已来不及。没有想到，当天深夜她就收到了主唱的私信，说愿意提供这个机会，并且回复说：“被你求婚的女孩，一定十分幸福。”

宁樨发了一排大笑的表情，说自己是女生。

主唱便回复：“可以，这很摇滚。”

主场给了宁樨他们经纪人的微信，让她联络经纪人，拜托经纪人和节目统筹商量一下，看如何增加这样一个环节。

宁樨建了一个微信群，将苏昱清、苏雨浓、池小园还有温家兄妹都拉进群里，发过去自己与主唱的私信对话，获得一致回应："这是不是追星的最高境界了？"

温北歌说出大实话："我觉得可能只是因为这支乐队，名气还不够大。"

温南川出来打圆场："北歌，你这个性格不改一改，以后是要遭社会毒打的。"

群很活跃，宁樨还在实时更新与乐队的经纪人沟通的情况。

最后确定的方案是，在乐队中场休息的时候，会有一个"我与'量贩霓虹'"的环节，选定好几位粉丝上台，宁樨是其中一位。

演唱会在周六晚上举办，上台的粉丝需要在周六的上午去现场报到，对接节目流程。

将苏昱清和苏雨浓分别送回家之后，宁樨开车去了青杏堂。

拐过弯即可看见那些在院子里一蓬蓬生长的紫红色小花。宁樨将行李箱拖进屋，在大堂碰见了程景天，后者笑着同她打声招呼，问她要不要将温岭远喊过来。

"不用，我上楼放了行李，自己下来找他。"

青杏堂的二楼茶几上放置着温岭远的笔记本电脑，电脑屏幕没有合上，闪动着屏保画面。

宁樨想将屏幕盖下来，却把电脑激活了，画面定格于一个视频播放网站，暂停着已经看到一半的一部动画。

这部动画宁樨太熟悉了，以至于她都愣了一下。

她微微一笑，将行李放置之后，下楼去找温岭远。

温岭远在自己的办公室里，一起复诊接近尾声。病人是一位妈妈，陪同的是一位七八岁的小女孩。

温岭远写过方子，让小女孩和妈妈去找药房拿药，等这一个疗程用完，今后就可以不用再来了。

小女孩搀着妈妈站起身，捏着那张方子，圆溜溜的眼睛注视着温岭远，声音稚气地说："温医生，你有女朋友了吗？如果没有的话，可不可以等我长大呀！"

温岭远和小女孩的妈妈俱是一愣，后者急忙去捂小女孩的嘴，笑着对温岭远说道："温医生别见怪，小孩子说话不懂分寸。"

温岭远笑着，并不敷衍她："抱歉，我已经有女朋友了。"

小女孩大人一样地叹了一声气："那好吧，那你就不用等我了。"

屋里的护士、在门口候诊的其他病人，都哈哈大笑起来。

宁樨也是莞尔。估计门口排着的队伍让温岭远一时半刻无暇分身，她就没有进去打扰，而是回到休息室给温岭远发了一条信息，告知他自己已经到达。

没过一会儿，池小园忙里偷闲过来了。

见面后两人没多寒暄，首要就是讨论在演唱会现场求婚的事。

她们正在讨论整个流程，休息室的门口人影一晃，她们立即噤声，定睛看去却是程景天。

程景天应当是有话要跟池小园说，但是看宁樨在场，有些不好意思，却也没有扭捏，递过来一张票："我买了'量贩霓虹'演唱会的票，明天要一起去看吗？"

池小园惊讶："你也喜欢这支乐队？"

"不是，"程景天笑意腼腆，"你这几天不是经常提到嘛，我以为你喜欢。"

池小园张了张口，向宁樨投去求助的目光，她应该怎么告诉他，自己已经买好票了？

宁樨笑嘻嘻地将票接过来，往池小园手里一塞："小园明晚没事，她一定去！"

程景天笑了，看着池小园说："那明天晚上见……哦，明天好像要加班。"

宁樨乐不可支："没有关系，上班见了下班再见嘛！"

程景天深以为然地点点头，便说道："那我继续去忙了。"

等人走了，池小园把那张票捏在手中，翻来覆去地看着。

宁樨双手托腮看着她，露出"朕心甚慰"的笑容："你和他，进展蛮快哦？"

"并没有进展，你没看见我脸上写着'苦恼'两个字吗？"

"为什么？程景天不好吗？"

"也……不是不好吧，只是他不符合我的要求。"

"要求也没那么重要吧？"

池小园叹了一声气，把票揣进白大褂的口袋里："还是先说你的事吧。"

她们正讨论得热火朝天的时候，门口又有人过来，这一回是温岭远。

宁樨急忙将摊在桌面上，给池小园画图说明的纸和笔一收，叠一叠揣进外套口袋里。

池小园知道他俩肯定要说一些腻歪的话，自觉先行回避了，还替他们带上了休息室的门。

宁樨歪头看着温岭远，笑着说："我一不在你身边，你就背着我拈花惹草。"

温岭远露出"何出此言"的表情。

"连七八岁的小女孩都不放过。"

温岭远顿时笑了："等很久了？"

"还好，跟小园聊了一下。"

温岭远坐到宁樨的身边，看见她面前放着喝了一半的水瓶，径直将其拿过来，拧开喝了两口。

宁樨给他捏了捏肩："很累吗？"

"原本觉得还能加一下班，看见你就想直接下班了。"

"还是不要，好多人在等你。"

温岭远笑着“嗯”了一声，却没有立即走。他侧头看着她，问她晚上想吃什么。

“回家点外卖？我想早一点休息，明天还有事情。”

“不是说，明天晚上一起去看演唱会的吗？”

“是明天上午有事。”宁樨不敢多说，怕暴露行动，主动亲了他一下，而后催他赶紧去把剩余的病人看完，好一起回家。

等到晚上六点半左右，温岭远看完了预约过的病人，没让临时加号，直接把关门的工作交由池小园来处理，他先和宁樨走了。

温岭远将行李放进后备厢后，绕去前方，带上驾驶座这一侧的门。

宁樨还在捣鼓安全带，他探过身去，将她的手抓住，手掌绕过了她的肩膀，按在她的颈后，来了一个深吻。

不过是一周没见，他就变成了这样毛毛糙糙的模样。

晚上，他们终究没有点外卖，在离公寓不远的一家港式茶餐厅里，点了鲜虾云吞面、叉烧肠粉和牛油菠萝包，解决晚餐问题。

吃东西期间，宁樨的手机不断地弹出微信消息，使她不得不一心二用。

温岭远知道，和他在一起的时候，通常她不会一直抱着手机不放，便询问道：“遇到什么事了？”

“啊？”宁樨从手机的屏幕上抬起目光，看见对面的人目光关切，忙说，“一点小事，跟一个找我拍写真的客户有点意见分歧。”她将手机锁住，扣在桌面上，而后拿起筷子，笑着说，“我知道了，我先吃饭。”

宁樨在温岭远的公寓居住了半年多，公寓里处处都留存她生活的痕迹，从占据洗漱台显眼位置的幼稚牙膏，到沙发上日渐堆积的毛绒玩具，再到有时温岭远打扫房间，在犄角旮旯里发现的粉色发圈。

除非在青杏堂加班到很晚，否则现在的温岭远，多半都会回公寓这边休息。

衣柜里也存放着许多宁樨的衣服，如今她即便是空手回到南城，也什么都不缺。

但这回，她久违地带着行李箱。

大抵是她这位拍写真的客户真的太难缠，一路上她都拿着手机回复微信消息，进门以后也是如此。

温岭远估计她一时半刻不会闲下来，便问：“需要我帮你收拾行李箱吗？”

他将箱子放倒，正要打开的时候，宁樨扑过来将他拦住，急忙说道：“不用！我自己收拾就好！”她迎上温岭远探询的目光，只好多解释两句，“有……有不能给你看的东西，女性用品，你懂的。”

温岭远笑了声：“还有什么是我不能看的？”

潜台词是，你整个人我都看过了。

宁樨脸发热，伸手去推他：“反正我自己来。”

“那你先去洗澡？”

她的手机还在不断地弹出新消息，她低头看了一眼，然后说道：“你先去洗吧。”

温岭远洗过澡，换了一身干爽的衣服——白色棉质T恤和灰色长裤。他从浴室走出来，看见宁樨坐在沙发上，抱着手机，一脸不可打扰的严肃表情。

他将衣服丢进洗衣机里，走去沙发边，倚坐在扶手上，探身询问她要不要现在去洗澡。她却第一时间将手机锁定，三分慌乱地应承着：“我马上去。”

温岭远没有立即起身，垂眼注视了她片刻，笑着问：“明天你有什么安排？”

“上午我有事，下午可能……也有事。”

“那你忙完了去青杏堂找我，我们一起去看演出？”

宁樨愣了一下：“我们分开去？我不确定下午什么时候忙完，到时候就直接在现场碰头吧？”

温岭远抬手摸了摸她的脑袋，然后再度催促她先去洗澡。

宁樨应着，磨蹭了几分钟，还是丢下了手机往浴室走去。

宁樨洗完澡，头发尚未来得及擦干，肩头披着一块干燥的毛巾，便立即去拿茶几上的手机。

她还没将手机解锁，书房里就传来温岭远的声音：“樨樨，你过来一下。”

宁樨起身走去书房，见他坐在书桌前的扶手椅上。

他笑着，点一点桌面，示意她走过去。

等宁樨走到他跟前时，他捉住她的手，让她坐在他的膝头，一手虚虚地搂住她的腰，抬头看她，笑着说：“虽然是跟你打过赌，但是我认为，这件事还是应当由我来主动。”

宁樨吓了一跳，第一反应是要站起来，然而温岭远搂在她腰际的手掌微微用力，制止了她的动作。

温岭远借由书桌上的一盏灯光去看她，还沾着些许水渍的脸颊，素净且美丽，而眼里却有一种不知所措的慌张。

温岭远拉开书桌的抽屉。

书房原本就还很空荡，书桌的抽屉亦是如此，里面没有别的东西，只有一个黑色的天鹅绒质地的盒子。

不用想，宁樨也知道那里面会是什么。

宁樨以一种彻底蒙了的状态，看着温岭远拿出盒子，打开，从里面取出一枚戒指，不是钻石，而是祖母绿的，恰好衬她从Lucia那里获得的那枚胸针。

温岭远捉过她的手指，一边将镶嵌祖母绿的戒指推至她中指的指根，一边郑重地开口：“你年纪还小，还有许多未知等待着你去体验。你的生命没有任何限制，我也相信，你会永远保持热情，不断去追逐。是我不够有安全感，想找你讨一个笃定的身份。”

他抬头，望进她眼里：“或许有一天，我会先你一步离开，但在我有限的生命里，我会永远爱你，且因为亏欠你十多年的陪伴，我只好加倍地爱你。宁樨，你愿意一直陪着我吗？”

随着他话音落下的，是砸在手背上的一滴眼泪。

将宁樨弄哭的，绝非是求婚这件事本身，而是他说的，亏欠她，只好加倍爱她。

其实不必这样的，她怎么会觉得这种年龄差距是一种亏欠？

因为有他的存在，她的忧郁、叛逆，偶尔的自毁冲动，时常的迷失目的，她觉得被慢待的，被辜负的……所有的感情，才能有所寄托。

这明明是一种馈赠。

宁樨伸出手臂将温岭远搂住，不愿让他感受到此刻自己的些许难过，宁愿他误会自己是因为激动。

她声音有些哽咽，控诉道：“怎么连求婚都要被你截和？你是怎么知道的？”

温岭远笑了声：“你鬼鬼祟祟的实在很难不让我起疑心。你洗澡的时候，我给南川打了个电话。”

“他出卖我。”

“我威胁了他，我这里一堆他的把柄。”

“你好幼稚。”

“原谅我偶尔大男子主义，但这件事，必须由我主动。”

他抬起手擦去她脸上的泪痕，温柔地问：“答应我吗？”

宁樨的回答，是低头主动献上一吻。

温岭远托住她的腰肢，让她完全坐在自己的腿上。

他将吻落在她的锁骨处，突然顿住，想到什么似的突然说道：“我是不是还没告诉过你，当时促使我提前向你坦白的契机？”

宁樨“嗯”了一声，抬眼看见他的目光里，有幽深又热烈的火在寂寂燃烧。

他将嘴唇贴近她的耳畔，描述了在小岛上那个午后，自己的偶然所见。

那如油画般的一幕直接叩响心扉，让他豁然觉察，他已经不能再为自己找到退缩的托词，他必须承认，自己在那一刻，在过于坦率的阳光之下，产生过十分卑劣的欲望。

他应当给她，给自己一个交代。

宁樨听得面红耳赤：“你……”

“我说过，你将我想象得太完美。”

而宁樨选择原谅他的不完美。

书桌上的几份文件被他们拂落，又差一点撞倒台灯。

客厅里，茶几上的手机还在不断地响起微信消息的提示音，而他们专注于彼此，无暇分心。

到很久才结束。

宁樨去浴室冲了一个澡，再吹干头发，躺在温岭远的怀里后才去处理那些微信消息。

首要是联系“量贩霓虹”的经纪人，说明自己明天将不再参加中场的粉丝活动。演出的流程，本来就以明天上午的彩排为最终结果，且在宁樨之外，分分钟可以从粉丝应援群里找到一百个替补。因此宁樨这时候告知自己退出，并不会造成很大的麻烦。

经纪人在得知她已经被提前求婚之后，祝福她与恋人百年好合。末了，问她，演唱会不会不去参加了吧？

宁樨回复说：“当然会参加！我还有我的朋友们，会在台下做最忠实的观众。”

这件事情完美解决以后，宁樨再去群里说明情况，通知求婚计划取消了。

宁樨：“不讲义气@温南川。”

温南川回复了一个委屈的表情。

苏雨浓出来问：“那明天怎么说？”

宁樨：“正常去看演唱会就好了。”

苏雨浓：“那你的衣服不是白买了？”

宁樨：“明天穿着去看了。”

宁樨回复消息时并没有避着温岭远，后者一低头就能看见，他笑了笑说：“你行李箱里装着新衣服，所以才不让我看？”

“是啊，很好看的新裙子，明天我穿给你看。”

“那我拭目以待。”

等处理完这些消息，宁樨才放下手机，伸长了手臂去看自己中指上那颗很沉的祖母绿宝石，她有些许疑惑：“为什么不是钻石？”

“我想，你值得更特殊的。这是我妈最珍贵的藏品之一，我花了大价钱找她买来的。”

“母子也要明算账吗？”

温岭远笑着说：“已经给我算了亲情折扣价。”

“镶嵌什么的应当要花时间吧？你从什么时候开始准备的？”

“差不多就在年后，没有预期什么时候会用上，但我习惯未雨绸缪。”

宁樨笑着称赞他：“真是个好习惯。”

那祖母绿的宝石，颜色浓郁而通透，她迎着光线看了许久，觉得自己果真是一个很肤浅的女人，于是说：“那么我原谅你了。”

温岭远疑惑地看向她。

宁樨笑着说：“你记不记得，第一次我们加微信号的时候，你没有问我的头像是谁。”她还因此不高兴过。

温岭远笑了笑，明白她是发现了，他在补那部动画，即她的头像，那个金发的脸圆滚滚的少年的来源。

因为迟到的好奇心，虽然他从不爱看日本动画，但愿意为她的爱好付出时间和精力。

次日，宁樨睡到日上三竿才起。

温岭远已经去青杏堂工作了，宁樨自己吃过午饭，下午才慢吞吞地过去找他。

下午四点半左右，温岭远让她可以开始准备，很快就出发了。

池小园也要梳妆打扮，宁樨就带着自己的新裙子，去了池小园的住处，跟她一起换衣化妆。

五点半，在池小园住处的楼下，温岭远接上她们两人。

楼下的大门被推开，宁樨走了出来。

她穿着一条浅紫色的连衣裙，裹胸式设计，裙身是细纱材质。与之相配的是浅淡的妆容，复杂却不繁乱的编发，发中隐约点缀着几朵开在青杏堂院子里的紫红色小花。

空灵而美丽。

宁樨微微提着裙摆走过来，脚步是风过树梢般的轻盈。

她打开车门，坐上副驾驶座。

温岭远从微微的怔忡中回过神，说道：“唐松草。”

“什么？”

“这个花，叫作唐松草。”他伸出手，点了点她发间，笑着说。

宁樨却说：“你知不知道，我原本打算一辈子都不要知道它的名字，让它永远保持神秘。”

温岭远带着少许的歉意，笑着说：“那你当作没有听见。”

后座坐着程景天和池小园，一路上有宁樨穿针引线地找话题，气氛很融洽。

聊着天，不知不觉就要到了。

“量贩霓虹”的演唱会是五百人的小场次，因此并不在很偏远的体育场馆举办，而是在市中心的一家剧院举办。

临近剧院便是繁忙的商圈，车很难开进去。温岭远将车停在附近的停车场里，四人步行过去。

傍晚或许是南城一天之中最美的时候，因为能看见高楼大厦亮起的灯光。将沉而未沉的天色，从玫瑰色往靛青色过渡，它瞬息万变，这一刻所见的色彩，永远与上一刻不同。

宁樨牵着温岭远的手，与熙攘的人群擦肩而过。

在通往剧院的必经之路上，他们看见了一台摆放在路边的点唱机，二十元点一首歌。

温岭远感觉到所牵之人停下了脚步，便顺着宁樨的目光看去一眼，而后低头问道："怎么了？"

宁樨笑着说："其实，我原本还准备了一首歌，打算在演唱会的中场唱给你听。"

她思索片刻，对他说："已经准备了，不想浪费。"说完，便挣开他的手，朝着点唱机走过去。

池小园和程景天也跟着停下来，池小园好奇地询问道："樨樨要做什么？"

温岭远不说话，只是微笑着看向宁樨。

所幸，宁樨准备的歌并不冷门，她用微信扫码支付了二十元，然后从看管点唱机的人手中接过麦克风。

有过好几届歌手大赛的经历，且曾经尝试过在街头卖唱，使宁樨拥有毫不怯场的台风。

她今日穿得这样美丽，嗓音温润悦耳，轻易就吸引了路人的目光。

只是，于千万人之中，她只与温岭远的目光交汇。

也只唱给他听。

As long as stars shine down from heaven

And the rivers run into the sea

Till the end of time forever

You' re the only love I' ll need

In my life you' re all that matters

唱到一半，有人鼓掌跟着附和。大街上永远不缺卖花的人，这时候那些商贩也趁机走近兜售。

温岭远接过一束玫瑰，递过两张纸币，让人不必找零。他不愿在细枝末节上与人纠缠，因为他知道这短短的四分钟，必将在他今后的生命里反复回放。

他一秒钟也不愿意漏过。

宁樨的目光片刻都没有从温岭远的身上移开，他穿着白色衬衫，是她最喜欢的，松间落雪的样子。

因他的注视，她头一次在投入地唱歌时觉得羞怯。

在他的目光之中，记忆穿过并不漫长的时间河流，从头回溯。

他是雨夜，是黄昏，是一首单曲循环的歌，是薄荷与桉树香味的须后水，是晾晒过后的棉质上衣，是贪睡半小时的懒觉，是晚点推迟的午夜航程。

是干净的、明亮的，于浮云之上的，日复一日的，她的白塔，她的坐标。

歌曲唱毕，宁樨还回麦克风，然后两步跳过去，从温岭远手中接过那一束玫瑰。

热烈的花朵开到最盛，以白色小花做点缀，裹着黑色的布纹纸。

宁樨的声音还有些许颤抖："这玫瑰挺漂亮，是什么品种？"

"不知道。但它一定不象征友谊。"温岭远笑着回答。

番外

【醋坛】

暑期，如今已经卸任了摄影协会会长的张博源要来南城一日游。且，携小弟一个。

宁樨身为“地头蛇”，自然要做好东道主。

她开上车去高铁站接人。

张博源一身观光客的打扮，戴着一顶渔夫帽，脖子上挂着单反相机。他身后，跟着穿着白T恤、深灰色短裤和球鞋，背上松松垮垮地背着一个运动包的周璟。

看见他们出来，宁樨招手打招呼，说好久不见。

周璟笑着说：“好久不见。”

停车场里。

宁樨掏出钥匙解开车锁，张博源不由得咋舌：“开这么好的车给我们当地陪，最高待遇啊。”

宁樨有些不好意思地解释：“不是我的，是我男朋友的。”

张博源笑着问：“他做什么工作的？”

“中医。”

“中医现在这么赚钱？”

宁樨笑了笑不说话。

张博源他们已有游览计划，宁樨不用安排，全程做车夫就是，再有就是，带他们去吃好吃的。

经过一段高架路，张博源说：“这段路不是限速八十？”

车子开得慢吞吞的，顶多时速五十。

宁樨苦笑：“我知道。”怎么跟他们说，这辆车她今天也是第一次开，心理压力好大，她怕把车剐蹭到，忐忑得如同在进行科目三路考。

宁樨带他们去菀柳居吃淮扬菜，当然，也不是宁樨的安排，她没有这样大的面子，订得下包间。

张博源翻着菜单都觉得菜单烫手，三人一餐吃下来，至少费用破千。

张博源和周璟交换了一个眼神，说：“要不换一家？这么贵，搞得我俩像是打秋风来的。”

宁樨只好说：“尽管点吧，老板会给我们这一餐免单。”

吃饭间，张博源对宁樨的那位中医男友十分好奇，打趣着问能否有幸结识一下，还拉上了周璟：“他俩虽然一个西医一个中医，但也算是同行。”

周璟喝着茶，笑了笑将自己撇开：“我就不用了，我见过。”

张博源十分震惊：“见过？什么时候？”

周璟望向宁樨，笑着说：“去年春天，是吧？”有点调侃的意思。

宁樨点了一下头，却没有去迎周璟的目光。

张博源便问周璟，对方是怎样一个人。

周璟说：“不好说，你不如直接叫宁樨引荐。”

宁樨笑着说：“等我办婚礼请你，自然就能见到了。”

“你才大三吧？”

“没说现在，未来总是要办的。”

张博源为自己叹了一声气：“我还比你俩大呢，结果就我还没影。”

宁樨笑说：“你之前不是有女朋友吗？”

“早分了。”

宁樨向周璟：“那你呢？也脱单啦？”

张博源接话：“你俩到底熟不熟啊？不熟怎么他见过你男朋友？熟的话，他脱单这事儿你都不知道？”

“我……”宁樨不知道怎么解释。

张博源不过是随口一说，“八卦”是用餐最好的佐料。没等宁樨问，他就已将周璟的女友姓甚名谁，在何处高就，透露得一干二净：音乐学院的学生，主修小提琴，小周璟两岁。

而后，张博源趁着周璟不备，又抓过他的手机点亮屏幕，给宁樨看他手机的锁屏，是一个女孩子拉琴的照片。

宁樨由衷地赞叹：“好漂亮！”

“是吧！周璟这小子闷声不吭就成了人生赢家。那回吃饭，他把人带过来，我们在座的所有单身人士，没有一个不嫉妒的。”

周璟笑意腼腆。

宁樨也笑了。周璟这样好的一个人，这是他理所应得的。

晚上，宁樨将两人送去高铁站之后，开车折返。

她用指纹解锁，打开门。客厅里温岭远盘腿坐在地毯上，正翻着茶几上的一本书。他没有起身迎她，只说："回来了。"

宁樨累得往沙发上一瘫，抬脚碰了碰他的手臂，笑着说："你不是说，给我留了煎饺当夜宵吗？"

"我想你晚餐吃得很饱，应该不饿。"淡淡的语气。

"那夜宵呢？"

"扔了。"

宁樨一下坐起来："扔了？这么浪费才不是你的作风。"

温岭远平静地翻过一页书："何以见得？"

宁樨笑出声，扑到他背上，两臂环过他的肩膀，探头去看他："真的扔了？"

温岭远不应声。

宁樨是不信的，她爬起来去开冰箱门，果然找到了半盒煎饺。

她拿来一双筷子，不去餐桌，就在茶几对面坐下。

温岭远抬眼看着她一口一口地吃，问："不蘸点什么？"

宁樨笑眯眯地说："没看见吗，我正蘸着醋呢？"

温医生清早去青杏堂上班，开走了她的车，说是拿错了钥匙，要她开他的座驾去接人；午餐他一手替她安排好，订了菀柳居的包间，不惜再欠唐老板一个人情；再到现在，摆着脸色，对她要理不理的。

好幼稚，好大一股醋意！

【练字】

宁樨某天心血来潮，要跟温岭远学写毛笔字。

温岭远明白她多半只是三分钟热度，便拿最基础的功课考验她。

她练横竖撇捺，练掉好厚一沓宣纸，眼巴巴地问："还不能开始练单个字吗？"

温岭远说："不能。练字本来就枯燥，坚持不下来，就放弃吧。"

宁樨不吃激将法，只是连一周都没坚持下来，就这样放弃了似乎有些掉面子。

这天书房窗户大敞，吹进些许和煦的春风。

她咬着笔杆很快就犯困了，趴下睡着了。

温岭远过来视察，对此状况一点也不感到意外，抽出她指间的毛笔，看她睡得沉酣，呼吸吹起了额前的碎发。

他便俯身将她头发拨开，提笔在她额头上画了一个乌龟。

宁樨睡到手臂发麻，醒来后，一挪开手臂，窗外吹进来一阵风，宣纸被吹得乱飞。

她怕自己的丑字飞出去吓坏路人，赶紧去捡已经落到了窗户下方的纸，捡之前找了一样趁手的东西，先压住了桌上的宣纸。

等将飞走的宣纸都捡回来，再往桌上看时，发现她用来压纸的是一方青绿山水的琉璃镇纸。

她送的。

她笑了笑，将自己几日来的练习成果叠成一沓丢进垃圾桶。

温岭远坐在客厅沙发上，向她瞥去一眼，望向她的额头，忍住笑，问："不练了？"

"不练了，我就不是这块料。"

宁樨走去洗手间，打算洗一把脸。

片刻，从洗手间传来一声气急败坏的喊叫："这墨汁洗不掉！温岭远！你完了！"

【交易】

春日晴好，宁樨去拜访温鹤庭。

温鹤庭在院子里晒药，满院蝴蝶乱飞，角落里一树梨花，正开得旺盛。

宁樨躺在躺椅上，晒着太阳玩手机。

温鹤庭笑眯眯地问："小宁樨还是应该多运动，要不要跟爷爷耍太极剑啊？"

宁樨第一百次婉拒："爷爷，我真的不是这块料。"

温鹤庭瞧见温岭远往屋里去了，走去她跟前，悄声说："只要你跟我学一招，我就告诉你一个关于阿远的秘密。"

宁樨腾地爬起来："成交！"

温岭远再回到院子里时，宁樨已经在空地上摆上了起始的架势，一柄银剑反射着寒光。

他颇感诧异，笑着问："想通了？"

宁樨不说话，向他投去一束目光，挽了一个不成形的剑花，剑柄上红穗飘荡。

当晚，在卧室床上，宁樨骑在温岭远身上，笑得无辜又灿烂，却使温岭远感到寒森森的，因为她问："我听说，你十五岁就早恋啦？"

温岭远："……"

【小年轻】

池小园和程景天那档子破事，宁樨没有买股票，都体会到了股市涨涨跌跌起起伏伏的心情。

宁樨白天忙完拍摄工作，去青杏堂找温岭远时，在院子里和程景天撞上。程景天垮着肩膀，顿下脚步与她打招呼，眼里黯淡的神情出卖了他脸上挂起的微笑。

一望即知，一定是因为池小园。

宁樨便问：“小园又说什么让你伤心的话了？”

程景天说：“也不算意外。我跟她告白，被拒绝了。”

宁樨惊讶：“她……”

“反正实习马上结束了，也无所谓。”他笑着，不知道是在安慰自己，还是什么。反正宁樨觉得他其实不如不笑。

宁樨进到屋里的厨房，看见池小园正在帮病人煎药，同样的愁云惨淡。

宁樨走去她身边，问：“我刚在门口碰见程景天了。”

池小园没有出声，垂眸望着灶火上的药罐，蒸汽微微顶起盖子，缝隙里扑出一些药汁，溅在了灶台上。

宁樨将火关小些，说：“其实，当时反而不如不招程景天进来，搞得你们两个都难受。你也不要有心理负担，不喜欢一个人也不是你的错。”

“我没有……”

宁樨看向池小园：“嗯？”

“我没有不喜欢程景天，只是，也不确定我是不是喜欢他。你知道我一直想找一个什么样的人，我不知道，如果跟他在一起，未来我会不会因为没有坚持自己的标准而觉得遗憾。”

“仅仅是因为程景天不是一个开朗幽默的人？”宁樨并不会嘲笑她的标准，只是她可能从来没有谈过恋爱，所以不知道，有一些标准就是用来打破的。

宁樨跟池小园说：“我之前也以为自己一辈子都不会吃苦瓜，但后来吃到一种裹上鸡蛋液煎炸的苦瓜酥，觉得相见恨晚。其实……没有完全的绝对，你会犹豫可能还是因为你不喜欢。不喜欢就不用勉强了。”

池小园仍旧只是摇头。

在和温岭远回去的路上，宁樨提到这件事情，感叹：“小年轻啊。”

温岭远笑着说：“他们都比你大。”

“可是我的恋爱经历比较丰富，而且我都是已经订婚的人了。”

温岭远并不否定她在感情层面的“倚老卖老”：“你的经历未必适用于所有人。毕竟，爱多少需要一些孤勇。”

【脱粉】

宁樨没有想到池小园会先她一步对小偶像脱粉，因为据她所知，池小园对小偶像要狂热得多，打榜、控评、冲销量这一套，样样精通。

宁樨问池小园为什么，她只是嚼蜡一般地咬着一个蛋黄卷，说："不知道……可能因为超话签到停了三天，一旦停下来，就不想继续了。"

宁樨拿筷子夹了一个蛋黄卷尝了尝，明明是超绝的美味。

她探过身去，隔着桌子安慰似的摸了摸池小园的脑袋，摸得后者莫名其妙。

三天，那不就是程景天实习结束，离开青杏堂的时间嘛。

傻姑娘觉得难过了。

【距离】

温岭远说，是当时宁樨很长时间不和他联系，唤起了他的危机感。

人好像很容易因为距离太近，反而迷失了对距离的正确感知。

所以，当宁樨观察到池小园的失魂落魄持续了一个月，依然没有好转的迹象时，她觉得，其实分开也不是坏事，触底才能反弹。

暑假要结束了，在返校之前，宁樨背着器材来了青杏堂。她说周末要去南城的中医药大学给人拍写真，问池小园要不要同去。

因为这个地名，池小园怔了一下。而宁樨表现得若无其事的，她反而不好表现得大惊小怪。

宁樨看向她："去吗？"

"好啊。"她也答得若无其事。她确信，周末的话，那个人应当不会在学校，碰上的概率微乎其微。

南城中医药大学，有兴建于清朝时期的亭台楼阁，是拍摄汉服照的好去处。

投入于拍摄工作的宁樨无暇分心，看小园在一旁被晒得生无所恋且百无聊赖，就对她说："你要不要去他们学校的'有间书局'待一下？"

"哪间书局？"

宁樨语塞了一下，笑着说："名字就叫'有间书局'。"

到了那里，池小园才体悟过来，这都是安排好的，不然怎么会恰好就在门口碰见程景天。

他还是跟一个月之前离职时一样的，见到她时总是先笑。

腼腆的，内敛的，从不唐突，也不退缩，不掩饰他的喜欢，也不勉强她的心意。

他清俊又挺拔地站在离她数米远的地方，随意地背着一个书包，手里抱着一沓书，正经打算过来自习的模样。

他走到她跟前，笑着推了一下眼镜，从寒暄开始，然后介绍背后的书局，说“有间”，是“亲密有间”的意思。

“为什么不是亲密无间？”

“因为书局的创始人提倡，应当给自己心里留一块地方，哪怕是最亲密的人也无法打搅，最好是由书籍构筑的精神世界。”

书局门前种了一株梧桐树，清凉的绿意投在程景天的衬衫上，还有他清澈的眼底。

池小园抬头看了他一眼，忽然低下头去。

她不知道“失去了才知道珍惜”是不是一句好话，在她看来，是带有贬义的，但是不妨，因为它洞悉芸芸众生的缺点，所以慈悲地留了一条退路供人回头。

池小园低声地说：“我好像没有问过你。”

程景天看着她。

“你曾经说喜欢我，是喜欢我哪一点呢？我这么普通。”

程景天笑了：“你现在还想知道？”

“想。”

他低头凝视着她，不需要费力地就能列举她的一大堆优点，时常迟钝，时常迷糊，时常毛毛糙糙，偶尔没有耐心，偶尔气到跳脚，偶尔偷懒不用功……

池小园打断他：“这是优点？”

“不是吗？这样的你，多真实，多可爱。”

池小园被他的直白弄得有些不知所措，她感觉到害羞，以及余味悠长的惋惜，替自己。

她不知道那条退路是不是也曾留给她。

沉默了好久，直到程景天觉察到她似乎有些不对劲，再靠近一步，伸手轻轻地握住她的手臂，低下头去，有三分急切地询问：“怎么了？”

“我……我……”

程景天笑出一声，小园正在酝酿情绪的紧要关头，一下被他打断，只好投以略带埋怨的一眼。

程景天解释说：“你现在这样，让我突然想到，有一回温医生抽查你的功课，你因为熬夜看综艺没有复习，背诵的时候吃螺蛳……”然后，还试图让他给她提示，害他被温岭远一起惩罚了。

池小园也笑了，不知道为什么，突然就有了一些勇气，因为倘若他没有在等她，这个时候，就不会陪她浪费这么多时间。

于是她问道：“你觉得，后知后觉也算我的优点吗？”

程景天愣了一下，明显地屏了一下呼吸，才说：“要看情况。”

“比如呢？”

“比如……你今天为什么会来？”

“因为……我想见你。”池小园低下头，看脚尖，看砖缝，看砖缝间的野草，就是不敢抬头看他，“还想告诉你，我很迟钝，很多事情要想好久才能想明白。”

没有听见程景天说话，于是她问：“你不问比如什么事吗？”

“我想，我已经知道了。”

他顿了一下，伸手牵住她的手。

【免费劳力】

凡学习之外还有空，程景天都会去青杏堂帮忙，有时还会留到晚上，吃过晚饭再回去。

这天吃饭的时候，温岭远对池小园说：“景天一共帮了多少个小时的忙了？统计一下，周一报给财务结算工资。”

池小园愣了一下：“不……不用的吧？”

程景天也说：“不用的。”

温岭远笑了，得，白捡一个免费劳动力，也不枉温家照拂小园这么多年。

【故地】

毕业旅行，宁樨选择故地重游，与温岭远再去了一趟小岛。

岛上的变化很大，最明显的便是各处的路都修好了，都是双向水泥路，两侧安装了路灯，再不会出现上回那样的翻车事故。

民宿和游客都更密集，海上还开发了一些新玩法。

这一回，她得偿所愿，终于等到了荧光海。

在这样梦幻一样的场景中，宁樨牵着温岭远的手沿着沙滩散步，提出一个问题：“你会不会觉得，我们应该结婚了？”

“如果你准备好了，我随时都可以。”

“如果我说，我想等摄影工作室走上正轨之后？”

温岭远笑着说：“那我只好恭喜你，确实成功地将我拖成了没人觊觎的老头子了。”

宁樨一本正经地纠正他：“我的原话是，老男人。”

他们晚上住在树海山庄，特意定下了当年的那一套。

不出意外地，浴室门口的走廊，书房的飘窗，以及书房旁边那年温岭远所住的卧室，都变成了他们的战场。

老男人用行动告诉她，自己一点都还不老。

【分红】

宁樨的摄影工作室选定在南城，不做他想。

前期要投入大笔的启动资金，因为宁治东不满她辛辛苦苦学了播音主持，却不进电视台工作，暂不给她钱。

她只好去问温岭远借。

“借？”温岭远自书本后面抬起目光，“你不觉得用这个字有些见外？”

“当然是借，我们还没结婚呢。”宁樨走到他身旁，拍下一式两份的合同书。

温岭远拿起来看，被详细且颇为专业的措辞逗笑：“你要给我分红？”

“不好吗？”

“如果以后你日进斗金，我完全跟着坐享其成，对你岂不是不公平？”

“不公平？你不觉得这个词有些见外？”宁樨从笔筒里抽出一支签字笔，“唰唰”地签下自己的名字，也递给温岭远签。

温岭远的配合，到她拿出一支口红，想要将他的大拇指涂红为止。

他赶紧夺过口红，拉开抽屉，拿出一盒印泥，告诉她犯不着这么麻烦吧。

宁樨笑着，捉过他的手指，按在印泥盒里，再按在他的落款处。

她将两份合同分给他一份，说：“成交！”

温岭远先不接：“你的合同里好像没有提到，如果你亏本了，钱应该怎么还我？”

宁樨愣了一下：“你怎么不早说？”

温岭远笑着说：“我有一个绝妙的主意。”

“什么主意？合同我拿回去再改一下。”

温岭远将两份合同都夺了过来，往抽屉里一扔，关上抽屉，难得一次格外轻佻：“用你的美色偿还吧。”

【梦境】

夜半，宁樨被灯光吵醒，她睁开惺忪睡眼，发现是温岭远拧亮了一旁的小台灯。

他呼吸急促，几分怔忪，似乎心神不宁，宁樨好少见他这样，揉揉眼睛问他怎么了。

温岭远声音沙哑："抱歉，吵醒你。"却在下一秒情不自禁地伸手，将她搂入怀中。

"樨樨。我做梦了。"

"噩梦？"

"梦见你出车祸，救护车却一直不来……"

温岭远没有继续往下说，详尽描述细节对他而言是一种残忍。在梦里他好真切地感知到黑暗和寒冷，宁樨在他怀里，伤口处血流不止，救护车迟迟不到，他眼睁睁看着她的体温一点点流失，直到变得和夜一样冷。

这一定是他三十多年来做过的最糟糕的噩梦。

温岭远将宁樨抱得很紧，脸也埋在她肩窝处，嗅到她身上乳木果的香味，确认怀里的她是有声息、有温度的，才稍稍放心。

宁樨回想，好像是第一次，温岭远在她面前展露脆弱和慌乱。平常的他，总是沉着冷静，不疾不徐，似乎对任何突发情况，都有一百种预案。

她捉住温岭远抱着她的那只手，笑了笑，想让气氛不再这样沉重："我不知道，我对你这样重要。"

"那你对我、对你自己都有误解。樨樨，你难道不知道我多害怕失去你。"

仅仅是梦里发生都难以忍受。

这个梦过去有一阵，有个周末，宁樨和温岭远去温鹤庭那里吃饭。

饭后几人在院子里喝茶闲谈，温鹤庭不知从哪里拿出一块穿了红绳的玉佛，让宁樨戴上。

宁樨不明所以。

温鹤庭笑说："樨樨你应该知道，岭远这孩子挺不信神佛这一套。以前他陪他妈出去旅游，不是一直说灵隐寺很灵，他妈要去烧一炷香，他却不肯进殿，只在外面等。他说如果真有神佛，应当能看出他心不灵。可以不信，但是不能不心有敬畏。"

宁樨点头。她一直都说，温岭远挺"唯物主义"的。

温鹤庭继续说："前一阵呢，岭远跟我说，做梦梦到你出事，之后一直心神不灵。我说小宁樨今年二十四岁，本命年一般是容易坎坷些。我就自作主张，给你请了一块玉，你戴着就当是宽一宽岭远的心吧。"

宁樨笑说："真的不是他拜托您吗？"

温鹤庭老顽童似的眨了眨眼，意思再明白不过。

那玉宁樨就一直戴着了，只在洗澡的时候摘下，睡觉时也要妥帖地压在枕头底下。

不知是玉的作用，还是因为宁樨不愿意让温岭远担心，毛毛糙糙的行事风格都收敛些。

于是本命年安稳度过，除了小小感冒，连个磕碰都没有。

后来，宁樨去找温鹤庭，想再请一块玉，让温岭远也戴上。

温岭远拿到时表情复杂极了。

【月亮】

宁樨很好奇温岭远年轻时是怎样的，她不止一次地问过他。

然而几度搬家，家庭相册遗失大半，留下的只是少数。温岭远又不爱出镜，只在逃避不过的家庭合影里，找到他的影子。

他说他其实一直自认是挺冷淡的人，对任何人都不过分主动，过分热情，但莫名其妙就获得了很好的人缘。

而且很容易获得他人的信任。

好比在中医大学念书的时候，室友逃课，由他来打掩护，老师绝对不会多加质疑。

这样逼得他不得不“慎独”，这样一项天赋，如果用来作恶，那就太可怕了。

宁樨说：“我也觉得你本质挺冷淡的，对大部分人仅仅展现最低程度的热情。可能你就像月亮吧，仅仅是柔和的光，行走夜路的人，也会觉得那很明亮。有人会讨厌太阳有时太过灼热，但好像不会有人讨厌月亮。”

温岭远笑了：“你真的将我想得太完美。”

“这句话你都说了多少年啦，我们已经在一起这么久，难道我还没有资格对你下定论吗？——你就是完美的。”

温岭远俯身亲吻她：“但愿你永远看不见月亮的背面。”

“我看见了依然爱你。”

【觉悟】

是后来有一次闲聊，宁樨才知道，当年春节，温岭远和她爸宁治东那一番“男人之间的对话”，并不是真有当时温岭远描述得那样轻易，好像推杯换盏之间，宁治东就松了口一样。

不是这样的。

温岭远说：“樨樨，或许你不知道，我始终有负罪感。当时你爸说了很多的话，但是这一句我觉得他说得有道理。他说，我再怎么正当化爱情这件事，也无法否认，我享用你的青春，我是得了便宜的那一方。”

宁樨只差翻白眼，说：“那他自己不知道享用了多少人的青春。”

“那不一样的，樨樨。有一些事情可以明码标价，有些不可以。尤其，你并不想从我这里获得什么……”

“我当然不想要那些短期的蝇头小利，我要的是你的一生。”宁樨不许他再说，“你再这样想，就真的要变成跟我爸一样封建腐朽的老男人了。”

温岭远笑了一声：“我太早将你拖入爱情的闭环，你没有更多体验，没有比较……”

“那你倒也不必太自恋。”宁樨笑说，“我是不是没有详细跟你说过周璟的事？那时候，只差一点点，我可能就要答应他了。当然，也有可能，到最后关头我也不会答应他。他真的很好，有我理应会喜欢的一切特质。但是，我只是反复在其他人身上寻找你的影子。我不是没有体验、比较的机会，只是我主动选择弃权。除非，我没有在那天走进青杏堂，没有认识你……”

“我不接受。”

宁樨不无得意地笑了：“所以，得了‘便宜’还想寻求道德上的平静，才是真正的伪善。”

“你说得对，”温岭远受教的态度，“没有两全其美的事。”

宁樨在这番对话以后意识到，哪怕有负罪感，温岭远却还是选择跟她在一起，且承受那样多有形无形的来自外界的非议，这应当就是他爱她的觉悟吧。

【搭脉】

宁樨直到很久之后才知道《源氏物语》讲了一个什么故事，也才明白过来，当时送他源氏物语莳绘钢笔时，他为什么要特意问一句，是因为这个故事，还是因为单纯只是觉得钢笔好看。

宁樨尚未从光源氏的扮演者天海佑希的美貌之中回过神来，却又等不及控诉温岭远：“原来你是这样的人。”

温岭远感到莫名其妙，抬眼朝她的 iPad 屏幕看去，方才明白她的意思，笑着说：“我当然会以为你送这个主题的礼物，是有别的暗示。”

“我才没有！是你的思想好龌龊。”

“你这样说，”温岭远抽走她手里的平板，捉住她的手腕，往后一推，笑着说，“我就只好坐实你的指控了。”

宁樨笑着挣扎。

他捉紧了她的手腕，不使她得逞，却在片刻之后突然微微蹙眉，说：“别动。”

他的语气严肃，使宁樨不得不顺从。

他把三根手指指腹搭在她的脉搏上，良久。

宁樨突然忐忑，她知道中医有其玄妙之处，温岭远为什么神色如此凝重，难道是诊出了什么体检都没发现的疾病。

又过了许久，温岭远终于松开了她，将她的两只手臂都塞进被子，拍了拍枕头，让她躺下，语气温柔地说道：“从今天起，我要强制你早睡早起了。”

宁樨当然不从，即便死，也要死一个明白，于是她掀开被子坐起来，打算问他自己究竟是不是得了什么不治之症。

却看见他眼中无法掩饰的，快要满溢而出的激动而喜悦的神色，他仿佛要十分克制才能够不去用力地拥抱她，才能符合他大她十三岁的稳重身份。

她愣了一下，然后听见他说：“有一个好消息，不过，我还不是非常肯定。你要听吗？”

【意义】

宁樨不怎么在乎形式，在她看来，和温岭远在一起，做任何事情，都是形式和实质的统一。

温岭远向她求婚好久以后，她也没有动念要办婚礼，工作室忙是一回事，不觉得婚礼有必要，是另一个重要原因。

她如今和温岭远住在一起，他负责他的青杏堂，她操劳她的工作室，但是不管多忙，一周至少有三天的时间，要一起吃晚饭，每周末也一定会空出半天以上的时间出去约会，外食、看电影、看展……

他们共同居住的公寓，东西添置得越来越多，逐渐填满的整面书架、挂满墙的她的摄影作品、橱柜里那些各种幼稚图案的餐具……

他们有绝不被任何人打扰的，共同的精神世界。

那么婚礼就变成了彻底的形式上的东西，似乎不会对他们的生活造成任何本质性改变。反倒，那繁冗的婚礼流程，让宁樨望而却步。

直到被温岭远诊脉，又去医院检查，确认宁樨怀孕。

温岭远说，樨樨，从一切世俗的角度出发，我们可能还是需要一场婚礼。

宁樨只好将婚礼纳入他们的行程。

筹备时间不超过四个月，太多的事情要做。当然，温岭远包揽了绝大部分，她只需要做那个做选择的人。

饶是如此，这个过程依然琐碎得叫宁樨抓狂，尤其中间还叠加了她早期的妊娠反应。

但真正到了婚礼的那一天，有一个瞬间，让宁樨觉得一切是值得的：

宁樨和温岭远没有拍婚纱照，做了摄影师之后，宁樨无法忍受现今市面上流行的婚纱照的审美。她跟温岭远有拍照片留影，是毕业那年，重返小岛拍荧光海，她带了胶片机，然后，像是拍纪录片那样，没有摆拍，没有事先设定，一切全部自由发挥。废片率很高，但成品每一张都无比惊艳，具有故事感，有一些她冲洗过后，挂在家里的墙上，不会有人觉得那是婚纱照，只当是艺术品。

后来试婚纱和试妆，都是苏雨浓和池小园陪她去的。

因此，直到结婚那天，温岭远也没有见过宁樨穿婚纱的样子，他得以获得一个完全新鲜的 first look（第一眼）。

他们办的是小型婚礼，只请了不到三十人。化妆是在场地自带的喜房，新郎新娘不在一起。

宁樨化好妆，提着婚纱下楼，看见前方的树影下，一身正装的温岭远手里拿着誓言卡，背向而立。

直到有人拍拍他的肩膀，他转过身。

宁樨自认为见过温岭远的很多面，但似乎永远有没见过的“温岭远”留待她发现。正如此刻，在朝他走近时，她清楚看见他眼里有微闪的光。要怎么说，她从来无法想象，温岭远会落泪吗，原来他也会的。

即便一再提醒，小心不要弄花新娘子的妆面，温岭远还是自顾自地伸手，将她揽入怀中，隔着重重的纱、隔着宽大的裙撑，他要拥抱他的新娘。

宁樨感觉世界的声音都消失，她听见他在耳畔的呼吸。

然后一切都有了意义。